Carlo Lefebvre

La fuggitiva

Il primo caso
del commissario Gerard

GIUNTI

Questa è un'opera di fantasia. Ogni riferimento a fatti accaduti
e a persone esistenti o realmente esistite è puramente casuale.

www.giunti.it

Via Bolognese 165 - 50139 Firenze - Italia
Via G. B. Pirelli 30 - 20124 Milano - Italia

Prima edizione: aprile 2020

Imparerai a tue spese che lungo il tuo cammino
incontrerai ogni giorno milioni di maschere
e pochissimi volti.
Luigi Pirandello

1

Giovedì 5 luglio 2012

L'uomo in maniche di camicia batte veloce sulla tastiera del computer.

Nella quiete di quell'ora che non è notte e nemmeno giorno dà un'occhiata al di là del vetro; il cielo è di un colore a cui non saprebbe dare un nome. Nell'Oostelijk Havengebied, il vecchio porto di Amsterdam, le uniche luci sono quelle dei lampioni.

Sarà per questo che nota due fari davanti alla sbarra di accesso all'edificio. Anche se è al quarto piano, riesce a leggere la scritta stampigliata su un fianco – KPN, società telefonica olandese – e a vedere quattro operai in tuta che scendono dal mezzo ed entrano nel palazzo. *Sarà per un guasto*, pensa, e archivia la curiosità con un *ci penseranno gli uomini della vigilanza*.

Torna a sedersi davanti allo schermo, si lascia andare contro lo schienale della poltroncina, allunga le braccia all'indietro con uno sbadiglio, poi facendo forza sui braccioli torna in posizione eretta. Col mouse clicca su un file: una foto di Miley Cyrus compare sul monitor. Con la freccetta seleziona un quadrato di pelle di un centimetro e porta lo zoom al 500%. Lo schermo si chiazza di un colore rosato macchiettato dai pori. Sposta la lampada quanto basta per eliminare un riflesso fastidioso e analizza l'immagine con attenzione.

«Perfetta.»

Dal taschino della camicia tira fuori una strisciolina di carta su cui è riportata una sequenza di trenta lettere e numeri. La liscia con l'indice per eliminare le pieghe, quindi la ricopia in una maschera aperta sul desktop. Smanetta sulla tastiera per altri venti minuti, poi chiude il programma di crittografia di una società farmaceutica americana, specchietto per le allodole per eventuali controlli aziendali, imposta la procedura, inserisce i parametri e dà l'invio. Ci metterà qualche minuto; nell'attesa, un caffè e due passi per sgranchirsi le gambe.

Il distributore automatico è in fondo al corridoio, un lungo nastro di pareti bianche illuminato da una luce fredda. Cammina lentamente mentre pensa ai quattrini che gli stanno per piovere in tasca, alla stanza con vista mare prenotata all'Eden Rock di Cap d'Antibes, alla gran figa mora rimorchiata per l'occasione. Infila il gettone, il liquido inizia a scendere. Dal bicchiere di carta beve un sorso.

Fino a quel momento tutto è andato liscio, il suo capo non si è insospettito quando gli ha comunicato che, per colpa di un algoritmo più complicato del previsto, era costretto a fare le ore piccole. In fondo era già successo altre volte.

Ancora qualche ora e metterà la parola fine a quella storia iniziata un mese prima. Con un gran sospiro di sollievo.

Era più o meno fine maggio, era tornato a casa stanco e incazzato dopo una giornata di lavoro in cui nulla era andato per il verso giusto. Aveva rovistato tra la posta, solita roba, bollette, tasse, rata del mutuo, rendiconto della banca drammaticamente in rosso. Dal mazzo di buste era sbucata una lettera; il francobollo indicava la Francia come paese di provenienza. Dopo averla rigirata più volte si era deciso ad aprirla; all'interno c'era un'altra busta già affrancata e un foglio di poche righe. Per proporre un lavoretto, così era scritto. Progettare un algoritmo originale di steganografia e relativo software che fosse in grado di nascondere progetti, documenti, fotografie, planimetrie di edifici, mappe stradali, all'interno di immagini. Non doveva avere alcun riferimento a sistemi presenti sul mercato e doveva garantire la trasmissione via internet di file pesanti senza ricorrere a formati compressi. Seguivano varie annotazioni tecniche e, infine, il software doveva essere a prova dei migliori esperti di steganalisi di cui disponevano i Servizi segreti dei paesi occidentali. In una parola, inattaccabile.

Non ci voleva molto a capire che sarebbe stato utilizzato per scopi illeciti.

In cambio trecentomila euro. Un mese di tempo.

Aveva riletto più volte il testo, la cifra scritta in numeri e lettere era decisamente alta.

Per alcuni giorni non aveva pensato ad altro, ai soldi e a tutte le cose che non tornavano. Non tornava che chiedessero un software di steganografia a lui, esperto di crittografia. Non tornava che gli dessero un mese per un lavoro lungo almeno il quadruplo.

Avrebbe voluto chiedere spiegazioni ma non sapeva a chi. Sulla busta interna c'era un indirizzo, allée Maurice Audin, Clichy-sous-Bois, banlieue di Parigi, e un destinatario, una ragazza un po' fumata che al telefono, in un francese pessimo, aveva dichiarato di non sapere nulla di tutta quella storia.

Una cosa era chiara: chi aveva commissionato quel lavoro sapeva che lui un software di quel genere lo possedeva già. Un paio d'anni prima aveva progettato un algoritmo di steganografia iniettiva, uno dei sistemi migliori per fare in modo che l'immissione di disegni, progetti, planimetrie e quant'altro all'interno di un'immagine generi modifiche talmente impercettibili da renderla identica all'originale. L'aveva testato più volte sempre con ottimi risultati. Ma Seleksoft, l'azienda in cui lavora da anni, aveva deciso di non utilizzarlo quando aveva scoperto chi era il vero committente. Ed era stato chiuso in un cassetto.

Molte domande, nessuna risposta, una sola certezza: un mucchio di quattrini e un'offerta difficile da rifiutare. Storcendo il naso aveva dato l'okay. Qualche modifica di poco conto e in tre settimane il software era pronto.

Beve l'ultimo sorso di caffè e getta il bicchiere nel cestino. All'improvviso un fruscio impercettibile lo fa trasalire. Si gira di scatto, al quarto piano di Seleksoft è solo: cosa diavolo è stato? Sbircia nelle stanze, apre la porta dei servizi igienici, resta in ascolto, l'unico rumore è il ronzio dell'aria condizionata.

Suggestione, pensa, *solo suggestione*.

Torna alla scrivania, il software di steganalisi ha terminato di scandagliare il quadrato selezionato, il test dà risultato negativo, non c'è traccia del progetto di un grattacielo di Melbourne iniettato in un pixel del naso della Cyrus.

Non ha paura ma non è nemmeno a suo agio, quel fruscio continua a ronzargli in testa. Alza la cornetta e compone il numero interno della vigilanza. Al decimo squillo abbassa il ricevitore, per un attimo ha la tentazione di scendere al pianterreno.

Sono le 5.35, ha poco più di un'ora per andare all'appuntamento a Heemskerk, all'estremità opposta di Amsterdam, dove in cambio del software riceverà il saldo. Immagina le guardie giurate occupate a dar retta ai tecnici della compagnia telefonica e lascia perdere. Digita sulla tastiera lettere e numeri, sposta dal desktop alcuni file in una cartella, quindi avvia le procedure di uscita. Cancella le pagine di internet che ha visitato, trasferisce il software di steganografia su due pen drive distinte, quindi elimina dall'hard disk il programma che l'ha generato. Spegne il computer, mette una delle due pen drive in un armadio di ferro e lo chiude a chiave. *Meglio averne una copia*, si dice mentre spegne la lampada sul tavolo. Sull'uscio ricorda di non aver cancellato la procedura di trasferimento del software ma lascia stare, nessuno andrebbe mai a frugare nel suo computer a quell'ora.

Si dirige verso una rientranza del corridoio dove si trova il pannello dell'allarme disattivato solo per quel piano. Estrae dalla tasca il tesserino magnetico per avviare la procedura, un'operazione che conosce a memoria, prima l'acquisizione mediante telecamera dell'impronta biometrica, quindi l'autenticazione col suo codice: sei cifre e cinque lettere seguite da "Enter". Da quel momento ha tre minuti di tempo per raggiungere l'ascensore e premere il pulsante di discesa.

Sta registrando l'impronta biometrica quando un altro fruscio, questa volta più netto, arriva improvviso alle spalle.

Da un passamontagna color carbone due occhi lo fissano. Poco più in basso la canna scura di una pistola è puntata in direzione del suo petto, qualche centimetro dietro c'è il logo della società telefonica KPN stampigliato su una tuta.

In un barlume di ragionamento fa una rapida associazione col furgone parcheggiato sul piazzale. Sta per spiccicare una frase qualunque ma l'uomo è più rapido.

«La pen drive.»

Per un attimo pensa che tutto stia per finire così, senza

spiegazioni, che morirà come un fagiano, che una pallottola gli sfonderà il cuore. È pietrificato da quelle biglie scure che lo fissano immobili, una goccia di sudore gli scende su una tempia, la canna della pistola sale all'altezza degli occhi.

Mick Hendriks cerca di riflettere in fretta. Chi è l'individuo che ha di fronte e lo tiene sotto mira? Un killer mandato da chi? Perché non l'ha già ucciso? Se non l'ha fatto, pensa, vuol dire che non lo vuole fare. Anche se gli occhi non offrono il minimo indizio di ciò che passa per la testa dell'individuo, Hendriks è convinto di avere di fronte un ladro, non un assassino. Alza lentamente le braccia in segno di resa.

Prendere tempo, devo solo prendere tempo.

La telecamera in un angolo del soffitto sta registrando la scena, pochi minuti e gli uomini della sicurezza piomberanno sull'uomo e tutto finirà lì.

Il suo ragionamento è troncato di netto dalle stesse sillabe ripetute questa volta con un tono che non ammette repliche. Cerca di darsi il tono di chi ha deciso di capitolare, dopotutto ha la seconda pen drive nell'armadio. Abbassa lentamente le braccia, infila la mano in tasca, con due dita tira fuori la pennetta, un guanto nero la prende delicatamente e la fa sparire.

È fatta, pensa Hendriks. Ma l'uomo non si muove.

«Anche la copia.»

La richiesta lo coglie di sorpresa: «Quale copia?» balbetta mentre sente montare un'ondata di panico che gli impedisce di pensare lucidamente. Dove diavolo sono gli uomini della vigilanza? Perché non sono già qui? Se gli consegna anche la seconda pen drive può dire addio ai soldi e a tutto quello che ha sognato.

«Quella che hai chiuso nell'armadio» risponde l'uomo, rafforzando il senso della frase con un leggero movimento della pistola.

Con la coda dell'occhio sbircia in direzione degli ascensori, la luce è ostinatamente verde, nessun tramestio di passi, nessun rumore. Solo silenzio e il suo respiro. E il silenzio incoraggia sempre il carnefice, mai la vittima.

Hendriks indietreggia, con il tallone tocca il muro alle spalle. L'uomo fa un passo in avanti.

È incerto se tentare una reazione. Un gesto disperato, certo. Potrebbe colpirlo di sorpresa, il volto incappucciato in quel momento è vicinissimo, deve solo cogliere l'attimo. Si avvicina impercettibilmente all'uomo, lui sembra non accorgersene, solleva con infinita lentezza il braccio destro lungo i fianchi e lo distende di colpo. La sua mano si chiude nel vuoto, l'uomo è rapidamente indietreggiato e osserva senza fiatare.

Si rende conto che è una causa persa, ci mettesse anche solo un secondo, sarebbe troppo. L'individuo in tuta è di almeno una spanna più alto, la dimensione del torace e delle braccia lasciano pochi dubbi sull'esito di una colluttazione. E il dito è sempre fermo sul grilletto.

«Allora?»

Hendriks allarga le braccia, è sconfitto, s'incammina nel corridoio passando al setaccio possibili vie di fuga. Nessuna di quelle che in quei pochi attimi prende in esame ha un minimo margine di successo, il dito sul grilletto sarebbe molto più rapido di lui.

Decide di fare un ultimo disperato tentativo, apre un cassetto della scrivania e prende una pen drive vuota che ha di riserva.

«L'ho messa qui» dice abbozzando un sorriso.

Immagina che il volto sotto il cappuccio ricambi il sorriso con un ghigno; quello che vede è un lento gesto di diniego del capo e un movimento della pistola che indica l'armadio di ferro.

Quell'uomo sa come ingigantire la sua paura, come fargli immaginare la vita nell'aldilà sotto un metro di terra, gli si piegano le ginocchia, il cuore non ha mai battuto tanto forte. Niente più sotterfugi o perdite di tempo, la sua vita vale più di un mucchio di dobloni.

Inserisce la chiave nella serratura, prende la seconda pen drive e la consegna. *Questa volta è fatta*, pensa, e aspetta che l'uomo si dilegui così com'è comparso.

Ma gli occhi continuano a fissarlo mentre la canna della pistola si sposta in direzione del cuore.

«Altre copie?»

Ha la sensazione di essersi perso qualcosa, apre la bocca per rispondere ma in un flash gli occhi puntati su di lui appaiono di colpo senza colore e senz'anima.

Tre colpi, tre sibili.

Hendriks sente un pugno sul torace e crolla a terra.

Stranamente non prova dolore, solo un senso di freddo che si diffonde rapidamente nel corpo.

E con l'immagine di un paio di scarpe nere e lucide passa dalla vita alla morte senza rendersene conto.

2

Domenica 28 aprile 2013

«Mi sento brilla.»

Annette, con un bel sorriso, esce dall'aria viziata della Grillade Gourmande in quella fresca della campagna degli ultimi giorni di aprile.

«Adoro le donne ubriache,» le sussurra all'orecchio l'uomo che la tiene sottobraccio «sono eccitanti e pronte a tutto.»

«Non ti mettere strane idee in testa» replica lei scoppiando in una risata e avviandosi con passo malfermo verso l'auto parcheggiata a pochi metri dal ristorante. L'uomo la guarda, è bella sotto la luce di una primavera acerba, non solo per i capelli vaporosi, la gonna lunga aderente, il profumo alla tuberosa, la voce leggermente roca per i postumi di un raffreddore.

Potrebbe essere amore ma non lo è. Non lo sarà mai finché lui rimarrà ispido e diffidente con il prossimo, uomo o donna che sia. Sono due anni che cerca di sgattaiolare in tutti i modi fuori dalla sua vita a prescindere da quanto sia complicata. È rimasto fermo a quella notte anche esternamente, il suo taglio di capelli è sempre lo stesso, corti dietro con la riga a sinistra.

«Aspetta un attimo...» le dice aprendole lo sportello e indicando una Citroën Ami 6 verde chiaro con almeno mezzo secolo di vita parcheggiata a pochi metri. «Solo un'occhiata.» Ci gira intorno, sbircia l'interno attraverso i finestrini resi opachi dalla polvere e dagli anni; le auto d'epoca riaccendono in lui ricordi e chissà perché il passato sembra sempre più luccicante del presente. O forse lo è davvero.

Alle spalle una voce grassa lo chiama.

«Gerard!»

Si gira di scatto e lo riconosce subito: Legrand non è cambiato, solo un po' più calvo e bianco, stessi occhialetti tondi, aspetto tarchiato un po' appesantito ma neanche tanto. È quel tipo d'uomo che non invecchia, non perché sia sempre giovane ma perché a quarant'anni è già come sarebbe a sessanta.

«Così ti sei scordato di un vecchio amico!» esclama con tono di rimprovero per aggiungere subito dopo: «Anche se vedo che sei in buona compagnia».

Gerard fa un po' di conti, saranno passati almeno dieci anni da quando erano colleghi alla Sureté. Poi le loro strade si erano divise e quell'uomo, con cui aveva affrontato indagini pericolose, brindato a successi e vissuto con ironia qualche immancabile insuccesso, era finito nel dimenticatoio.

«Che ci fai qui?»

«Vacanza» risponde Gerard.

«Non mi raccontare che sei venuto a trovarmi perché non ci credo» e scoppia in una fragorosa risata.

Quindi si rivolge ad Annette: «Lei sa chi è questo signore? François Gerard è prima di tutto un amico, un caro amico, anche se non ci vediamo da anni. Abbiamo passato mesi a raccattare cadaveri ai quattro angoli di Parigi e per fortuna abbiamo smesso. Ora è uno dei migliori commissari della Direction Centrale du Renseignement Intérieur, la DCRI, l'intelligence francese. Anzi *il* migliore!»

«Non è vero» si schermisce Gerard, ma Legrand ha preso il via.

«È vero, è vero, ed è anche un gran *tombeur de femmes*. Quando c'è una bella donna a tiro...»

«Come sta Audrine?» taglia corto Gerard.

«Bene, da quando viviamo qui è rinata, niente più inseguimenti notturni, indagini pericolose, personaggi loschi animati da vendetta. Épernay, come molte cittadine nel nord della Francia, garantisce una vita tranquilla e sonnacchiosa.» Accompagna l'ultima parola con un sorriso che sa di nostalgia: «E anche un po' noiosa».

Poi cambia tono: «Stasera venite a cena da noi così la saluti, le farà piacere. Segnati il mio indirizzo».

La casa bianca è l'ultima del paese, un muretto di pietra gira tutt'intorno interrotto da un cancello di ferro grigio; su un'amaca appesa tra due alberi un libro aperto ha le pagine sfogliate da una brezza leggera.

Annette con una mossa ci salta sopra: «Quanto vorrei vivere in un posto così che non ha fretta».

«Il piacere dell'indolenza dura poco, un mese al massimo» le sussurra Gerard poggiandole la mano su una gamba.

«Secondo me, no.»

Per un po' rimane sull'amaca guardando le pozzanghere di neve sciolta color caffè, poi Gerard le prende la mano e l'aiuta a scendere.

Sale sui gradini di pietra tenendola sottobraccio, entra in un soggiorno con pareti color pesca, un *armoire*, un cassettone, una credenza, ogni mobile con la sua storia, un divano davanti al camino, alcune poltrone disposte ariosamente, ai lati due tavolini pieni di vecchie caraffe, vasi, fotografie. Un arredamento disordinato ad arte, nello stile di una donna vestita in modo perfetto come Audrine. Le candele profumate disseminate in vari punti della casa diffondono un aroma di vaniglia, la tavola è allegra con piatti giallo brillante e verde oliva, i colori del vasellame della Provenza dove Audrine è nata. Il camino è acceso, la *soupe à l'oignon* ha un bell'aspetto. Legrand è in forma, sforna barzellette una dietro l'altra come ai vecchi tempi. Gerard attacca il *bœuf bourguignon* e lancia un'occhiata ad Annette al terzo bicchiere di Pinot noir; lei risponde con un bagliore ironico all'angolo di un occhio.

«Ti trovo bene» dice Legrand dopo cena lasciandosi andare su una poltrona di tessuto a fiori.

«Con qualche capello bianco in più.»

«E con qualche ruga in più, anche se hai sempre avuto il viso segnato. Ma questo piace alle donne; a proposito... chi è?» chiede ammiccando in direzione di Annette che sta seguendo Audrine per un giro della casa.

«Un'amica.» Una parola che di solito tronca qualsiasi ulteriore domanda, ma Legrand insiste.

«State insieme?»

«Ci incontriamo quando capita, mangiamo, beviamo, chiacchieriamo, prendiamo una boccata d'aria, lei da un matrimonio stanco e noioso, io dai ricordi.»

«Di un amore finito male?»

«Parliamo d'altro.»

Legrand cambia argomento, conosce l'amico, inutile insistere.

«Quanti cani hai?» una domanda non scontata vista l'abitudine di Gerard di raccogliere randagi malconci.

«Maigret e Dupin, due bastardini trovati uno alla periferia

di Parigi e l'altro ad Arles; sono inseparabili, sembra si conoscano da una vita. Riberac, ti ricordi? È morto l'anno scorso di vecchiaia.»

Legrand sogghigna sotto i baffi: ricorda bene, si stavano recando a piedi in un ristorante del piccolo centro della Dordogna, un modo come un altro per discutere di un caso complicato che avevano per le mani. Gerard senza dire una parola era sparito in un anfratto per riapparire pochi istanti dopo con un cane magro e spelacchiato che aveva intravisto chissà come. Lo aveva preso in giro in quell'occasione, anche se in cuor suo apprezzava quel lato del carattere spontaneo e privo di complessi.

«Anche tu dovresti prenderne uno» suggerisce Gerard pensando a Maigret e Dupin, che ha lasciato dopo mille raccomandazioni a Zahira, la ragazza libanese che gli cura la casa. «Se non hai mai avuto un cane non sai cosa significhi essere amato.»

«Ci penserò» risponde Legrand poco convinto, quindi cambia discorso: «La cosa più eccitante che mi è capitata da quando sono qui è la morte del contabile di un collegio. Pensa come sono ridotto».

Gerard sorride pensando alle mille questioni ammonticchiate sul tavolo del suo ufficio a Parigi. Ma non commenta, rischierebbe di marcare la distanza tra lui, commissario di successo della DCRI, e il suo amico, oscuro ispettore della provincia francese.

Chissà chi di noi due sta meglio, pensa mentre Legrand prosegue il discorso.

«È precipitato alcuni giorni fa dal campanile del Prieuré de Binson a Châtillon-sur-Marne, un paese a un tiro di schioppo da qui. Tutti pensano che sia scivolato ma non ne sono affatto convinto. Comunque è lo stesso, quel tizio non importa a nessuno.»

«Perché?» chiede Gerard sforzandosi di manifestare un interesse che in realtà non ha.

«Philèmon Fauvre, questo il suo nome, era un tipo taciturno e introverso con una vocazione religiosa più per giustificare la propria esistenza che per scelta. Niente amici, solo lontani parenti a Marsiglia e una sorella, Jacqueline, l'unica presente al suo funerale.»

«Capisco» mormora Gerard mentre con la coda dell'occhio sbircia Annette a cui Audrine sta spiegando la ricetta della confettura di mirtilli. Combatte contro un leggero torpore; l'amico sembra non accorgersene, continua a raccontare con dovizia di particolari la morte dell'uomo, i motivi per cui non crede a un incidente. Il medico legale era stato chiaro: rottura delle vertebre del collo. Anzi, per essere precisi, dell'osso ioide. Logica conclusione di un volo di oltre dieci metri.

«Cosa faceva al priorato?»

«Teneva la contabilità del collegio. La direttrice...» con la mano fa un gesto come a scacciare un'immagine sgradevole «una zitella acida con la mania per l'ordine e l'efficienza non lo sopportava, lo considerava un incapace. "La contabilità la conosce solo dai libri di scuola" mi ha ripetuto più di una volta con quella sua voce stridula. Una donna insopportabile.»

Gerard guarda il bicchiere, il cestello del ghiaccio, la bottiglia di whisky, vorrebbe dire qualcosa ma non gli viene in mente nulla, nulla di cui valga la pena parlare.

Resta così, passivamente muto, mentre Legrand continua il racconto.

«La dinamica dell'incidente ha dei lati oscuri anche se la direttrice non ha dubbi o non ne vuole avere, per lei è una disgrazia, tanto che ha incaricato il legale del collegio di agire contro l'impresa edile che non ha protetto adeguatamente i locali sul campanile in cui stava eseguendo i lavori.»

Gli fa un certo effetto vedere il suo amico lambiccarsi il cervello su un caso apparentemente banale; Legrand ha sempre avuto un gran fiuto, più di una volta era stato lui a suggerire la soluzione di casi inestricabili.

«Qual è la tua idea?» chiede Gerard annusando il whisky.

«L'impresa che sta effettuando i lavori ha transennato le aperture sul campanile con tavole di legno inchiodate a un metro e mezzo da terra. Ma là dove Philèmon è precipitato i chiodi sono stati divelti e le assi di legno buttate per terra. Come se qualcuno avesse preparato il terreno per gettarlo di sotto.»

«Un omicidio?»

«Perché no?»

Gerard fa spallucce, però il gesto è sbagliato; Legrand ha bisogno di raccontare ma anche di qualcuno che lo ascolti e di avere consigli.

«Hai parlato con la sorella?» chiede dando una sfumatura di vivacità alla voce.

«No, l'ha incontrata al funerale il priore anziano, Renard, che ha spedito a Barcellona, dove lei abita, i pochi oggetti del contabile. Tranne il computer; gli daremo un'occhiata nei prossimi giorni.»

Gerard accende una Chesterfield e lascia scivolare il corpo sulla poltrona fino ad assumere una posizione semisdraiata. «Dovresti incontrarla, forse potrebbe aiutarti a scoprire se il fratello aveva dei motivi per togliersi la vita.»

«Può essere un'idea» borbotta Legrand, convinto in cuor suo che non ne ricaverà molto. «Comunque, domani parto per Marsiglia, voglio interrogare i parenti, magari il caso è più semplice di quello che sembra.»

«Se posso fare qualcosa...»

«Lascia stare, me la so ancora cavare da solo.»

3

Mercoledì 1° maggio 2013

Parigi è addormentata sotto la pioggia di un giorno di festa. Gerard scende dall'auto, gocce grosse come bottoni gli inzuppano impermeabile e capelli prima che riesca a infilarsi in una delle poche boulangerie decenti aperte a quell'ora tarda.

Annette non è stata nemmeno troppo discreta nel far capire che avrebbe volentieri proseguito la serata insieme. Lui non ha raccolto, ha aperto la portiera dell'auto, lei l'ombrello ed è scesa con un bacio sulle labbra e un arrivederci.

Da uno scaffale sceglie una confezione di pollo con verdure, una di *verrines aux troix chocolats*, aggiunge una *tarte normande* alle mele ma poi ci ripensa e la rimette a posto. È il dolce preferito da Michelle.

Esce dall'ascensore, sul pianerottolo il cellulare inizia a vibrare, sul display il nome di Moreau.

«Che succede?»

Con il telefono incollato tra spalla e orecchio sfila la chiave dalla toppa, accende la luce e con la punta del piede chiude la porta. Maigret e Dupin gli saltano addosso per fargli le feste.

«Ha chiamato Derrek, l'ispettore olandese, ricordi?»

Poggia il sacchetto della spesa sul tavolo «Che vuole?»

«Da quasi un anno è alle prese con l'omicidio di un informatico di Amsterdam: non riesce a venirne a capo.»

«Tanto per cambiare» borbotta Gerard sfilandosi l'impermeabile e lanciandolo su una sedia. «Derrek ha sbagliato mestiere.»

«Verrà in ufficio domani verso le dodici, ha una pista francese e vorrebbe che...»

«Solita storia» lo interrompe Gerard. «Altro?»

«No.»

«Ricordati di prepararmi la documentazione per la riunione di domani al Ministero» e chiude la conversazione.

Mette pollo, verdure e *verrines* nei piatti, con il vassoio sulle ginocchia si siede davanti alla televisione, Maigret e Dupin lo seguono e si accucciano ai suoi piedi.

Il film di fantascienza è senza capo né coda, o forse è lui che non li trova. Poggia il vassoio su una sedia e accende una sigaretta. La fuma fino in fondo con indifferenza, con calma. Fiuta la solitudine, la mediocrità di quella vita in cui non ci sono sorprese a spezzare la sequenza dei giorni, dei mesi, degli anni. Era stato suo padre a spingerlo verso quel lavoro perché rappresentava un sogno che aveva coltivato per se stesso e non era riuscito a realizzare. Lui avrebbe voluto andarsene a zonzo, lanciarsi in avventure improbabili, bighellonare senza una meta. Invece si era ritrovato a vivere un'esistenza frenetica sempre con qualche cadavere tra i piedi e sempre con ingiustizie e crudeltà davanti agli occhi, che lo facevano star male. Aveva sperato che con il passare del tempo l'effetto si sarebbe attenuato ma si era dovuto ricredere: la sua anima non aveva ancora il corpo calloso dell'indifferenza. Era attratto dal fascino dell'avventura, non da un posto di lavoro sicuro e da una bella casa. Anche se poi, chissà, forse il suo inconscio voleva proprio questo e quindi, alla fine, lo voleva anche lui.

Due dita di whisky con un cubetto di ghiaccio e va alla

finestra. Canal Saint Martin è una massa nera e densa sotto un pulviscolo di pioggia, beve un sorso e per qualche ragione pensa all'estate che sta per arrivare, alla Grecia, a Idra, alla terrazza a strapiombo sul porticciolo dove prima di lui si erano già affacciati Henry Miller, Cartier-Bresson e tanti altri. La Grecia per lui è un richiamo, qualcosa che scatta all'improvviso prendendo il sopravvento sul resto. Partirà alla fine di luglio da solo con i suoi cani, passerà le giornate da solo, farà il bagno da solo, mangerà da solo, dormirà da solo. Non sa perché ma è quello che desidera. Almeno ora, poi vedrà.

Senza motivo il volto di Michelle fa capolino nei suoi pensieri, il divano con il tessuto a fiori scelto da lei è sempre lì, la libreria verde malva e il weekend passato a dipingerla discutendo sulla tonalità del colore. «È troppo chiaro!» aveva esclamato quando lui aveva aggiunto troppo giallo. «Così è poco luminoso!» aveva protestato quando lui aveva messo una punta di nero per attenuare l'eccessiva brillantezza.

Spegne la luce e va in bagno, ruota il pomello del miscelatore e s'infila sotto il getto d'acqua bollente. Sono passati due anni da quando lei è uscita dalla sua vita e quattro da quando era entrata. L'aveva conosciuta per le scale del suo palazzo, un edificio vecchiotto sul quai de Valmy, quasi di fronte a Pont Dieu, Canal Saint Martin, mentre lei vagava alla ricerca di un inquilino a cui doveva consegnare un plico.

Alcune settimane dopo l'aveva incontrata sotto casa, al bar La Marine, ne aveva stretto la mano morbida un po' troppo forte, un po' troppo a lungo, cercando le parole migliori per indicare ciò che provava di fronte a quei lunghi capelli ricci che cadevano a pioggia sulle spalle, a quelle ombre che camminando spostavano ogni sua minima curva.

Due anni d'amore svaniti in un batter d'occhio.

Esce dalla doccia, si infila l'accappatoio, accende una sigaretta e torna a sdraiarsi di fronte alla televisione. Per un po' fa zapping, Michelle è sempre lì, accoccolata sul divano con la testa appoggiata sulla sua spalla.

«François, ho paura di essermi innamorata.» Quella frase rimbalza da un angolo all'altro del suo cervello, un amore che sembrava infinito evaporato in una luccicante serata di luglio.

«Non dici nulla?» Michelle aveva un tono duro, quasi di sfida.

«Che vuoi che ti dica?» aveva risposto lui con lo sguardo nel vuoto. Se era arrivata al punto di confessare l'inconfessabile voleva dire che era finita davvero.

«Domani vado via.»

Si era sentito addosso cent'anni, era rimasto incollato alla sedia con il bicchiere di vino tra le mani per un tempo senza tempo. Era notte fonda quando aveva scolato le ultime gocce. Una nuova bottiglia l'aveva accompagnato fino all'alba.

Spegne la televisione, s'infila sotto le coperte, Michelle dal vano della porta lo guarda ammiccante, fasciata nel suo vestito rosso.

Conta venti gocce di ansiolitico in due dita d'acqua, un sapore rassicurante per affrontare le ansie notturne. Nessuna scusa, nessun alibi, solo la consapevolezza che la sua vita ormai è altrove, che deve cercare da qualche altra parte quella complicità perfetta che l'aveva fatto sognare, che le parole che gli martellano in testa non sono dettagli ma cose essenziali della sua vita. Anche se ogni volta che cerca di lasciarla andare, Michelle fa un giro e torna da lui.

Apre un romanzo appena iniziato, legge qualche pagina, fa un'orecchia, lo richiude e spegne la luce.

Maigret e Dupin acciambellati su un cuscino ai piedi del letto dormono profondamente.

4

Giovedì 2 maggio 2013

Gerard è fuori di sé, uscendo su place Beauvau da un'interminabile riunione al Ministero degli Interni. «Tutte le volte la stessa storia, tre ore per arrivare a una conclusione che può essere presa in tre minuti.» Saluta il collega su cui ha sfogato l'incazzatura e sale sulla Citroën C5 nera che ha in dotazione.

Arriva a rue des Villiers con voglia di caffè e sigaretta.

La segretaria lo aspetta nella hall con una lettera urgente da firmare, un agente lo rincorre in ascensore per avere suggerimenti su un pedinamento, un altro per un chiarimento sull'alibi di un sospetto omicida, un altro ancora lo blocca quando ha già imboccato il corridoio: ha dubbi sulla legittimità di una perquisizione in casa di un pregiudicato. Finalmente infila il gettone nel distributore automatico, il tempo di bere un sorso che Ernst Jan Derrek, ispettore della polizia investigativa di Amsterdam, si materializza sull'uscio.

Lo conosce bene, tre anni fa l'olandese aveva chiesto la sua collaborazione per risolvere il caso di un serial killer sospettato di aver ucciso cinque donne ad Amsterdam. Voci sussurravano che fosse fuggito in Francia, nessun nome, solo qualche vago indizio. Gerard aveva impiegato tempo e uomini e alla fine aveva risolto quella che appariva una vicenda inestricabile.

È più o meno come lo ricorda: una faccia qualunque, un'altezza qualunque, uno sguardo qualunque, una voce qualunque, una comparsa nella vita degli altri, nato vecchio, dentro vestiti sempre più grandi di una taglia. Un buon poliziotto, metodico, scrupoloso, razionale sotto quei capelli biondicci e i baffetti curati, abile a ricostruire fin nei dettagli la scena del delitto, le mosse dell'assassino. Ma lì si ferma, mai un'intuizione, un'idea brillante.

Gerard ha il timore che anche in quella circostanza il copione sia lo stesso. E in parte non sbaglia.

«Nel luglio dell'anno passato» attacca Derrek «uno dei più brillanti analisti di Seleksoft, azienda olandese che opera nella progettazione di algoritmi e software per il criptaggio d'informazioni sensibili, è stato ucciso all'alba nella sede della società. Si chiamava Mick Hendriks. Ti chiederai perché sono venuto a trovarti» alla domanda retorica Gerard risponde con una tirata alla Chesterfield. «Abbiamo scoperto due giorni fa un indizio che ci porta dritti in Francia. A Parigi.»

«Sarebbe?» Gerard beve l'ultimo sorso di caffè ormai tiepido e con un gesto della mano indica a Moreau di prendere appunti. Non ce n'è bisogno, il giovane agente ha l'abitudine di annotare tutto sul suo taccuino; ne ha riempiti moltissimi da quando, e ormai sono quattro anni, lavora con lui. Lo tiene nella tasca dei pantaloni sempre a portata di mano, per scrivere usa una piccola matita con un elastico avvolto più e più volte intorno a formare una specie di palla.

«La Scientifica ha trovato pochi giorni fa all'interno della fodera di una giacca di Hendriks, dimenticata in una lavanderia della città, un foglietto di carta con il nome e l'indirizzo di una donna, Aidha Youssef.»

Gerard inarca le sopracciglia. Si può cucire quasi ogni cosa nelle fodere delle giacche, talvolta segreti che non vedranno mai la luce. Se Derrek ripone speranze in un nome scritto chissà quanto tempo prima e chissà per quale motivo…

«Cosa ti serve?» chiede spegnendo la cicca nel posacenere. Butta lì la domanda per cortesia. Sta pensando a Legrand, ha ricevuto una sua telefonata da Marsiglia, ha scoperto qualcosa che confermava la sua idea sulla morte di Philèmon. «È stato ucciso, tra non molto scoprirò anche chi è che l'ha spinto nel vuoto» gli ha confidato senza aggiungere altro se non «come vedi so ancora cavarmela da solo.»

Si morde il labbro, il volto tondo e paffuto di Legrand sfuma e ricompare la faccia triangolare di Derrek che sta rispondendo alla sua domanda.

«Sono sotto pressione, puoi immaginare il casino che è successo quando si è diffusa la notizia. Il presidente di Seleksoft, Hans Göran Janssen, è stato tempestato di telefonate, ambasciatori, CEO di importanti aziende, istituzioni, tutti hanno chiesto garanzie che nulla fosse stato trafugato. Politici influenti hanno fatto la voce grossa, il buon nome dell'Olanda è garantito solo da una soluzione rapida del caso.»

Si passa un fazzoletto sulla fronte lucida di sudore anche se nella stanza la temperatura è mite. «È passato quasi un anno, ho seguito tante piste, alcune sembravano quelle giuste… invece. Ho bisogno di una mano, mi gioco la carriera.»

«Sì, ma…» Gerard ha la brutta sensazione che Derrek voglia disfarsi della patata bollente.

«Trova questa donna, scopri se ha avuto rapporti con Hendriks» la richiesta arriva tutta d'un fiato.

«Forse dovrei saperne un po' di più della faccenda, non credi?»

Dalla cartella l'ispettore estrae un fascicolo e lo consegna a Gerard.

«È la relazione che ho scritto per il direttore della Divisione del Korps Landelijke Politiediensten a cui è stato affidato il caso; troverai tutti i particolari che ti interessano.»

«Il movente?»

«Appunto, il movente. Janssen, il presidente di Seleksoft, aveva inizialmente il sospetto che Hendriks fosse stato ucciso per sottrarre software archiviati nel server dell'azienda.»

«Invece?»

«Invece niente, gli informatici della società hanno setacciato per settimane computer e server per scoprire se fossero stati trafugati o copiati file o programmi. Non è stato sottratto nulla, neppure un portamatite.»

«Perché Hendriks era in ufficio all'alba?»

«Era alle prese con un software di criptaggio di un cliente, una società farmaceutica americana. Il programma non girava correttamente e il prodotto doveva essere consegnato entro pochi giorni.»

«Capisco» mormora Gerard. «Come è stato ucciso?»

«Più o dieci dieci mesi fa, il 5 luglio 2012, intorno alle quattro e mezzo del mattino al centralino di Seleksoft è arrivata una chiamata dalla centrale operativa della compagnia telefonica KPN a cui risultava un guasto a una delle dieci linee della società. Poco più tardi un operatore della compagnia ha richiamato annunciando che il guasto non era riparabile da remoto e che era necessario un intervento presso la sede. Dopo circa mezz'ora è arrivato un furgone con quattro uomini in tuta con il logo della KPN per riparare l'impianto. Un'abile messinscena, tutto fasullo, guasto, furgone, tute. Hanno disattivato la linea telefonica di Hendriks, scambiato i cavi di videosorveglianza dal quarto al terzo piano in modo che le immagini non trasmettessero quello che stava avvenendo, distratto le guardie nel momento in cui un complice saliva con l'ascensore al quarto piano e uccideva Hendriks con tre colpi di pistola, alle 5.42 del mattino. L'ora precisa è data dal suo orologio al polso che si è rotto sbattendo per terra. Quindi si sono dileguati indisturbati senza che nessuno si accorgesse di ciò che era accaduto. Un lavoro da veri professionisti. Certo, erano in possesso di informazioni che non avrebbero dovuto avere. Sull'impianto telefonico, sui sistemi di sicurezza, sull'allarme inserito nelle scale e in tutti i piani eccetto quello in cui lavorava Hendriks. Hanno una talpa, su questo non ci sono dubbi.»

«Sospetti?»

«Nessuno.»

«Altro?»

«Dall'analisi del suo computer…»

«Vuoi un caffè?» lo interrompe Gerard, a cui le palpebre stanno diventando pesanti.

Derrek fa segno di no e continua.

«Dall'analisi del suo computer abbiamo scoperto che alle 5.16 ha chiuso il programma della società farmaceutica, ma due minuti dopo ha effettuato un'operazione di trasferimento su due pen drive distinte di un file di cui non c'è traccia. L'operazione ha richiesto alcuni minuti, segno che era pesante.»

«Immagino che non le abbiate trovate.»

«Infatti. Inoltre il suo appartamento a Leinden è stato messo a soqquadro quella notte stessa, cassetti aperti, cuscini sventrati, vestiti per terra. Anche qui un lavoro da professionisti.»

Gerard accende una sigaretta, tira una boccata, trattiene

uno sbadiglio, il quadro è chiaro: Hendriks stava lavorando a qualcosa che con Seleksoft non c'entrava nulla. Qualcosa che scottava tanto da farlo fuori. Che poi il foglietto nascosto nella fodera di una giacca sia un indizio utile è tutto da dimostrare.

«Fammi sapere di quella donna, è l'unica pista che ho» sono le ultime parole di Derrek prima di stringergli la mano e scomparire per le scale.

Gerard torna alla scrivania.

«Che ne pensi?» chiede Moreau.

«Una gran rottura di scatole. Informati su questa donna, da dove viene, cosa fa e poi vai a interrogarla, magari domani stesso.»

«Tu non vieni?»

Fa segno di no, perdere tempo dietro l'olandese è l'ultima cosa che ha in testa. «Prepara rapidamente il verbale e mandalo a Derrek, così forse ce lo togliamo dai piedi. Almeno spero.»

5

Venerdì 3 maggio 2013

Moreau annusa l'aria e storce il naso, c'è un odore sgradevole di fumo stagnante, muffa e fritto nel casermone anni Sessanta di un *grands ensembles* all'allée Maurice Audin, Clichy-sous-Bois, dipartimento della Senna-Saint-Denis, meno di venti chilometri dalle porte di Parigi.

Al terzo piano sulla targhetta un nome sbaffato scritto a penna, Aidha. Il campanello è stridulo, la porta scrostata, la luce incerta.

«Che vuoi?» chiede la ragazza dalla porta dischiusa di pochi centimetri.

«Devo farti qualche domanda» risponde Moreau mostrando il distintivo.

«Non ho nulla da dire.»

Lo sguardo della ragazza è sospettoso, uno sbirro in casa non fa piacere, soprattutto se c'è qualche grammo di coca in fondo a un cassetto.

«Conosci un tale che si chiama Mick Hendriks?»

«Non so chi sia.»

«Io penso di sì.»

La moka sul fuoco emette un fischio, Aidha va al fornello e lo spegne, Moreau ne approfitta per entrare e guardarla di traverso: minuta, due occhi grandi e tristi incastrati su un viso smunto. Un'ammaccata dalla vita.

«Vuoi?» chiede riempiendo una tazza. Moreau annuisce mentre le spiega com'è arrivato a lei: un pezzetto di carta col suo nome trovato nella fodera della giacca di un uomo assassinato ad Amsterdam dieci mesi prima.

Aidha d'istinto fa un passo indietro e si siede.

«Perché Hendriks aveva il tuo nome?»

«Non lo so.»

«Eppure ti conosceva o conosceva il tuo nome.»

Aidha poggia la tazza in terra, si alza, le sue dita afferrano un bicchiere con incertezza come fosse rassegnata all'idea di farlo cadere e vederlo andare in mille pezzi.

«Mai sentito nominare.»

«Eppure...»

«Eppure cosa? Senti, ho già tanti guai, la vita non è facile qui, tra poco arriva un cliente e non lo voglio perdere per colpa tua. Quindi alza i tacchi e vattene.»

Moreau non si muove, la scruta dal bordo della tazza, ha previsto quel momento, sa che deve dire qualcosa ma non sa se le parole sono quelle giuste.

«Come vuoi, vado via.»

Ha la mano sulla maniglia, si volta, lei è seduta in un angolo della stanza, composta, pronta a reagire. Dal suo punto di vista è il momento, cerca di essere il più possibile convincente.

«Sono venuto qui per avere delle informazioni, per parlarti...»

«Come un caro amico?»

«No, ma se non rispondi ti porto alla centrale con tanto di verbale da firmare e magari anche un trafiletto sulla stampa.»

«Vattene.»

«Sei sicura?»

Aidha si alza, torna a sedersi, esita, tiene gli occhi bassi, ha la mascella contratta, fa un profondo sospiro, per Moreau è un segnale: «Se mi racconti…».

La ragazza prende a parlare con voce secca e ostile scandendo lentamente le sillabe come se le contasse. Raramente più di tre parole, spesso le stesse, variando appena il tono. Alto negli acuti.

«Ho ricevuto delle lettere.»

«Quali lettere?»

«Delle lettere. Non ti basta?»

«No. Chi te le ha mandate?»

«Non lo so.»

«Cosa c'era scritto?»

«Non lo so.»

«A chi le hai date?»

«Non lo so.»

«Non sai un cazzo!»

«Se non ti sta bene, allora vattene.»

«No, non me ne vado e tu mi racconti quello che sai.»

Aidha si alza e va alla finestra dandogli le spalle.

«Tutto è iniziato un anno fa. Il marsigliese…»

«Chi è?»

«Un tunisino di Jerba, la mia città, qui tutti lo chiamano così ma non so il suo nome. Ogni tanto mi passava qualche grammo di coca. Mi ha offerto la possibilità di guadagnare un po' di soldi, sembrava tutto molto semplice, al mio indirizzo sarebbero arrivati dei plichi, dovevo consegnarli a chi mi sarebbe stato indicato. La prima lettera mi è stata recapitata…»

«Quando?»

Aidha fa una smorfia, prende la tazza di caffè dal pavimento, beve un sorso.

«Un anno fa, più o meno. All'interno cento euro e un biglietto, due righe per dire che dovevo recapitare tutte le buste contrassegnate con una X rossa nell'angolo in alto a sinistra. Luogo e ora sarebbero stati comunicati per telefono. Per ogni lettera consegnata, cento euro.»

«A chi le hai date?»

«A nessuno, le ho lasciate in una cabina telefonica in una traversa del boulevard du Temple, a pochi metri da qui.»

«Hai portato le lettere in una cabina del telefono e non sai chi le ha prese? E i soldi? Chi te li ha dati?»

Aidha abbassa lo sguardo, la sua storia è poco credibile, se ne rende conto lei per prima, ma è la verità.

Un uomo ogni tanto la chiamava e le domandava se fosse arrivata una lettera contrassegnata da una X in rosso. Quando lei comunicava di avere la busta, la voce le ordinava di uscire dopo un'ora esatta, di recarsi al boulevard du Temple, girare alla terza traversa a destra. In una cabina telefonica avrebbe trovato un giornale poggiato in terra, all'interno i soldi. Al suo posto doveva mettere la busta. A quell'ora la strada era deserta, solo qualche clochard avvolto nei cartoni. Aveva fatto come la voce le aveva ordinato. Ed era tornata a casa. Per cinque volte.

«Da quanto tempo non vedi il marsigliese?»

Aidha chiude gli occhi e li riapre.

«Dalla scorsa estate.»

Quindi, pensa Moreau, *più o meno da quando Hendriks è stato ucciso.*

E lascia che la conversazione muoia lì.

6

Lunedì 6 maggio 2013

Quella mattina Gerard vede tutto nero ma non è una novità, gli capita spesso, soprattutto dopo un weekend passato a non far niente.

«Colpa del vino» borbotta alzandosi a fatica. La sera prima con Annette è andato giù pesante con un rosso della Borgogna.

Ma non è quello il motivo e lui lo sa quando non un pensiero ma qualcosa di molto più sottile lo costringe a voltarsi indietro. Con chi ce l'ha? Con Michelle che l'ha lasciato? Col vicino di casa che tiene il volume del televisore troppo alto? Con il traffico di Parigi? O perché Maigret da qualche giorno non è vivace come al solito?

È qualcos'altro: talvolta pensa che siano i suoi occhi azzurri che lo guardano scontrosi dallo specchio. Che lo infastidisca una cosa del genere?

Maigret e Dupin arrivano scodinzolando e il malumore si attenua. Michelle aveva accettato la sua debolezza per i cani, solo ogni tanto gli rinfacciava che lui amasse gli amici a quattro zampe più di lei. «Sei una stupida se pensi questo» le ripeteva ogni volta. «Sarà… ma non ne sono convinta.»

Rimane fermo qualche attimo per verificare l'equilibrio, poi entra in cucina, armeggia un po' prima di riuscire a mettere sul fuoco la caffettiera. Maigret e Dupin seduti ai suoi piedi chiedono con insistenza il biscotto del buongiorno.

Si veste, davanti allo specchio si accorge che sta annodando la cravatta blu che gli ha regalato Michelle. «Adoro le cravatte a tinta unita, sono sexy» gli aveva sussurrato all'orecchio mentre gli faceva un nodo completamente sbagliato. «La prossima sarà grigia.»

Mette in tasca le chiavi, afferra i guinzagli, Maigret e Dupin iniziano a guaire, un tramestio che s'interrompe solo quando apre la porta d'ingresso e i due cani si lanciano di corsa per le scale. Al bar La Marine lega i guinzagli a una sedia. «Ciao François» esclama Seraphine mentre con uno straccio umido pulisce il tavolino coperto di briciole. «Perché non mi hai chiamato sabato?» È un velato rimprovero.

«Una di queste sere t'invito a cena, te lo prometto.»

«È la cosa più stupida che ho sentito da quando mi sono svegliata. Il solito?»

I croissant caldi, il cappuccino e due ciotole di confettura, una di amarene e l'altra di albicocche, lo tengono occupato per un po'. Dà un'occhiata ai giornali, poi segue con gli occhi la ragazza che sta prendendo ordinazioni da una coppia improbabile. In fondo ha ragione Coelho: "Cerca qualcuno che ti faccia sorridere perché ci vuole solo un sorriso per far sembrare brillante una giornataccia". E quell'allegra e paffuta ragazza con due tette esagerate forse è la persona giusta.

«Va bene per domani sera?» Seraphine si volta ammiccando. «Alle otto? L'indirizzo lo conosci.»

Lancia un pezzo di croissant a Maigret che lo prende al volo, un altro a Dupin che lo manca, occupato com'è a seguire con lo sguardo una farfalla di passaggio. Con le mani in tasca si avvia lungo Canal Saint-Martin, lo conosce metro per metro, un percorso ricorrente come ricorrenti sono i suoi pensieri. Maigret lo segue passo passo, Dupin si attarda a ogni ciuffo d'erba, è una giornata grigia, di quelle che t'invogliano a restare a casa in compagnia di un libro ascoltando musica. Sarebbe una bella idea se in ufficio non l'aspettasse Moreau con un caso che non vede l'ora di chiudere.

Alle prime gocce lo spolverino che porta da dieci anni s'imbeve come carta assorbente, le Clarks scivolano sull'asfalto bagnato. I suoi vestiti sono sempre uguali, odia doverci pensare, la sua vita non esce mai fuori dalla misura verso un eccesso, mai un'esagerazione, mai un paio di belle scarpe o una camicia che non sia strettamente necessaria. Non compra nulla di frivolo o di elegante semplicemente perché non ne ha voglia.

Dà un calcio a un sasso, Maigret e Dupin si lanciano per conquistarlo, vuole uscire da quella vita e saltare dentro qualcosa di diverso. Di così diverso che somiglia pericolosamente al passato.

«Cazzo, Michelle, quanto mi manchi!»

Sono due anni che naviga a vista con ragazze che vanno e vengono con troppa facilità, conquistate in eccessi di sbadataggine e perdute nello stesso modo. Michelle non era una di quelle, lei era la sua vita ma l'aveva persa per lo stesso motivo.

Riporta a casa i cani, Zahira sta rifacendo il letto. Prende le chiavi dell'auto, gli occhiali dal tavolo, una pen drive da un cassetto. Il boulevard Périphérique è un ammasso di lamiere sotto un cielo grigio e una pioggia sottile. Cambia posizione, accende una sigaretta. Sta meditando in quale ristorante passare la serata con Seraphine quando il cellulare si mette a vibrare.

Moreau farfuglia frasi confuse, il rumore del traffico e l'urlo di una sirena coprono per qualche secondo la sua voce. Alla fine sputa il rospo.

Legrand è morto. Assassinato. In un albergo di quarta categoria a Noailles, Marsiglia.

Tre colpi di pistola, due al petto, uno alla testa. È deceduto all'istante.

Gerard non riesce a soffocare un'imprecazione, con un pugno colpisce il volante, digrigna i denti. Nella sua testa si accalcano bestemmie, immagini, voci, suoni, la cena nella villetta bianca di Épernay, gli occhi vispi di Legrand dietro occhialetti tondi di un'altra epoca.

«Hotel Le Lunik» Moreau riemerge dall'altro capo del filo. «Un locale dietro le scale, il portiere afferma di non essersi accorto di nulla, l'ha scoperto una cameriera, Legrand era in terra in una pozza di sangue.»

Merde! Perché proprio lui con tutti gli stronzi che ci sono in giro? Perché, perché, perché…

«Chi se ne occupa?»

«L'ispettore Edmond Picard. Il TGV per Marsiglia parte tra un'ora dalla gare de Lyon. Ce la fai?»

7

Lunedì 6 maggio 2013

«Questo è il suo taccuino, l'ha dimenticato in albergo, potrebbe essere utile per le indagini.»

L'ispettore Picard lo porge con garbo a Gerard mentre espone quello che è riuscito a ricostruire dell'omicidio. Ben poco per la verità. L'urlo di una donna, il personale dell'albergo che accorre, il corpo sul pavimento. Tre colpi, una calibro nove a canna rigata: «Forse una Smith&Wesson con silenziatore» azzarda l'ispettore, nessuno ha udito gli spari. Ha disposto verifiche, diretto le operazioni della Scientifica, ascoltato testimoni, pochi e frastornati. Una manciata di persone, una giovane cameriera in lacrime, un cliente spaventato. I giornalisti accorsi a raccogliere notizie, scattare foto: l'omicidio di un ispettore di polizia in uno squallido albergo di terza categoria nelle menti fervide dei cronisti assume le tinte di un noir intrigante. C'è poi la testimonianza di un pensionato a passeggio col cane in rue Mazagram più o meno all'ora presunta dell'omicidio, l'unico forse che può fornire qualche indizio. Ricorda un giovane magro, forse *chibani*, un francese di origine maghrebina, passato a pochi metri da lui; Pedrito gli aveva sbarrato la strada e lui l'aveva scansato in malo modo. Era abbastanza sicuro che fosse entrato nel portone dell'Hotel

Le Lunik, molto meno che un uomo con le fattezze di Legrand l'avesse pedinato.

Poco per un identikit, ammesso che fosse lui l'assassino. Ma ci si poteva provare.

«Forse seguiva qualcuno, forse aveva avuto una soffiata, forse…» le parole di Picard si perdono nell'aria.

«Null'altro?» taglia corto Gerard.

«Stiamo ricostruendo i suoi movimenti, chi ha incontrato, cosa ha fatto, ma non è facile, al momento…»

Gerard vorrebbe chiedere qualcosa, ma non gli viene in mente nulla. Nulla che abbia un senso. Neanche un arrivederci; saluta l'ispettore con un gesto della mano ed esce in strada, Moreau è due passi più indietro. Al primo bar si siede, Moreau lo imita. Per un po' non parlano, meglio stare zitti a guardare la gente piuttosto che riempirsi la bocca di frasi inutili. Poggia il bicchiere di Pernod sul tavolino, toglie un filamento di tabacco dalle labbra, accende una sigaretta e l'aspira voluttuosamente come se volesse bruciarla tutta in un respiro. Ha un peso sugli occhi e uno stato d'animo orrendo. Vorrebbe spaccare il mondo, lanciarsi per le strade della città, trovare l'assassino, strozzarlo con le sue mani. E invece sta lì come un idiota senza lo straccio di un'idea.

«Da dove cominciamo?» chiede Moreau anche per interrompere un silenzio che dura da troppo tempo.

«Facciamo due passi» Gerard scola quel che rimane del Pernod, fruga nella tasca, poggia delle monete sul tavolino e si avvia in direzione del Vieux Port. Lancia un'occhiata distratta a una bettola dove gruppetti di *chibanis* discutono animatamente, s'infila in vicoli stretti con muri in tonalità rosa e persiane dai colori sgargianti. Moreau al suo fianco non smette un attimo di parlare; Marsiglia non è una città violenta, anche se agli angoli delle strade marinai scommettono su tutto e su tutto si accapigliano, Marsiglia ha un'atmosfera di forte umanità, Marsiglia è una città multietnica, Marsiglia...

«Marsiglia non la sopporto» sbotta Gerard. «Dove siamo?» chiede lanciando uno sguardo a una chiesa sui cui gradini sono sdraiati dei clochard con i capelli arruffati.

«Chiesa dei Riformati» risponde Moreau. Un cartellone pubblicitario di fronte a loro trema a ondate; per tutto il giorno il mistral non ha fatto che aumentare di violenza.

«Mangiamo un boccone?»

Gerard non tocca l'antipasto, carpaccio di gamberi rossi, Moreau ha ordinato la stessa cosa e mangia adeguando l'appetito a quello del capo. La cameriera porta via i piatti, Moreau fa conversazione per due: racconta di un giornalista, Albert Londres, di un suo libro sulla città ai primi anni del Novecento, di quando il marsigliese che s'incontrava per le strade era turco, greco, nordafricano, italiano. Era sulla *Georges Philippar*, un transatlantico affondato per un incendio nel Golfo di Aden all'inizio degli anni Trenta. Questioni di droga e di armi si era vociferato per un certo tempo, l'incendio non era stato un incidente, Londres stava indagando su traffici illeciti e aveva scritto molte pagine di appunti, almeno così si diceva. Andati distrutti con la sua morte.

Moreau non smette un attimo, ma forse è giusto così. Se non raccontasse storie astruse di cui non gliene frega niente, di cosa converserebbero? Della morte di Legrand? Di Michelle? Delle sue angosce? Argomenti da tenere chiusi in un cassetto, almeno per un po'.

«Da dove iniziamo?» Moreau ripete la domanda, Gerard

ha uno scatto e torna presente. Fa spallucce, butta lì parole qualunque.

«L'hotel fa schifo, il copriletto rosso fuoco è un pugno nello stomaco, la testiera del letto sa di sporco, la moquette è lisa e macchiata...» Moreau gli lancia un'occhiataccia, lui capisce l'antifona e cambia registro. «Sappiamo ben poco di questa storia e Picard non ha le idee chiare. Forse...»

«Forse?»

È da un po' che ci pensa e a poco a poco ne è più convinto. «Forse dobbiamo riprendere dall'inizio. Legrand stava indagando sulla morte di Philèmon Fauvre. È da lì che dobbiamo ripartire.»

«Dal Prieuré de Binson?»

Gerard conferma con un gesto.

«Allora finisci di bere e andiamo a cena, il primo TGV per Parigi parte domani mattina alle sette.»

8

Lunedì 6 maggio 2013

Sahar chiude il libro e gli occhi.

Quanti bei ricordi nelle pagine del romanzo di Fatema Mernissi.

La terrazza proibita le era capitato tra le mani per caso tanti anni prima, aveva iniziato a leggerlo distrattamente, poi pagina dopo pagina era stata catturata fino a divorarlo in poche ore.

Da lì era partito il suo impegno politico e anche il suo amore per la lettura, passava ore nelle librerie di Gabès – non molte in verità e nemmeno tanto fornite – talvolta andava a frugare nei negozi dell'usato o tra le bancarelle della domenica ed era lì che aveva scovato i libri che forse più aveva amato. Li leggeva uno dietro l'altro come si accendono i fiammiferi, per non trovarsi al buio, per allontanare l'ignoranza e la solitudine. Libri d'amore, di storia, di politica, ciascuno dal suo punto di vista la mettono in contatto con le idee, le vicende, i personaggi di chi scrive. E talvolta scopre che esistono già e così le storie diventano la realtà e il mondo reale la fantasia.

La luce che filtra dall'esterno si abbassa di una tonalità, la parte soleggiata del giorno è finita, si alza dal letto, a piedi nudi va alla finestra socchiusa: place des Moulins, un angolo tranquillo di Marsiglia nella zona alta del Panier, a quell'ora è silenziosa, solo i rami degli alberi mossi dal vento producono un fruscio a ondate.

Era entrata per la prima volta in quella casa una mattina alle prime luci dell'alba di tre anni addietro, sbarcata da un cargo proveniente da Tunisi, con una valigia pesantissima, due sacche stipate all'inverosimile e un sonno terribile. Tre stanze scrostate e luride che odoravano di muffa. Per un attimo aveva avuto paura di aver sbagliato tutto.

Dopo ore passate su una poltrona sgangherata a guardare lo sfacelo che le stava intorno aveva deciso che la sua vita sarebbe tornata bella in pochi giorni, al massimo in qualche settimana. Aveva chiamato un rigattiere a portare via le cianfrusaglie, poi con vernice e pennelli si era messa al lavoro. In quel periodo si era sistemata da Taoufik, un amico del padre che viveva da anni a Marsiglia. Aveva passato giornate a raschiare, stuccare, verniciare e serate a togliere macchie di vernice dalle mani, dal mento, dai capelli. I colori scelti in un momento di euforia erano audaci: giallo ocra per la stanza da letto, azzurro lavanda nel soggiorno, rosso peperoncino macinato nel bagno. I colori di Gabès.

In cucina accende il bollitore, nella teiera di metallo mette il tè, le foglie di menta, lo zucchero di canna. Lo fa molto zuccherato, come piaceva a suo padre.

Sono le sette di sera, l'invito a cena è per le nove, accettato più per debolezza che per convinzione. Un amore ormai morto e sepolto dopo mesi di crescente indifferenza. Nato a Matmata, a pochi chilometri da Gabès, una manciata di case berbere sotterranee, un luogo magico della Tunisia. Erano passati... Dio! Già cinque anni da quella sera: il ristorante Chez Abdoul, gli amici di sempre, qualche volto nuovo. Aveva incrociato occhi profondi che non aveva più rivisto fino a quando un paio di mesi dopo a Biserta, a un concerto rapper degli Armada, una mano le aveva toccato la spalla.

Lui era dietro di lei e le sorrideva. Un ricordo dolce e amaro.

Sahar amava tutto di lui, il suo sorriso, il suo profumo, il modo in cui mormorava nel sonno, come rideva dopo uno starnuto, quando cantava sotto la doccia musiche della sua terra. Si erano ritrovati insieme nel disagio di una generazione in cui cultura hip hop e concerti rap erano un collante forte ma non l'unico. Avevano condiviso quel modo di vivere, malesseri e speranze, ribellioni e paure. Lei era sempre in prima fila nelle manifestazioni per la conquista dei diritti della donna a gridare *karama*, "dignità", a fianco di laiche e musulmane, cristiane ed ebree. Si sintonizzava spesso su radio Kalima, dove Sihem Bensedrine, giornalista e attivista tunisina, parlava dei problemi e delle ingiustizie che affliggevano la società delle donne del suo paese. Aveva frequentato lezioni all'università femminista Ilhem Marzouki a Tunisi. Era una fan sfegatata di Youad Ben Reje, una delle voci più forti dei movimenti femministi tunisini. Era scesa in piazza dietro Sana Ben Achour, attivista dell'Association Tunisienne des Femmes Démocrates a gridare no all'intromissione dell'Islam fondamentalista nella protesta e sì all'abbandono della *jihad* politicizzata e dell'integralismo come strumenti di lotta civile. In quell'occasione era stata fermata dalla polizia e aveva avuto paura. Da quel giorno si era imposta di essere più cauta e si era iscritta a un corso di arti marziali, judo per la precisione. Non l'aveva detto a nessuno, in Tunisia alle donne non era permesso neppure difendersi.

Con Farid aveva vissuto momenti elettrizzanti nei movimenti giovanili contro il regime di Ben Ali, anche se nel tempo erano emersi modi diversi di pensare. Lei, per esempio, non era convinta che l'emancipazione della donna dovesse negare il modello femminile occidentale e che si dovesse realizzare con la tradizione culturale e con gli Hadith, i racconti sulla vita di Maometto, o con il Corano. Lui al contrario era su posizioni radicali: la corruzione della classe al potere che sfoggiava ricchezza, lusso e atteggiamenti sprezzanti nei confronti della tradizione era lo specchio del degrado morale importato dall'Occidente. Solo un ritorno all'Islam più puro poteva garantire il recupero dell'identità araba e musulmana.

Su questo avevano discusso spesso e talvolta la discussione era sfociata in litigio.

Più volte gli aveva raccomandato di stare attento, di esporsi meno nella lotta al regime.

Ma non l'aveva ascoltata.

E puntualmente era avvenuto ciò che temeva.

Stava festeggiando insieme a un gruppo di amiche il diploma di laurea, con la bocca piena di *makroud* aveva risposto al cellulare. Frasi concitate per dirle che era sfuggito alla cattura durante una retata della polizia in una moschea di Sfax in cui era stato arrestato un suo amico, un rapper noto per attività antigovernative. Questione di giorni, forse di ore, gli sgherri di Ben Ali l'avrebbero trovato e sbattuto in galera.

Doveva lasciare la Tunisia, questo il succo del discorso, un cargo in partenza per Marsiglia l'avrebbe imbarcato senza fare troppe domande.

«Vieni con me» le aveva detto Farid. Lei era rimasta a bocca aperta senza riuscire a pronunciare una sillaba. «Vieni con me» aveva insistito.

Lasciare la sua terra, la sua vita, era qualcosa che non aveva considerato. Non in quel modo, non così all'improvviso.

Le era sembrato che il mondo stesse per crollarle addosso.

Poi ripensando a mente fredda si era resa conto che amava il ricordo della sua vita o di ciò che avrebbe voluto che fosse. E che non era più.

Il padre e la madre riposavano nel cimitero di Gabès, il fratello Sabri aveva messo su famiglia e si era trasferito a Houmt Souk, nell'isola di Gerba, a lavorare in un villaggio vacanze; aveva solo qualche lontano parente e qualche amico. Ai luoghi incantati della sua adolescenza si era sostituito un paesaggio di raffinerie, capannoni fatiscenti, tralicci, ciminiere. La società era soffocata da corruzione, violenza, stupri, maltrattamenti. Il futuro del paese sotto la dittatura di Ben Ali era sempre più grigio.

Per il diciottesimo compleanno suo padre le aveva regalato un piccolo appartamento nel centro storico di Marsiglia. «Lo ha scelto il mio amico Taoufik, un giorno sarai curiosa di scoprire un altro pezzo di mondo»; così le aveva detto mostrandole le foto. Poteva contare anche sulla rendita di un gruzzoletto gestito dallo stesso Taoufik. Si sarebbe data da fare, avrebbe trovato un lavoro. Non sarebbe morta di fame.

E alla fine aveva deciso molto più rapidamente di quanto pensasse.

A Marsiglia si era adattata facilmente alla nuova vita, anche se Gabès e la Tunisia erano sempre nel suo cuore. Tutte le mattine si collegava al sito www.lequotidien-tn.com, una finestra sul quel mondo che sentiva ancora suo. E un giorno, aprendo la pagina web, aveva letto del suicidio di un venditore ambulante in una piazza di Sidi Bouzid per protestare contro un vigile che gli aveva sequestrato carretto e mercanzie. Poi, man mano che il tempo passava, notizie sempre più allarmanti, moti di piazza, disordini, morti, un paese sull'orlo della guerra civile. Da quel 17 dicembre 2010 fino alla cacciata di Ben Ali, nel gennaio del 2011, aveva passato ore incollata al computer, alla televisione, al cellulare con le compagne di tante battaglie. Aveva seguito un passo dopo l'altro la Rivoluzione dei gelsomini – così era etichettata in Francia – forse perché il gelsomino era il fiore simbolo del suo paese, forse perché era l'emblema delle passioni dei giovani che avevano avuto il coraggio di ribellarsi.

Più di una volta era stata sul punto di tornare a Gabès per unirsi alla lotta contro Ben Ali e i suoi scudieri.

Ma non l'aveva fatto.

Si era chiesta il perché senza trovare risposta. Forse il timore di perdere un luogo dove aveva iniziato a costruire nuove certezze. La Francia non le dispiaceva, iniziava ad amare Marsiglia, un pizzico di Tunisia in tante piccole cose, almeno in quelle a cui teneva, in un tempo ormai passato, perché non c'era più nulla del suo paese e della sua vita laggiù a cui fosse attaccata o che avrebbe difeso fino alla morte, nulla di quel modo di vivere ristretto, triviale, soffocante.

Le immagini svaniscono, il presente si sovrappone al ricordo. Resta davanti alla finestrella rotonda a scrutare le ombre degli ultimi passanti. Beve un sorso di tè. La storia con Farid è ormai agli sgoccioli, sta morendo così per caso, come se fosse niente, nell'indifferenza di entrambi. Lui trova naturale non rispondere alle sue telefonate per settimane senza il bisogno di scusarsi, ogni tanto ritaglia per lei qualche ora tra un viaggio a Parigi, a Tunisi, nei Balcani. E quando lei gli domanda cosa fa, la risposta è sempre la stessa: «lavoro». Una parola che di solito tronca qualsiasi conversazione.

Il vestito scivola lungo il corpo, dal cassetto prende un reggiseno azzurro di pizzo, un perizoma giallo, una camicetta fucsia, dalla gruccia una minigonna nera. Ama mescolare le tinte, forse il ricordo delle fantasie audaci di colori dei giardini di Gabès, forse la moda hip hop colorata e sgargiante che ha dentro, forse un'interpretazione originale di erotismo.

Il cellulare squilla. Frasi scarne per dire che quella sera non si incontreranno, «impegni di lavoro» si giustifica Farid.

È incerta su come reagire. Meglio non fare domande inutili. Non è la prima volta, ma sarà l'ultima. Meglio così, vuole vivere nel presente e da nessuna altra parte. E in quel presente lui non c'è.

Io sono fuori dalla tua mente, tu sei fuori dalla mia, sibila ricordando un verso di un autore di cui non ricorda il nome.

Il cellulare è sul letto, digita un numero.

«Nadine, che fai stasera? Usciamo? Sono libera.»

9

Mercoledì 8 maggio 2013

Gerard ferma la Citroën davanti alla villetta bianca e spegne il motore.

Ha lasciato Moreau in un bar di Épernay e si gode la solitudine per un po', anche se avrebbe un dannato bisogno di una mano da stringere, di un respiro al suo fianco, di uno sguardo che lo ami.

Quanto tempo è passato dall'ultima volta che è stato lì? Un giorno, una settimana o molto di più? Non sa dirlo, non sa nemmeno perché c'è tornato.

Siede sui gradini di pietra, emette un profondo sospiro e accende una sigaretta. Nel piccolo *jardin d'ombre* della villetta a cui Legrand teneva tanto, tra rose con germogli, macchie di tuie e cedri blu, alza lo sguardo sulle persiane grigio-azzurre, sulla vite americana che si mangia metà della facciata, sui gerani che traboccano dai vasi e vengono giù dalle finestre del primo piano. Tutto sembra essersi fermato a quella sera, al tepore della stanza, al profumo di arrosto, al senso di piacevole rilassatezza.

Schiaccia la cicca per terra e si alza, soffia un vento leggero, un suono solitario da cui non vorrebbe scollarsi.

Ma il Prieuré de Binson lo aspetta. E anche Moreau.

Accanto al cancello è appesa una campanella di rame, Gerard la scuote, Audrine appare sulla soglia con uno scialle rosa poggiato sulle spalle e la testa leggermente inclinata da un lato.

Sale i gradini, si stringono tra le braccia, restano così per un po' mentre gli occhi s'inumidiscono. Lei parla del marito con naturalezza come se stesse nella stanza accanto sprofondato nella poltrona di cretonne, circondato da nuvole di fumo del sigaro toscano da cui non si separava mai. Ascolta le sue angosce, lo smarrimento che prova ogni sera prima di addormentarsi e ogni mattina quando si sveglia. La sua esistenza senza il compagno di una vita si è improvvisamente svuotata.

«La vita è fatta di tante piccole solitudini e di tante piccole gioie» mormora lei con un filo di voce. «Le gioie mi sono state sottratte per sempre, mi resta solo una grande solitudine.»

Prova un'emozione diffusa quando risale in auto, pochi metri ed è a place de la Republique; Moreau lo aspetta sotto il tendone giallo di un bar. Non scambiano una parola. La Citroën percorre strade silenziose incrociando di tanto in tanto un furgone, un'auto, un uomo in bicicletta, e scivola nella campagna in direzione di Châtillon-sur-Marne, una manciata di chilometri.

«È qui» Moreau indica un vialetto sulla sinistra, Gerard mette la freccia, aspetta che un trattore carico di fieno passi sferragliando e svolta nello stradino fermandosi in uno spiazzo coperto di ghiaia.

Non una voce, non un rumore, solo uno sciacquio di una fontanella invisibile. Di fronte un edificio basso, a sinistra una costruzione imponente in pietra col tetto d'ardesia, a destra la cappella. Fa segno a Moreau di seguirlo in quella direzione; dalla luce accecante passa a una penombra che profuma d'incenso. Fa un po' di fatica ad abituarsi alla semioscurità, intravede il sacerdote sull'altare e alcune figure scure raccolte in preghiera sparpagliate nelle prime due file di panche di legno. Le note dell'organo, passando dallo *Stabat Mater* alla *Toccata* di Buxtehude, accompagnano la fine della funzione religiosa. Lentamente le figure sfilano dai banchi e con il segno della croce scompaiono in una porta immaginata dietro una colonna.

Gerard va verso il sacerdote che sta scendendo i gradini dell'altare, è esile, curvo per il peso degli anni e della fede.

«Padre Renard?»

«Sono io.»

«Dovremmo parlarle» sussurra Gerard mostrando il distintivo.

Il sacerdote non muove un muscolo del volto, non risponde, solo un impercettibile segno del capo. Si gira e con passo leggermente claudicante si dirige verso l'uscita seguito dai due agenti.

«Del priorato benedettino dell'XI secolo è rimasto ben poco» dice con un po' di affanno uscendo all'esterno e avviandosi verso la costruzione bassa sul lato sinistro della chiesa. «Quello che vedete è stato quasi del tutto ricostruito, si sono salvati la cappella del XII secolo e qualche muro. La seconda battaglia della Marna nel 1918 è arrivata fin qui e ha ridotto il priorato in un cumulo di macerie.»

Indugia un attimo davanti a una porta, poi fa cenno ai due agenti di seguirlo lungo il muro esterno della chiesa. Alza il braccio in direzione di una distesa di croci bianche perfettamente allineate su un prato verde smeraldo in leggero pendio. «Le tombe di soldati francesi della Prima guerra mondiale. La necropoli raccoglie 2671 spoglie di combattenti caduti nella battaglia di Aisne nel 1914 e nella seconda battaglia della

Marna del 1918, provengono dai cimiteri di guerra di diversi villaggi della Marna e del Tardenois.»

Moreau sta per dire qualcosa ma Gerard lo zittisce con un gesto; rispettano il silenzio del sacerdote con lo sguardo perso sulle croci, quindi lo seguono verso l'edificio davanti al quale si è fermato pochi minuti prima.

«Accomodatevi» dice indicando un divanetto di pelle rossa e prendendo posto dietro una scrivania piena di carte e libri. «Il priorato oggi è un collegio privato cattolico tenuto dalla congrega dei Salesiani di Don Bosco, una bella struttura» strizza gli occhi cerulei velati dalla cataratta per mettere a fuoco i volti dei due agenti. «A cosa devo la vostra visita?»

«Un dipendente del collegio è morto un paio di settimane fa» risponde Gerard.

«Si riferisce a Philèmon? Povero ragazzo, un brutto incidente» risponde il priore, mentre da una confezione di multivitaminico fa cadere una compressa in un bicchiere con due dita di acqua. «Una brava persona, a modo, riservata, benvoluta da tutti, sempre disponibile. Un pacco da spedire, delle candele da acquistare, un ospite da accogliere alla stazione: non esitava a offrire i propri servigi anche al di fuori dell'orario di lavoro. Un carattere non facile però, cambiava improvvisamente umore, alternava momenti di euforia a stati di abulia, era perennemente raffreddato. Passava ore incollato al computer, l'unico svago era recarsi nel weekend a Reims a trovare una vecchia zia.»

Il tipico impiegato modello, pensa Gerard mentre padre Renard spiega che Philèmon era arrivato al Prieuré de Binson ai primi di dicembre del 2012 su segnalazione del vicario parrocchiale dell'Abbaye Saint Victor di Marsiglia, per essere assunto come contabile. Che la direttrice del collegio, mademoiselle Gauthier, non lo vedeva di buon occhio, sostenendo che la contabilità la conoscesse solo dai libri di scuola «e forse non aveva tutti i torti» mormora il priore bevendo un sorso d'acqua.

«Com'è morto?» chiede Gerard spostando lo sguardo dalla libreria carica di volumi alla figura esile del priore.

Il vecchio salesiano incrocia le braccia sul petto mentre cerca le parole più adatte per rispondere a una domanda che si aspettava. Si schiarisce la gola con un leggero colpo di tosse e inizia a raccontare sfumando le parti più crude della vicenda. Come tutte le mattine, alle prime luci dell'alba Philèmon si era recato in chiesa a pregare. Era molto preso dalla vita spirituale, lontano mille miglia dalle frivolezze dei giovani della sua età. Chissà cosa l'aveva spinto a salire sul campanile dove erano in corso lavori di restauro. Curiosità o desiderio di ammirare i chiarori dell'alba. Forse era scivolato. Forse aveva avuto un malore. Padre Dior aveva sentito un rumore sordo nel cortile ed era accorso trovandolo senza vita sul selciato. Nel pronunciare le ultime parole il salesiano abbassa l'intensità della voce per sfumare l'immagine della morte violenta: «Dio salvi la sua anima».

«Quando è avvenuto l'incidente?» chiede Moreau, che fino a quel momento si è limitato a prendere appunti.

«Lunedì 22 aprile alle sei e trenta del mattino, abbiamo avvertito subito la polizia di Épernay.»

«Al funerale era presente un solo parente, la sorella» aggiunge Gerard ricordando le parole di Legrand.

«È stata una sorpresa, sa? Una bella ragazza, alta, bruna, dai lineamenti così diversi da quelli tozzi e grossolani del fratello. Almeno mi è sembrata, gli occhi mi stanno abbandonando, forse per questo mi ritrovo spesso a guardare indietro; il passato ha una chiarezza che nel presente non riesco più a scorgere.»

«È stato lei ad avvertirla della morte di Philèmon?»

Padre Renard scuote il capo, spiega che ha comunicato la triste notizia a un parente di Marsiglia, uno zio o qualcosa del genere; l'indirizzo, l'unico di cui è in possesso, lo aveva fornito lo stesso Philèmon quando aveva depositato i documenti per l'assunzione. «Sarà stata informata da lui.»

Gerard chiede ulteriori particolari sulla personalità di Philèmon, mentre Moreau appunta sul taccuino le date in cui aveva preso servizio, le sue abitudini, le persone che frequentava. Quindi torna su Jacqueline. Padre Renard è l'unico ad aver scambiato con lei qualche frase.

«Era turbata, e questo mi sembra logico, ma anche spaurita. Mi ha raccontato che non vedeva il fratello da anni, da quando lui era andato via di casa. Poco dopo aveva perso i genitori ed era andata a vivere da una zia a Barcellona. Povera ragazza, mi ha chiesto di inviarle gli oggetti personali del fratello per avere qualche ricordo. Mi è sembrata più serena e sollevata quando è uscita dalla sua stanza dove si è raccolta in preghiera per qualche minuto.»

Chiede al salesiano il numero di telefono della ragazza. «Posso darle solo l'indirizzo» risponde, aprendo un cassetto dello scrittoio. Da una vecchia agendina estrae un foglietto su cui con una calligrafia minuta è scritto il nome della zia di Jacqueline, Maria José del Carmen Álvarez, e l'indirizzo, plaça del Fossar de les Moreres, Barcellona.

Il foglietto passa dalle mani del priore a quelle di Gerard per finire nelle tasche di Moreau.

«Dov'è avvenuta la disgrazia?»

Padre Renard sussurra un «prego da questa parte» aggiungendo che padre Dior, il sacerdote che è accorso per primo sul luogo dell'incidente, arriverà a momenti.

Attraversano corridoi silenziosi, il salesiano apre una porta, poi un'altra, poi un'altra ancora, fino a un cortile. Gerard abbassa lo sguardo sulla sagoma di gesso sbiadita sul selciato, lo alza verso il campanile, lo riabbassa di nuovo su un salesiano tondo e paffuto con occhiali spessi, un ciuffo di capelli sparsi a casaccio sulla nuca e due piedi che spuntano dalla veste a reggere il tutto. Non trova la giusta concentrazione mentre padre Dior racconta ciò che quella mattina all'alba ha sentito, ha visto, ha fatto. Il tonfo come di un sacco di patate, la corsa per le scale, Philèmon piegato in una posa innaturale con gli occhi sbarrati e una strana espressione sul viso.

Per una qualche ragione la sua curiosità è concentrata sul campanile; ha il fiatone quando arriva in cima. Istintivamente contempla la campagna segnata da filari ordinati di viti a perdita d'occhio, mentre non può fare a meno di pensare a Legrand e alla sua gioia di vivere. Si guarda intorno, un mucchietto di pozzolana, un sacchetto di cemento, una pala, un piccone, una cazzuola, una catasta di mattoni. Guarda di sotto: il tetto della navata è una decina di metri più in basso. Butta la sigaretta consumata a metà, afferra una delle tavole di legno che fanno da parapetto, si puntella con i piedi, fa forza con le braccia, una mano scivola e si graffia sull'intonaco. Moreau arriva in soccorso, insieme riescono a malapena a smuovere di qualche millimetro i chiodi che sembrano saldati al muro.

Memorizza gli ultimi particolari, dà una pacca sulla spalla al giovane agente e scendono.

Padre Renard li attende nella penombra della cappella. «La direttrice la vuole incontrare.»

Salgono due rampe di scale, in un corridoio incrociano un gruppo di giovani con i libri in mano che stanno entrando in un'aula; l'uscio si chiude e le loro voci si smorzano di colpo.

La porta della direzione, in mogano scuro con una maniglia dorata, incute rispetto. Viene aperta lentamente in ossequio a chi ci sta dietro: appare una stanza ampia con carte geografiche appese al muro, la Francia, l'Europa, il mondo, belle mappe antiche e una scrivania enorme dietro cui è seduta una donna incredibilmente piccola.

Gerard la scruta con curiosità: mademoiselle Gauthier è austera e decadente con una fredda ostilità sul volto. Attacca con una frase che sembra preconfezionata: la morte di Philèmon è una sconfitta personale, la vita di più di cento ragazzi del collegio dipende da lei, avrebbe dovuto controllare personalmente la sicurezza delle transenne. Stringe il foulard viola al collo, con l'indice e il pollice della mano sinistra inizia a tormentare un anello massiccio all'anulare della destra. Non accenna a farli accomodare, Gerard e Moreau restano in piedi, padre Renard appena più dietro.

«Non ammetto gli errori degli altri, figuriamoci i miei. E se fosse successo a uno dei collegiali?» Stringe le labbra invisibili in un evidente gesto di stizza.

«Cosa mi sa dire di Philèmon Fauvre?» Gerard le rivolge la domanda.

La donna atteggia un'espressione infastidita, le mani non stanno ferme un attimo, spostano continuamente oggetti disposti in ordine sulla scrivania mentre ribadisce che il contabile era un corpo estraneo nel collegio oltre che un incapace.

Soprattutto all'inizio sembrava che la contabilità la conoscesse solo dai libri di scuola.

«E sì che...» lancia un'occhiata maligna verso Renard «sono state sprecate lodi sulla sua bravura a far di conto, vero padre?»

L'anziano priore non osa rispondere di no. Neanche osa dire sì. Tace con il capo chino.

«Ho incaricato il nostro legale di agire contro l'impresa edile che non ha protetto adeguatamente i locali in cui stava eseguendo i lavori. La negligenza non è ammissibile, soprattutto quando le conseguenze sono quelle che abbiamo sotto gli occhi.»

Gerard non si prende la briga di commentare, la donna gli ricorda la sua professoressa di scienze alle medie, tirannica con gli studenti e con tutti quelli che considerava più deboli.

«Philèmon è mai entrato in contrasto con qualcuno del collegio?»

Mademoiselle Gauthier alza contemporaneamente busto e tono della voce.

«A cosa vuole alludere?»

«A quello che ho detto. C'è qualcuno al Prieuré de Binson che poteva desiderare la morte di Philèmon?»

«Sciocchezze» ribadisce la donna mentre cattura con una forcina una ciocca di capelli sfuggita allo chignon. Sposta un portapenne, apre un cassetto e lo richiude senza prendere nulla prima di precisare: «Philèmon è scivolato perché la ditta che sta eseguendo i lavori non ha predisposto adeguate protezioni. Se lei, commissario, ha altre idee per la testa, le tenga per sé. Gli abitanti di Châtillon-sur-Marne non aspettano altro che avere argomenti di conversazione con cui riempire le loro noiose serate. Quello che lei sta insinuando rimarrebbe nei ricordi per anni e il mio nome sulla bocca di tutti. Non accetto che si lancino ipotesi fantasiose che possono gettare ombre sul collegio che dirigo con successo da anni».

Con un fazzoletto pulisce un'invisibile traccia di polvere sul bordo di una cornice d'argento, afferra uno dei tanti fascicoli sparsi sulla scrivania e si mette a sfogliare le pagine.

«Se non vi dispiace...»

Un modo per far capire che per lei l'incontro è finito.

Ma Gerard non ha intenzione di mollare.

«Le riformulo la domanda, mademoiselle Gauthier: Philèmon ha mai avuto in questi mesi diverbi con qualcuno del priorato?»

La donna lancia uno sguardo di sfida, la risposta arriva secca.

«Mai.»

«Se non aveva nemici, almeno degli amici?»

La donna serra nuovamente le labbra, sembra sull'orlo di sbottare ma si controlla.

«Chiacchierava spesso con un giovane salesiano...» si volta verso padre Renard che con un filo di voce azzarda la risposta.

«Forse si riferisce a padre Simeon.»

«Giusto. Proprio lui.»

Gerard ne ha abbastanza, è stanco di stare in piedi, stanco di avere a che fare con una persona risentita e incazzata con la vita.

«Voglio parlarci.»

Mademoiselle Gauthier con un impercettibile movimento del capo autorizza padre Renard a rispondere.

«Oggi è fuori, può trovarlo domattina.»

Una nuvola passa davanti al sole coprendo d'ombra quell'angolo di mondo e sfuocando il cenno di saluto della donna.

I due agenti attraversano corridoi, scendono scale, finalmente escono sul piazzale sotto un sole tiepido. «Una vera megera» dice Moreau quando è sicuro che nessuno lo possa sentire, Gerard annuisce e rincara la dose: «Una stronza nevrotica».

Il vento tra gli alberi fa arrivare le risate di un gruppo di studenti che stanno salendo sulla corriera per Épernay.

«Ho prenotato all'Hotel Jean Moet, un po' caro ma dopo una giornata così…»

Il cellulare inizia a vibrare, Gerard risponde a monosillabi, chiude la conversazione, scruta dal basso in alto il giovane agente, cerca le parole giuste, sa che dovrebbe essere più razionale in certi momenti, frenare certi impulsi.

«Che succede?» chiede Moreau.

«Zahira, la ragazza libanese che cura la mia casa, stasera non può dare da mangiare ai cani né farli uscire. E soprattutto non può dare a Maigret la pillola per la leishmaniosi. È a letto con 38 di febbre.»

«Non c'è nessuno che…»

«No.»

«Hai in mente una soluzione?»

«Sì. Torniamo a Parigi.»

Moreau vorrebbe replicare ma Gerard ha già acceso il motore.

La Citroën C5 si muove scricchiolando sulla ghiaia e scivola veloce nella campagna.

Parigi è lontana. E Maigret e Dupin hanno fame.

10

Giovedì 9 maggio 2013

«Hai fatto un buon acquisto.»

Sahar con un bel sorriso porge al ragazzo in jeans e k-way il libro impacchettato nella carta a strisce bianche e blu della libreria.

«Allora non accetti il mio invito per stasera?» chiede lui mentre cerca i soldi nel portafoglio.

«No, sarà per un'altra volta.»

Sahar aspetta che il giovane esca, poi afferra la borsa e si avvicina all'uomo seduto in poltrona a non far niente.

«Posso andare via prima stasera?»

Fernández dà un paio di boccate alla pipa, la poggia su un piatto che sembra fatto apposta per quello, osserva il filo di fumo che sale perfettamente verticale.

«Hai un appuntamento galante?»

Sahar scoppia in una risata: «Magari! Ho promesso a Fatma, la moglie di Taoufik, di andarla a trovare».

L'uomo accenna un sorriso e un movimento della testa. «Taoufik era un vero amico, ne sentiremo la mancanza.»

Esce dalla libreria e si avvia lungo il quai, il sole è protetto da una cortina di nubi che cancella la linea dell'orizzonte.

La morte di Taoufik è stato un duro colpo, se l'è portato via due mesi fa una polmonite che si trascinava da tempo. Una notizia non inaspettata ma non meno dolorosa. Al suo arrivo a Marsiglia, dopo un'iniziale diffidenza era nata con lui una disinvolta familiarità. Era qualcosa di speciale, non un padre, non un amico, una specie di nume tutelare a cui aggrapparsi nei momenti difficili, confidarsi, avere consigli. Eppure la sua prima reazione era stata molto diversa quando una sera a Gabès suo padre le aveva confidato che i suoi risparmi erano gestiti da un uomo che viveva a Marsiglia, Taoufik appunto.

Lo ricorda come se fosse ieri, suo padre era seduto sulla solita poltrona in un angolo del salotto con il tavolino a portata di mano, dove una radio sempre accesa trasmetteva programmi di qualsiasi genere. La sua pelle era liscia e asciutta, gli occhi penetranti e acuti.

Aveva messo nella teiera d'argento lavorato il tè verde, le foglie di menta, abbondante zucchero di canna, aveva aggiunto acqua bollente e aveva incrociato le mani sul grembo.

«I tuoi soldi li custodisce Taoufik a Marsiglia», le aveva detto mentre aspettava che l'infuso raggiungesse la giusta concentrazione, poi le aveva consegnato un foglietto con il nome, indirizzo e numero di telefono. Lei aveva avuto una reazione istintiva: come fidarsi ciecamente di una persona estranea? E se fosse fuggito con i soldi?

Lui non aveva risposto subito, aveva preso la teiera per il manico tenendola molto in alto, versato il tè in bicchieri di vetro opaco, bevuto un paio di sorsi lentamente e come sempre aveva ripetuto: «Il primo bicchiere è dolce come la vita, il secondo è forte come l'amore, il terzo è amaro come la morte». Aveva posato il bicchiere e si era lasciato andare contro lo schienale.

«Taoufik non è un estraneo e neanche un fratello» le aveva detto. «Un fratello non lo scegli, ce l'hai, può essere simile a te o diverso, può nutrire gli stessi sentimenti, gli stessi principi ma può anche essere diametralmente opposto. Lo puoi amare, lo puoi odiare. Un amico no. Un amico lo scegli tu e lui sceglie te, liberamente, perché tutti e due vedete la stessa verità e avete a cuore la stessa verità. Stai tranquilla, lascia che sia lui a gestire i tuoi soldi. Se ne avrai bisogno te li darà senza neanche chiederti il perché. Non sai cosa la vita ti può riservare, lui è ricco e potrà aiutarti.»

Così era stato. Era a Marsiglia da un paio di mesi quando Taoufik una mattina l'aveva chiamata. «Ho un lavoro che fa per te.»

All'indirizzo corrispondeva una libreria sul quai de Rive Neuve; da una porta dipinta di blu era entrata in uno strano guazzabuglio, mucchi di libri che sembravano appoggiati lì per caso, modellini di barche a vela su scaffalature, archi in mattoni che sostenevano una volta da cui pendevano decine di guidoni colorati. Il proprietario, Juan Fernández, testa piccola e calva, occhiali di metallo sottilissimo posati sul naso davanti a occhi svelti, le era venuto incontro dondolando a destra e a sinistra sulle gambe arcuate. Le aveva spiegato come erano catalogati i libri, come doveva registrare i nuovi arrivi, come confezionare un pacchetto.

Camminando sul quai il vento solleva i suoi capelli e li lascia in una posa strana. Ha l'idea di comprare per Fatma dei dolci alla Rose de Tunis che è di strada, ma poi ci ripensa, i *baklawa* del Petit Amandier sono di un altro pianeta. Arriva a quai des Belgies, gira a destra e accelera il passo, rue de Rome non è proprio dietro l'angolo.

Entrando nella pasticceria viene avvolta dai profumi dei fiori di arancio, di cannella e di miele. Guarda con l'aria incantata di un bambino l'esposizione di dolci sul bancone, *baklawa*, *montecao*, *makroud*, *kaak warka*, *mhancha*.

Vorrebbe portarli via tutti.

Con il pacco dei dolci in una mano e la borsa nell'altra fa una bella camminata. È allegra, sarà per il lavoro che le piace, sarà per le serate con gli amici, per i tardi risvegli con leggeri postumi di sbornia. Nella sua vita nessuna bella sorpresa ma neppure brutta.

Entra a Belsunce, un quartiere che non ama anche se è un pezzo di Maghreb in terra francese, marciapiedi invasi da fruttivendoli colorati, botteghe di stoffe e vasellame, un guazzabuglio di persone e locali di ogni genere.

Si fa il giro del mondo in poche centinaia di metri e in pochi minuti.

Su cours Belsunse svolta a destra, passa davanti a saracinesche chiuse, lavagne per i writers, evita una scarpa rotta e al secondo portone suona il campanello.

«Taoufik era carico di disprezzi silenziosi.» Fatma parla con affetto del marito. «"Quei fetenti", ripeteva sempre riferendosi ai francesi, ti ricordi?»

Sahar annuisce: in quei tre anni di vita a Marsiglia non ha avuto molti contatti con francesi, a parte Jacques, un ragazzo timido innamorato perso di lei. Come tanti altri.

«Quando torni?»

«Presto.»

«Se vuoi ritirare i tuoi soldi ora che Taoufik non c'è più...»

«Non ci penso proprio.»

«È arrivato il nuovo bancomat.»

«Lo prendo nei prossimi giorni, quello vecchio scade tra una settimana...»

«No, adesso.»

«Perché?»

«Perché sento che è giusto così.»

Aiutandosi col bastone va a un vecchio comò, apre un cassetto e le consegna la busta. «Il codice è all'interno, è ancora a nome del mio povero marito. Prendi anche il suo cellulare, a me non serve.»

«Ma ho il mio.»

«Questi aggeggi si rompono facilmente, meglio averne uno di riserva.»

Sahar vorrebbe replicare ma sa che è inutile, così lo mette in tasca.

Ama quella casa, un luogo addolcito da vecchi segreti, starebbe lì a chiacchierare per ore tra una tazza di tè e un *makroud*.

Sono le otto di sera quando saluta Fatma, giusto il tempo per andare a casa a cambiarsi l'abito, l'appuntamento al bar de la Pleine è per le nove.

Dai viottoli ciottolati che si arrampicano sul Panier con negozi di sapone che profumano le strade, tra urla di madri che chiamano i figli dalle finestre in tutte le lingue, passa per rue Paradis, dal Consolato degli Stati Uniti sbuca in rue de Rome. La Pleine è un reticolo di strade segnate da graffiti e murales, bordeggiate da antiquari, negozi di dischi, piccole librerie di quartiere, ristoranti, bar dove giovani innamorati di essere giovani bevono.

Scorge il gruppetto degli amici seduti a un tavolino sulla strada: sono sempre gli stessi, Jacques, Antoine, Nicolas e Nadine, la sua migliore amica, tutti in un modo o nell'altro innamorati di lei. Ma lei dopo Farid non cerca l'amore anche se sa che prima o poi arriverà. Senza fretta, perché tanto l'assenza d'amore dura poco.

Nicolas si alza e scosta una sedia, Sahar beve un sorso di gin tonic dal bicchiere di Nadine.

«Dove andiamo?»

«All'Ostau dau País Marselhés» propone Antoine arrotolando uno spinello.

«Quante canne ti sei fatto oggi?»

Lui risponde mostrando l'indice della mano.

«La prima della sera vorrai dire.»

Tutti scoppiano a ridere.

«Ho fame» dice Sahar, che ha piene le tasche del centro culturale occitano: concerti, balli, aperitivi, il cliché è sempre lo stesso.

«Allora tapas da Dos Hermanas» replica Antoine che dopo una lunga boccata sta passando la canna a Nadine «e sangria rossa.»

«Preferisco la bianca» obietta Jacques.

«Muoviamoci» dice Sahar alzandosi. «Avviatevi e prendete un tavolo, vi raggiungo subito.»

«Dove vai?»

Sahar indica un portoncino e la targa delle edizioni Même Pas Mal.

«Ti accompagno» le dice Nadine tornando indietro e cingendole la vita con un braccio.

«Ehi!» urla Nicolas voltandosi. «Non è che voi due…»

Sahar scoppia in una risata.

È il mio mondo, pensa, *sono in una specie di favola e niente è impossibile, devo solo esprimere un desiderio*.

11

Giovedì 9 maggio 2013

Il cielo grigio e compatto di ieri ha lasciato spazio a un azzurro terso e chiaro con qualche macchia bianca.

«Hai intenzione di farmi fare trecento chilometri al giorno?» borbotta Moreau scendendo dall'auto sullo spiazzo di ghiaia del Prieuré de Binson. «Per fortuna ha smesso di piovere.»

Gerard s'infila la giacca, vorrebbe ribattere che per Maigret e Dupin ne farebbe anche il doppio, ma lascia correre, si limita a commentare: «Oggi voglio chiudere, ho le tasche piene di questi preti e di quella stronza della direttrice».

Qualcuno dalla parte della cappella intona un canto, una porta del collegio sul cortile è aperta e fa passare un vociare giovane con battiti di mani. Padre Renard esce dalla cappella, li saluta con la solita cortesia, quindi con un gesto li invita a seguirlo in un corridoio, solo silenzio, stucchi sbiaditi ed echi di passi solitari.

Entrano in un'aula con pareti azzurre e banchi con i piani di fòrmica gialla, Renard indica con un gesto a due studentesse di uscire, Gerard si siede e si guarda in giro. Fotografie di gruppi di giovani sorridenti e felici, disegni che ricordano il peggior Kandinskij, una carta geografica dell'Unione Europea, in una bacheca annunci attaccati con puntine da disegno. Al rumore di una porta dischiusa punta lo sguardo su un giovane sacerdote che sguscia tra i tavoli e si sistema di fronte. Padre Simeon ha gli occhi piccoli e sospettosi dei bretoni e i capelli del colore della sabbia bagnata della Normandia.

Il silenzio dura più del dovuto, si scrutano, si valutano, Gerard accavalla le gambe e sbottona la giacca.

«Lei conosceva Philèmon Fauvre?»

«Ci si scambiava quattro chiacchiere ogni tanto, era sempre solo, così cenavo spesso con lui.»

«Di cosa parlavate?»

«Un po' di tutto, Philèmon era internet dipendente, riusciva a fare col web cose incredibili e la cosa mi affascinava. Io a malapena riesco a mandare una mail.»

«Le ha mai parlato di malesseri che potrebbero averlo spinto a un gesto tragico?»

«Lei pensa…»

Gerard fa spallucce, padre Simeon atteggia un'espressione di stupore prima e di scetticismo subito dopo.

«Philèmon era un taciturno, un introverso ma non certo sull'orlo del suicidio. Anzi, la sera prima di morire era di ottimo umore; gli avevo chiesto il favore d'inviare con il suo computer delle foto a mio fratello che vive con mia madre e lui aveva accettato con piacere.»

«Quali foto?»

«Mia madre è molto anziana, le avevo promesso che avrei festeggiato il mio compleanno con lei a Luc-sur-Mer in Normandia, dove vive con mio fratello. Ma per una serie di impegni imprevisti qui al priorato non ho potuto mantenere la promessa. Così, per alleviare la sua delusione ho pensato di inviarle alcune foto che mi ritraevano mentre spegnevo le candeline sulla torta.

Philèmon le ha scaricate dalla mia macchina digitale sul suo PC, ha allegato i file e inviato la mail. Purtroppo…»

«Purtroppo?»

«Mio fratello mi ha chiamato due giorni dopo per dirmi che nella mail non c'era traccia degli allegati.»

«Mi spiace che sua madre non abbia ricevuto le foto.»

Gerard dà un tono conclusivo alla frase per chiudere rapidamente un dialogo che non porta a nulla; l'unica informazione interessante è che Philèmon la sera prima di morire era di ottimo umore. Ha già archiviato la possibilità di un incidente, sta per fare la stessa cosa con quella del suicidio.

Anche padre Simeon sembra ansioso di concludere, almeno a giudicare da come si agita sulla sedia.

«Qualcosa non va?»

«Nulla.»

Gerard coglie un che di falso nella voce; a naso il giovane salesiano non la racconta tutta.

«Proprio nulla?»

«Certo. Se non c'è altro…»

Gerard fa un cenno di diniego, lo osserva mentre esce dalla stanza con fretta eccessiva, quindi si gira verso padre Renard che fino a quel momento non ha spiccicato verbo.

«Dov'è il computer di Philèmon?»

«La Gendarmerie di Épernay l'ha preso due giorni fa per analizzarlo.»

Gerard si volta verso Moreau facendo con mignolo e pollice il segno della cornetta.

«Questo Simeon è da molto al priorato?»

«Solo un anno, è un giovane devoto e riservato, una gran brava persona, solo un po' emotiva.»

«Va bene» taglia corto Gerard che non vede l'ora di accendersi una sigaretta.

Esce sul piazzale, si appoggia al cofano dell'auto, Moreau qualche metro più in là parla al cellulare, dai bisbigli immagina che all'altro capo del filo ci sia una donna.

È alla terza Chesterfield quando una Renault grigia si ferma sullo spiazzo. Il giovane smilzo dagli occhi vivaci, con un portatile in una busta di plastica trasparente, si presenta come agente Cedric, responsabile informatico della Gendarmerie di Épernay.

«Lei ha analizzato il computer di Philèmon?»

«Un reperto inutile, il notebook è nuovo di zecca.»

«Nuovo di zecca?»

«Esatto, nuovo di zecca.»

«Impossibile, Philèmon la sera prima di morire l'ha utilizzato per inviare una mail con le foto di padre Simeon.»

«Non so che dire, il PC non è mai stato utilizzato. Forse questo sacerdote si sbaglia.»

Gerard fa cenno di seguirlo, padre Renard è nello studio, chino sullo scrittoio, la luce fioca filtrata da una campana di vetro verde illumina metà del suo volto, immagine di un'altra epoca.

«Devo parlare con padre Simeon. Subito.»

Il salesiano non commenta, non fa domande, alza la cornetta del telefono, poche sillabe a bassa voce. I minuti sfilano in silenzio fino a quando il giovane monaco compare sull'uscio.

«Il computer di Philèmon da cui lei afferma di aver inviato delle foto, peraltro mai arrivate, non è mai stato usato. Come lo spiega?»

Il suo colorito passa rapidamente al rosso fuoco.

«Mai usato?» balbetta.

Gerard prende il computer e glielo mette sotto il naso.

«Lo riconosce?»

«Sì.»

«Come fa a essere così sicuro?»

«Dal graffio sul coperchio vicino al logo HP.»

Spiega che una ventina di giorni prima il Toshiba di Philèmon si era rotto, così lui ne aveva comprato uno nuovo, aveva avuto uno sconto proprio per quel graffio.

«Sa dove l'ha acquistato?»

Simeon si gratta il mento, poi la testa: «Forse a Épernay ma non ne sono sicuro».

Gerard l'osserva, il giovane salesiano non riesce a dissimulare l'imbarazzo, sembra alla ricerca di un'idea che lo faccia uscire da una situazione che sta diventando scomoda.

«Forse la notte prima di morire Philèmon ha riformattato il computer.»

Cedric lo stronca subito: «Lo escludo, in un PC riformattato si può sempre risalire alla data di installazione del sistema operativo originale.»

Renard riprende a leggere come se tutto ciò che accade intorno a lui non lo riguardasse. Gerard va alla finestra, la apre, dei ragazzi seduti sul prato del giardino fanno ricreazione, scherzano, ridono. Non come lui, un solitario, pochi amici, la prima ragazza l'aveva baciata su una panchina della Tuileries a sedici anni, si chiamava… cazzo, possibile non ricordare il nome del primo bacio? C'è tempo per divertirsi, per godersi la vita, pensava allora. «Attento, gli anni passano alla svelta» gli ricordava spesso suo padre. E aveva ragione. Quarantanove anni volati in fretta e tanti rimpianti.

Accende una sigaretta, sente il fumo penetrare nei polmoni

e uscire sperdendosi nell'aria fresca, un'altra boccata, poi un'altra ancora, ha un mozzicone tra le labbra quando arriva a una conclusione.

«La stanza di Philèmon e quella di padre Dior sono lontane?»

«No» risponde padre Renard alzando per la prima volta gli occhi dalla scrivania. «Sono sullo stesso corridoio a pochi metri l'una dall'altra.»

Due rampe di scale, svolta a destra, poi ancora a destra, quindi a sinistra; incrociano padre Dior: «Venga con noi» dice Gerard senza neanche voltarsi.

«È qui» dice Renard aprendo una porta. L'anta sbatte contro il muro e torna appena indietro lasciando intravedere un letto, una scaffalatura con qualche libro, un comodino, un armadio di ferro e, tra questo e l'angolo, una finestra.

Gerard fa un cenno a Moreau, i due si mettono in disparte a confabulare a bassa voce, quindi il giovane agente esce dalla stanza.

«Quanto tempo è trascorso dal momento in cui ha sentito il corpo cadere fino a quando è arrivato nel cortile?» chiede Gerard a padre Dior.

Il sacerdote socchiude gli occhi, resta in quella posizione mentre ripercorre mentalmente le mosse di quel giorno.

«Due minuti al massimo.»

«Vorrei che lei rifacesse tutto ciò che ha fatto quella mattina dopo che ha sentito il tonfo. Entri nella stanza e aspetti che le dia il via.»

Quindi col cellulare chiama Moreau. «Ci sei?»

«Sono sul campanile.»

Gerard dà il via quasi contemporaneamente a padre Dior e a Moreau. In poco più di due minuti il salesiano esce dalla stanza, percorre il corridoio a passi veloci e ravvicinati e scompare per le scale. È al pianerottolo del primo piano quando si scontra con Moreau che sta scendendo. Se c'era qualcuno con Philèmon sul campanile, pensa Gerard, non ha avuto il tempo di sostituire il computer. Scrocchia le dita, osserva Cedric, padre Renard, padre Dior e inchioda lo sguardo su Simeon.

«La sera in cui Philèmon ha mandato la mail con le foto ha notato se sul desktop c'erano documenti?»

Il giovane salesiano è colto di sorpresa, dà l'impressione di pensarci su prima di esclamare: «Sì, certo! Ricordo che voleva fare un po' di pulizia perché la scrivania piena di file rallentava le operazioni».

«E quando il giorno dopo il funerale è andato nella sua stanza e ha acceso il computer, i file erano sempre lì?»

Simeon si alza di scatto e avvampa.

«Cosa sta insinuando? Non sono mai entrato nella sua stanza, e tantomeno...»

Gerard lo fulmina con lo sguardo e Simeon ammutolisce.

Il salesiano può negare tutto o spiegare tutto. Tenta la prima strada caricando di indignazione le parole. Gerard non si scompone, accetta la messinscena, lo può mettere nell'angolo e demolire la sua tesi colpo su colpo, una scena che potrebbe essere pietosa al cospetto del priore Renard. E lascia correre. Quando Simeon si zittisce, stampa sulle labbra un mezzo sorriso.

«Forse è bene che ci dica quello che sa.»

Il sacerdote non ricambia, si tormenta le mani, prima si chiude in un mutismo ostinato, ma dopo un lungo silenzio cede. Il suo racconto, superata un'iniziale titubanza, procede spedito. Riferisce che il fratello lo aveva chiamato comunicandogli che nella mail ricevuta non aveva trovato file allegati.

«Questo lo sappiamo» taglia corto Gerard.

Non sapeva cosa fare. Avrebbe potuto utilizzare il computer dell'amministrazione ma non aveva il cavo di connessione della macchina fotografica. Il PC di Philèmon era ancora lì nella stanza con le foto caricate, non ci vedeva nulla di male a usarlo, il contabile era morto da giorni, le indagini erano concluse, almeno così lui pensava. Perciò la sera dopo il funerale aveva atteso che padre Dior si ritirasse ed era entrato nella stanza.

Il computer era lì sul tavolo, l'aveva acceso ed era rimasto senza parole. Nella posta inviata non c'era traccia della sua mail. E non solo della sua, di nessuna. La posta elettronica era vuota. Niente messaggi in entrata né in uscita, niente spam. Era andato su *Esplora risorse* ma anche lì non c'era traccia di file in Word o Excel. E il desktop era pulito.

Simeon abbassa lo sguardo e Gerard comincia ad avere le idee chiare.

«Quando ha saputo che il vecchio portatile di Philèmon non funzionava?» chiede a un tratto.

«Una sera a cena Philèmon mi confidò che il suo PC era soggetto a *crash* continui di sistema, forse un virus. Era in apprensione, doveva inviare con urgenza una mail e non sapeva come fare. E...»

«Cosa?»

«La stessa sera, mentre passeggiavo in giardino recitando il rosario, ho notato un chiarore insolito che filtrava dalle finestre dell'amministrazione. Sono salito, Philèmon era seduto davanti a uno schermo; appena mi ha visto si è alzato di scatto visibilmente agitato, come se lo avessi colto a fare qualcosa di proibito. Si raccomandò di non dire nulla, mademoiselle Gauthier, la direttrice, non avrebbe approvato.»

«Prendi il computer dell'amministrazione» dice Gerard rivolgendosi a Moreau.

«Devo avvertire la direttrice» azzarda Renard preoccupato.

«La avverta.»

Poi si volta verso padre Simeon, bianco come un cencio. «È sicuro di non ricordare altro?»

Il sacerdote scuote il capo e lo china verso il basso.

«Può andare» dice Gerard dirigendosi verso la porta, ma prima di uscire si volta.

«Per quanto possibile non riferirò a mademoiselle Gauthier il nostro colloquio.»

«Grazie.»

Tuttavia mademoiselle Gauthier è troppo furibonda per occuparsi di Simeon.

«Perché la polizia vuole ficcare il naso nei computer dell'amministrazione del collegio? Non basta tutto il danno che ha fatto quell'impiccione di Legrand? Per fortuna ce lo siamo tolto dai piedi. Certo, mi dispiace che sia morto ma ogni lavoro ha dei rischi. E poi, perché mai la morte di un ispettore a centinaia di chilometri di distanza deve essere collegata a ciò che è avvenuto al Prieuré de Binson?»

«Non credo che abbiamo altra scelta, mademoiselle» azzarda con un filo di voce l'anziano priore.

Lei non lo degna di uno sguardo, si alza, liscia la blusa con il palmo della mano, stringe al collo il foulard e si dirige con passo spedito verso i due agenti che attendono sulla porta.

«Non potete farlo, abbiamo la contabilità lì dentro, ci impedite di lavorare!» esclama inviperita mentre Moreau stacca i cavi e porta via monitor e computer.

«Qualcuno è entrato nella stanza di Philémon dopo la sua morte?» le chiede Gerard ignorando le sue parole.

«Che vuole che ne sappia!» esclama la direttrice. «Domandi a padre Renard.»

«Teoricamente chiunque,» risponde l'anziano priore «ma per quello che mi risulta l'unica persona che si è trattenuta qualche minuto da sola nella stanza di Philèmon è stata sua sorella.»

Padre Renard racconta che Jacqueline era arrivata a bordo di una Renault Clio rossa, portava una borsetta nera e un borsone da viaggio. Stava per accomiatarsi quando aveva chiesto di potersi raccogliere in preghiera nella stanza del fratello. «Solo un minuto» aveva mormorato con espressione supplichevole. Lui aveva avuto un attimo d'indecisione, la polizia era stata chiara, nessuno poteva entrare nella stanza fino a che non fossero state chiuse le indagini. Ma non se la sentiva di negare a quella giovane provata dal dolore di raccogliersi qualche attimo da sola. Il tempo di una preghiera. Nessuno avrebbe avuto da ridire.

Jacqueline aveva preso con sé anche alcuni effetti personali del fratello.

Renard porge un foglio dove sono catalogati gli oggetti appartenuti a Philèmon, quelli ritirati dalla sorella spuntati con un tratto rosso. Gerard scorre l'elenco, cose insignificanti, eccetto un lucchetto con due chiavi.

Qualcosa non torna. Ci sta che una sorella abbia il desiderio di pregare nella stanza del fratello defunto. Ci sta meno che con l'auto parcheggiata a pochi metri si trascini un borsone da viaggio per mezzo priorato. E che tra i ricordi scelga un lucchetto.

«Moreau, chiama Jacqueline.»

Il giovane agente compone il numero della zia di Jacqueline, a cui è risalito attraverso nominativo e indirizzo, e inserisce il viva voce; al sesto squillo una donna risponde in spagnolo. Il giovane agente aggrotta la fronte prima di replicare con foga: «Lei non conosce Jacqueline?».

Maria José del Carmen Álvarez in un francese stentato misto a parole in spagnolo risponde che non sa chi sia.

«Ma lei» incalza Moreau «ha ricevuto nei giorni passati degli scatoloni con gli oggetti di un certo Philèmon Fauvre.»

«Certamente, quando li hanno consegnati ho subito pensato a un errore, questa Jacqueline non l'ho mai sentita nominare. Ma il trasportatore non ha sentito ragioni, era stato pagato per portare la merce a Barcellona e lì l'avrebbe lasciata. Ha scaricato tutto e se n'è andato. *Muy grosero, mucho.*»

Moreau chiude la conversazione: «E ora?».

«Jacqueline ci ha raccontato una balla.»

«Mi sembra ovvio, ma per quale motivo?»

Gerard non commenta, per qualche ragione non ha preso in considerazione quella piega della vicenda. L'istinto più che la razionalità gli detta la semplicità della soluzione, immagina la scena, Jacqueline che scambia il computer nei pochi attimi in cui resta sola… Per dare credibilità alla favola che ha raccontato a padre Renard si fa inviare i pochi oggetti di Philèmon a un indirizzo fasullo e scompare nel nulla.

Strano comportamento per una sorella.

A meno che…

12

Venerdì 10 maggio 2013

Sahar impacchetta l'ultimo libro della giornata a un uomo con una voglia di fragola sulla tempia, guarda l'orologio e proprio in quel momento squilla il cellulare; è Nadine.

«Ci vediamo all'Art Haché alle nove?»

«No.»

«Che fai?»

«Panini e televisione.»

«Che ti ha preso?»

«Ho voglia di me.»

«Ci credo poco, hai una nuova tresca?»

«Piantala.»

«Se ci ripensi chiamami.»

Sul quai l'aria pulita che soffia dal mare sembra qualcosa di nuovo, forse il segno che l'inverno è finito davvero. Ha un desiderio illogico di camminare, vuole aspettare a tornare a casa, non è del tutto pronta ad annoiarsi. Con l'ultimo sprazzo di luce prima del crepuscolo entra nell'atmosfera che sa di fritto del Falafel, un bistrot a due passi dall'Opéra. Si fa incartare *warak inab*, pane pita con falafel, *hummus*, un panino kebab. Paga, prende il pacchetto ed esce portandosi dietro l'odore della cucina. Al Vieux Port si siede a un caffè, sorseggia una Perrier con una fettina di limone sollevando di tanto in tanto la testa per osservare l'allegro casino multietnico che la circonda, veli, cravatte, berretti, hot pants, tuniche, sari, kippah.

Il cielo si è improvvisamente coperto, inizia a cadere qualche goccia di pioggia, alcuni passanti aprono l'ombrello, un tuono senza lampo le consiglia di affrettarsi.

Mentre cammina il cellulare suona più volte, Antoine insiste per l'Art Haché, Nicolas propone un cinema, Jacques un invito a cena. La sua risposta è sempre la stessa: «Grazie, ma stasera la passo da sola».

Cammina a testa bassa rimuginando pensieri in libertà, svolta l'angolo di rue Saint Antoine quando Farid le si para di fronte all'improvviso.

Ha un sussulto ma si riprende in fretta. «Ah, sei tu, mi sono spaventata.»

«Adesso ti spavento?»

«No, no, ero sovrappensiero...» incrocia i suoi occhi, freddi e con una luce strana. «Dove vai?»

«Da amici. Ci vediamo» fa lui continuando per la sua strada.

«Okay ci vediamo...»

Entra in casa con un generico malumore, chiama Nadine, lei non dà importanza alla cosa: «Farid lo conosci, è fatto così, avrà avuto un problema».

«Ma è per come mi ha guardato!» replica Sahar con foga. «Uno sguardo cattivo, bel ringraziamento dopo quello che ho fatto al Prieuré de Binson, facendomi passare per la sorella di Philèmon. Mi ha rovinato la serata.»

«Ti avevo detto di non farlo.»

«Ho sbagliato. È stata una cazzata e sono pentita.»

«Solo una cazzata?»

«Anche rischiosa.»

«È solo questo che riesci a dire?»

«Ho detto rischiosa.»

«Per me è stata una vera follia.»

«Va bene, allora è stata una follia.»

«Perché non ci raggiungi? Non mi va di saperti da sola a rimuginare su quello stronzo. Non ne vale la pena.»

«Sto bene, davvero, ci sentiamo domani» e chiude la conversazione.

Con il vassoio sulle ginocchia davanti alla televisione sgranocchia il pane pita e il panino kebab, assaggia un *warak inab*, poi dopo un film noioso e qualche pagina di un romanzo di Ashley Hay conta in un bicchiere venti gocce di tranquillante.

Ha visioni temporanee della durata di una frazione di secondo, lo sguardo di Farid, le carezze ambigue di Nadine, la mano di Taoufik che le accarezza una guancia, Fernández seduto nella solita poltrona a fumare la pipa e a non far niente. Ha una brutta sensazione, Nadine ha ragione: è stata una follia fare quello che Farid le ha chiesto. Le ha scombussolato la vita fatta di piccoli punti fermi, il lavoro in libreria, le serate con gli amici, la speranza di un nuovo amore.

Il tempo di rigirarsi nel letto un paio di volte e cade in un sonno profondo.

Si sveglia di colpo così come si è addormentata.

La luce è accesa, Farid è in piedi accanto a lei con un boccale di birra in mano.

Non riesce a farsi venire in mente nessun motivo plausibile per cui lui sia lì se non per il fatto che ha ancora le chiavi di casa.

«Che ci fai?»

«È venuto qualcuno a cercarmi?»

Sahar scatta a sedere sul letto stropicciandosi gli occhi.

«No, certo che no, chi mai deve venire?»

Lui non risponde, si porta alle labbra il boccale con la schiuma che gli cola sul mento.

«In quale guaio ti sei infilato e in quale pasticcio hai cacciato anche me?»

«In nessun guaio.»

Nota la tensione delle spalle, la curva meditabonda della testa, osserva i suoi occhi d'acciaio da cui emana un calore indistinto.

«Se non mi spieghi come stanno le cose, se finisco nei guai per colpa tua, spiffero tutto alla polizia.»

Per qualche ragione immagina la risposta: se la sarebbe cavata con una risata raccontando una frottola e alla fine l'avrebbe lasciata al suo destino.

Niente di tutto ciò.

Farid ha un sussulto, una luce cattiva gli illumina gli occhi, beve un'altra sorsata prima di sibilare con tono minaccioso: «Non ci provare».

Sahar decide di cambiare tattica, la mano striscia sui ricami del cotone bianco del lenzuolo alla ricerca delle sue dita, usa un tono più dolce e una punta di complicità.

«Perché non mi racconti tutto?» Una pausa. «Potrei aiutarti...»

«Non c'è niente da raccontare e non ho bisogno di aiuto» taglia corto ritraendo la mano. «Se la polizia t'interroga non dire quello che sai se non vuoi finire nei casini.»

Lei insiste tirando a indovinare.

«È per la morte di quel contabile al Prieuré de Binson?»

Dalla sua espressione intuisce di essere sulla buona strada.
«La polizia ha il mio nome? Mi hanno identificata?»
Farid per tutta risposta manda giù l'ultima sorsata di birra, la sua bocca prende una piega crudele, la maschera che indossa scivola via rivelando l'uomo che sperava di non conoscere.
«Al Prieuré de Binson ti hanno visto in parecchi...»
«Un ricatto?» sibila Sahar tra i denti.
«Un consiglio.»
L'ultima parola prima di chiudersi la porta alle spalle.

13

Lunedì 13 maggio 2013

Gerard arranca per le scale di un casermone a Font-Vert, periferia di Marsiglia. Al terzo piano un uomo in canottiera e pantaloni di tela blu lo aspetta a braccia conserte.

«Sono il commissario Gerard, François Gerard.»

«Philippe Fauvre, zio di Philèmon.»

Nessuno dei due accenna a una stretta di mano, l'uomo si sposta di lato per farlo passare.

Entra in un locale che è cucina, soggiorno, sala da pranzo, scosta una sedia e si siede al tavolo. Una donna con la faccia triste si presenta come Cécile, la moglie. La sua voce flebile racconta di Philèmon, un ragazzo a modo, religioso, timido, onesto, mai una fidanzata, forse neppure una donna, un diploma di ragioniere a pieni voti, un'occupazione presso una ditta di spedizionieri di Marsiglia finita quando la società si era trasferita altrove. E felice per il lavoro che avrebbe svolto al Prieuré de Binson.

«Gli volevamo bene come a un figlio,» attacca l'uomo «soprattutto da quando aveva perso i genitori in un incidente stradale.»

«Come mai non eravate al suo funerale?» chiede Gerard, che vuole arrivare per gradi alla domanda che gli sta a cuore.

«Problemi di lavoro» risponde Philippe. «Mia moglie non se l'è sentita di fare un viaggio così lungo da sola. È stato sepolto senza il conforto di un parente, Dio ci perdonerà.»

Gerard fissa un vaso di vetro con fiori finti, la tovaglia di plastica a riquadri, due scatole di metallo aperte a metà con pan di zenzero e biscotti.

«Veramente era presente la sorella.»

«Chi?»

«Jacqueline.»

Sulla fronte dell'uomo e della donna si stampa un grosso punto interrogativo.

«Sua sorella Jacqueline» ribadisce Gerard.

«Non so chi sia questa donna di cui sta parlando» risponde Philippe. «Philèmon è figlio unico.»

Le cellule grigie di Gerard cominciano a lavorare freneticamente. Sposta il busto all'indietro, prende gli occhiali dal taschino e pulisce le lenti con un angolo della giacca. Scrocchia le dita, esita a contraddire le persone che ha di fronte.

«Ne è sicuro?»

«Vuole che non sappia quanti nipoti ho?»

Alta, bruna, dai lineamenti così diversi da quelli tozzi e grossolani del fratello; le parole di padre Renard ora gli tornano in mente.

«Quindi Jacqueline non è la sorella» borbotta Gerard.

«Già, pare proprio così» risponde l'uomo.

«A chi avete comunicato la morte di vostro nipote?»

«Al vicario parrocchiale dell'Abbaye Saint Victor, qui a Marsiglia, il confidente di Philèmon; gli è stato sempre molto vicino quando è rimasto orfano, è lui che gli ha trovato il posto da contabile al Prieuré de Binson.»

Gerard si alza, va alla finestra, scosta la tendina a fiori; nel palazzo di fronte, panni stesi su un balcone, il chiarore di un televisore, un ragazzo chino sui libri. Ha la testa altrove, a Jacqueline e a tutto quello che non torna.

«Quando avete visto vostro nipote per l'ultima volta?» chiede senza voltarsi.

Philippe passa la mano nel ciuffo di capelli: «Alla fine di novembre dello scorso anno, era un giovedì... no, un venerdì sera. Ci comunicò che sarebbe partito il lunedì mattina, aveva trovato un tizio a cui affittare il suo appartamento; teneva così tanto a quelle due stanze a Noailles, un'eredità della nonna. Da allora non l'abbiamo più visto, lo abbiamo chiamato un paio di volte, frasi frettolose, la sistemazione era buona, il lavoro interessante, aveva molto da fare, ci avrebbe richiamato».

«Non l'ha mai fatto» mormora Cécile. «Un comportamento inspiegabile, sa commissario? Si faceva sentire quasi tutti i giorni. Da quando è partito per quel posto maledetto...»

Gerard scende lentamente le scale, esce in strada, accende una sigaretta. Rimane per un po' a rimuginare, quindi chiama Moreau a Parigi.

«Jacqueline non è la sorella. La ragazza con la scusa della preghiera ha fregato il computer mettendone uno identico al suo posto.»

«Ma per quale motivo?»

«Non ne ho la più pallida idea.»

«Come faceva a sapere che Philèmon era morto?»

«Prova a indovinare.»

Moreau ci mette qualche attimo a rispondere.

«*Merde!* Non mi dire che...»

«È la spiegazione più logica.»

«Quindi se troviamo la ragazza troviamo anche chi ha ucciso Philèmon e forse Legrand.»

«Possibile, anzi probabile.»

«Che programmi hai?»

«Tra poco incontro il vicario parrocchiale dell'Abbaye di Saint Victor, poi domani mattina conto di andare a fare quattro chiacchiere con l'affittuario di Philèmon.»

«Con chi?»

«Philèmon prima di partire ha affittato l'appartamento dove viveva. C'è qualcosa nei suoi ultimi giorni a Marsiglia che non mi convince. Quando arrivi?»

«Spero domani sera, termino la relazione per il Ministero e salto sul primo treno.»

«Sbrigati, mi sento solo.»

Il taxi si ferma sul piazzale sotto le due torri chiare e un po' tozze dell'Abbaye Saint Victor. Ci mette un po' per trovare la stanza dove l'aspetta il vicario, un vecchietto con occhi brillanti e sguardo acuto. Parla a bassa voce mangiandosi la metà delle parole, Gerard ascolta una storia in parte già nota: Philèmon era molto religioso, si confidava spesso con il vicario anche quando i suoi genitori erano in vita. Perso il lavoro, era andato da lui a chiedere aiuto. Il caso aveva voluto che padre Renard, il priore del Prieuré de Binson a Châtillon-sur-Marne, cercasse una persona fidata per l'economato. Aveva pensato subito a lui, glielo aveva comunicato una sera di fine novembre. Philèmon era felice, non sapeva come ringraziarlo. Doveva presentarsi al lavoro il lunedì successivo. Giusto il tempo di trovare qualcuno a cui affittare il piccolo appartamento in cui viveva e salutare gli amici.

«L'ha rivisto prima che partisse?»

«No. Quel martedì ho ricevuto una telefonata da padre Renard, era preoccupato, non aveva sue notizie. Se non si fosse presentato entro giovedì la direttrice del collegio avrebbe trovato un sostituto. Lo chiamai immediatamente, rispose che aveva un forte raffreddore e febbre alta ma che entro un paio di giorni si sarebbe presentato al lavoro. Era malridotto, aveva la voce roca, non ricordava neppure il giorno in cui doveva prendere servizio.»

«Non le è sembrato strano?»

«Molto strano.»

«Ha una spiegazione?»

«No.»

Gerard prende dalla tasca il pacchetto di sigarette. «Posso?»

«Certo, anch'io fumavo. Tanti anni fa.»

L'accende, aspira una boccata lunga e profonda.

«Per essere franco, non credo che la morte di Philèmon sia stata un incidente.»

Il vicario non commenta, va alla finestra e l'apre. Nel momento in cui Gerard si chiede se abbia compreso le sue parole, lui si gira tamponando la fronte con l'angolo del fazzoletto.

«Lei ha altre ipotesi, commissario?»

«Non credo neppure a un suicidio.»

Sul volto del vicario aleggia un'inquietudine astratta ma diffusa. Abbassa lo sguardo e lo rialza subito.

«Philèmon era cattolico osservante, nella sua semplicità amava la vita. Lo conoscevo abbastanza bene, escludo che abbia compiuto un gesto del genere. O almeno ne sarei molto sbalordito.»

«Resta una terza ipotesi.»

«Quale?»

«Che sia stato ucciso.»

Il vicario sgrana gli occhi, non è semplice reazione di sorpresa, sul viso una serie di emozioni contrastanti, stupore, sconcerto, incredulità, disorientamento.

«Ma chi può avere avuto interesse a uccidere un contabile di un priorato nello Champagne?»

«Qualcuno l'ha fatto.»

«E se quel qualcuno avesse sbagliato persona?»

Le labbra del vicario restano socchiuse in un silenzio prolungato prima di aggiungere: «Talvolta gli eventi non sono come sembrano».

«In che senso?» chiede Gerard mentre le sue cellule grigie iniziano a lavorare velocemente.

«Prenda per esempio la chiesa di Saint-Vincent de Paul in cima alla Canebière. A guardarla sembra una chiesa gotica, peccato che sia stata inaugurata nel 1886. O la chiesa di Saint-Ferréol les Augustins nel Vieux Port tra quai des Belges e rue des Augustins: appare come un edificio conventuale di frati agostiniani, ma è stato ricostruito integralmente a metà dell'Ottocento. Ecco, nel caso di Philèmon lei si sta interrogando su chi possa avere avuto motivo di uccidere un contabile di un priorato quando in realtà l'obiettivo potrebbe essere stato un altro. Ma immagino che lei un'ipotesi del genere l'abbia già presa in esame.»

«Certo, certo» borbotta Gerard, che a quella soluzione non ha pensato. Ma se Philèmon fosse stato ucciso per errore, perché mettere in piedi tutta la messinscena della finta sorella e della sostituzione del computer? A meno che...

Gerard si alza, sta per accomiatarsi dal vicario quando lui gli chiede: «Ha qualche minuto da perdere?».

Non ha molto da fare quel pomeriggio, il sopralluogo nella casa di Philèmon a rue d'Aubagne è per domani.

«Di che si tratta?»

«Le interessa la Storia?»

«Dipende.»

«Mi segua.»

Il vicario entra in chiesa, percorre la navata laterale fino in fondo ed entra in una porticina, Gerard lo segue da vicino mentre la temperatura scende di colpo.

«L'Abbazia del V secolo è stata distrutta da mille vicissitudini, Visigoti, Burgundi, Ostrogoti, Saraceni, Aragonesi. La Rivoluzione francese alla fine del Settecento le ha dato il colpo di grazia. E l'ultima guerra mondiale ha fatto il resto.»

Il vicario scende i gradini con agilità insospettata, si addentra in ambienti di epoche diverse. Gerard ha lasciato il mondo molti metri sopra la testa, cammina in un labirinto sotterraneo ma è come se vagasse dentro se stesso: la cattedrale con i cunicoli nascosti, lui con i suoi anfratti segreti.

«Il nucleo originario della cripta è costituito dalle catacombe cristiane risalenti all'epoca romana; nell'antichità nelle camere ipogee venivano adorate le statue di divinità legate alla Madre Terra, come Iside o Cibele, divenute in seguito le Madonne Nere cristiane.»

Gira a destra, passa in un'altra cripta, Gerard lo segue, in quella semioscurità i pensieri sembrano di colpo annacquati. Il vicario si ferma e si gira, la statua della Vergine Nera con il Bambino è quasi in disparte su una mensola di legno, espressiva nella sua estrema semplicità. Gerard ci gira intorno, c'è del fascino misterioso in quella veste verde con stelle d'oro un po' sbiadite.

«È raro trovare queste statue nelle cripte perché spesso sono state trasferite nelle chiese superiori perdendo il loro simbolico collegamento. Ma qui come a Chartres è nel suo luogo originale, nella cappella di Notre Dame de Confession.»

Il sacerdote si avvicina alla statua, la sfiora con la mano, fa il segno della croce, poi senza aggiungere altro ritorna sui suoi passi risalendo i gradini stretti e scivolosi.

«Mi perdonerà se le ho fatto perdere del tempo» dice uscendo alla luce.

«Assolutamente no, molto interessante e istruttivo.»

«Tutta la Provenza è interessante, nasconde emozioni inimmaginabili. Lei la conosce bene?»

«Abbastanza.»

«Crede di conoscerla.»

«Veramente...»

«Oh, non dica così, tutti si fermano ad Avignone ad ammirare il palazzo dei Papi, ma quanti si sono spinti fino Saint-Maximin, che dista pochi chilometri, e si sono arrampicati fino alla Sainte Baume? Lei, per esempio, c'è mai stato?»

«No.»

«Peccato, la Sainte Baume, come in provenzale viene chiamata la Grotta Santa, è il luogo dove la Maddalena ha trascorso gli ultimi trent'anni della sua vita in solitudine e penitenza. Il sentiero attraversa la foresta sacra. Se ha tempo e gambe ci vada, può fare le Chemin de Canapé oppure le Chemin de Roys, che è meno ripido. Quando arriva in cima si ricordi che ci sono ancora centocinquanta gradini per entrare nel convento incastrato nella roccia. In un altro mondo e in un altro tempo.»

Per qualche motivo il pensiero va a Michelle, ai fine settimana in cui gironzolavano per la Francia alla ricerca di borghi misteriosi, di osterie nascoste, di *brocantes* pieni di centrini di pizzo e di lampade, per poi affondare nella pigrizia e nel piacere in un *hotel de charme*.

«Se vuole assaggiare le *navette*,» alla voce del vicario Gerard torna presente «vada al Four des Navettes, la più antica panetteria di Marsiglia, a pochi metri da qui.»

Esce alla luce del sole, sullo spiazzo davanti all'Abbaye prende dal taschino una sigaretta sgualcita e l'accende, mentre con l'iPhone cerca di localizzare la sua posizione.

«Al diavolo questi aggeggi» borbotta ficcandolo in tasca e guardandosi intorno. In base all'idea che si è fatto della città deve voltare a sinistra e scendere verso il mare. Sbuca al quai de Rive Neuve, il Vieux Port è a poche centinaia di metri.

Talvolta gli eventi non sono come sembrano, la frase del vicario gli rimbalza in testa mentre pensa a Jacqueline che non è la sorella di Philèmon, descritto da tutti in un modo ma che si comporta come se avesse una doppia personalità: sembra Bartleby, il personaggio di Melville, efficiente e preciso al mattino, insolente e pasticcione al pomeriggio. Forse per scoprire l'assassino di Legrand deve frugare in qualche altra tasca.

Ha la gola secca e molte idee in testa, passa davanti a una libreria, è stufo dell'iPhone e dei suoi capricci, vuole una mappa di carta che si sgualcisca, si strappi, si accartocci al vento. Gira sui tacchi e torna indietro.

Il campanello collegato all'apertura ha un originale suono orientale, l'interno sembra un bazar: carte, mappe, sugli scaffali libri e modellini di barche a vela. La ragazza è di spalle, è colpito dalla massa di capelli ricci e dal fondoschiena strizzato in jeans sdruciti.

«Vorrei una mappa di Marsiglia.»

Lei si volta, Gerard per un attimo resta senza fiato, non è solo per il viso, per gli occhi, per le labbra che invitano a un bacio. La ragazza ha tutto quel che serve per far girare la testa di qualunque uomo le passi accanto, giovane o anziano, poliziotto o medico, scapolo o ammogliato.

«Che tipo di mappa?»

Gerard si riprende e gli scappa un mezzo sorriso: «Una bella mappa da stendere su un tavolo, dove si leggono strade e piazze, dove si capisce com'è fatta questa città senza strizzare gli occhi su un quadrato di pochi centimetri».

La ragazza va a uno scaffale, lui la segue con lo sguardo, con un bel sorriso poggia sul bancone una carta stradale di Marsiglia.

«Questa dovrebbe andare bene. Costa nove euro.»

Gerard l'apre, finge d'interessarsi all'intreccio di linee colorate e di chiazze verdi, azzurre e marroni.

«Noi siamo qui» dice la ragazza sporgendosi in avanti, con l'indice indica il punto in cui è la libreria, Gerard percepisce un profumo dolce e forte.

«Ha un buon profumo.»

«Trova? È Jasmin Full di Montale, un ricordo della mia terra.»

«Lei è…»

«Tunisina, di Gabès.»

Gerard per un attimo ha l'idea folle d'invitarla a cena, riesce solo ad aprire il portafoglio e a tirare fuori delle monete.

«Se vuole un buon libro o una guida di Marsiglia noi siamo sempre qui.»

E con il suo profumo e l'immagine del suo sorriso esce in strada.

Fa pochi passi, si ferma, accende una sigaretta, tira due boccate profonde. È momentaneamente distratto: quella ragazza gli ha procurato uno stato di generica agitazione, e non solo per la massa di capelli ricci, per il viso stupendo, per il corpo strabiliante. «Caro Gerard,» borbotta tra un tiro e l'altro «guardati allo specchio e chiudi in un cassetto le fantasie, potrebbe essere tua figlia.»

Butta la cicca, afferra il cellulare e compone un numero.

Zahira all'altro capo del filo lo rassicura; Maigret e Dupin stanno bene, hanno mangiato e stanno giocando con un osso.

14

Martedì 14 maggio 2013

Cena indigesta, troppo vino, letto scomodo. Risultato: Gerard ha un mal di testa lancinante.

Un analgesico, un caffè e s'infila nelle strade di Marsiglia, supera l'incrocio con rue Estelle e arriva in un vociare fastidioso a rue d'Aubagne. Il numero civico corrisponde a una casa color rosa sporco con un portoncino di legno scheggiato. S'inerpica per le scale tra muri scrostati e gradini sudici, al secondo piano la porta è aperta a metà, sull'uscio un uomo diffidente lo sta aspettando. Sembra che si sia appena svegliato, ha una maglietta sgualcita, di quelle che uno si mette la mattina per andare al lavoro e non si toglie quando la sera crolla sul letto. La faccia è altrettanto sgualcita, gli occhi sembrano ancora nel mondo dei sogni, la barba gli invade il mento mentre radi capelli grigi si battono strenuamente contro la calvizie.

«Che diavolo succede?» bofonchia, visibilmente seccato. «Lei è il secondo poliziotto nel giro di pochi giorni. Ho già detto tutto quello che so all'ispettore...»

«Legrand» suggerisce Gerard.

«Giusto, Legrand.»

«Vorrei che mi ripetesse tutto ciò che ha già detto.»

L'uomo fa un gesto a significare che ne ha le scatole piene,

Gerard coglie l'attimo per infilare la frase :«L'ispettore Legrand è stato ucciso qualche giorno fa mentre stava indagando sulla morte di Philèmon Fauvre, il suo padrone di casa».

Le parole hanno un effetto in bocca e un altro nelle orecchie, l'uomo ha un attimo di esitazione, poi spalanca la porta, afferra una sedia e ci si siede a cavalcioni. Gerard fa altrettanto, sul tavolo in una tazza piena a metà di caffellatte galleggia un tozzo di pane.

L'uomo lo scruta prima di buttare lì un paio di frasi, Philèmon era in partenza, aveva fretta di affittare l'appartamento, un'occasione per spuntare un buon prezzo: «Lei che avrebbe fatto?».

«Quello che ha fatto lei.»

«Certo, solo che se avessi saputo di trovarmi in questo casino...»

«Quando l'ha incontrato?»

L'uomo si gratta il mento. Giovedì, forse. O forse no, venerdì pomeriggio, la mattina era andato dal medico, una bronchite che si trascinava da tempo.

«Ho visitato l'appartamento, abbiamo concordato il prezzo, firmato il contratto, ho lasciato l'anticipo, potevo traslocare lunedì in giornata. Mi ha telefonato domenica mattina con una voce irriconoscibile, doveva rimandare la partenza di un paio di giorni per un maledetto raffreddore, avrei preso possesso della casa mercoledì e non lunedì.»

«E così è stato?»

«Sì. Non l'ho più visto né sentito.»

«Altro?»

«No.»

Gerard si alza, è sulla soglia quando l'uomo ricorda di aver consegnato all'ispettore Legrand una sacca che Philèmon per la fretta aveva dimenticato in un soppalco.»

«Cosa conteneva?»

«Un paio di jeans, un maglione, camicie e una busta con un'agendina e alcune fotografie. L'ispettore se l'è messe in tasca e mi ha lasciato la sacca. Al piano di sotto abita un suo amico, mi pare si chiami Tahar,» borbotta l'uomo rimanendo seduto «magari le può raccontare qualcosa.»

Gerard scende una rampa e suona il campanello.

Un rumore di ciabatte, sulla soglia un giovane sui trent'anni, ha una faccia simpatica, sembra naturale nei gesti e nelle parole. La stanza è un sapiente collage di pezzi raccogliticci, una libreria di palanche di legno poggiate su mattoni verniciati di bianco, un divano sgangherato coperto di teli di fouta, una lampada di barattoli appesa sopra il tavolo.

Gerard sprofonda in una poltrona mezza sfondata, parla con calma e casualità.

«Quindi eri amico di Philèmon.»

«Così pensavo.»

«Non è così?»

«Era così. Un rapporto schietto iniziato tra mille diffidenze ma consolidatosi in fretta. Almeno fino a quando è partito senza neanche salutarmi. Avevamo deciso di andare a cena fuori domenica sera ma lui non si è fatto vivo. Ho bussato alla porta più volte, inutilmente. Non l'ho più visto anche se lunedì sera ho sentito dei passi nel suo appartamento.»

Gerard aggrotta la fronte ma non lo interrompe.

«L'ho chiamato alcuni giorni dopo per dirgliene quattro, gli ho vomitato ogni tipo d'insulto, mi ha risposto a monosillabi. Da allora, mai più sentito.»

«Secondo te potrebbe essersi suicidato?»

«Suicidato?» esclama Tahar massaggiandosi con forza le tempie. «L'ispettore Legrand mi ha parlato di un tragico incidente.»

«È solo un'ipotesi.»

«Allora la cancelli. Philèmon aveva una profonda fede religiosa, non avrebbe mai compiuto un gesto del genere, considerava l'esistenza un dono di Dio, qualcosa di meraviglioso e irrinunciabile. Non può essersi tolto la vita.»

«Se non si è suicidato allora è stato ucciso» replica Gerard come se fosse la conclusione più ovvia.

«Che diavolo sta dicendo? Nessuno poteva volere la sua morte.»

Si alza, va avanti e indietro per la stanza battendo ritmicamente il pugno nel palmo della mano, mormora parole in arabo che per Gerard non significano nulla. Ha un tono più disteso quando torna a sedersi: «Un caffè?».

Con una tazza in mano e un *makroud* tra le dita Gerard ascolta quello che Tahar ha già detto a Legrand e cioè che secondo lui Philèmon se n'è andato la domenica: il vecchio palazzo ha solai di legno che scricchiolano a ogni passo e lasciano intuire tutti i movimenti del piano di sopra.

«Non c'era nessuno in casa, ne sono certo, anche se lunedì sera, saranno state le nove, ho sentito dei rumori nel suo appartamento e poi sbattere la porta d'ingresso. Al momento non ci ho fatto caso ma poi, riflettendo, sono arrivato alla conclusione che non poteva essere lui, sapeva bene come evitare di fare tutto quel baccano.»

«E chi allora?»

«Non lo so, escludo che abbia consegnato le chiavi di casa

a qualcuno, non le aveva date neppure a me. Forse il nuovo inquilino.»

«Chi frequentava?»

«Da un po' s'incontrava con un maghrebino, un tipo simpatico diceva, l'aveva anche aiutato con un tizio che gli doveva dei soldi. A me non piaceva, gliel'ho detto senza tanti giri di parole. L'ho visto confabulare con lui davanti al portone di casa proprio quel sabato mattina.»

«Sai come si chiama?»

No, non me l'ha detto e io non gliel'ho chiesto.»

Gerard beve un sorso e poggia la tazzina: «Quindi non possiamo rintracciarlo…».

«Gli ho scattato una foto. L'ho data all'ispettore che è venuto qui giorni fa.»

Il giovane armeggia col cellulare, gli chiede il numero e la invia con WhatsApp.

Al *bip* Gerard apre l'immagine, l'ingrandisce, esamina il volto triangolare di un uomo sulla trentina, pizzetto nero, carnagione scura. Seleziona il numero di Moreau e di Picard, allega la foto, scrive un messaggio e lo invia.

«Se ha qualche novità, commissario, me lo faccia sapere, ero affezionato a Philèmon.»

Gerard ha già un piede sul primo gradino ma ci ripensa, torna al piano di sopra e suona il campanello dell'appartamento di fronte a quello di Philèmon.

Apre la porta una donna anziana, sullo sfondo un televisore a tutto volume e un uomo seduto di spalle. Gerard mostra il tesserino: «Solo qualche informazione sul suo vicino di casa, Philèmon Fauvre».

La donna è una gran chiacchierona, lo invita a entrare. «Grazie ma ho fretta.» Lei attacca la solita filastrocca: bravo ragazzo, persona garbata e gentile, precisa, una volta aveva chiesto in prestito delle uova, il giorno dopo le aveva subito restituite. «Sa, ispettore, al giorno d'oggi non sono molti i giovani così educati, io per esempio ho un nipote che…»

Gerard tronca il discorso senza tanti complimenti: «Quando l'ha visto per l'ultima volta?».

La donna resta imbambolata, Gerard prova a suggerire la risposta.

«Tre settimane?»

«Forse» risponde la donna. «Una sera ho sentito sbattere più volte la sua porta d'ingresso, non accadeva mai perché lui sapeva come chiuderla, così mi sono affacciata.»

«Le ha detto qualcosa?»

«Solo un saluto frettoloso. Buffo, sa? Aveva una parrucca.»

Gerard la fulmina con lo sguardo.

«Be', almeno così credo. Philèmon portava i capelli corti ma quella sera li aveva lunghi raccolti in una coda di cavallo, non potevano essere cresciuti in due giorni.»

«Forse non era lui.»

«Oh, no!» Il tono della donna è deciso mentre lo guarda dritto negli occhi. «Sono sicura, l'ho visto bene in faccia, nonostante l'età la mia vista è ancora buona, non come mio marito…» un gesto della mano per indicare la poltrona davanti alla televisione da cui spunta un ciuffo di capelli bianchi.

«Era lui, ne sono assolutamente certa.»

Gerard esce in strada con un'idea che gli ronza in testa. Prende la mappa appena comprata in libreria, infila gli occhiali, la apre, rue Mazagram non è lontana. S'incammina verso la Canebière, entra in place du Marché des Capucins, imbocca la strada che costeggia il mercato. Percorre rue Mazagram, palazzi scrostati e imposte scolorite, sotto l'insegna sbilenca dell'Hotel Le Lunik s'infila in un atrio angusto e poco illuminato. Un cartello con la scritta "reception" indica il piano superiore, dietro la scala, una porta. Poggia la mano sulla maniglia ma la ritrae in fretta, non c'è un motivo plausibile per entrare là dove è stato ucciso Legrand. Poi cambia idea.

Sale al piano superiore, dietro il bancone un uomo con una camicia sudicia e una sigaretta che gli pende dalle labbra sta leggendo un giornale sportivo. Non alza gli occhi, con la mano prende un foglio e lo poggia sul banco: «Nome cognome e indirizzo».

«Non cerco una stanza» sibila Gerard mostrando il distintivo.

«Cosa allora?»

«Conosci questo giovane?» e gli mostra la fotografia scattata da Tahar.

L'uomo armeggia un po' per mettere sull'orecchio l'unica stanghetta degli occhiali, si gratta un'ascella, poggia il mozzicone di sigaretta sullo spigolo del bancone.

«La stessa domanda me l'ha fatta uno sbirro alcuni giorni fa, perché non lo chiedi a lui?»

«Lo chiedo a te e ti consiglio di rispondere.»

«Se no?»

«Ti porto in centrale.»

Riprende il mozzicone, fa un tiro, il fumo finisce sulla faccia di Gerard.

«Somiglia a uno che ha fatto dei lavoretti per l'albergo parecchio tempo fa.»

«Quanto tempo fa?»

«Uno, forse due anni.»

«Come si chiama?»

L'uomo sembra pensarci su.

«Farid.»

«Il cognome? L'indirizzo?»

«Conosco solo il nome.»

Gerard sposta il busto in avanti, ora la sua faccia è a pochi centimetri.

«Sei sicuro?»

«Sicuro.»

«Come posso trovarlo?»

«Sarà in città da qualche parte a meno che non sia tornato al suo paese» risponde l'uomo con un sorriso beffardo.

«Quale paese?»

«E che ne so? Tunisia, Marocco, Algeria, è uno di quelle parti.»

Gerard si trattiene da stampargli un cazzotto sul naso, vorrebbe vomitargli insulti di ogni tipo, ma si limita a girare i tacchi e tornare in strada.

Appena incontra un bar ordina un caffè e chiama Moreau.

«Dove sei?»

«A Marsiglia.»

«Lo so, dove?»

«In rue Mazagram.»

«Hotel Le Lunik per caso?»

«Sì.»

«Ero sicuro che prima o poi ci saresti andato.»

«Non per quello che pensi. Philèmon il giorno prima della partenza è stato visto parlare con un maghrebino che ha lavorato nell'albergo.»

«Chi è?»

«Si chiama Farid.»

«Non è molto.»

«Non rompere e datti da fare, hai una foto e un nome, mi sembra più che sufficiente. A proposito, quale posto mi consigli per il pranzo?»

«Fammi pensare... la Kahena, rue de la République, cucina maghrebina, dicono sia buono anche se non è per stomaci delicati.»

Il ristorante è affollato, l'azzurro brillante della ringhiera delle scale e degli stipiti delle porte mette allegria e lui ha bisogno di qualcosa che gli trasmetta un po' di buonumore. Riguarda la foto di Farid, una brutta faccia, poi Philèmon, il volto di un bravo ragazzo. Chissà perché è partito senza salutare nessuno. Non ha aperto a Tahar, anche se era a letto con febbre e raffreddore. Si è comportato da ingrato e maleducato, lui così gentile e garbato, odiava i computer, però a detta di padre Simeon era un mago del web, aveva i capelli corti ma dopo un po' li aveva lasciati lunghi, non è partito il giorno in cui doveva, ma era come se lo avesse fatto. Da quel sabato nessuno l'aveva più visto. In altre situazioni avrebbe concluso che si trattava di un'altra persona. Ma troppe le conferme per dubitare della sua identità, fotografie, DNA, la vicina di casa.

Talvolta gli eventi non sono come sembrano. La frase del vicario dell'Abbaye Saint Victor gli rigira in testa, forse non ha tutti i torti, forse deve trovare un angolo diverso di visuale da cui leggere la storia.

Assaggia la *chorba*, ha la bocca piena di cuscus quando il cellulare si mette a vibrare. È Marchant, capo supremo della DCRI.

«Dove sei?»

«A Marsiglia.»

«Che ci fai?»

«Sto indagando sulla morte di un ispettore di Épernay, Legrand.»

«Allora alza il culo e vai ad Amsterdam, ho ricevuto una telefonata dal direttore della Divisione del Korps Landelijke Politiediensten che si occupa del caso Hendriks, mi ha detto che c'è un'importante pista francese e che tu ti sei impegnato con l'ispettore Derrek a occupartene.»

«Che bastardo» mormora Gerard.

«Che hai detto?»

«Nulla.»

«Il presidente di Seleksoft, Hans Göran Janssen, è un tipo con amicizie importanti, un uomo dalle porte spalancate, minaccia sfracelli se non viene fatta rapidamente luce sull'omicidio. Ha convocato una riunione dove pretende che ci siamo anche noi. Quindi, prima che qualcuno più in alto mi chiami...»

«Quando?»

«Domani alle dieci ad Amsterdam.»

15

Mercoledì 15 maggio 2013

C'è aria di pioggia quella mattina ad Amsterdam. Gerard sul sedile posteriore di una BMW nera e lucida alza gli occhi da un foglio dove in poche righe è riassunta la biografia di Hans Göran Janssen. L'auto oltrepassa un cancello ed entra nella sede di Seleksoft nell'Oostelijk Havengebied, zona sud della città, un palazzo di cinque piani circondato da una recinzione alta due metri, telecamere, inferriate, guardie armate ai cancelli.

Il presidente lo attende nella sala riunioni all'ultimo piano. Gerard l'ha immaginato più o meno così, stomaco prominente, gambe corte, viso rosa pallido, un Avana tra labbra. Non ha previsto gli occhi porcini incassati e incredibilmente vicini.

Derrek, seduto in un angolo, è visibilmente a disagio; Janssen è uomo potente, qualche telefonata e potrebbe spedirlo a dirigere il traffico in un borgo rurale dell'Olanda.

Inizialmente nessuno fa domande o commenti, Janssen attacca con un monologo sul pessimo clima della città, quindi passa a parlare di politica, il suo argomento preferito. Le frasi con cui si esprime non fanno trapelare dubbi, non contemplano opinioni diverse dalla sua. Si accalora su Wilders, un suo idolo, accusato ingiustamente di aver fatto cadere il governo del conservatore Rutte solo per aver votato contro il pacchetto di misure sulla spesa sociale.

«Definiscono Wilders populista di destra, xenofobo, razzista, anti-islamista. Balle! È solo una persona perbene e di buon senso che lotta contro l'islamizzazione del nostro paese e dell'Europa. Uno dei pochi che combatte per salvare la nostra identità. Sapete quanti sono gli immigrati che votano in Olanda? Un milione. Sapete per chi votano turchi e marocchini? Per candidati islamici schierati su posizioni fondamentaliste. E in questa situazione i socialdemocratici che fanno? Vogliono la sanatoria degli immigrati irregolari. Una follia, una vera follia!»

Janssen è un fiume in piena, ne ha per tutti, socialisti, comunisti, immigrati, paesi islamici, conclude la filippica affermando che «un musulmano moderato non è un vero musulmano.»

Gerard con due dita fa ruotare la stanghetta degli occhiali, ha la risposta sulla punta della lingua ma lascia perdere, sul lavoro è molto attento a non farsi coinvolgere in discussioni politiche anche quando, anzi soprattutto quando, l'interlocutore è di segno diametralmente opposto al suo. Gli sono bastate poche battute per etichettarlo come logorroico e vanesio, un uomo con livelli sottili e sovrapposti che nascondono la sua vera indole.

Janssen fa cadere la cenere del sigaro in un posacenere dorato a forma di cupola, inspira profondamente e si guarda intorno aspettando commenti che non arrivano. E affronta il tema che gli sta a cuore. La società che guida da anni ha subìto un serio contraccolpo dall'omicidio di Hendriks. Alcune importanti commesse sono state annullate, molti clienti hanno preteso modifiche ai software nel timore che fossero stati trafugati. Anche se la vittima stava lavorando a qualcosa che con Seleksoft non aveva nulla a che fare, ai clienti questo poco importa.

«Qual è lo stato delle indagini, quali passi pensate di compiere per fare luce sul caso?» chiede Janssen fissando Derrek con un tono che impone risposte precise.

L'ispettore ha il capo chino, è in difficoltà, sembra che qualcosa gli stringa la gola impedendogli di parlare.

Gerard gli dà una mano, in fondo l'ispettore è un bravo diavolo anche se non molto intelligente. Si sostituisce a lui nella risposta condividendo la linea seguita dalla polizia olandese, spiega che il mandante va ricercato probabilmente in Francia, che sono stati fatti passi importanti anche se al momento non è ancora stato identificato il marsigliese, il pusher che ha contattato Aidha Joussef quale destinataria delle lettere di Hendriks.

«Si riferisce a quella sgualdrina di cui è stato trovato il nome nella fodera di una giacca? Non avevo dubbi che fosse una pista fasulla.»

«Non è così fasulla come crede, il marsigliese secondo noi sa molte cose.»

«Cosa, per esempio?»

«Per esempio chi ha commissionato il software a Hendriks.»

«E allora datevi da fare!»

Gerard per un attimo ha la tentazione di mandarlo al diavolo, Janssen è arrogante al punto da rasentare l'idiozia.

«Nei prossimi giorni sottoporremo alla ragazza una serie di foto tra cui potrebbe esserci l'uomo che cerchiamo.»

«Lo spero per voi!» esclama Janssen battendo una mano sul tavolo.

Poi cambia tono.

«E dove si trova ora la ragazza?»

«L'agente Moreau l'ha nascosta in un posto sicuro» risponde Gerard senza staccare mezzo sorriso dalle labbra.

16

Mercoledì 15 maggio 2013

Sahar chiude la porta di casa e poggia le chiavi sul tavolo. Si sfila le scarpe, le lancia in un angolo, apre il rubinetto della doccia, il vetro del box si appanna di vapore dal basso verso l'alto.

Ha passato la prima parte della serata al bar de la Plaine in un placido chiacchiericcio, bevendo gin tonic con Jacques e Nadine. A metà serata è arrivato Nicolas proponendo di andare al cinema Varietés dove è in programmazione un lungometraggio di Kechiche. E Jacques, che le fa il filo, si è unito a loro. Nadine invece li ha salutati, meglio una cena di tapas con uno che le piaceva.

In accappatoio e con i capelli ancora umidi si rannicchia sulla sua poltrona preferita, apre un libro di Habib Selmi, uno scrittore della sua terra. Allo squillo del cellulare poggia il libro e risponde, è Nadine.

«Com'era il film?»

«A me è piaciuto, girato con un naturalismo sorprendente e con un profondo sguardo artistico.»

«Sei fissata con Abdellatif Kechiche, ti piace solo perché è tunisino, ma è una palla, tre ore senza né capo né coda.»

«Sei la solita, *La vita di Adele* è un magnifico romanzo di amore lesbico.»

«Sarà. Hai più sentito Farid?»

«No e spero di non vederlo mai più, l'ultima volta mi ha fatto anche paura.»

«A me non è mai piaciuto.»

«Non era così, è cambiato.»

«Sarà.»

«Com'è andata con il tuo nuovo amico?»

Nadine scoppia in una risata: «Si può fare. Ci vediamo domani?».

«Quando esco dalla libreria ti chiamo.»

Riprende a leggere, gira pagina, piega l'angolo in alto per segnalibro, al rumore di un aereo invisibile chiude le palpebre, il libro scivola a terra.

Per qualche ragione pensa alla sua adolescenza, le corse tra le palme cariche di datteri, i giochi nei giardini di henné, i piedi immersi nell'acqua dei ruscelli, la dolcezza dei melograni, l'orto circondato da muri di terra battuta tra gelsomini e rose. E poi il mercato colorato della Grand Jara, il *souk*, il paesaggio lunare delle dune e dei brandelli di mare essiccati e lastricati di sale, gli *chotts*, così li chiama la gente del posto. Ha accettato l'idea che, se non dovesse più tornare, si ricorderà in quel modo la Tunisia e la sua famiglia. Aveva un bel rapporto con suo padre. Quand'era piccola la portava in un bar col pavimento coperto di segatura, la sollevava e la metteva a sedere su uno sgabello così alto da darle il capogiro. Ordinava per sé un tè alla menta e per lei un'aranciata. Sahar aveva allora solo otto anni ma ricorda l'orgoglio del padre mentre sconosciuti venivano intorno per ammirarla. E come si stringeva al suo braccio per accertarsi che lui fosse sempre lì. E poi scene di quotidianità familiare, la tavola imbandita, il couscous di carne con le patate, le carote, i ceci, l'odore dolciastro dei *makroud* ripieni di pasta di datteri. I rimproveri del padre, la complicità della madre.

Un mondo finito. Aveva vent'anni quando sua madre è morta. Era la prima volta che toccava con mano la scomparsa di una persona amata e non era riuscita a darle un senso. L'immagine del corpo cereo nella bara con un vestito nero e un colletto bianco le è rimasta impressa nella mente: la morte aveva cancellato l'espressione dolce e gioiosa del volto e aveva reso la sua figura piccola e rinsecchita.

Apre le palpebre, quei ricordi le hanno regalato un bellissimo momento di silenzio. Spegne la luce, nei minuti che precedono il sonno ha flash dei tanti amici che in quella terra lontana forse non rivedrà mai più. E si addormenta.

Allo squillo del cellulare si sveglia di soprassalto, l'orologio segna le due e mezzo del mattino.

Risponde a una voce ansimante che farfuglia parole incomprensibili, l'unico frammento di frase che riesce a decifrare è *corri da me, sto male.*

La comunicazione s'interrompe di colpo.

Non ha dubbi, è Farid. Rimane impietrita, richiama e prova una sorpresa sempre più grande perché non riceve risposta. Il suo istinto le dice di lasciar perdere, Farid deve scomparire dalla sua vita. La mano esita mentre afferra jeans e maglione dalla sedia, infila le scarpe da ginnastica, prende le chiavi di casa e quelle di Farid in un cassetto pieno di cianfrusaglie.

Prova una indefinibile indecisione mentre apre la porta, la richiude, la riapre. Una parte di lei le suggerisce ancora di lasciar perdere, di tagliare una volta per tutte con quella storia. Resta sospesa, poi il lato più debole del suo carattere ha il sopravvento.

Ed esce.

In giro non c'è anima viva, percorre le poche centinaia di metri che separano place des Moulins da rue Beauregard. Il palazzo appare appena girato l'angolo, lo stabile è mezzo abbandonato con i primi due piani inagibili. Apre il portone, sale i gradini, suona il campanello.

Nessuna risposta. Suona di nuovo, questa volta più a lungo, con più insistenza.

Infila la chiave nella toppa ed entra.

Chiama un paio di volte Farid senza ricevere risposta. Spinge un interruttore ma resta in una inquietante oscurità. Solo i lampioni in strada fanno filtrare dalle finestre un chiarore a chiazze.

Conosce bene la casa, di fronte il soggiorno, a destra la cucina, a sinistra un breve corridoio con la stanza da letto e il bagno.

Nel soggiorno intravede giornali gettati alla rinfusa sul divano, un golf su una poltrona, la sacca color militare su una sedia, sul tavolo un piccolo bloc-notes. I suoi gesti smettono di avere un senso, senza un perché se lo infila in tasca. Il quadro elettrico è a un passo, preme tutti gli interruttori ma nessuna luce illumina la scena. Torna sui suoi passi, entra nel corridoio dirigendosi verso la stanza da letto. Da quel lato tutte le imposte sono chiuse, solo il chiarore proveniente dal soggiorno la guida lungo le pareti chiare.

Un'anta di una finestra sbatte a intervalli regolari.

È solo il vento, si ripete Sahar con un crescente senso di disagio.

D'un tratto ha la sensazione che qualcuno nascosto nell'oscurità la stia spiando.

Suggestione, solo suggestione.

Ma ha deciso, vuole alzare velocemente i tacchi e andarsene. Sta per tornare sui suoi passi quando un *click* discreto la fa trasalire e un nero totale l'avvolge, come se i lampioni per strada si fossero improvvisamente spenti.

Da quel momento si muove a tentoni, va nella direzione dell'ingresso e urta la gamba contro un mobile.

Qualcuno ha chiuso la porta del corridoio e ha girato la chiave.

Di colpo ha paura.

La mano brancola nel buio, il respiro è affannato, il cervello gira veloce tra dozzine di ipotesi cercando di trovare quella giusta. L'insensatezza della situazione la spinge a pensare che la porta possa aprirsi all'improvviso, che un Farid sornione metta dentro la testa ridendo di uno dei suoi stupidi scherzi. Ma non è uno scherzo, è una situazione bizzarra, surreale e pure molto concreta.

Le possibilità di fuga che le vengono in mente non stanno in piedi. In un barlume di razionalità riordina le idee, la stanza da letto ha un balcone, non ricorda dove affacci ma non importa, qualunque modo pur di saltare fuori da quel buio. Si muove alla cieca facendo scorrere la mano sul muro fino a che le sue dita incontrano una superficie fredda di piastrelle. È in bagno. Segue il profilo del lavandino, adesso sa dove andare.

Gira su se stessa, avanza di un passo, il piede incespica su qualcosa di morbido e pesante. Si blocca di colpo, il cuore accelera di nuovo.

Sul momento non afferra, si china lentamente, le sue dita sfiorano un tessuto, poi dei capelli su cui è addensato qualcosa di appiccicoso.

Fa un salto all'indietro e caccia un urlo.

Scavalca il corpo, nella foga sbatte la fronte contro lo stipite della porta.

Lo squillo improvviso di un campanello la fa trasalire e la blocca in una posizione innaturale. Si sente sollevata, qualcuno a cui poter chiedere aiuto. Ma un attimo dopo comprende che avrebbe difficoltà a spiegare come mai è lì, con un corpo tra i piedi apparentemente senza vita.

Cambia direzione, tastando il muro entra nella stanza da letto, arriva alla finestra, la apre, una folata di aria fresca le lambisce il volto. C'è la luna a illuminare la scena, un terrazzino di fianco a quello su cui si trova è distante più di un metro, la strada sotto di lei molti di più. Su un tetto appare la sagoma di un gatto e pensa che sia di cattivo auspicio.

Reprime il lato superstizioso del suo carattere e scavalca la balaustra tenendosi con una mano alla ringhiera. Si sporge, scivola, si abbarbica alla prima cosa che trova. Per una frazione di secondo si sente scivolare nel vuoto, con un colpo di reni abbranca il ferro del balcone a fianco.

Abbassa lo sguardo ma lo rialza subito.

Passa un piede, poi l'altro. Scavalcando la balaustra perde l'equilibrio e cade di schiena sul pavimento.

Ce l'ha fatta. Tutto merito della luna, ovviamente.

L'anta di una finestra è solo accostata, da uno spiraglio sbircia una stanza in semioscurità. Ode una voce concitata di donna in qualche angolo della casa, una luce fioca illumina un corridoio, di fronte una porta che sembra quella d'ingresso. Fa una corsa leggera e silenziosa con le scarpe in mano fino alla scala, con il fiato che disegna l'ansia davanti alla bocca. Si catapulta fuori dal palazzo un attimo prima che un'auto della polizia con uno stridio di gomme si fermi all'inizio di rue Beauregard e si lancia in una corsa a perdifiato verso place des Moulins.

A casa il suo sguardo si posa sull'immagine riflessa dallo specchio: un taglio sulla fronte, le mani sporche di sangue, la faccia stravolta.

Istintivamente ravviva i capelli arruffati, pulisce con un asciugamano umido il sangue. In accappatoio e con una tazza di tisana in mano sprofonda in una poltrona in una posizione falsamente rilassata. Guarda distrattamente i colori della stanza, non sa perché, non sa neppure dove si trovi.

Non può essere vero, pensa, anche se il peggio può sempre essere vero. È confusa, frastornata e molte altre cose insieme, si sente schiacciata dalla sorte che si è girata di colpo cancellando le solite certezze.

Cerca la parola migliore per rendere comprensibile ciò che prova di fronte all'idea che Farid sia morto e si stupisce di non trovarla.

Per qualche ragione smette di pensare a lui, immagini si sovrappongono a domande. Chi ha chiuso la porta? E perché? Qualcuno voleva ucciderla? Ma non l'ha uccisa. Forse per farla trovare dagli sbirri con un cadavere tra i piedi. Una trappola?

È una perdita di tempo farsi tutte quelle domande. Anche se nessuno l'ha vista uscire dal portone, la polizia non ci avrebbe messo molto a risalire a lei, in tanti avrebbero indicato il suo nome. Questione di ore e sarebbe stata catturata e interrogata, le sue impronte sono su ogni angolo della casa, il suo sangue su qualche spigolo. Non le avrebbero mai creduto, l'avrebbero arrestata e poi, chissà. Un'accusa di omicidio, una cella maleodorante, un processo senza alcuna prova da portare a discolpa. La giustizia in Francia non è tenera con gli immigrati.

Poggia la tazza e si alza, l'istinto le dice di fuggire, una decisione che la fa star male. Infila in un trolley biancheria e vestiti, golf e scarpe, un paio di orecchini, una foto dei genitori insieme a suo fratello Sabri, dei libri, il computer.

Un ultimo sguardo a quella casa, dove ha passato tre anni della sua vita, con il timore di non rivederla mai più. Sta per essere sopraffatta dai ricordi, con un gesto deciso chiude la porta e dà un taglio a un pezzo della sua esistenza.

Non ha idea di dove andare.

Fatma la scarta subito, troppa gente in giro in quella casa; Jacques, Antoine, Nicolas e Nadine anche, sarebbero i primi a essere interrogati.

La Renault 4 è parcheggiata in rue des Moulins. Il motore sbuffa ma non parte. La strada è deserta a quell'ora di notte, un'ombra immaginata dietro un albero, la batteria che sembra cedere in ogni momento, la polizia che può arrivare. Finalmente il motore inizia a borbottare, prima lentamente, poi più veloce, ingrana la marcia e con un sobbalzo l'auto si muove. Imbocca una strada a caso, poi un'altra, poi un'altra ancora, si ritrova nella periferia nord di Marsiglia. Si ferma in uno spiazzo, sul cellulare compone un numero.

«Che succede?» esclama Nadine. «Sono le quattro del mattino!»

«Ho bisogno di aiuto, di un posto dove nascondermi.»

«Puoi venire da me…»

«No, no. Devo fuggire da Marsiglia, poi ti spiegherò.»

Appunta su un pezzo di carta un nome e un telefono.

«Oh, *merde*!» esclama dopo aver chiuso la conversazione.

«Perché sono così stupida?» Senza pensarci un attimo lancia il cellulare in un dirupo. Per fortuna in tasca ha quello di Taoufik che le ha dato Fatma.

La R4 imbocca l'autostrada e inizia ad arrancare in direzione di Arles.

Cahors è lontana.

17

Giovedì 16 maggio 2013

Al bar La Marine Gerard beve il caffè tutto d'un fiato e apre il giornale, Maigret è acciambellato sotto il tavolino, Dupin segue con lo sguardo i croissant caldi che Seraphine ci sta poggiando sopra.

«Mi dispiace per l'altra sera.»

«Almeno mi potevi avvertire. Comunque non ti preoccupare, ci sono abituata.»

«Sono partito all'improvviso per la morte di un caro amico,» mormora Gerard «ma ti prometto...»

«Le promesse falle per qualcosa di più importante di una cena con una cameriera.»

«Credimi, io...» Ma Seraphine ha già voltato le spalle e sta prendendo ordini a un altro tavolo.

Riprende a leggere, con una mano di tanto in tanto accarezza il muso dei due cani. Lo squillo del cellulare lo distoglie da un articolo sui migranti, è l'ispettore Picard in uno stato di eccitazione indescrivibile. In un palazzo di Noailles è stato trovato un uomo morto ammazzato. L'unica testimone è la vicina di casa, un urlo di donna in piena notte, proveniva dall'appartamento a fianco, ne era sicura. Si era infilata la vestaglia catapultandosi sul pianerottolo, aveva suonato il campanello e, non ottenendo risposta, chiamato la polizia.

«L'abitazione risulta affittata a tal Farid Beouaret,» sbraita Picard nel microfono «il corpo non è ancora stato identificato, ma sono pronto a scommettere che sia lo stesso Farid che stiamo cercando per l'assassinio di Legrand.»

Conclusione affrettata, pensa Gerard, *anche se possibile.*

Picard è un fiume in piena, racconta che il giovane di circa trent'anni è stato ucciso con un martello, due colpi violenti gli hanno sfondato il cranio. Il corpo giaceva sul pavimento del bagno in un lago di sangue. Per raggiungerlo gli agenti avevano sfondato una porta chiusa a chiave. Una finestra aperta nella stanza da letto era la probabile via di fuga dell'assassino.

«Se è scappato da lì ha avuto un bel fegato, saranno almeno dieci metri d'altezza» commenta Picard che aggiunge altre informazioni avute dalla vicina di casa. Farid ha una donna, Sahar Liman, arrivata con lui dalla Tunisia. Abita a pochi metri di distanza, a place des Moulins. Al momento risulta irreperibile. Possibile un delitto passionale ma non è da escludere un movente legato al mondo della droga.

Con i giornali sotto al braccio Gerard torna a casa, dà indicazioni a Zahira su alcuni vestiti da portare in tintoria, annoda la cravatta, si mette la giacca, accarezza i cani ed esce. La riunione al Ministero degli Interni è alle dieci.

Dopo quattro ore di discussioni interminabili s'infila in una brasserie, ordina hamburger e birra. Il tempo di bere un sorso che il cellulare squilla. È Moreau.

«Mi ha chiamato Picard, non riusciva a mettersi in contatto con te.»

«Ero al Ministero. Che vuole?»

«Comunicarti che la vittima non è Farid, si chiama, o meglio si chiamava, Rami Ben Taleb, un pregiudicato per traffico di droga. Sullo stipite di una porta e su un muro la Scientifica ha trovato tracce di sangue che non appartengono alla vittima. Ci serviranno a inchiodare l'assassino che probabilmente è lo stesso Farid. Mi ha inviato la sua foto e quella della sua donna, Sahar Liman. Te le ho girate. Dagli un'occhiata.»

Gerard non muove un muscolo del viso mentre scorre sul display dell'iPhone le immagini. Batte con violenza il bicchiere sul tavolo e si sorprende che non si sia rotto. L'assassino di Legrand forse ora ha un nome, Farid Beouaret. Anche se è tutto da verificare. Ma la sua donna, Sahar, lui la conosce, quei capelli ricci e quel viso in una libreria di Marsiglia non può dimenticarli.

«Gerard ci sei?»

«Sì.»

«Allora senti questa: Farid è l'uomo fotografato da Tahar con Philèmon. Su di lui abbiamo già qualche informazione, è un tunisino originario di Sfax, trentaquattro anni, arrivato a Marsiglia tre anni fa. Frequenta ambienti islamici radicali, si sospetta che faccia parte del gruppo terroristico jihadista Ansar al-Shari'a, fondato nel 2011 dallo sceicco salafita Abou Iyadh, con cui risulta avere avuto rapporti frequenti. È anche amico di un rapper, Marouane Douiri che è passato recentemente al Da'ish. Non solo, pare bazzichi anche un certo Ryad Hannoun del gruppo ultra-islamico Forsane Alizza.»

Gerard ascolta distratto, pensa a Sahar, al suo profumo di gelsomino. Si accende una sigaretta.

«Non è tutto» continua Moreau. «Farid è anche abile col web. Notizia da confermare, ma c'è il sospetto che sia sua la mano che ha postato su siti terroristici testi di propaganda come l'al-Qayrawan Media Foundation e altri media come un blog e una pagina su Facebook.»

«Sahar Liman?»

«È arrivata a Marsiglia insieme a lui, è originaria di Gabès, trent'anni tra due mesi. È stata molto attiva nei movimenti femministi in Tunisia prima della caduta di Ben Ali. Ha partecipato a numerose manifestazioni contro il regime ma non risulta collegata ad alcun gruppo fondamentalista. Lavora, o meglio lavorava, in una libreria di Marsiglia sul quai du Port Neuf...»

«Lo so.»

«Come lo sai?»

«La conosco.»

«Cosa?»

«Hai capito bene, la conosco.»

«Come la conosci?»

«Ho comprato una mappa in quella libreria e le ho parlato. So anche che profumo usa, Jasmin Full di Montale.»

Moreau è ammutolito, sta per dire qualcosa ma Gerard non gli dà il tempo. «La vittima?»

«La vittima, già la vittima.» Moreau è annichilito anche se è abituato ai colpi di scena del suo capo, ci mette un po' prima di riprendere il filo del discorso. «La vittima è Rami Ben Taleb, trafficante di droga, soprattutto cocaina ed eroina. Ma è anche un informatore della polizia negli ambienti degli immigrati in odore di collusione con gruppi jihadisti. In cambio viene lasciato in pace nello smercio di qualche dose di stupefacenti.»

«Quindi?» Gerard fa un tiro profondo alla Chesterfield e socchiude gli occhi.

«L'idea che circola è che Rami Ben Taleb, con la scusa di vendergli droga, abbia avvicinato Farid per carpire informazioni sugli ambienti jihadisti che frequenta. Lui l'ha scoperto e ucciso.»

«Sarà...»

«Non sei convinto?»

«No.»

«Perché?»

«Ci devo pensare. Fammi sapere se ci sono novità.»

Quel che resta dell'hamburger è ormai freddo, scosta il piatto, ordina una crostata di mele e nell'attesa fa una nuova chiamata.

Picard risponde quasi subito.

«Ti ho cercato per dirti...»

«So già tutto» taglia corto Gerard. «Ti ho chiamato per un altro motivo.»

«Quale?»

«Dove è nato Philèmon?»

«Come, dov'è nato?»

«Sarà stato partorito da qualche parte, in un ospedale, in una clinica privata, non credo per strada.»

«No, certo che no. Ma perché t'interessa?»

«Ho una mezza idea, poi ti dico.»

E la telefonata si chiude lì.

18

Giovedì 16 maggio 2013

«Buongiorno, signorina.»

La padrona di casa, una donna di mezza età grassa e tarchiata, ne ha viste di cotte e di crude nella sua vita, abituata com'è a nascondere persone con qualche conto in sospeso con la legge. Preceduta da un soffio d'aria profumata di caffè entra nella stanza con il vassoio della colazione. Non fa domande, solo un consiglio, meglio non farsi vedere in giro per qualche giorno, fino a quando non si saranno calmate le acque.

Sahar ha gli occhi pesanti e la bocca asciutta, il sole è già alto, mezzogiorno è passato da un pezzo. I suoi occhi pian piano si abituano alla luce, beve un sorso di tè, va alla finestra, la apre, un raggio di sole entra nella stanza. Ha guidato per ore fino a quando ha fermato la R4 in una strada di Cahors. Il tempo di aprire la valigia, prendere una dose di tranquillante ed è piombata in un sonno profondo popolato da incubi.

Un tetto di coppi, un cortile con lenzuola bianche che svolazzano al vento, delle rose gialle rampicanti che ricadono lungo un antico muro di pietra, le torri di un ponte slanciato ed elegante che si riflette sulle acque scure e sonnolente di un fiume.

«È il pont Valentré» la voce della donna arriva all'improvviso alle sue spalle «ma tutti lo chiamano il ponte del diavolo.» Le parole scorrono su di lei senza lasciare traccia, la sua vita è appesa a un filo.

«Siamo sul cammino di Santiago de Compostela» continua la donna, convinta di essere ascoltata. «Quel ponte proprio non riuscivano a terminarlo, mezzo secolo e ancora non vedeva la fine. Certo, nel Trecento non era facile costruire come ai giorni d'oggi.»

Un tremito prima leggero poi sempre più forte scende lungo la schiena, sente le punte delle dita farsi fredde.

«La leggenda narra che per finirlo l'architetto fece un patto con Satana, c'è anche una sua immagine scolpita su una delle torri e… Si sente bene signorina?» chiede la donna vedendo Sahar pallida e sudata.

«Sto bene, grazie.»

Prima o poi l'avrebbero trovata e catturata, troppe le prove a suo carico, troppe le storie in cui è coinvolta. Per togliersi la donna di torno butta lì la prima frase che le viene in mente: «Tutti gli artisti prima o poi devono fare un patto col diavolo». Chissà perché le è venuto in mente André Gide.

Ma la donna è una gran chiacchierona e non si ferma, racconta i pettegolezzi di Cahors mentre riassetta il letto, spolvera il tavolo, passa lo straccio umido sul pavimento. La moglie del farmacista che si fa sbattere da chiunque entri nel negozio, un'orgia di omosessuali interrotta dalla polizia alla ricerca di droga, un notabile del luogo arrestato perché aveva cercato di violentare la commessa di un negozio di scarpe «proprio a pochi metri da qui».

Finalmente se ne va e Sahar è in grado di concentrarsi su ciò che può e deve fare. Bloc-notes e matita, inizia a buttare giù appunti, la scrittura le serve a dare concretezza ai pensieri che altrimenti scorrono via senza lasciare traccia.

Lentamente ripassa i particolari di quella notte, la voce ansimante di Farid, l'appartamento senza luce, la porta improvvisamente chiusa a chiave. Prova un brivido nel pensare che l'assassino, chiunque fosse, era lì a pochi metri da lei.

«Una trappola,» mormora con rabbia «una maledetta trappola.»

Le sue impronte, il suo sangue, i suoi capelli sono dappertutto.

19

Venerdì 17 maggio 2013

La notte è stata meno maligna del giorno che l'ha preceduta: un'abbondante dose di sonnifero l'ha stordita e fatta piombare in un sonno profondo.

Quando si sveglia, Sahar non è completamente presente, mescola sogni e realtà, il sudore le infradicia la pelle anche se il refolo d'aria che arriva dalla finestra socchiusa è fresco.

Si alza, vagola per la stanza, sposta oggetti non suoi, piega una camicia, un golf, un paio di pantaloni.

Fino a due giorni prima guardava la vita senza presentimenti sul futuro, le sue notti erano soffici, senza scopo, senza fine.

La sua esistenza si è capovolta all'improvviso.

Ha passato un giorno e una notte chiusa in quella stanza, ma ora, per una questione di sopravvivenza, deve fare qualcosa, pensare qualcosa, decidere qualcosa.

La padrona di casa bussa ed entra con la colazione e il giornale in mano. La guarda in modo strano, è inaspettatamente taciturna fino a quando pronuncia una frase che la gela: «Cercati un altro posto dove andare, non voglio storie».

E se ne va sbattendo la porta.

Apre il giornale, la notizia è in terza pagina di cronaca, il corpo che lei ha toccato nell'appartamento di Noailles non è di Farid ma di un certo Rami Ben Taleb. Lo ricorda vagamente, l'ha incontrato un paio di volte, «un amico» diceva lui, dai giornali ora sa che era lì per spacciare droga. Continua a leggere, lei e Farid sono ricercati dalla Gendarmerie, l'articolo descrive con dovizia di particolari la scena del crimine: tutti gli indizi, il sangue, le impronte, il DNA portano a Sahar Liman come l'esecutrice materiale del delitto.

Merde!

La sua vita si sta rivelando una truffa. Resta con lo sguardo incollato su quelle righe e si lascia andare sul letto come un'ubriaca, un raggio di sole la colpisce dritta negli occhi, con la mano si scherma dalla luce. Solleva il capo, raccoglie il giornale finito in terra, rilegge l'articolo: la polizia ha le prove, la stampa l'ha già condannata, l'opinione pubblica anche.

Si veste al rallentatore prendendo gli abiti con le dita tremanti. All'improvviso la porta si spalanca, la voce concitata della padrona di casa dà un taglio netto ai suoi pensieri.

«Te ne devi andare subito, mi hanno avvertito che la polizia ha scoperto dove ti nascondi.»

E senza aggiungere altro afferra la valigia e inizia a riempirla dei vestiti sparsi per la stanza.

Sahar è annichilita, spettatrice di una storia in cui lei è protagonista.

Il primo pensiero è per Nadine: *bella amica!* L'ha tradita senza pensarci due volte spifferando alla polizia la sua disperata richiesta di aiuto.

I tempi di reazione sono lenti, chiude la cerniera lampo del trolley ed esce nel vuoto che è davanti a lei.

È frastornata ma non può permettersi neanche un minuto di incertezza, fa ciò che l'intuito la spinge a fare anche se non sa bene cosa le riservi il futuro.

Non può usare l'auto, verrebbe fermata al primo posto di blocco. L'alternativa è tra bus e treno, la stazione ferroviaria è a pochi metri ma non può rischiare. A un passante chiede indicazioni: la stazione dei bus è in una piazza poco distante. Parcheggia la Renault in una strada laterale, acquista un biglietto per il primo pullman in partenza. Fa di tutto per farsi notare, una domanda all'autista sull'ora di arrivo a Monsempron, una battuta mentre ordina un caffè e un croissant al bar d'angolo.

Va a un bancomat, la mano esita a inserire la carta, a battere sulla tastiera il codice. Entrando rivelerebbe la sua posizione. Anche se il conto è intestato a Taoufik, la polizia forse ha già interrogato Fernández, che non si farà pregare per spiattellare tutto su di lei pur di essere lasciato in pace. E Fatma, anziana e stanca, alle domande subdole di un poliziotto probabilmente ha già rivelato il numero del suo conto.

La paura favorisce l'indecisione, pensa, e lei in quel momento non può essere indecisa. Fa un rapido ragionamento, la sua presenza a Cahors non è più un mistero per la Gendarmerie, quindi… Con gesto deciso infila la carta, digita il codice, seleziona la cifra più alta e ritira i soldi.

Una piccola folla attornia il bus, sistema valigie, sacche, pacchi, la stretta porta li costringe a mettersi in fila, l'autista fa cenni, si sbraccia, urla «si parte». Sgattaiola in una stradina laterale, adesso ha un passo diverso, una falcata sicura, spera che almeno in quella occasione la fortuna sia dalla sua parte.

Arriva alla stazione ferroviaria. Sotto la pensilina un vento leggero che profuma di primavera le spettina i capelli; lancia uno sguardo intorno, nessuno bada a lei.

Il vagone è affollato di pendolari, a Montauban-Ville-Bourbon abbandona l'andatura sferragliante e rumorosa dell'intercity e sale sul primo TGV che passa, destinazione Parigi.

Osserva per un po' il paesaggio verde e ondulato che scorre fuori dal finestrino, legge qualche riga del libro di Selmi, quindi passa a osservare i compagni di viaggio. Un uomo con barba folta che legge con accanimento un giornale sportivo, una ragazza che somiglia a una bambola di altri tempi, bocca minuscola ed espressione triste, una donna di mezz'età dall'aspetto severo e scostante, un ometto minuto dai capelli bianchi e folti con la pelle rugosa e olivastra che sembra incollata allo scheletro. Al suo fianco un giovane più o meno della sua età, con occhi trasparenti e un profumo fresco di lavanda, le offre dei biscotti, un modo come un altro per attaccare discorso; torna a Parigi da un corso per operatori turistici, insegue un posto in un albergo della capitale. Olivier, così si chiama, parla di Marsiglia come di una città fantastica.

«Non la conosco» mente Sahar, che si è presentata con il primo nome che le è venuto in mente: Camille. Pasticcia con le parole che le escono troppo in fretta, abita in un piccolo centro della Garonna, sta andando nella capitale a trovare una vecchia zia rimasta vedova. Il giovane racconta di sé, lei sembra ascoltarlo ma in realtà aspetta il momento giusto per fare la domanda che le sta a cuore. E il momento arriva, cerca un posto dove alloggiare, la casa della zia è angusta e lei non ha molti soldi. Il giovane snocciola nomi di alberghi e pensioni, l'Apollon vicino alla stazione per esempio, una novantina di euro a notte, oppure il Tolbiac nel tredicesimo arrondissement, conosce il proprietario, può chiedere un trattamento di favore.

«Qualcosa di più economico?»

«Questa è la tua stanza» le dice Coline chiudendo delicatamente la porta alle sue spalle.

I vestiti scivolano in terra, s'immerge nella vasca in un mare di schiuma profumata, sta lì per un po' pensando a sciocchezze, per esempio a quale shampoo comprare: Ouidad Curl Co-Wash o HairMed, che usa da anni?

Con l'accappatoio allacciato in vita e un asciugamano in testa si affaccia in cucina; la padrona di casa sta preparando la cena.

«Vuoi mangiare un boccone?»

Sul tavolo con bicchieri di cristallo e tovaglia di lino arrivano in rapida successione una bottiglia di Muscadet ghiacciato, *coquilles Saint-Jacques*, *galette bretonne* con gruviera, prosciutto e uova.

«È la cucina della mia terra» dice la donna aprendo il tovagliolo e poggiandolo sulle ginocchia.

Coline è bretone, la giovinezza l'ha passata a Cancale, alle spalle di Saint-Malo. Ha nostalgia di quei luoghi, il porticciolo dove le barche attraccano e ripartono al ritmo delle maree, il Sentiero dei Doganieri dove aveva scambiato i primi baci, Mont Saint-Michel che dalla Pointe des Crolles appare e scompare all'orizzonte come un miraggio, le scogliere dove d'inverno si frangono le onde del mare in tempesta...

«Conosci Parigi?» le chiede a un tratto.

«Non molto, domani farò un giro per la città prima di andare a trovare mia zia.»

«Dove abita?»

«A Saint-Germain, il nome della strada è... non lo ricordo, è troppo lungo, l'ho scritto sull'agenda ma ci so arrivare, da boulevard Saint-Germain si gira a destra...»

Al giovane viene in mente una cugina, Coline, che affitta stanze; la chiama, per quaranta euro a notte può anche usare la cucina.

Annota indirizzo e numero di telefono. La campagna scorre veloce, il torpore si trasforma velocemente in sonno. Qualcuno le tocca una spalla, ha un sussulto, è il controllore. Non ha il biglietto, non l'ha fatto volutamente per non lasciare tracce alla stazione di Cahors.

Riprende a guardare fuori mentre riaffiorano pensieri in libertà. Farid, per esempio, che le chiede di recuperare nella stanza di Philèmon un lucchetto con due chiavi e un biglietto delle *consignes à bagages* della stazione di Montparnasse. Nei pochi secondi in cui era rimasta sola nella stanza, dopo aver scambiato il computer e fatto un graffio con le chiavi vicino al logo, si era guardata in giro per capire quale fosse il nascondiglio più logico per un tagliando. Lo sguardo era corso ai libri su una mensola. Era stata fortunata, al terzo tentativo lo aveva trovato nelle *Confessioni* di Sant'Agostino, all'apparenza mai sfogliato.

Le viene in mente il bloc-notes trovato a casa di Farid quella sera maledetta. Inizia a sfogliarlo, una scrittura sghemba, irregolare, sottolineature che a lei non dicono nulla. L'occhio cade su un nome che le ricorda qualcosa, Mick Hendriks, una freccia lo collega a un altro nome, Seleksoft, a fianco un numero di cellulare.

Mick Hendriks, Mick Hendriks, Mick Hendriks...

Ma certo! Una sera di tanti mesi prima, Farid era sotto la doccia, il suo cellulare squillava, il display segnalava un numero privato. Gli aveva passato l'apparecchio e aveva ascoltato brevi frasi che sembravano risposte a ordini impartiti dall'alto: «senz'altro», «provvedo subito», «entro domani trasmetto il software di Hendriks».

Accende il portatile, si collega a internet, su Google digita il nome, apre un link: è un articolo del quotidiano *De Telegraaf*, risale quasi a un anno prima, il 6 luglio 2012. Traduce il testo con Google, la notizia è di quelle che fanno scalpore:

Mick Hendriks, analista di punta di Seleksoft, una delle principali società olandesi specializzata nel criptaggio di informazioni sensibili, è stato ucciso in piena notte nella sede dell'azienda. Molti governi, che vedono nei Servizi segreti di Stati canaglia la regia dell'operazione, sono in allarme, così come decine di aziende che temono azioni di spionaggio industriale.

Poi, alcune righe più avanti:

Il presidente della società Hans Göran Janssen è stato messo sotto accusa, qualche testa è destinata a saltare.

L'articolo si chiude con una domanda:

Potranno stare tranquilli tutti quei clienti che hanno affidato a Seleksoft i loro messaggi segreti?

Digita "Seleksoft", "cariche sociali", "organigramma", "attività", "partecipazioni", "partnership", "prodotti", clicca su un articolo più recente:

La società, dopo l'uccisione dell'analista Mick Hendriks, versa in difficoltà finanziarie per un sensibile calo del fatturato.

Il TGV rallenta sferragliando sugli scambi, sta entrando nella stazione di Montparnasse.

20

Venerdì 17 maggio 2013

Posso fidarmi dei suoi occhi?

Mio padre diceva sempre che gli occhi non mentono mai.

Sahar dà un taglio ai dubbi e decide di credere allo sguard cristallino del giovane incontrato sul treno.

Con un foulard annodato sotto il mento e grandi occhial scuri si fa largo tra i viaggiatori che affollano il marciapied della stazione. La folla la trascina verso una scala mobile, poi sul metrò, a place de la République esce in superficie, a una giovane donna alle prese con un carrello della spesa chiede l'informazione che cerca; rue du Vertbois è a pochi metri.

Quando arriva all'indirizzo, ha perso per strada ogni sicu rezza. Come sarà Coline? Giovane, vecchia, dolce, arcigna, sim patica, odiosa… Suona il campanello: apre una donna biond a occhio sulla quarantina, un che di Delphine Seyrig a parte colore dei capelli.

«Sono Camille, mi ha dato il suo indirizzo Olivier e…»

«Oh! Certo, sono Coline. Ma diamoci del tu anche se p troppo ho qualche anno più di te.»

Stringe una mano piccola ed energica, incrocia degli o pieni di allegria. Ha la piacevole sensazione, entrando, d luogo semplice ma accogliente, curato e profumato; an una fragranza discreta che ricorda l'erba appena falciata

«Sono tante le strade con il nome lungo, rue Gregoire de Tours, rue Monsieur le Prince.»

Sahar cambia discorso, quello su Parigi è scivoloso.

«Ho letto un libro, non ricordo l'autore, secondo cui ogni città ha un suono. Per esempio, l'architettura araba esprime suoni emessi dai materiali e dalla forma delle case, cortili in piastrelle, piccole finestre, tetti piani, strade strette. Conoscere una città vuol dire sentirla, penetrarla fino ad ascoltarne il ritmo, la musica interiore.»

«Originale» commenta Coline. «E Parigi secondo te che rumori ha?»

«Parigi ha due volti e due suoni, quello maestoso dei grand boulevard segnati da grandi spazi che fanno sfumare ogni identità di suono. E quello di quartieri come il Marais che si rivela come alla Nadja di Breton, con brasserie affollate e strade strette che emanano aromi, voci, melodie.»

Coline con un pezzetto di *galette* raccoglie nel piatto rimasugli di uovo.

«A pensarci bene c'è un fondo di verità in quello che dici. A place de la Concorde è difficile annusare qualcosa di diverso che non siano i gas di scarico o ascoltare rumori differenti dal rombo dei motori. Per il Marais è diverso. Il Marais ha i suoi rumori e i suoi odori. Hai ragione.»

Si alza e inizia a sparecchiare, Sahar prende i piatti sporchi e li infila nella lavastoviglie.

«Sei una ragazza colta e anche molto sottile.»

«Mi piace leggere e ascoltare, la tua casa per esempio.»

«Cos'ha la mia casa?»

«Il profumo, l'ho avvertito appena sono entrata, le dà un carattere, un segno distintivo.»

«L'ho acquistata alcuni anni fa a un prezzo molto basso. Sono stata fortunata, c'è un progetto che dovrebbe rivoluzionare questo pezzo di città tra rue Volta e rue du Vertbois. La Jeune Rue, così si dovrebbe chiamare, è nata da un'idea di un milionario sognatore, che dovrebbe cambiare questo spicchio di Parigi dove sapori e profumi di Francia andranno a riacquistare l'importanza di una volta. E forse anche a darle odori e suoni diversi. Come quelli di cui mi hai parlato.»

Sahar percepisce una rapida e reciproca simpatia, Coline ha una conversazione piacevole, una voce piacevole, una gestualità piacevole. È tardi quando con una tazza di tisana le dà la buonanotte e si ritira nella sua stanza.

In un modo o nell'altro la giornata è finita. Pensa malinconicamente a tutte le persone che si è lasciata alle spalle nella sua vecchia vita; chissà se qualcuno di loro prima o poi noterà la sua assenza.

Si lascia cadere sul letto, il cretonne a fiori su toni bordeaux, il letto soffice con testata di bambù, il cassettone anni Trenta sono un miscuglio piacevole. C'è qualcosa di appagante in quella casa, il profumo del bergamotto come la teiera di Earl Grey.

Vorrebbe chiudere in una bottiglia il senso di sicurezza che prova in quel momento, ora che i suoi pensieri giovani sono stati spazzati via da qualcosa di più serio, angosciante nella sua non chiarezza. È finita in fondo a un pozzo e non sa come uscirne.

Spegne la luce, si rannicchia nel letto in una posizione di difesa dal mondo che lo attacca, spera che il sonno, a differenza del solito, l'aiuti a dimenticare tutto.

21

Sabato 18 maggio 2013

Sahar si sveglia dopo una notte in cui i presentimenti sul futuro hanno sistematicamente estinto le certezze. Beve una tazza di tè, sgranocchia dei biscotti, rifà il letto, appende gonne e pantaloni sulle stampelle, infila in un cassetto camicie e golf. Sotto il getto d'acqua della doccia non pensa a nulla, è la stupefacente capacità del pensiero di dare tregua, magari per poco, a inquietudini e turbamenti.

A Cahors non ha avuto tempo per riflettere ma solo per fuggire. È saltata sul primo treno che passava, poi su un altro, è arrivata senza un perché in una città che non conosce per nascondersi, sparire. Ma Parigi è solo uno dei mille posti in cui restare, potrebbe andare alla deriva per un sacco di tempo e infischiarsene. Probabilmente, però, non è la cosa giusta. Un giorno o l'altro si tradirà, la polizia la catturerà e allora non avrà più modi e tempi di dimostrare la sua innocenza.

Ci vorrebbe un colpo di fortuna ed ecco che le sue giornate potrebbero diventare un po' diverse. Ma la fortuna la devi cercare. L'idea di trovare Farid al momento è solo un'idea. Che però non è campata in aria.

Qualcuno ha fatto in modo che lei si trovasse con un cadavere tra i piedi. Comunque ci giri intorno, quel qualcuno è

Farid. Ne è convinta. Per motivi che non conosce ha fatto fuori quel tizio senza pensare sul momento alle conseguenze, tipico del suo modo di agire. E poi *paf!* Ha escogitato un tranello con una telefonata nel cuore della notte. Risultato, la polizia si mette alle sue calcagna, la sua foto è su tutti i giornali.

Deve riorganizzare le idee, scoprire dove si nasconde, avvertire la polizia, farlo catturare. E poi convincere che lei è il bersaglio di una macchinazione.

Sì, è una possibilità, una soluzione.

Ma lui può essere ovunque, a Marsiglia come a Parigi, in Tunisia come nei Balcani. O chissà dove altro ancora.

In tasca non ha molto: sul bloc-notes preso a casa di Farid ci sono due nomi che la interessano, Hendriks e Seleksoft, e un numero di telefono.

Trovare Farid è una bella idea, il rischio è che sia di quelle che restano tali.

«Che situazione di merda» mormora infilandosi l'impermeabile.

Ha voglia di uscire, di mescolarsi tra la folla. Mette il naso in strada nel primo mattino fresco e bagnato, cammina guardando i piedi come mossi da qualcun altro, osserva una commessa intenta a vestire un manichino nella vetrina di un negozio, il volto di una donna segnato dal dolore, il cortile di un palazzo chiuso da una cancellata, gli sguardi fissi sul nulla dei passeggeri di un bus fermo a un semaforo.

Da rue du Vertbois sbuca in rue de Turbigo, entra in rue Montorgueil, nelle vetrine di Stohrer *Puit d'Amour, Baba au Rhum, Religieuse au Chocolat, Éclairs au Chocolat* attirano la sua attenzione.

«Avete dei *makroud*?»

«Non trattiamo quella roba» il tono è di riprovazione per una domanda giudicata sbagliata.

Già, pensa Sahar, *sono al nord, a Parigi, i makroud sono di un altro mondo.*

Riprende a camminare, attraversa una strada e per poco non viene investita da un tizio in bicicletta che non si scusa nemmeno. Sbuca in una grande piazza chiusa da palazzi con cornici in pietra bianca e fasce di mattoni rossi. "Place des Vosges" legge su una targa; non le dice molto, è solo incredibilmente bella.

Si sistema su una panchina, apre una bottiglia di tè freddo, beve qualche sorso, scarta un panino comprato lungo la strada e lo addenta con voracità.

Il sottofondo di un soffuso vociare di bambini che giocano la distrae per un po', anche se una parte del cervello le fa riaffiorare, a sprazzi, immagini che vorrebbe dimenticare: Farid con lo sguardo cattivo, le mani appiccicose di sangue, una porta chiusa.

Si alza, intorno i turisti vagolano nella piazza con gli occhi pieni di curiosità, un uomo grasso e pelato le chiede di scattare una foto insieme a una donna sgradevolmente allampanata. Si mettono in posa, sorridono, sembrano felici. Forse lo sono davvero.

Si avvia verso casa con la convinzione che la sua vita non può andare avanti nel nulla. Davanti a una piccola fontana all'incrocio di due strade socchiude gli occhi al rumore dell'acqua, poi riprende a camminare prima lentamente, poi a passo più spedito. Coline è uscita, in cucina sulla mensola cerca il tè Lapsang Souchong, lo trova dietro una scatola di Prince of Wales, ne mette due cucchiaini in una teiera, la riempie di acqua bollente, sul vassoio aggiunge dei biscotti e si chiude in camera.

Accende il computer, lo screensaver fa sfilare immagini di

soleggianti panorami della Tunisia: apre Google, digita "Seleksoft". Annota cariche sociali, manager: i soci sono tre, due società olandesi e una francese, la Masson&Partners. Batte sulla tastiera "Mick Hendriks" e si addentra nella lettura di articoli che descrivono l'omicidio.

Apre l'agenda, sfoglia le pagine, ha l'abitudine di conservare anche quelle di un anno prima. Il 5 luglio 2012, lo stesso giorno in cui a migliaia di chilometri di distanza veniva ucciso Hendriks, Farid era sbarcato a Marsiglia con un volo proveniente dalla Serbia. Ricorda bene quella data, gli aveva chiesto cosa fosse andato a fare in quel paese e lui aveva risposto a monosillabi. Avevano dormito insieme, fatto l'amore, la mattina dopo, il venerdì, quattro passi al Vieux Port. Succedeva raramente, era una giornata curiosamente grigia, ma era felice, una delle rare volte in cui le sembrava di essere tornata indietro nel tempo, quando tra loro c'era amore.

Non riesce a tradurre in parole il suo stato d'animo, non sa neppure quale sia, ripassa una a una le immagini che nel tempo si sono accatastate disordinatamente nella sua testa. Chi sa cosa sta pensando Fatma di lei. Sente la sua mancanza, ha nostalgia della vita allegra di Marsiglia, delle sue piccole cose, delle serate al bar de la Pleine a ridere, scherzare e non far nulla.

Vorrebbe dare libero sfogo a uno scoppio di collera furiosa ma prova solo un senso di smarrimento e di disperazione.

E di angosciante solitudine.

22

Lunedì 20 maggio 2013

A Marsiglia Gerard scende dal TGV e salta su un taxi.

Picard l'ha chiamato il sabato mattina per annunciargli trionfante che Philèmon era nato proprio lì, all'Hôpital Nord. «Non è stato facile» aveva bofonchiato l'ispettore, a cui non era chiaro il motivo per cui Gerard fosse tanto interessato alla cosa.

Mademoiselle Blanc, la direttrice, lo accoglie con fredda cortesia, vede il mondo da occhiali con lenti spesse che le scendono continuamente sul naso.

«Mi ha chiesto informazioni su un certo Philèmon Fauvre.»

Gerard annuisce.

«Posso chiederle il motivo?»

«Philèmon è stato partorito in questo ospedale ma non è stato riconosciuto, vorrei sapere chi è la madre.»

La donna si alza, sfila da uno scaffale un faldone, lo apre, estrae un incartamento ingiallito, dà un'occhiata alla prima pagina, poi si decide a voltarla.

«Sono direttrice da poco più di un anno» si sente in dovere di spiegare «e non conosco i vecchi documenti.»

«Il precedente direttore?»

«Madame Petit? Poveretta, è morta poco più di un anno fa, nel marzo del 2012, lo ricordo con precisione perché ho preso il suo posto proprio in seguito a questa triste vicenda.»

Gerard corruga la fronte ma non commenta; la direttrice con tono formale inizia a leggere il foglio.

Philèmon è stato partorito da una giovane originaria del Périgord, Floriane Roche, nata a Bergerac, nubile, all'epoca diciottenne, che non l'ha riconosciuto. Tra le molte domande di adozione è stata selezionata una famiglia, i coniugi Fauvre, piccola borghesia, reddito adeguato, solida moralità, molto religiosi. Al neonato è stato dato il nome del nonno paterno, Philèmon appunto.

«Potrei dare un'occhiata alla sua cartella clinica?»

La donna si limita ad alzare un sopracciglio, estrae una scheda, si sofferma sulla prima pagina, lo sguardo perplesso.

«Qualche problema?»

«Floriane Roche ha avuto un parto gemellare, gemelli monovulari per la precisione.»

«Philèmon ha un gemello?»

La sua pelle è percorsa da un formicolio di eccitazione mentre le cellule grigie iniziano a lavorare in fretta.

«Floriane Roche ha avuto due gemelli omozigoti, quindi stesso patrimonio genetico, stesso gruppo sanguigno, stesso sesso, stesso aspetto fisico, stessi occhi. In una parola, sono identici.»

«A chi è stato affidato il gemello di Philèmon?»

«È quello che vorrei sapere» risponde mademoiselle Blanc rovistando tra le carte. «Non trovo la documentazione.»

Anche la giovane segretaria convocata in tutta fretta non ricorda.

«Nei primi mesi del 2012 qualcuno è venuto a chiedere informazioni su un neonato di nome Philèmon?» chiede Gerard rivolgendosi alla ragazza.

«No, questo nome proprio non lo ricordo. Posso controllare se trovo qualche riferimento.»

Esce dalla stanza e dopo qualche minuto torna con l'agenda del 2012.

«Madame Petit è morta il 13 marzo 2012 e il funerale si è svolto alle dodici nell'Église des Capucines.»

«Può risalire agli appuntamenti che madame Petit ha avuto nei giorni precedenti la sua morte?»

«Da quando?»

«Dal 12 marzo a ritroso.»

«Dunque, 12 marzo, ore nove riunione con il professor Averat per lavori di ammodernamento della sala operatoria, ore undici e trenta incontro con i sindacati sui permessi non retribuiti, ore quindici riunione con i responsabili dell'amministrazione per la redazione del bilancio, ore diciotto, incontro con i rappresentanti di una società per la fornitura di attrezzature sanitarie.»

«Passiamo all'11 marzo.»

«Un attimo, madame Petit era molto raffreddata quella sera e non vedeva l'ora di andare a casa. Si stava infilando il cappotto quando un uomo mi ha chiesto di poterla incontrare. La direttrice voleva rimandare al giorno dopo ma l'uomo ha insistito, aveva urgente bisogno di informazioni su un neonato.»

«Che aspetto aveva?»

«Mezza età, altezza media, barba e baffi castani, francese a giudicare dall'accento e dall'aspetto, ma non di qui, direi del nord della Francia. Ha detto di essere il fratello di una donna che aveva partorito trent'anni prima un bambino che non aveva riconosciuto e che era stato adottato. Sua sorella era gravemente malata, presa dai rimorsi voleva incontrare il figlio che aveva abbandonato. Ha molto insistito per incontrare la direttrice, veniva da lontano, per lui era importante.»

«Ricorda il nome del neonato?»

«No.»

«Philèmon Fauvre per caso?»

«No, non ricordo, mi spiace.»

«Quest'uomo è rimasto da solo nella stanza della direttrice?»

La segretaria arriccia il naso e scuote la testa.

«È passato più di un anno commissario…»

«Faccia uno sforzo.»

La giovane strizza gli occhi: «No, mi spiace».

«Com'è morta madame Petit?»

«Stava uscendo per venire in ospedale, è scivolata per le scale e si è rotta l'osso del collo.»

«A che piano abitava Madame Petit?»

«Al sesto, lo ricordo perché una volta le ho dovuto portare una busta e ho sbagliato piano.»

«E perché la signora è scesa a piedi?»

La segretaria allarga le braccia: «Forse l'ascensore era rotto».

«Già, forse.»

Gerard esce dall'ospedale e sale su un taxi.

«Rue Beauregard.»

Il tassista scuote la testa: «Va bene rue Caisserie? Può prendere le scale.»

Gerard borbotta un okay, allunga le gambe e si mette a riflettere. Qualcuno un anno fa è andato a chiedere informazioni su un neonato nato in quell'ospedale trent'anni prima e non riconosciuto. E non era Philèmon. Madame Petit la mattina successiva è scivolata per le scale. Un incidente provvidenziale.

Il taxi si ferma a rue Caisserie sul lato basso del Panier, rue Beauregard è un vicolo stretto e scuro che s'inerpica con scale subito dopo un negozio di frutta e verdura.

Al numero civico che ha appuntato su un foglietto il citofono non ha nomi, preme un pulsante a caso, poi un altro, finalmente a una voce di donna Gerard si qualifica e chiede di parlarle.

È sulla cinquantina, cammina ondeggiando come se dovesse inciampare da un momento all'altro, si lascia cadere su una poltrona con aria stanca, per terra una bottiglia con un rimasuglio di whisky da quattro soldi.

Farid Beouaret, così si chiama l'inquilino della porta accanto, è arrivato dalla Tunisia alcuni anni prima. «Cinque?» chiede Gerard.

«Forse» risponde la donna. «Un tipo strano, senza orari, tornava a notte fonda o alle prime luci dell'alba. L'ho incontrato qualche volta con una ragazza giovane e molto bella, mi pare si chiamasse Sahar.»

«Mi racconti della sera del delitto.»

«Ho già detto tutto quello che so agli agenti, dovrebbe saperlo anche lei.»

Gerard non raccoglie, vuole approfondire alcuni particolari, per esempio cosa ha udito quella sera nell'appartamento a fianco prima dell'urlo.

«Non molto, una discussione concitata tra due uomini in una lingua che non conosco, forse arabo.»

«A che ora?»

«Dopo cena avevo un po' di tosse e la gola secca, così sono andata in cucina e ho mandato giù un goccetto. Sa, commissario, è meglio di qualunque sciroppo. Qualcuno dall'altra parte del muro stava discutendo animatamente. Poi silenzio, fino a quell'urlo nella notte.»

«Un grido di donna?»

Lei annuisce e sottolinea: «Di giovane donna».

Quello che ascolta nella successiva mezz'ora non aggiunge e non toglie nulla all'idea che ha in testa. Esce e torna nella luce accecante di rue Caisserie, alla prima brasserie che incontra si siede e ordina un Pernod ghiacciato.

Centellina la bevanda, rimugina su ciò che ha ascoltato e chiama Moreau.

«Dove sei?»

Gerard alza lo sguardo verso l'insegna: «Al Vieux Clocher».

«Ne so quanto prima. Hai novità?»

«Philèmon ha un fratello gemello omozigote.»

Il giovane agente lancia un fischio.

«Questa sì che è una notizia! Allora...»

Ma Gerard l'interrompe: «Ti richiamo più tardi» chiude la conversazione e ne apre un'altra.

A Picard deve fare una richiesta molto precisa ma non è semplice infilarla nello sproloquio dell'ispettore. «Ho scoperto che Sahar subito dopo l'omicidio si è rivolta a un'amica per trovare un nascondiglio.»

Appena avuta la segnalazione aveva spedito in tutta fretta due agenti all'indirizzo di Periguex, dove un uomo aveva confessato che una ragazza l'aveva chiamato nel cuore della notte e lui l'aveva indirizzata a una persona di fiducia a Cahors.

«E quegli idioti di agenti cosa hanno fatto? Invece di avvertire la polizia locale si sono fatti due ore di auto arrivando in città quando la ragazza se n'era già andata.»

All'indirizzo di Cahors una donna bassa e tarchiata si era

messa a starnazzare, non sapeva nulla, non aveva visto nulla. Poi, a poco a poco era scesa a più miti consigli, aveva confessato che la ragazza della foto forse l'aveva già vista, forse aveva dormito da lei una notte, magari due.

Picard non stacca un attimo, è un fiume in piena. La donna aveva fornito indicazioni preziose, gli agenti si erano precipitati alla stazione dei bus, l'impiegato alla biglietteria la ricordava bene, difficile dimenticare una ragazza così bella, aveva acquistato un biglietto ed era partita con il pullman per Monsempron-Lobos.

«Monsempron-Lobos?» chiede Gerard, che non ha mai sentito nominare quel paese.

«Duemila anime a un'ora da Cahors» spiega Picard. «Gli agenti sono arrivati quando i passeggeri erano già scesi e un treno locale era appena partito per Periguex. Allora ho spedito subito una squadra alla stazione di Le Buisson, la prima fermata.»

«Immagino che non l'abbiate catturata.»

«Infatti. Sparita, nessuno l'ha vista all'arrivo del bus, nessuno l'ha notata alla partenza del treno. Incredibile.»

«Forse non è mai partita.»

Picard lascia passare qualche attimo prima di rispondere.

«Impossibile, l'autista ha scambiato due chiacchiere con lei prima di salire a bordo, ci ha ripetuto più volte che una ragazza così bella non si era mai vista da queste parti e...»

«Ma non l'ha vista salire» lo interrompe Gerard.

«Veramente...»

«Cahors ha una stazione ferroviaria, hai verificato se è partita da lì?»

L'ispettore farfuglia qualcosa, quell'ipotesi evidentemente

non l'ha presa in considerazione. Sta per riattaccare quando Gerard lo blocca.

«Trent'anni fa una certa Floriane Roche ha partorito due gemelli.»

Il silenzio all'altro capo del filo spinge Gerard a essere più esplicito: «Uno dei due è Philèmon Fauvre».

«Ma...» esclama Picard che fatica a mettere a fuoco il significato della frase.

«Devi procurarti la lista delle persone decedute a Marsiglia e dintorni per morte non naturale tra venerdì 30 novembre e martedì 4 dicembre 2012. Maschi, francesi, di trent'anni.»

«Cercherò di...»

«Non ci siamo capiti» replica Gerard con tono deciso. «Voglio una risposta rapida, tra un paio d'ore sono da te.»

E chiude la conversazione.

Paga il conto, sale su un taxi e si fa lasciare al quai de Rive Neuve, davanti alla libreria.

Strana sensazione aprire quella porta, udire il trillo del campanello di vago sapore orientale. Un uomo con una testa piccola e calva gli viene incontro dondolando sulle gambe arcuate.

«Desidera?»

«Devo farle qualche domanda su Sahar Liman.» Gerard non si perde in convenevoli mentre gli mostra il distintivo.

L'uomo impallidisce, butta lì qualche parola, per prendere tempo si accanisce sull'accensione della pipa. Non la vede da giorni, certo, ha letto i giornali, sa che è accusata di omicidio.

«Da quanto tempo la ragazza lavora qui?»

«Da tre anni, ma le assicuro, commissario...»

«Lasci perdere, chi gliel'ha presentata?»

Fernández fa passare un attimo di troppo, una luce furba

gli brilla negli occhi prima di rispondere. «Nessuno, cercavo una commessa, ha risposto all'annuncio.»

«Conosce qualche suo parente?»

«No, so che vive nel Panier. Anche se è bellissima, Sahar è una brava ragazza e ha la testa sulle spalle.»

Gerard ha sulla punta della lingua una battuta: *Solo le brutte sono giudiziose?* Ma lascia correre.

«È sicuro di non sapermi indicare il nome di un parente o di un amico di famiglia?»

Fernández resta in silenzio per un po' con gli occhi bassi, sfrega un fiammifero, quando la fiamma brucia, la sua faccia illuminata dal basso appare calma e sorridente.

«Mi dispiace, commissario, non conosco nessun parente. Per quel che ne so, la sua famiglia è rimasta a Gabès in Tunisia.»

Tutto sembra paradossalmente normale, pensa Gerard uscendo seguito dagli occhi svelti dell'uomo, *tutto eccetto la netta sensazione di aver ascoltato un mucchio di frottole.*

Appoggiato al muro rosa sbiadito di una casa apre la mappa: l'avenue de Toulon, dov'è la Gendarmerie e dove Picard l'aspetta, non è proprio dietro l'angolo.

Ha provato un odio irrazionale per quella città, un'indefinibile insofferenza per il diffuso chiacchiericcio, per i vecchi malconci seduti ai tavolini dei bar, per il sole che cuoce muri e selciati.

Nessuna scusa, nessun alibi, Marsiglia non c'entra, solo la casualità di aver perso tra quelle strade un caro vecchio amico.

S'inoltra in una piazza. Ora... ora c'è qualcosa di diverso nell'aria, sarà forse perché quelle strade strette e colorate sono anche il mondo di Sahar. Quelle e altre cento cose grandi e piccole di lei che non conoscerà mai. Sbuca casualmente su rue d'Aubagne, sotto la casa di Philèmon; per qualche ragione pensa a Legrand e Audrine, alla loro villetta bianca a Épernay. Se quella sera avesse solo immaginato...

I ricordi sono interrotti dallo squillo del cellulare, Moreau è fuori di sé e non lo manda a dire.

«Cazzo, mi dai una notizia bomba, Philèmon ha un fratello gemello e non mi richiami?»

«Non c'è molto da aggiungere, le conclusioni tirale tu.»

«Quali conclusioni? Che c'è in giro una persona uguale a quella che è stata ammazzata al Prieuré de Binson?»

«Che c'era.»

«Non capisco.»

«Non ti preoccupare, ti richiamo appena ho novità.»

Chiude la conversazione e riprende a camminare. Ha l'andatura ciondolante del turista mentre sale una lunga scalinata dove anche i gradini sono colorati d'azzurro con strisce verdi e arancio. Sbuca su una strada interamente decorata da enormi graffiti, alcuni belli, altri meno: cours Julien, legge sulla targa, forse sta sbagliando strada, forse sta allungando il percorso ma non importa, per un momento si dimentica di Picard e di tutto il resto, gli occhi sono per quella visione d'insieme stupefacente. Passa davanti a una manifattura di sapone di Marsiglia, riprende rue de Lodi e dopo una bella camminata, con un incipiente doloretto alle ginocchia, arriva alla Gendarmerie.

Picard solleva appena lo sguardo quando Gerard entra. Di Sahar si sono perse le tracce; alla biglietteria della stazione di Cahors non la ricordano, si è volatilizzata. Anche Farid si è dissolto nel nulla.

«Conto comunque di catturarla nelle prossime ore.» Picard si alza in piedi per dare forza alle sue certezze e per contrastare lo scetticismo evidente di Gerard. «Ogni pattuglia ha la sua foto, è segnalata nelle stazioni e negli aeroporti, non può scappare.»

Si passa una mano tra i capelli, forse non ci crede neppure lui.

«Riguardo a ciò che mi hai chiesto...»

Da una pila di fascicoli estrae un ritaglio di giornale sgualcito dal tempo e dall'indifferenza. Il pomeriggio di domenica 2 dicembre 2012 un pescatore era andato al Vieux Port a ritirare degli ami che aveva gettato in acqua. Una scarpa, poi una gamba, era corso a chiamare aiuto. L'uomo ripescato dalle acque torbide del porto era deceduto circa ventiquattr'ore prima, sabato 1° dicembre, si chiamava Nestor Morel, trent'anni, morto per annegamento, forte contusione sulla nuca. Schedato, ricercato, con un mandato di arresto per aver violato il sito di una società farmaceutica, hacker genialoide, almeno così affermano le persone che lo conoscevano. Aveva iniziato per divertimento, poi quando aveva capito di potersi arricchire velocemente, aveva iniziato a fare lavoretti sempre più rischiosi, sempre meno leciti. Fino a quando era stato pizzicato: la denuncia era del novembre precedente. Quando era stato spiccato il mandato di cattura lui era già sparito. Dopo pochi giorni era cadavere al Vieux Port di Marsiglia.

Gerard fa una smorfia e non commenta.

Picard riprende a leggere, è la volta del referto del medico legale. Si esprimono dei dubbi sulla ferita al cranio, troppo netta per essere causata dal bordo in legno del molo, più probabile un colpo inferto con una mazza di ferro.

«Quindi Philèmon è morto il 1° dicembre 2012, tre giorni prima di partire per il Prieuré de Binson» borbotta Gerard accendendo una sigaretta.

«Ma che dici? Philèmon è morto cinque mesi dopo, il 22

aprile 2013, precipitando dal campanile del priorato a Châtillon-sur-Marne. Non a Marsiglia!»

«Hai una foto di Nestor Morel?»

L'ispettore scartabella tra i documenti, da un inserto trasparente prende una fotografia e la poggia sul tavolo.

«Non capisco.»

«Capirai tra un minuto.»

Da una tasca Gerard estrae la foto di Philèmon e la mette vicino all'altra.

Come in un fermo immagine i due uomini incollano gli sguardi su quei due rettangoli di carta colorata.

23

Lunedì 20 maggio 2013

Moreau torna a casa fischiettando, è di ottimo umore; Gerard è a Marsiglia e lui ne ha approfittato per allentare il ritmo di lavoro. Ha prenotato un tavolo al Costes, tra aperitivo, cibo e vino è pronto a dissanguare le sue finanze ma dovrebbe valerne la pena. O almeno spera. La ragazza che ha rimorchiato una settimana fa a una festa ha un viso intrigante, capelli scuri corti a caschetto con un accenno di virgola sulle guance alla Toulouse-Lautrec, il corpo è ritagliato sui suoi gusti, bel sedere e seno piccolo. In più ha una testa intelligente e spiritosa. Un modo per dimenticare la sua ex Josephine, con cui non riesce proprio ad andare d'accordo.

Si sta massaggiando i capelli con un'abbondante schiuma quando il cellulare comincia a vibrare. Risponde tutto d'un fiato a una voce femminile: «Arrivo tra mezz'ora»

Dall'altra parte della cornetta nessuna risposta.

Lì per lì non la riconosce, ci mette un po' per capire che è Aidha, la giovane prostituta messa sotto protezione. L'ha spedita nel Vexin, in Val d'Oise, a casa di un ex agente dei Servizi e della moglie che, essendo infermiera, avrebbe potuto aiutarla a disintossicarsi: la ragazza ha nelle vene più cocaina che sangue.

Moreau, d'accordo con Gerard, le aveva dato il suo numero

di cellulare in caso di emergenza, ma quella sera proprio non se l'aspettava.

«Che diavolo succede?»

«Sto male.»

«Che vuoi dire?»

«Ho l'ansia.»

«Passami l'infermiera.»

Rumore di passi di una persona pesante, la cornetta sbatte da qualche parte prima che una voce cavernosa si materializzi all'altro capo del filo.

«Oh! È lei agente, meno male. Aidha stasera è irrequieta, mio marito non c'è per un improvviso problema familiare. Tornerà domani. Le ho dato un antidepressivo ma insiste, vuole uscire, non so come trattenerla.»

«Me la passi.»

«Non ne posso più di stare qui chiusa in casa» strilla Aidha.

«Aidha, devi capire...»

Non finisce la frase, i singhiozzi arrivano a ondate nella cornetta, poi lentamente si calma e riprende a parlare scandendo le sillabe.

«Ho bisogno di andare via da questa gabbia, non ne posso più.»

Una pausa.

«Ho voglia di luci, di rumori, di clacson, di gente. Ti prego, fammi uscire.»

Moreau non sa cosa rispondere, pensa di liquidare la questione con qualche battuta quando arriva una frase che non si aspetta.

«Perché non vieni qui e mi porti fuori da qualche parte? Solo per un po'.»

Una pausa, poi un «ti prego» che trafigge il lato debole di Moreau.

Si massaggia la guancia, si gratta la testa, non sa che pesci prendere.

«Non è possibile.»

«Allora esco lo stesso.»

«Non ti muovere, ti richiamo subito.»

Chiude la comunicazione e telefona a Gerard, ci prova più volte ma il segnale dà sempre occupato.

Sta per inviargli un SMS quando il cellulare squilla di nuovo. È l'infermiera.

«Aidha si è messa l'impermeabile e sta per uscire.»

«Posso parlarci?»

Tramestio di passi, voci in sottofondo, poi la voce di Aidha sopra le righe: «Che vuoi?».

«Guai a te se ti azzardi...»

«Che fai, mi arresti?»

Non ha scelta. O almeno è quello che crede.

La ragazza con cui ha appuntamento è delusa e non glielo manda a dire. Lui ha caricato un po' la cosa, una missione urgente, il suo capo lo sta aspettando sotto casa con il motore acceso.

«Facciamo domani?»

«Forse.»

Dal traffico caotico del boulevard de Sébastopol in poco più di un'ora piomba nel silenzio della campagna della Val d'Oise: case di pietra chiara, un profumo di lavanda che si fonde col colore delle finestre, un cancello di ferro grigio.

«Grazie, ora sto meglio,» mormora Aidha «però ho fame. Perché non mi porti a cena da qualche parte?»

Moreau è di nuovo spiazzato, lancia un'occhiata all'infermiera che allarga le braccia sconsolata.

«Non è assolutamente il caso.»

«Ti prego.»

«Non se ne parla.»

«Allora esco da sola.»

«Non puoi farlo.»

«Ah sì? E chi me lo impedisce?»

«*Io* te lo impedisco.»

Aidha fa spallucce, si gira e va verso l'ingresso, Moreau l'afferra per un braccio, lei si divincola. È composta, fredda e pronta a reagire.

«Che fai, mi picchi?»

«Ti ho detto di non uscire.»

Moreau è disorientato, non ha previsto quel momento e ora che deve fare qualcosa, non sa cosa. Di andare al ristorante neanche a parlarne. Impulsivamente pensa alla soluzione che in quel momento sembra la meno rischiosa, una cena nella sua casa del Marais dove nel frigo ha sugo e polpette.

Moreau è ai fornelli, spaghetti con pomodoro e guanciale e polpette con patate fritte; la cucina italiana è una miniera di ricette prelibate. «Speriamo le piacciano» borbotta mentre scola la pasta e la condisce.

Davanti al piatto fumante Aidha batte le mani: «È proprio quello che volevo» e inizia la difficile pratica di avvolgere gli spaghetti sulla forchetta. Moreau l'aiuta, le mostra come fare, ci scappa qualche risata e qualche sguardo.

È quasi mezzanotte quando escono in strada, il tempo è cambiato, la pioggia inizia a bagnare l'asfalto rendendolo lucido e trasparente.

Poco distante, in una zona d'ombra, un uomo su una moto li sta spiando.

A Saint-Gervais Moreau accompagna in casa la ragazza e la consegna all'infermiera in vestaglia, sulla soglia non riesce a evitare un abbraccio e un bacio sulla guancia.

I fanalini rossi della Citroën si allontanano rapidamente, il rombo del motore svanisce nella notte e nel piccolo borgo avvolto dall'oscurità torna il silenzio.

Quando una finestra al primo piano della villetta s'illumina, l'uomo nascosto dietro un albero scavalca il muro di pietra ed entra nel cortile. È un gioco forzare la porta di legno, un attimo salire silenziosamente le scale appena illuminate.

Una lama di luce filtra da una porta socchiusa.

Con due dita l'apre delicatamente.

«*Merde!*» esclama Aidha mentre svuota la borsetta: ha lasciato il cellulare nell'auto di Moreau.

Il telefono è al piano di sotto, scende le scale, la luce filtra dall'ingresso quel tanto da disegnare i contorni del corridoio. Arriva all'apparecchio e compone il numero scritto col gesso su una lavagnetta attaccata al muro. Pochi minuti e il giovane agente arriverà. Torna sui suoi passi, la pioggia è aumentata d'intensità, fruga nel cesto ai piedi della scala alla ricerca di un ombrello.

All'improvviso scorge un'ombra sopra la testa.

Ci mette un attimo a capire che non può essere il padrone di casa; tornerà solo domani. O la moglie, bassa e tarchiata. Non perde tempo a cercare una spiegazione, corre verso la porta d'ingresso e si precipita fuori scivolando sulla pietra viscida. Sente sulla ghiaia il rumore di passi che si avvicinano, dà una sbirciata tanto rapida da intravedere solo i contorni di una sagoma scura che corre dietro di lei.

La strada a quell'ora è deserta, la sua corsa disperata verso il nulla è interrotta da una morsa d'acciaio che l'afferra per un braccio.

È finita, pensa, mentre cerca di divincolarsi dalla stretta.

In quell'istante i fari di un'auto illuminano il muro bianco di una casa.

«Moreau!»

L'urlo strozzato si mescola alla pioggia, l'uomo per un istante molla la presa, lei ne approfitta per riprendere a correre verso la luce. Un'Audi bianca rallenta per accelerare subito dopo scomparendo dietro una curva.

Aidha ha un attimo d'indecisione, con un salto l'uomo l'agguanta di nuovo, con un braccio le stringe il collo, con l'altro le cinge la vita. Sente il suo alito puzzolente d'aglio a pochi centimetri dal viso.

Lo riconosce.

È il marsigliese.

Prova un senso di gelo che non è dovuto al freddo che fa.

D'un tratto il rumore di un'auto che si avvicina, dei fari sbucano dagli alberi, disegnano riquadri luminosi che percorrono velocemente i muri di pietra illuminando le righe della pioggia e le cortecce degli alberi.

Aidha non si rende conto dell'uomo che molla la presa, non vede Moreau lanciato all'inseguimento.

È pietrificata al centro della strada mentre le lacrime si confondono con le mille gocce che, cadendo, le bagnano il viso ed entrano in bocca con un gusto salato.

Il marsigliese è un'ombra dissolta nel buio della notte.

24

Martedì 21 maggio 2013

Gerard nella sala da pranzo dell'Hotel Mongrand a Marsiglia spalma la confettura di albicocche su una fetta di pane e si versa il caffè. È soddisfatto per quello che ha scoperto, la conferma di un'idea che gli ronzava in testa da un po', e cioè che Philèmon non fosse Philèmon.

Ha ancora qualche ora prima della partenza del TGV per Parigi, allunga le gambe sotto il tavolo e apre un giornale.

Il cellulare vibra nella tasca della giacca, Moreau esita, prende tempo, non è facile spiegare al suo capo cosa facesse nel cuore della notte nel parco del Vexin e trovare una buona giustificazione alla non brillante idea di portare Aidha a cena a casa sua nel Marais, contravvenendo a qualunque protocollo.

Gerard sul momento ha una reazione violenta, poi pian piano si placa, gli spiega le ragioni con la giusta intensità, nel modo corretto.

«Ci possono essere mille motivi per quello che hai fatto, ma per favore! Non cercare scuse.»

Moreau dall'altro capo non fiata, sa che ha avuto fortuna: minuti, forse secondi di ritardo e per Aidha non ci sarebbe stato più nulla da fare.

«Avrei dovuto catturarlo quel bastardo, mi è sfuggito per un pelo, i metri di vantaggio e il buio sono stati decisivi.»

«Non pensarci più. Certo, come poliziotto non hai dato una grande prova, sei stato pedinato e non te ne sei neanche accorto.»

«Per favore...»

«Allora, per farti perdonare porta subito Aidha in ufficio e falle visionare le foto segnaletiche che abbiamo preparato, chissà che non riconosca il marsigliese.»

«Provvedo subito.»

«A proposito, il corpo volato giù dal campanile del Prieuré de Binson non è di Philèmon, ma del fratello gemello Nestor.»

«Sei sicuro?»

«Philèmon è stato ucciso il sabato sera prima della partenza e al priorato è stato spedito il fratello. Sono identici, nessuno poteva accorgersene.»

«Questo spiega...»

«Già.»

Chiude la conversazione, quella storia ha molti punti oscuri: per esempio, come ha fatto il marsigliese a scoprire l'identità di Moreau, a rintracciare il suo indirizzo, a intuire che conoscesse il rifugio della ragazza? Ha avuto fortuna, su questo non ci sono dubbi, tuttavia... Apre nuovamente il giornale e riprende a leggere da dove si era interrotto.

Aidha è frastornata e impaurita quando Moreau piomba nell'appartamento di Parigi, dove lei è sotto sorveglianza, per accompagnarla nella sede della DCRI a rue des Villiers.

Istintivamente scuote il capo, vuole dimenticare quel volto e quello sguardo. La notte passata ce l'ha ancora negli occhi, gli attimi di terrore vissuti mentre quell'uomo puzzolente d'aglio le stringeva il collo fino quasi a soffocarla le sono rimasti incollati nella mente.

Ma a poco a poco Moreau riesce a convincerla, la cattura del marsigliese è l'unico modo per farla tornare a una vita normale.

In meno di un'ora sono nella sede della DCRI; lui le indica una sedia in una saletta e si siede al suo fianco. Con una mano le porge del caffè bollente, lei ne beve un sorso.

Lo scatto ritmato del proiettore inizia a scandire il silenzio. Sullo schermo appaiono immagini frontali di uomini qualunque, alcuni con baffi e barba, dalla pelle bianca o olivastra, con i capelli più o meno lunghi o rasati, rubate a un incrocio di strada, a un bancomat, davanti a un bar, in città che non riconosce, in luoghi anonimi di periferia che non le dicono nulla.

All'improvviso una faccia triangolare la fa trasalire.

Chiude le palpebre per riaprirle subito dopo.

L'ha riconosciuto quando se l'è trovato a pochi centimetri dalla faccia a Saint-Gervais, lo riconosce ora in una foto sbiadita scattata chissà dove.

È il marsigliese. Quel volto non lo dimenticherà mai.

«Come si chiama?» chiede con un filo di voce.

Moreau non risponde, legge la scheda che un agente ha estratto da un classificatore e su cui c'è stampato a caratteri maiuscoli nome e cognome.

«*Merde!*» esclama Moreau appena si riprende dalla sorpresa.

Aidha chiede spiegazioni ma lui sta inseguendo idee tutte sue.

Fissa il nome, la foto, di nuovo il nome.

«È lui il marsigliese?»

«Sì.»

«Sei sicura?»

«Certo! Come si chiama?»

«Farid Beouaret.»

«Mai sentito.»

«Non importa, puoi andare.»

Aidha è sulla soglia quando si volta: «Perché tanto stupore?».

«È una lunga storia.»

Soprattutto è un'altra storia, pensa Moreau mentre si attacca al cellulare e chiama Gerard, che sta salendo sul treno.

«Vuoi sapere la notizia più incredibile?»

«Quale?» chiede Gerard mentre con l'apparecchio tra spalla e orecchio sistema il trolley nello scomparto sopra i sedili.

«Aidha ha riconosciuto il marsigliese in una foto segnaletica.»

«Ah, bene, chi è?»

«Lo conosci ma non indovini.»

«Perché?»

«Perché il marsigliese, l'uomo che ha assoldato Aidha per ricevere la corrispondenza con Mick Hendriks e che ha tentato di ucciderla nel parco del Vexin, è nientemeno che Farid Beouaret, il tunisino di Sfax, sospettato di avere ucciso Philèmon al Prieuré de Binson e Legrand a Marsiglia.»

«*Merde!*» esclama Gerard. «Che diavolo dici?»

«È incredibile ma è così. L'omicidio di Hendriks ad Amsterdam, quello di Philèmon al Prieuré de Binson e di Legrand a Marsiglia fanno parte della stessa storia.»

Gerard non sa cosa rispondere, non sa neppure cosa pensare. È annichilito. Gli torna in mente la frase del vicario di Marsiglia: *Talvolta gli eventi non sono come sembrano.*

«Certo, è così.»

«Cosa è così?»

«Nulla, ci sentiamo domani, spero con le idee un po' più chiare.»

Il TGV prende velocità con un leggero dondolio, Gerard ha tre ore di viaggio davanti e molto su cui riflettere. Soprattutto ora che Farid Beouaret è entrato di prepotenza nel caso Hendriks.

Apre il tavolino, prende un foglio, scarabocchia qualche segno senza senso rimuginando su quale sia il metodo migliore da seguire.

Aspetta che l'ispirazione arrivi, eppure chissà perché non succede.

Esita.

Se potesse accendere una sigaretta… Fuma troppo e ne è cosciente, ma ha ragione Oscar Wilde, *la sigaretta è il prototipo perfetto di un perfetto piacere. È squisita e lascia insoddisfatti. Che cosa si può volere di più?*

Dà un'occhiata alla campagna che scorre monotona, i suoi occhi e la sua mente vagano nel nulla prima di riuscire a concentrarsi.

Ora che l'omicidio di Hendriks si è incastrato in quello di Philèmon, Nestor e Legrand, tutto è più complicato o più semplice, dipende dai punti di vista.

Una cosa è certa, non deve piegare la sequenza degli eventi alla sua logica, la deve sagomare sul cervello dell'assassino. Fino a quel momento ha sbagliato cercando in un Kandinskij le pennellate di Monet o le melodie di Chopin in un quartetto di Schönberg. Che sciocchezza!

Cerca un colpevole, teoricamente è sotto i suoi occhi, Farid. Ma non è lui l'assassino. O meglio, non è lui la mente. Le morti portano firme diverse. Hendriks è stato assassinato da un commando di quattro uomini molto bene organizzati, veri professionisti del crimine. La direttrice dell'ospedale, madame Petit, spinta per le scale, Philèmon stordito e affogato, Nestor gettato nel vuoto dal campanile del Prieuré de Binson: sono mosse di un killer freddo e abile nel non lasciare tracce. Legrand, Rami Ben Taleb, Aidha sono aggressioni improvvisate, frutto della frenesia del momento senza pensare alle conseguenze.

Guarda i personaggi e non li riconosce perché è un gioco di specchi deformanti, dove fatti diversi, dispersi nello spazio e nel tempo, sono collegati da un *fil rouge* fino a questo momento invisibile. Una direttrice di ospedale che scivola per le scale di un palazzo di Marsiglia, un uomo che cade nelle acque del Vieux Port, un contabile che perde l'equilibrio e precipita da un campanile di un priorato dello Champagne, uno spacciatore che ci rimette le penne in una rissa per droga, tutti fatti che sembrano slegati se non visti nella giusta prospettiva.

E poi ci sono false apparenze e dissonanze. Jacqueline non è Jacqueline e non è neppure la sorella di Philèmon, Philèmon non è Philèmon ma il fratello gemello Nestor, il marsigliese non è solo un qualunque intermediario tra Aidha e Hendriks ma è Farid, l'assassino di Legrand.

Ma chi c'è dietro tutto ciò? Sotto quale sembianza si nasconde? E soprattutto, qual è l'obiettivo?

Mordicchia la matita tra i denti, all'inserviente che passa col carrello ordina un caffè.

Il sole sta cambiando colore e con lui anche la campagna, stende le gambe approfittando del sedile libero di fronte e lascia che il corpo scivoli un po' all'indietro. Certo, con una sigaretta tra le dita…

Una fattoria, poi l'ansa di un fiume, campi coltivati, la cima di un campanile in lontananza, per qualche ragione pensa a Michelle, solo qualche fotogramma però, poi a Maigret e Dupin, alle tette di Seraphine, la cameriera del bar La Marine, al viso di Sahar.

Chissà dov'è finita. Sa riconoscere gli aspiranti fuggitivi e lei non lo è. È pronto a scommettere che non ha ucciso lo spacciatore nell'appartamento di Farid, glielo dice l'intuito e anche il ragionamento. Ma se Sahar fosse un uomo con una faccia da cazzo la penserebbe nello stesso modo?

Prende il cellulare e compone un numero, la voce inconfondibile di Zahira, la libanese che gli cura la casa, arriva al terzo squillo.

«Sono Gerard, come va?»

«Bene, dottore, Maigret e Dupin hanno mangiato, poi li ho portati a fare una passeggiata e ora sono qui con me.»

«Sono allegri?»

«Tristi, dottore, quando lei non c'è.»

«Ci vediamo tra un paio d'ore.»

Rimette in tasca il telefono, i suoi ragionamenti languono e se languono vuol dire che la strada non è quella giusta, o forse lo è solo a metà.

Giocherella per qualche secondo con la stanghetta degli occhiali, riprende gli appunti dove ha riportato le date una dietro l'altra.

In un ospedale di Marsiglia un uomo chiede alla direttrice, madame Petit, informazioni su un neonato di trent'anni prima e non riconosciuto dalla madre. È il 12 marzo 2012, il giorno dopo, 13 marzo, la direttrice muore scivolando per le scale.

Primi giorni di giugno 2012, ossia tre mesi dopo, Aidha, la prostituta cocainomane che vive a Parigi, viene avvicinata da un uomo soprannominato "il marsigliese", ma che ora sappiamo chiamarsi Farid, che le offre qualche centinaio di euro per ricevere lettere da portare in una cabina telefonica a pochi metri dalla sua abitazione. Recapiterà cinque lettere in tutto. L'ultima risale ai primi giorni di luglio 2012. E alle 5.42 del 5 luglio 2012 Mick Hendriks viene ucciso negli uffici di Seleksoft ad Amsterdam.

Passa qualche mese e Nestor, nell'autunno 2012, viene incriminato dalla polizia per hackeraggio. Non ricorda la data, la deve chiedere a Moreau. E domenica 2 dicembre 2012 Philèmon viene trovato cadavere nel porto di Marsiglia con i documenti di Nestor in tasca.

Passano cinque mesi e il 22 aprile 2013 alle sei e trenta del mattino Nestor viene scaraventato nel vuoto dal campanile del Prieuré de Binson.

Passa poco più di una settimana e il 6 maggio 2013 a Marsiglia viene assassinato l'ispettore Legrand, che sta indagando sul delitto di quello che crede essere Philèmon.

Qualche giorno ancora e il 15 maggio il corpo di uno spacciatore e informatore della polizia, Rami Ben Taleb, viene trovato con il cranio sfondato nell'appartamento di Farid. Da quel momento lui e la sua donna, Sahar, risultano irreperibili.

E ieri nel parco del Vexin il cosiddetto marsigliese, che risponde al nome di Farid Beouaret, tenta di uccidere Aidha. È la prova che gli omicidi di Amsterdam, del Prieuré de Binson e di Marsiglia sono tutti collegati. E che Farid, dopo aver ucciso nella sua casa di Marsiglia Rami Ben Taleb, è volato a Parigi. Perché? Dove si nasconde? Qualcuno lo copre, gli dà le dritte, lo ospita, non ha dubbi. È questo l'uomo che deve trovare.

Come, è un altro paio di maniche.

Fruga nella tasca della giacca alla ricerca del cellulare e chiama Moreau, che risponde al primo squillo.

«Quando arrivi?»

Gerard guarda l'orologio: «Tra un'ora. A proposito, in che giorno Nestor è stato incriminato come hacker?».

Sente uno sfogliare di pagine e la risposta arriva quasi subito: «Il 21 novembre 2012».

«Quindi, dieci giorni prima che Philèmon venisse ucciso. Ha una sua logica.»

«Se mi spieghi...»

«Ne parliamo domani in ufficio.»

Chiude la conversazione.

Forse sta saltando a una conclusione assurda, esagerata, ma l'idea che gli frulla in testa ci sta tutta. I suoi occhi sono lenti e precisi mentre fa scorrere nella sua mente gli attori uno per uno e la storia, di cui forse conosce la trama ma non la fine.

Di Farid sa tutto: nome, cognome, indirizzo. La relazione della Scientifica è stata accurata, non ha tralasciato nulla, neppure i suoi gusti alimentari: ama mangiare piccante, è ghiotto di ali di pollo, beve birra in quantità. E si droga. Cocaina. Fa parte del gruppo terroristico jihadista Ansar al-Shari'a, è amico di Ryad Hannoun del gruppo ultra-islamico Forsane Alizza e di Marouane Douiri, il rapper passato allo Stato Islamico. Sempre presente in molti dei delitti. Potrebbe essere il braccio armato di qualcuno, per esempio dell'uomo con barba e baffi che compare per la prima volta all'ospedale di Marsiglia per chiedere informazioni di un neonato alla direttrice. Se Farid è il braccio, la mente andrebbe ricercata in qualche gruppo islamico radicale. In fondo perché stupirsi, cellule jihadiste sono sparse in tutta la Francia. Ma Farid è un braccio che ogni tanto fa cazzate. Perché uccidere Legrand e Rami Ben Taleb sono reazioni impulsive a situazioni scappate di mano. Come il tentativo di uccidere Aidha nel parco del Vexin.

Poi c'è Nestor, un hacker geniale che consuma cocaina in quantità e che ha un dannato bisogno di soldi. Pochi scrupoli, nessun legame familiare, è francese, non risulta avere collegamenti con il mondo islamico né aver mai manifestato interesse per posizioni estremiste. Droga, soldi, donne, null'altro.

Hendriks è il personaggio più limpido e con l'identikit più semplice, Gerard ne ha conosciuti tanti di tipi come lui: un appartamento senza pretese a Leida, pochi chilometri a ovest di Amsterdam, scapolo, passione per auto sportive, alberghi di lusso e belle donne. Gusti costosi che lo stipendio non sempre riesce a coprire. Conclusione, finanze spesso traballanti. Logico allora che quando qualcuno gli propone un lavoretto non troppo limpido e un bel pacco di quattrini, lui ceda facilmente. Ed è anche logico che, una volta finito il lavoro, invece d'incassare la cifra pattuita si ritrovi sotto un metro di terra. Il suo è l'unico di tutta la storia che ha le stigmate dell'omicidio commissionato a una squadra di professionisti del crimine.

Riguarda le date, le controlla, qualcosa non torna e richiama Moreau.

«Senti questa, Aidha ha ricevuto la prima lettera all'inizio di giugno.»

«Sì, mi pare.»

«È così.»

«Allora perché me lo chiedi?»

«Non te lo sto chiedendo. Hendriks è stato ucciso il 5 luglio, un mese dopo.»

«E dunque?»

«Dall'inizio di giugno al 5 luglio c'è all'incirca un mese, troppo poco per costruire un algoritmo e un software di crittografia fuori dall'orario di lavoro.»

«Per quel che so ci vuole almeno sei volte tanto.»

«Ciò significa che lui ha utilizzato del materiale che aveva già per le mani.»

«Hendriks lavorava in Seleksoft da anni, vuoi che non avesse qualcosa di pronto?»

«Certo, ma se l'avesse utilizzato gli analisti di Seleksoft se ne sarebbero accorti.»

«Giusto.»

«Giusto un cazzo! Che software ha utilizzato Hendriks?»

«Non lo so.»

«Be', allora cerca di scoprirlo in fretta.»

E chiude la conversazione.

Talvolta gli eventi non sono come sembrano. La frase del vicario di Saint Victor gli torna continuamente in testa.

E se fosse...

Il ragionamento viene di nuovo interrotto dallo squillo del cellulare. «Maledetti aggeggi, non ti lasciano mai in pace» borbotta mentre sul display compare il nome di Picard.

«Ho ricevuto una telefonata anonima: rue de Siam, Parigi, sedicesimo arrondissement, Sahar andrà lì nelle prossime ore. Questa volta la becchiamo.»

«Avete individuato da dove proviene la chiamata?»

«No, troppo breve la conversazione, solo un vociare di sottofondo, forse una stazione o un aeroporto.»

Chiude la conversazione e il cellulare squilla di nuovo: è Moreau.

«Che succede?»

«Abbiamo beccato Farid in una delle telecamere a circuito chiuso della stazione di Marsiglia.»

«Quando?»

«Poche ore dopo che è stato scoperto il cadavere di Ben Taleb nella sua casa. Era solo, nessuna traccia di Sahar. Non siamo riusciti a scoprire su quale treno è salito, a quell'ora sono in partenza il TGV per Parigi, un treno per Barcellona, uno per Lione-Strasburgo e uno per Bordeaux, oltre all'espresso per Nizza. Potrebbe essere andato ovunque.»

«Perché non pensi prima di parlare?» ribatte Gerard.

«Non capisco...»

«È ovvio che ha preso il treno per Parigi visto che cinque giorni dopo era nel parco del Vexin.»

«Scusa, hai ragione.»

«E già che ci sono, per tua informazione anche Sahar è a Parigi.»

«Come fai a saperlo?»

«Picard ha avuto una soffiata su dove andrà nelle prossime ore la ragazza, potrebbe essere molto utile per chiarire alcuni punti.»

Ficca il cellulare in tasca, si alza e prende il trolley, il TGV sta entrando nella stazione di Montparnasse.

25

Martedì 21 maggio 2013

Una mattina vuota e senza senso.

Sono due ore che Sahar ciondola per le strade di Parigi senza una meta. Compra un panino e una Coca-Cola, entra nei giardini delle Tuileries, adocchia una panchina vuota e ci si siede. Il *flâneur* di Baudelaire in confronto al suo è un concentrato di certezze.

Torna a casa, chiude le persiane, buio, sonno e ansie dentro un cassetto. Ma dopo un quarto d'ora è già in piedi.

Accende il computer con l'idea di dare un'occhiata alla posta elettronica. La mano esita sulla tastiera, entrando nel suo account potrebbe rivelare la sua posizione. *Vorrei essere una persona normale con una vita normale*, pensa mentre sposta la freccetta del mouse sulla cartella dei siti preferiti. Ma la normalità è la cosa più rara del mondo e lontana da lei.

Nella finestra del menu apre *www.lequotidien-tn.com*, giornale tunisino in lingua araba, una finestra su quel mondo che sente ancora suo, un modo per distrarsi, per non pensare. Politica, cronaca, attualità.

Articoli e fotografie scorrono veloci sotto i suoi occhi.

All'improvviso ha un tuffo al cuore.

In una bacheca una sua foto sulla spiaggia di Gabès.

«Com'è possibile!» esclama.

Sotto poche righe, Sabri alla ricerca della sorella perduta.

«*Merde!* Sabri! Mio fratello!»

Aveva provato a chiamarlo da Marsiglia qualche giorno prima di quella notte maledetta, una voce metallica aveva comunicato che l'utente aveva cambiato numero. Si era ripromessa di cercarlo ma era stata travolta dagli eventi.

Legge con voracità il trafiletto: suo fratello è a Parigi, vorrebbe incontrarla, una delle tante storie che il quotidiano pubblica sui tunisini nel mondo, un desiderio di riabbracciare la sorella che ama, un indirizzo.

Le sembra un sogno, un segnale venuto dal cielo.

Sabri è l'unico che mi può aiutare, pensa mentre apre Google Maps. Digita l'indirizzo, rue de Siam. Su Street View visualizza la strada a pochi metri dall'avenue Victor Hugo, una lunga cancellata su un lato, austeri edifici e qualche raro portone sull'altro.

Che diavolo ci fa mio fratello in quel posto? E se fosse una trappola? Ma nessuno conosce la sua abitudine di consultare quel sito tutti i giorni. Nessuno, eccetto suo fratello. E Farid.

Che sia opera sua?

Va alla finestra, un profumo di primavera avvolge la sua indecisione, il silenzio del cortile anima fantasmi che suggeriscono sospetti e paure.

Guarda l'ora, le cinque del pomeriggio.

Decide di rischiare.

Foulard in testa, occhiali da sole, ormai è la sua divisa, infila un impermeabile leggero, è metà maggio ma l'aria è ancora fresca e il cielo ha qualche nube alta a ciuffi. Prende il carrello della spesa di Coline, un modo per confondersi tra la folla delle casalinghe.

Le immagini della città le arrivano filtrate dalle lenti scure, a un'edicola acquista un giornale e si avventura nel metrò. Al Trocadéro sale in superficie, all'autista del taxi dà l'indirizzo. L'auto imbocca avenue Doumer, svolta in rue Nicolo.

All'improvviso affiorano due immagini, una dalla memoria, l'altra dagli occhi.

La foto sul giornale è la stessa che Farid teneva sul comodino e l'auto in seconda fila all'inizio di rue de Siam con due uomini a bordo è sospetta. Ci sono motivi a sufficienza per fuggire.

Incrocia lo sguardo del tassista nello specchietto, uno della sua terra, gli urla in arabo di accelerare.

Il giovane alla guida per fortuna è sveglio, capisce al volo la situazione, è dalla sua parte, scala di marcia e accelera di colpo. Dal lunotto vede l'auto che si stacca dal marciapiede e si mette all'inseguimento.

Il taxi con uno stridio di gomme svolta a destra in rue Richepin e si ferma di colpo, il tempo sufficiente perché lei si catapulti sull'asfalto e perché l'auto riparta a tutta velocità. Nascosta dietro uno dei tanti furgoni gialli della posta lungo il marciapiede sente in rapida successione il suono acuto di una sirena, il rombo dei motori, uno stridere di freni.

Il taxi è bloccato dall'auto della polizia qualche centinaio di metri più avanti.

Sguscia tra i passanti, l'impermeabile bianco e il foulard verde finiscono velocemente nel carrello della spesa.

Entra nell'ufficio postale e si mette in fila con il giornale che le copre il volto.

«Ci è scappata sotto il naso!»

Picard al telefono è sull'orlo di una crisi di nervi. «Mi sto giocando la carriera.»

«Probabilmente ha sospettato qualcosa» replica Gerard, che ha già avuto da Moreau un resoconto dettagliato di come sono andate le cose.

«Maledizione! Gli agenti sono stati colti di sorpresa come se la ragazza sapesse.»

«In tal caso non sarebbe andata all'appuntamento» replica Gerard con una pacatezza che irrita ancor di più Picard.

«E allora perché è stata così lesta a fuggire?» L'ispettore non riesce a rassegnarsi. «L'informazione era giusta, qualcuno ci ha dato la possibilità di catturarla e noi ce la siamo fatta scappare.»

Il tassista non ha fornito indicazioni utili, la ragazza è salita al Trocadéro, quindi gli ha dato cento euro per fare quello che lui ha puntualmente fatto.

Al numero 15 di rue de Siam nessuno degli inquilini conosce la ragazza, nessuno ha mai sentito nominare Farid Beouaret. Moreau si è messo a spulciare nelle loro vite, sa che non troverà nulla.

Gerard tamburella con le dita sul tavolo, molte domande gli ronzano in testa. Sahar è stata attirata in una trappola, quell'indirizzo è casuale, qualcuno vuole che sia arrestata. Per sviare le indagini, per disegnare una soluzione diversa da quella vera. La telefonata anonima ne è la conferma.

Qualcuno ha convinto Sahar a recarsi a quell'indirizzo.

Qualcuno che sa dove lei si nasconde.

26

Martedì 21 maggio 2013

«Che stupida!»

Sahar strappa nevroticamente un foglio di carta in mille minuscoli pezzetti.

Si è fatta fregare un'altra volta, Farid le ha teso una trappola, la seconda.

E lei c'è cascata.

Vorrebbe urlare un'imprecazione ma si limita a sussurrarla, le pareti sono sottili e lasciano filtrare anche uno starnuto. Non ha mai commesso sciocchezze del genere quando era impegnata nelle lotte femministe e nei movimenti contro Ben Ali. Anche perché le avrebbe pagate care.

Incrocia Coline che sta uscendo dalla cucina. «Ti senti bene? Hai una faccia…»

«Solo un forte mal di testa» risponde Sahar mentre cerca una tisana sulla mensola della cucina.

«Prendi quella alla liquirizia, per l'emicrania è perfetta.»

Apre la scatola, l'annusa, la richiude, odia la liquirizia, prende la melissa, le mani le tremano mentre poggia la tazza di porcellana sul tavolo.

Lentamente si calma e inizia a riflettere.

Farid è l'autore della telefonata al quotidiano tunisino, ne è convinta. Chi, se non lui, ha la foto? Chi, se non lui, sa che lei si collega quasi tutti i giorni al sito del giornale? Chi, se non lui, ha interesse che la polizia la catturi? Chi, se non lui, può fare un'azione così avventata? Lo conosce bene, è un impulsivo, in tante occasioni gli ha raccomandato di pensare prima di fare qualcosa. *Testardo, presuntuoso e anche stronzo, ecco quello che è*, mormora Sahar, *convinto di essere il più bravo e furbo di tutti.*

Ma non è così e per lei potrebbe essere un meraviglioso colpo di fortuna.

Si mette al lavoro. Su Google trova quello che cerca.

Fatma sia benedetta, mormora mentre con il cellulare di Taoufik chiama la redazione di *Le Quotidien*. Parla in *derja*, la sua lingua, chiede del giornalista che ha pubblicato l'articolo, è fortunata, pochi attimi e una voce giovane e allegra si materializza al suo orecchio. Ricorda bene, due giorni fa una persona di nome Sabri Liman ha telefonato al giornale per raccontare una storia commovente, una sorella persa, la speranza di riabbracciarla, di riunirsi a lei.

«In che lingua ha parlato?»

«In *derja*. Lei chi è?»

«La sorella.»

Senza dargli il tempo di ribattere chiede se ha qualche elemento per identificare l'interlocutore.

«Ovviamente» risponde il giornalista. «Quando una persona chiede di pubblicare una notizia, noi lo richiamiamo a un telefono fisso per essere certi che il soggetto sia effettivamente quello che dichiara di essere.»

«Il suo numero?»

«È un'informazione riservata.»

«La prego, è mio fratello.»

Appunta il numero, su internet trova quello che cerca, corrisponde a un indirizzo di Parigi, rue Ginette-Neveu, diciottesimo arrondissement, il nome dell'abbonato è tal Ferdinand Garcia.

La ruota gira, caro Farid, sibila sorridendo mentre spegne il computer e si cambia i pantaloni. *Ogni tanto il mondo ti concede una botta di fortuna quando la situazione ha toccato il fondo*. Per un attimo è euforica e trionfante, Farid ha dato la caccia a lei e adesso è lei la cacciatrice. Senza pensarci due volte esce e da un telefono pubblico di Porte Saint Martin compone il numero.

Al decimo squillo senza risposta abbassa la cornetta.

Può restare una vita nell'incertezza, ha risposte approssimative a un mucchio di domande. Mette a fuoco i rischi a cui può andare incontro e pian piano i dubbi si moltiplicano. Inutile girarci intorno, la vita è un esperimento dall'esito incerto e lei ha bisogno di certezze, per esempio scoprire se Farid si nasconde a quell'indirizzo. E se è lì, avvertire la polizia e farlo arrestare.

Facile.

Troppo facile.

Prende il metrò, scaccia l'impulso di scendere alla prima fermata e resta inchiodata al seggiolino. A Strasbourg-Saint-Denis si confonde tra la folla, attraversa Porte de Clignancourt, cammina a passo svelto per una decina di minuti voltandosi di tanto in tanto, scrutando con sospetto quando una bicicletta l'affianca, un'auto rallenta, un passante la guarda.

Il palazzo è una scatola rettangolare di cinque piani, grigio come la vita dei suoi inquilini, sordo come il rumore incessante del boulevard Périphérique che scorre a fianco, roso dal cancro del tempo con citofoni rotti e cassette delle lettere sventrate.

Sale i primi gradini illuminati da una luce fioca e traballante, prova un'inquietudine astratta ma diffusa, pareti scrostate, macchie di umidità, odore persistente di muffa, l'eco di passi e voci lontane.

Fiuta l'indecisione, se Farid le si parasse di fronte, come dovrebbe comportarsi? Sorpresa, furente, innamorata, disperata? E se al posto di Farid aprisse uno sconosciuto, quel Garcia per esempio che risulta essere il padrone di casa? Cosa avrebbe detto? *Sono un'amica di Farid* oppure *sto cercando Farid*, oppure *so che Farid è qui*?

Per qualche ragione si ritrova all'ultimo piano: due porte hanno un nome sbiadito su una targhetta di metallo, sulla terza manca del tutto. Punta l'indice sul campanello, aspetta qualche secondo, un lungo respiro e lo preme. La tensione si smorza fino a sparire quando è chiaro che l'appartamento è vuoto. Si sente sollevata anche se non è ciò che vuole.

Scende una rampa di scale, lì le porte hanno tutte il nome.

Un'altra rampa: le porte senza targhetta sono due.

Su quale puntare?

Resta immobile sperando che qualcuno decida per lei. Ma non succede.

Parte dalla prima a sinistra e suona il campanello.

Il silenzio si anima, preceduta da un rumore di ciabatte la porta si spalanca su una donna sciatta e volgare che mastica nevroticamente una gomma.

«Ferdinand Garcia?» chiede Sahar con un filo di voce.

La donna storce la bocca e allunga un braccio in direzione della porta accanto.

«Me lo puoi descrivere?»

«È il tuo uomo?»

«Mio fratello.»

«Sulla cinquantina, capelli castani, barba.»

Il tono di voce della donna è casuale, non aspetta altro che sbatterle la porta in faccia.

«Un momento.»

«Che altro vuoi?»

«C'è un amico con lui?»

La donna porta la mano alla bocca, prende la gomma e l'appallottola tra le dita.

«Forse.»

«Che aspetto ha?»

«Sulla trentina, pizzetto sul mento. Un *Pied-Noir*.»

«È mio fratello!»

Vorrebbe fare altre domande ma la donna ha già chiuso.

Davanti alla porta sente i nervi in tensione, istintivamente fa un passo indietro, pronta a sostenere lo sguardo di chi aprirà. Suona il campanello, un silenzio prolungato e tutto finisce lì.

Sul momento prova delusione, poi un banale senso di sollievo; imbocca le scale ed esce dal palazzo.

Svolta a un angolo, poi a un altro. Deve imparare a sopravvivere nella sconfitta, pensa, ma ha veramente perso? L'istinto le suggerisce di tornare indietro, un gatto nero attraversa la strada e il lato superstizioso del suo carattere la blocca in una posizione innaturale. Un movimento, un piccolo movimento delle gambe può cambiare tutto, può essere una mossa vincente o perdente esattamente nella stessa misura.

Dà un taglio ai dubbi e torna indietro, ora il suo passo è più deciso, ha la consapevolezza che se si rassegna al fallimento, per lei è finita.

Sceglie un punto di osservazione dietro una siepe e aspetta. In fondo aspettare è anche sperare.

È notte fonda quando due fari illuminano la strada. Scivola così efficacemente nell'oscurità da rendersi quasi invisibile fino a quando arriva a pochi metri di distanza da un uomo che cammina in fretta guardandosi intorno come se temesse d'incontrare qualcuno. Altezza media, l'impermeabile sembra nascondere un fisico asciutto e agile, intravede un volto con barba e baffi.

Chissà quanti uomini così abitano in quel palazzo.

L'ombra sparisce nell'androne, in punta di piedi sale i gradini, sente il rumore delle chiavi in una toppa, poi di una porta chiusa delicatamente.

Arriva al terzo piano, accosta l'orecchio allo stipite.

Dei colpi di tosse.

È Garcia.

Istintivamente suona il campanello, un rumore di passi, poi una voce con timbro basso e pastoso.

«Chi è?»

La frase di attacco l'ha pronta.

«Sono un'amica di Farid, ho urgente bisogno di vederlo.»

In quei pochi attimi di attesa tra la domanda e una risposta che tarda ad arrivare, Sahar infila anche un «mi apra, è importante.»

«Non conosco nessun Farid.» Da pastoso il tono è diventato secco e deciso.

Sahar è decisa a giocarsi il tutto per tutto.

«So che è qui.»

«Ha sbagliato appartamento, provi al piano di sotto.»

Il rumore dei passi si allontana, la conversazione termina su quella battuta.

La tensione si è consumata nello spazio di pochi attimi e in frammenti di frasi che non dicono nulla.

Sahar decide in un batter d'occhio. Esce dal palazzo, annota mentalmente colore, marca e numero di targa dell'auto da cui è sceso Garcia; a passo svelto va in direzione di Porte de Clignancourt, qualcuno da un motorino le strilla una parola volgare, un ubriaco le si avvicina strattonandola per un braccio. Arriva alla stazione del metrò quasi correndo. Da un telefono pubblico compone il numero di pronto intervento della Gendarmerie, poche parole scandite con voce artefatta. Riattacca e si guarda in giro.

La stazione è deserta, da un angolo alcuni uomini di colore la guardano sghignazzando e facendo apprezzamenti. Non è il caso di avventurarsi da quelle parti. Con la coda dell'occhio scorge un taxi da cui sta scendendo un cliente.

Non ci pensa due volte, ci salta sopra e si fa portare in rue Vaucanson.

A pochi metri da rue du Vertbois.

27

Mercoledì 22 maggio 2013

Gerard dorme profondamente quando lo squillo del cellulare lo sveglia.

L'orologio segna le 5.17 del mattino.

Moreau è su di giri nonostante l'ora, una telefonata anonima, una voce di donna: «Se cercate Farid Beaouret e il suo complice…» seguono un nome, Ferdinand Garcia, un indirizzo, la targa di un'auto. La chiamata proviene da un apparecchio pubblico del metrò di Porte de Clignancourt, la voce è di donna, una pattuglia si sta dirigendo a tutta velocità al numero 18 di rue Ginette-Neveu.

Gerard assonnato, con la camicia spiegazzata del giorno prima, arranca per le scale del palazzo a fianco del boulevard Périphérique, Moreau gli sta dietro mettendolo al corrente dei fatti.

La facciata è stata ridipinta, pensa Gerard, *ma c'è da supporre che abbiano finito la vernice al momento di passare alla rampa delle scale.*

L'appartamento è vuoto, di Farid e del suo complice nessuna traccia, il sistema d'allarme collegato a un cellulare si è attivato appena gli agenti sono entrati. Conclusione, il proprietario sa di aver ricevuto visite.

«I vicini?»

«Solo una donna incazzata nera per essere stata tirata giù dal letto in piena notte.»

Un agente porta due dita alla fronte in segno di saluto, Gerard spinge uno stipite appena accostato chiedendo permesso. La risposta è un grugnito, la donna in vestaglia a fiori stravaccata su una poltrona malmessa lo fissa con uno sguardo torvo. Gerard sbircia due gatti su un tavolo che leccano dei piatti sporchi di sugo, un letto sfatto, un cestino traboccante di rifiuti.

«Mi sono rotta le palle, prima quella ragazza, adesso gli sbirri, ho sonno e voglio dormire.»

Gerard adocchia una sedia e si mette a cavalcioni di fronte. Ora può osservarla meglio, capelli unti, labbra all'ingiù, collo con un inizio di pappagorgia.

«Solo un minuto e ti lascerò in pace. A quale ragazza ti riferisci?»

La donna sbuffa, tira su il busto, rivolta le maniche della vestaglia stinta sulle braccia grassocce.

«Ieri è venuta una ragazza molto bella con una massa di capelli ricci in testa, voleva informazioni sul mio vicino, mi ha raccontato che era la sorella... Figuriamoci, le riconosco subito quelle. Non l'ho bevuta neanche un po', quella è venuta per scopare, te lo dico io, e c'è rimasta male quando non ha trovato l'amico.»

«Quale amico?»

«L'amico di Garcia, un tizio magro col pizzetto e una faccia da cazzo. È stato qui per una settimana, l'ho visto andar via due giorni fa...»

«Con Garcia?»

«E che ne so? Quando è partito con lo zaino in spalla era solo.»

«Come fai a saperlo?»

«Le pareti sono di carta, dallo spioncino vedo se c'è un ospite sgradito ma anche quello che accade fuori da queste quattro mura.»

«E Garcia in questo periodo l'hai mai visto?»

La donna lo fissa per qualche istante.

«Perché t'interessano tanto questi due?»

«Dobbiamo fargli qualche domanda. Mi puoi descrivere Garcia?»

«Voglio andare a dormire.»

Gerard non si scompone e ripete la domanda.

La donna scarta un chewing gum e se lo ficca in bocca, mastica in modo sguaiato, le cola un po' di saliva da un angolo che asciuga col dorso della mano.

«Bel fisico, altezza media, barba e baffi castani. Vuoi sapere l'età? Tra i quarantacinque e i cinquanta. Se non fossi ridotta così avrei provato a farmelo. Ma anche tu non sei niente male.»

«Quando l'hai visto l'ultima volta?» taglia corto Gerard che vuole andarsene in fretta; la puzza di gatto gli sta dando la nausea e ha urgente bisogno di un caffè e di fumare una sigaretta.

«Ho sentito delle voci poco prima che la polizia arrivasse.»

«Quindi un'ora fa.»

«Se lo dici tu...»

«Lo dico io. Di una o più persone?»

La donna si alza, va al lavandino trascinando le ciabatte, riempie di acqua un bicchiere, beve un sorso, poi torna a sedersi.

«Di una o più persone?» ripete Gerard.

La donna alza lo sguardo insipido: «Siete voi i poliziotti, siete pagati per scoprire le cose, non io».

«Quanto vuoi?» chiede seccato Gerard.

«Cento.»

Da una tasca tira fuori una banconota da cinquanta euro e la poggia sul tavolo dandoci un pugno sopra.

«Ringrazia che non ti porto in centrale.»

La donna l'afferra con voracità e attacca a parlare. Racconta che alcune ore dopo che la ragazza era andata via aveva sentito la porta di Garcia chiudersi e poco dopo il trillo di un campanello. Era andata allo spioncino e aveva visto la ragazza che parlava attraverso la porta chiusa. Cercava il suo amico, sapeva che era lì e aveva urgente bisogno d'incontrarlo. Ma Garcia non aveva aperto e la ragazza era andata via con la coda tra le gambe. Dopo pochi minuti anche l'uomo era uscito con un trolley.

«La descrizione corrisponde a Farid e Sahar» osserva Moreau scendendo le scale un gradino dietro di lui.

Gerard sale sulla C5 e abbassa il finestrino.

«Chi ha chiamato la Gendarmerie?»

«Una voce di donna chiaramente contraffatta.»

Gerard accende una sigaretta: «Farid cerca d'incastrare Sahar, lei fa lo stesso con lui. Non deve correre buon sangue tra i due. Trova il taxi che ha raccolto stanotte intorno alle tre una ragazza da queste parti».

Mette in moto e poi si affianca all'auto di Moreau.

«Voglio sapere tutto di questo Garcia, vita, morte e miracoli. Potrebbe essere il nostro uomo.»

Moreau ha stampati in faccia i segni di una notte in bianco quando si affaccia a metà mattina nella stanza di Gerard.

Ha lavorato sodo e qualche risultato l'ha ottenuto.

L'appartamento al terzo piano in rue Ginette-Neveu è di proprietà di un francese di Rouen, aveva messo l'inserzione su *ADVisto.com*, un sito specializzato in annunci economici. Abitava all'estero e non aveva mai incontrato il suo inquilino, così aveva detto; i pagamenti erano stati sempre puntuali. L'anno era scaduto e l'affitto era stato rinnovato per altri dodici mesi. La fotocopia della carta d'identità che aveva ricevuto, intestata a Ferdinand Garcia, ritraeva un uomo con capelli castani e barba, occhi chiari. L'indirizzo sullo stesso documento corrispondeva a un piccolo emporio della banlieue parigina. Il gestore aveva ammesso di accettare posta per persone che non avevano un recapito. Gli aveva mostrato la foto, lui aveva risposto con un'alzata di spalle, difficile riconoscerlo, portava sempre occhiali scuri. Come molti dei suoi clienti.

La polizia aveva perquisito a fondo l'appartamento; sembrava essere stato accuratamente ripulito, anche le impronte digitali erano state cancellate, meno una rilevata su una gruccia.

Corrispondeva a quella di Farid.

Tramite la targa dell'auto erano risaliti a una piccola compagnia di autonoleggio. La Ford Fiesta, affittata una settimana prima da Garcia, con pagamento in contanti, non era stata riconsegnata. Inutile aggiungere che il documento dell'uomo era falso, il numero della carta d'identità era quello di un pensionato morto dieci anni prima.

Moreau aveva anche identificato il taxi. Una ragazza era salita alle tre e un quarto alla stazione del metrò di Porte de Clignancourt e si era fatta lasciare all'incrocio di rue Réaumur con rue Vaucanson. A pochi passi da rue du Vertbois.

«Sahar abita da quelle parti» dice Gerard battendo un pugno sul tavolo, troppo pericoloso camminare da sola a quell'ora di notte. «Spedisci degli agenti a controllare alberghi, pensioni, affittacamere della zona. Se abita lì la troveremo.»

Sahar slaccia il cinturino di pelle dell'orologio e lo poggia sul bracciolo della poltrona.

Ha dormito una manciata di ore spezzettate da tanti piccoli risvegli. Apre gli occhi quasi con sollievo, si chiede se non ha una sciagurata propensione a infilarsi nei guai. Qualcosa di vero ci deve essere se la sua vita è caduta così in basso da lassù dove si trovava.

Accende il computer, naviga su tutte le principali testate francesi di quotidiani on line. Ma di Farid e di Ferdinand Garcia nessuna notizia.

L'uomo con la barba è riuscito a fuggire, lo sente. Forse ha sbagliato i tempi quando ha suonato alla porta e chiesto di Farid. L'ha insospettito. E quando lei si è allontanata per telefonare, lui si è dileguato.

«Bella cazzata!»

Si alza, prende la borsa ed esce. Prova una forte sensazione di prurito agli occhi, colpa della polvere o del nervosismo. Va in farmacia e compra un collirio, quindi s'incammina col naso per aria, i vestiti incollati al corpo da un vento caldo e appiccicoso. È maggio inoltrato ma l'aria di primavera è sparita, spazzata via dallo scirocco. Torna verso casa, all'incrocio con rue du Vertbois un'auto è ferma davanti a un portone, pochi palazzi prima di quello di Coline. Due uomini stanno confabulando con una donna in vestaglia e pantofole, probabilmente la portiera.

Per qualche motivo pensa che siano agenti, l'istinto le suggerisce che stiano cercando lei. È presa dal panico ma solo per un attimo. Il passo svelto si tramuta rapidamente in corsa, a Coline spiega con frasi stringate che ha ricevuto un'offerta di lavoro a Bordeaux, deve prendere servizio l'indomani mattina e il treno parte di lì a un'ora.

Chiude il trolley, un'occhiata in giro per essere sicura di non lasciare tracce e si allontana senza fretta apparente confondendosi tra la folla.

È di nuovo in fuga, la polizia è sulle sue tracce, la vicina di casa di Garcia sicuramente l'ha descritta con dovizia di particolari. E la telefonata dalla stazione del metrò di Porte de Clignancourt e il taxi che l'ha portata all'incrocio di rue Réaumur con rue Vaucanson, a pochi passi da rue du Vertbois, hanno lasciato una meravigliosa scia luminosa.

Non sa dove andare, passa in rassegna una mezza dozzina di ipotesi, una ragazza di Gabès che abita a Bruxelles e che forse è disposta a ospitarla le sembra al momento la scelta più facile. Arriva alla gare du Nord con la consapevolezza che non ha trovato nulla di più intelligente da fare che un'altra fuga che non porta a nulla. Abbassa lo sguardo, dalla borsa spunta il bloc-notes di Farid, lo sfoglia, legge il numero di telefono scritto in corrispondenza di Seleksoft, è spinta da una curiosità eccentrica mentre da un telefono pubblico chiama Orange per chiedere informazioni. Corrisponde alla Mobile Telephony of Serbia.

Fa fatica a dare una spiegazione, Farid una volta è tornato a Marsiglia da un viaggio in Serbia. Forse ha contatti con qualche gruppo jihadista dei Balcani, forse è lì che è fuggito dopo aver passato dei giorni nell'abitazione di Garcia. Ma perché associare quel telefono a Seleksoft?

L'idea di comporre quel numero la solletica, l'anonimato la rende spavalda, qualcuno le avrebbe fatto domande e lei avrebbe trovato le risposte giuste.

Forse sta per fare un errore banale, pensa, mentre gli squilli risuonano nella cornetta.

Nessuna risposta.

Ricompone il numero. Altri squilli, finalmente una voce maschile risponde in inglese con tono guardingo. «Chi parla?»

«Chiamo da parte di Farid.»

«Ha sbagliato numero, non conosco nessuno con questo nome.»

Sahar immagina un'espressione sorpresa e preoccupata.

«Farid ha bisogno d'aiuto» incalza prima che l'altro tronchi la conversazione.

Sente all'altro capo del filo lo squillo di un telefono.

«Un attimo.»

Sahar non può trattenere un sorriso di soddisfazione mentre ascolta il vivavoce inserito per errore che dice «Mister Janssen...»

Sente l'uomo sbattere precipitosamente la cornetta prima di dirle: «Ha sbagliato numero». E la comunicazione viene interrotta.

«Janssen...» mormora allibita. «Farid ha il cellulare del presidente di Seleksoft. Non riesco a crederci...»

Se non avesse preso il bloc-notes nella casa di Farid non l'avrebbe mai scoperto. Questione di fortuna. I fortunati fanno sempre le cose giuste al momento giusto. E senza pensarci due volte salta sul primo treno per Amsterdam.

Non sa per fare cosa.

Ma qualcosa farà.

Arriva a destinazione a metà pomeriggio. Esce dalla stazione, si ritrova in un piazzale sterminato e si sente persa. Non ha previsto quel momento, una città sconosciuta, una lingua incomprensibile e nessuna direzione da prendere.

Cammina per un po' a caso, attraversa un ponte su un canale, poi un altro, imbocca una strada brulicante di persone, alla fine arriva in una piazza, il nome sulla targa è impronunciabile.

Scorge un gruppo di giovani che chiacchierano seduti sulle panchine, con un po' d'inglese e molti gesti chiede se sanno indicarle un albergo economico dove non facciano troppe domande. Una ragazza del gruppo, naso e orecchie traforate da piercing, capelli verdi e viola, la guarda con l'occhio spento, dà un tiro alla canna, poi con la mano floscia indica un bar all'angolo della strada.

Quando entra nel bar, si trova immersa nella semioscurità; dal punto in cui si trova riesce a distinguere la forma stretta del locale lungo poco più del bancone, dietro cui ci sono specchi e bottiglie ordinate in doppia fila.

Il vocìo dei tavoli vicino alla porta cala all'improvviso, il silenzio rimbalza negli angoli più lontani, cento occhi la fissano tra qualche battuta e un paio di risate.

Gli uomini la scrutano con un filo di disprezzo, adocchia uno sgabello vuoto e si dirige da quella parte passando nello spazio lasciato libero dai tavolini. Il barista la guarda con curiosità scivolando lungo il banco e fermandosi davanti a lei. Ora può osservarlo da vicino e notare cose che nella penombra le sono sfuggite. Ha i capelli biondi con riflessi platino pettinati sulla fronte con ciocche appuntite come un giovane dio greco. Ma la somiglianza termina qui. Gli occhi sono segnati dalla matita, le labbra color corallo, le guance cosparse di cipria, il trucco non riesce a nascondere le rughe e i segni di un uomo in uno stato d'invecchiamento avanzato. Un travestito lancia un'esclamazione e va a sedersi sulle ginocchia di un uomo in giacca e cravatta. Un altro inguainato in una tuta di pelle con tacchi a spillo la scruta facendola sentire un'intrusa, poi si stringe nelle spalle e si rivolge al compagno in una conversazione fatta di sussurri e gridolini.

«Cosa vuoi da bere?» chiede il barista in un inglese stentato, poggiando con posa maliziosa il mento sul palmo della mano col gomito puntellato sul bancone.

«Una birra ghiacciata.»

«Quale vuoi?»

«Quella che ti pare.»

L'uomo si muove al rallentatore, apre un frigo, prende una bottiglia, la versa inclinando il bicchiere per non fare schiuma.

Lei beve un sorso, è leggera, fredda, dissetante. Si asciuga la bocca con il dorso della mano.

«Perché sei qui? Non è un locale per donne. A meno che...»

«Cerco un albergo dove non facciano tante domande.»

«Ci devi lavorare?» chiede lui facendo l'occhiolino.

«Che ti frega?»

«Niente, niente.»

Si gira, prende un foglio di carta e scrive nome e indirizzo.

«È a pochi minuti da qui, uscendo, prima traversa a destra, percorri tutta la strada, arrivi in uno slargo, prendi la seconda a sinistra, pochi metri e sei arrivata.»

Sahar infila il foglio in tasca, scende dallo sgabello, mette sul bancone delle monete, con una sorsata si scola la birra, afferra il trolley ed esce.

In una strada stretta e scura, sopra un portoncino c'è una scritta sbilenca illuminata da un neon multicolore, *Universum*, a contraddire le sue condizioni pietose. I muri rosa a pianterreno danno all'hotel un aspetto ancora più agonizzante. Nell'atrio decrepito due ragazze sedute su sgabelli si stanno sistemando il trucco e la pettinatura, accavallano le gambe e la scrutano con un filo di diffidenza.

Consegna a un uomo di colore con uno strambo tatuaggio sul collo il documento falso che le aveva dato Farid prima della partenza per Châtillon-sur-Marne.

«Quindi tu ti chiameresti Jacqueline Fauvre» bofonchia l'uomo storpiando la lingua quanto basta perché lei capisca.

«Mi chiamo Jacqueline Fauvre.»

«Francese?»

Fa un cenno affermativo sorridendo ma l'uomo non ricambia.

«Sei arrivata ora?»

Lei si limita ad annuire, anche se vorrebbe aggiungere che è arrivata con pochi soldi e con ancora meno prospettive.

«Ti hanno tagliato la lingua?» domanda l'uomo scoppiando in una risata sguaiata, quindi mette sul bancone una chiave. «Stanza 301, e non più di uno per volta.»

Sahar lo interroga con gli occhi.

«Una ragazza mesi fa se n'è portati cinque, è successo un casino, è arrivata la polizia. E io non voglio sbirri tra le palle.»

Trascina il trolley per una scala stretta e ripida, incrocia ragazze che si aggirano in hot pants e abiti succinti da piano a piano. La stanza è quello che ti aspetti da un hotel di quel genere, un grande letto con uno specchio attaccato al soffitto, un armadio con una zampa rotta che sembra reggersi in piedi per miracolo, tanfo di chiuso. Apre la finestra, fuori un tramestio di passi e colpi di tosse di uomini che escono dalle stanze.

Chiude la porta, gira la chiave e si lascia cadere sul letto.

Che ci faccio qui?

È troppo stanca per disperarsi, c'è troppo buio per vedere

il futuro, l'unica cosa che vuole in questo momento è mettere qualcosa sotto i denti, fare una doccia e uscire.

Si guarda intorno e pensa alla sua casa a place des Moulins con una tristezza distaccata.

Cosa mi aspetta?

Nessuna bella sorpresa ma nemmeno brutta, almeno spera. Può rimanere a galla oppure affondare, dipende da lei e da un pizzico di fortuna. La sorte prima o poi si rovescia. Nel bene e nel male.

«Speriamo nel bene» mormora mentre scende le scale ed esce per strada.

Rifà il percorso dell'andata: venendo dalla stazione ha preso nota di un ristorantino Tai all'apparenza pulito ed economico. Trova confortante camminare con una meta in una città sconosciuta che sembra organizzata da un meccanismo silenzioso e misterioso. Il pomeriggio comincia a esaurirsi, l'aria è incredibilmente calda per la fine di maggio, entra nel ristorante, i tavoli sono occupati, si inerpica su uno sgabello, poggia la borsa sul bancone facendo attenzione a non urtare una pila di lattine di birra colorate. La cameriera spiccica solo qualche parola d'inglese, quanto basta per ordinare pollo al curry con verdure e bambù e riso alla cantonese.

Lascia sul bancone una mancia come se non ci fosse un domani ed esce in strada. Torna nella stanza umida e male illuminata, fuori c'è la luna, ma a che serve la luna nella sua situazione?

28

Giovedì 23 maggio 2013

L'aereo tocca terra con un leggero sobbalzo seguito da uno stridio di gomme.

Mancano pochi minuti alle nove quando Gerard attraversa la sala arrivi dell'aeroporto di Schiphol e si dirige verso il parcheggio dei taxi.

Marchand è stato molto chiaro: «Janssen pretende un aggiornamento sulle indagini, scopri in fretta chi diavolo ha ucciso Hendriks, ne ho le scatole piene di questa storia».

Questa volta non si è fatto pregare, dopo aver scoperto che l'omicidio al Prieuré de Binson e quello di Hendriks sono legati a doppio filo andrebbe ad Amsterdam anche a piedi.

Sul rumore di sottofondo di un treno che passa veloce sulla ferrovia a fianco dell'Oostelijk Havengebied, ripassa nomi dei soci e cariche di Seleksoft. Il settanta per cento del capitale è detenuto in parti uguali da due colossi nelle tecnologie dell'informazione. Il terzo socio è francese, Masson&Partners, di Parigi. Opera nel campo del riposizionamento strategico delle aziende, fatturato in netta crescita nell'ultimo triennio, due divisioni, una in area euro, l'altra in paesi dell'Est, soprattutto della ex Jugoslavia.

Gerard approfitta dei minuti che mancano all'arrivo per completare i punti da trattare nell'incontro e per chiamare Moreau, che sta setacciando la Francia alla ricerca di Ferdinand Garcia, Farid e Sahar.

La zona sud di Amsterdam dove sorge Seleksoft dista pochi minuti, l'appuntamento è per le dieci.

E lui è in perfetto orario.

Janssen ha la fronte imperlata di sudore, Gerard lo nota subito entrando nella sala del consiglio dove è seduto al tavolo con due persone che si presentano come consiglieri d'amministrazione. Derrek, defilato su un lato, fa un cenno di saluto e tira un sospiro di sollievo, l'atmosfera è pesante, non ci vuole molto a capire che lo stanno mettendo sotto pressione.

Osserva i due sconosciuti. Uno ha l'espressione astuta su lineamenti spigolosi e grossolani con un naso ampio e piatto come una spatola, l'altro più giovane sembra uscito da un film di Star Trek. Distribuisce ai presenti dei fascicoli: «Descrivono lo stato delle indagini» spiega. Quindi, partendo dall'inizio tratteggia i fatti salienti e i risultati, i legami che sono venuti affiorando, si dilunga su alcuni particolari tralasciandone altri. Calca la mano sul ruolo di Hendriks, tutto fa pensare che il suo software sia utilizzato per la preparazione di un'azione criminale di vasta portata, forse di matrice islamica.

«La morte di Hendriks» conclude Gerard «è solo un tassello di una storia di cui a oggi sono ignote le finalità. Chi l'ha ucciso non ha esitato a eliminare altre persone pur di garantirsi l'anonimato. Segno che la posta in gioco è alta. Molto alta.»

«Cosa state facendo di concreto?» chiede con un tono caustico l'uomo con la faccia da Star Trek.

«Spesso» spiega Gerard senza raccogliere la provocazione «i gruppi jihadisti utilizzano i social network per attività informative, di addestramento, per la raccolta fondi, per propaganda fino al reclutamento. Ma spesso anche per pianificare e coordinare atti terroristici. Siamo partiti da quest'ultimo punto.»

Aggiunge che è stata coinvolta anche la National Security Agency statunitense e il SITE Intelligence Group, società *for-profit* con esperienza consolidata in intercettazioni on line di gruppi jihadisti.

S'intrecciano domande pungenti e secche risposte, alla fine la faccia da Star Trek sputa il rospo: «Siete degli inetti, vi siete lasciati scappare da pivelli il tunisino e la sua donna. Avrebbero potuto raccontare un bel po' di cose». Gli fa eco l'uomo con i lineamenti spigolosi e grossolani: «Una scia di sangue che non avete saputo interrompere, chiederò la vostra rimozione».

Janssen tace, sembra sollevato a non essere lui l'oggetto degli attacchi, Derrek ha lo sguardo inchiodato sul tavolo, non una parola, non un commento.

Una manica di bastardi, pensa Gerard mantenendo un sorriso preconfezionato sulle labbra. La parte illogica di sé, quella impulsiva e passionale, spingerebbe per mandare tutti al diavolo. Vince quella razionale, resta impassibile giocherellando con la stanghetta degli occhiali fino a quando pronuncia una frase che ha sulla punta della lingua fin dall'inizio: «All'interno di Seleksoft c'è una talpa».

Studia le reazioni con attenzione. Per i due consiglieri la frase è un colpo di pistola al via di una corsa di auto, le voci s'intrecciano, frasi a effetto, più o meno violente, imbevute di collera rimbalzano ai quattro angoli del tavolo, tutte in un modo o nell'altro per affermare biasimo e condanna a un'accusa del genere.

Il gioco delle parti.

Janssen cerca di smorzare i toni con una frase conciliante: «Via, commissario! Come può fare un'accusa di questo tipo? Il nostro personale non solo è qualificato tecnicamente ma anche moralmente. Piuttosto, polizia olandese e francese non hanno brillato molto finora».

Gerard non muove un muscolo della faccia, non risponde, infila i documenti nella cartella, dà una pacca sulla spalla a Derrek. *Povero diavolo*, pensa, *costretto a difendersi da gente come questa che non esita a scaricare le proprie responsabilità.*

Si avvicina a Janssen, che sta raccogliendo i fogli sparsi sul tavolo: «Possiamo parlare qualche minuto in privato?».

«Di cosa si occupava Mick Hendriks?»

Il presidente di Seleksoft, sprofondato in una poltrona del suo ufficio, tira una profonda boccata all'Avana prima di obiettare: «Perché mi fa questa domanda? Dovrebbe saperlo!».

Gerard ha la risposta sulla punta della lingua ma la tiene per sé. Janssen è un logorroico e, come tutte le persone eccessivamente loquaci, spesso infila nel flusso ininterrotto di parole anche informazioni di cui nemmeno si rende conto.

«Perché nessuno meglio di lei può descrivere le sue competenze» risponde Gerard stampando un bel sorriso sulle labbra.

Janssen è soddisfatto per l'apprezzamento, inspira una boccata di fumo, allenta il nodo della cravatta e attacca.

«Mick Hendriks era un genio della crittologia, la scienza delle scritture nascoste. Era esperto di crittografia, ossia dell'ideazione di algoritmi e software per occultare il significato di scritti, ma anche di crittoanalisi, ossia di algoritmi per decifrare testi occultati. Lei, commissario, sicuramente ricorda Enigma, la macchina per cifrare messaggi sviluppata da Scherbius in varie versioni a partire dal 1918 e utilizzata dai nazisti durante la Seconda guerra mondiale. Così come rammenterà Turing, il matematico ingaggiato dai Servizi segreti britannici proprio per decifrare Enigma. Hendriks aveva diretto molti progetti per governi stranieri e aziende in tutte e due le direzioni. Costruiva algoritmi e software per passare da un testo in chiaro a un testo cifrato e viceversa. Sono numerosi i Servizi segreti di paesi anche non europei che hanno richiesto le nostre competenze per smascherare attività sovversive.»

«Dalle informazioni che finora abbiamo raccolto» interrompe Gerard «sembra logico affermare che il software commissionato a Hendriks sia finalizzato alla trasmissione di messaggi cifrati più che di decifrazione di messaggi inviati da altri.»

«È probabile» risponde Janssen. «I terroristi di tutto il mondo hanno la necessità di comunicare senza essere intercettati. Niente di meglio che un bel software progettato da un esperto di crittoanalisi per rendere inattaccabile qualunque tentativo di decifrazione.»

Sta per fare una domanda che gli preme ma Janssen non gliene dà il tempo.

«Lei sa, commissario, da dove viene il detto "saper leggere tra le righe"?»

Gerard scuote la testa, non ne ha la più pallida idea né gli interessa, vorrebbe stringere sui temi che gli importano davvero, ma lascia correre, più Janssen parla, meglio è, qualcosa prima o poi uscirà fuori.

«È una delle prime forme di crittologia. Si scriveva con inchiostro simpatico il testo segreto negli spazi compresi tra le righe di un messaggio innocuo scritto con un inchiostro normale. Poi il foglio veniva avvicinato a una fonte di calore e comparivano le frasi tra le righe.»

«Interessante» taglia corto Gerard, che approfitta della pausa per piazzare la domanda che gli sta cuore.

«Hendriks si è mai occupato di steganografia?»

«Vedo che lei, commissario, ne sa più di quanto vuol far credere.»

Gerard fa un gesto per dire assolutamente «no» e Janssen continua.

«Hendriks conosceva anche questi sistemi, che giudico più raffinati rispetto alla crittografia. La crittografia è rozza, ti dice che c'è un messaggio segreto e ti sfida a trovare la chiave di lettura. La steganografia è più sottile, geniale nella sua essenza, perché nasconde l'esistenza stessa delle informazioni iniettando per esempio nella foto di un paesaggio o di un volto una formula chimica o il progetto di un missile. Tra le tante tecniche steganografiche, sostitutiva, selettiva, costruttiva, iniettiva, quest'ultima è quella che preferisco. L'aspetto di un'immagine digitale ad alta definizione non cambia se i colori vengono modificati in modo impercettibile. Ogni pixel ha un colore differente, cambiando un bit di ogni pixel il singolo colore non varia in modo significativo e l'immagine appare identica alla precedente nonostante l'immissione di dati. Chi potrebbe sospettare che nella foto di una coniglietta di *Playboy* è nascosto il progetto di un attentato? Che alcuni bit nel sedere di una spogliarellista celino dettagli tecnici per montare un razzo o per innescare una bomba con cui uccidere migliaia di persone? Nessuno, commissario, mi creda. È più facile trovare un ago in un pagliaio. Seleksoft ha costruito algoritmi di steganografia anche per file multimediali audio e video. Hendriks no, si è solo marginalmente occupato di queste tecniche...»

E lascia la frase a mezz'aria.

«In che senso, marginalmente?»

Janssen sbuffa in aria una nuvola di fumo e tossisce fragorosamente prima di aggiungere: «Ha lavorato un paio d'anni fa a un algoritmo di steganografia che non è stato utilizzato quando abbiamo scoperto chi era il vero committente».

Gerard sente un formicolio di eccitazione mentre il suo cervello inizia a lavorare freneticamente.

«Lei è convinto che il software a cui Hendriks stava lavorando sia di crittografia e non di steganografia?»

«Assolutamente sì» risponde Janssen. «Chi l'ha contattato lo ha fatto per le sue competenze specifiche. Altrimenti si sarebbe rivolto a un'altra persona.»

E con questa affermazione considera liquidato il discorso.

«Lei chi rappresenta nel consiglio di Seleksoft?» chiede Gerard cambiando argomento.

«Masson&Partners.»

«Come mai la carica di presidente è espressione di un socio di minoranza?»

«Per motivi che non sto a spiegare, due soci posseggono ciascuno il quaranta per cento del capitale. Dopo lunghe discussioni hanno deciso di attribuire la nomina al socio di minoranza, la Masson&Partners, che ha proposto il mio nome come quello che per esperienza, credibilità e imparzialità avrebbe garantito le parti.»

«La Masson&Partners è lontana dal *core business* di Seleksoft…»

«Ma il CEO della Masson&Partners, Briac Masson, possiede contatti con molte aziende che interessano alla nostra società» risponde Janssen con un sorriso sornione.

29

Giovedì 23 maggio 2013

Cavolo quante biciclette!

Sahar ne evita una che sta per piombarle addosso e s'inoltra per De Zeedijk.

È uscita nel primo mattino, fresco e bagnato. La giornata mostra uno spirito nuovo, ha dormito poco e male, colpa dei rumori di quell'orrido albergo e dei pensieri che le frullano per la testa. Si fa sballottare dalla folla nel labirinto di strade sotto un sole metallico, una luce prima pallida poi sempre più forte illumina le facciate di agenzie di viaggio, antiquari, panetterie, pasticcerie. Adocchia un bar, si siede a un tavolino, a una cameriera biondina, guance rosse e sorriso stupido, ordina croissant e cappuccino. Il croissant non è male, meglio quelli di Parigi però. Beve un sorso del cappuccino, quello sì che fa veramente schifo, una brodaglia scura in cui è stata aggiunta un po' di panna.

Che rabbia, per un pelo ha mancato Farid e il suo amico Garcia.

Ha avuto fortuna ma non ha saputo sfruttarla. Una lezione per il futuro.

Ha un numero di telefono e un nome, Janssen.

Per farci cosa? Domandargli come mai conosce Farid per

esempio. Immagina già la risposta, *Farid? Mai sentito nominare.*

Eppure il numero di cellulare del presidente della società in cui è stato ucciso Hendriks è scritto sul bloc-notes di Farid. E Janssen ha un apparecchio con scheda serba. E Farid è stato più di una volta in Serbia.

Rigira il cucchiaino nella tazza, beve un sorso.

Un esperto in crittografia ucciso alle prime luci dell'alba negli uffici di una società di cui è presidente Janssen, un computer rubato in un priorato dello Champagne a un tizio morto con un volo da un campanile, un trafficante di droga fatto fuori a Marsiglia nell'appartamento di Farid.

Crittografia, computer, cellulare serbo, società olandese, islamico radicale…

«Sembrano parole in libertà, che diavolo vogliono dire?» mormora. «Forse conosco molte cose che non so di sapere.»

Su Farid per esempio. Quel giorno di quasi un anno prima, da quale città della Serbia era arrivato? Glielo aveva detto, ne è sicura, ma non riesce a ricordare. Estrae dalla borsa il computer, chiede alla cameriera la password del wi-fi, apre Google, digita "Serbia", scorre veloce i nomi delle principali città.

Eccola! Novi Pazar.

Legge velocemente il testo, municipalità del distretto di Raška nella regione del Sangiaccato nella Serbia Centrale ai confini con il Kosovo.

Per più di un'ora naviga in internet associando tutti i termini che le vengono in mente. Alla fine, come spesso succede, ha le idee più chiare su alcune cose e più confuse su altre.

Digita "Janssen".

Storce il naso, sessantaquattro anni, faccia tonda grassoccia e apparentemente flaccida, doppio mento, carnagione rosa da poppante, capelli radi biondicci con tutta l'aria di essere tinti, occhi piccoli infossati e incredibilmente vicini. Sembra un maiale. Forse *è* un maiale.

Va avanti nella lettura, è simpatizzante della destra nazionalista, si professa conservatore, ha amicizie che contano nell'alta società di Amsterdam.

Un manager olandese di estrema destra che ha rapporti con un islamico radicale di stampo salafita. Sembra una *boutade*.

Se tentasse di conoscerlo? Perché mai? Per scoprire dove si nasconde Farid?

Non ha le idee chiare, ma farebbe bene a chiarirsele in fretta. Se riuscisse a scoprire qualcosa d'interessante e la rivendesse alla polizia francese in cambio di un trattamento di favore? Se riuscisse a dimostrare che sta cercando la verità in una storia che non è la sua?

Attraversa un canale, poi un altro e sbuca su Damrk. Per la lunga camminata ha le gambe indolenzite. Vede la sua immagine riflessa in una vetrina, la sua capigliatura è vistosa e facilmente riconoscibile, una sua foto potrebbe essere finita anche sui giornali olandesi.

Cammina per un po' cercando la persona giusta, adocchia una giovane donna con un passeggino davanti a un negozio di abbigliamento per bambini. Con qualche parola d'inglese e molti gesti riesce a farle capire che cerca un parrucchiere. La ragazza non è della zona ma ne ha uno molto bravo a prezzi ragionevoli, si trova in Ceintuurbaan, con il tram numero 24 lo può raggiungere in un quarto d'ora.

Il parrucchiere è un gay simpatico e spiritoso, parla francese, le mostra un book con diversi tipi di acconciature, indica quelle che secondo lui sono le più adatte. Alla fine si mettono d'accordo per una pettinatura castana a caschetto.

Passa più di un'ora prima che, spento il fon, si guardi nello specchio. E si regala il primo sorriso da molti giorni; ha un aspetto intrigante e sexy, forse un po' da ragazza di vita ma va bene così. Difficilmente qualcuno potrebbe riconoscerla. E a un tipo come Janssen dovrebbe interessare.

In un negozio di ottica acquista occhiali tondi con montatura di metallo a cui fa applicare lenti non graduate.

Tra parrucchiere, occhiali, pranzi ha speso un sacco di soldi; davanti a uno sportello bancomat si pone l'ennesimo dilemma, Fernández ha parlato? E dopo di lui anche Fatma? Indugia per un po', non ha molta scelta a meno di non fare la prostituta nel suo hotel; in fondo è un posto fatto per quello.

Digita il codice e ritira il denaro.

Torna in albergo, sul computer va alla ricerca di qualche avvenimento mondano a cui Janssen abbia partecipato.

«Ecco qui...» appunta su un foglio data e nome.

Si chiede fino a che punto è disposta ad arrivare, non si fa illusioni, l'uomo cercherà di portarla a letto e a lei quell'idea fa ribrezzo. *Al diavolo*, pensa, *non sarà una scopata in più a segnare la mia esistenza, è in ballo la mia vita e devo accettare le regole del gioco*

Prima di comporre il numero di Seleksoft immagina come saltare in tutta leggerezza nella vita di un'altra. È una giornalista freelance, vive a Parigi, non è fidanzata.

Come nome, Charlotte André suona bene.

Una voce di donna le comunica che il presidente è molto occupato e che difficilmente le può fissare un appuntamento.

«Posso chiederle il motivo?» le domanda con tono altezzoso.

«Mi chiamo Charlotte André, ho conosciuto il presidente allo Stopera alcuni mesi fa, dovrebbe ricordarsi di me, ho trent'anni, sono alta, castana, posso darle qualche misura.»

«Basta così» taglia corto la donna che ha perfettamente capito con chi ha a che fare e che probabilmente non è la prima volta che riceve telefonate del genere.

Al decimo ritornello di *Yesterday* la segretaria torna in linea, l'appuntamento è per le cinque del pomeriggio del giorno dopo.

30

Venerdì 24 maggio 2013

Janssen non gli piace.

È un concentrato di tratti che detesta. Vanesio, violento, reazionario.

Gerard si chiede se anche il socio di Seleksoft che l'ha nominato presidente, quel Briac Masson che sta per incontrare, sia dello stesso stampo.

Al quarto piano di avenue Matignon una segretaria segaligna con uno chignon alto costruito a regola d'arte lo introduce in un salottino arredato con eleganza, divano e poltrone di pelle rosso scuro, stampe antiche alle pareti, un tavolo basso su cui sono disposte in ordine riviste di economia e finanza, alcuni giornali. Pochi minuti di attesa e il fruscio di una porta scorrevole rivela gradualmente una stanza ampia e luminosa.

Esamina l'ambiente dal punto in cui si trova: più il salotto di una ricca casa parigina che un ufficio, quadri di un autore dell'Ottocento inglese, stoffe Sanderson alle pareti.

Una voce arriva alle sue spalle: ruota su se stesso, lo sguardo si abbassa verso un uomo su una sedia a rotelle che gli tende la mano. «A cosa devo il piacere della sua visita?» E senza attendere risposta, con un gesto lo invita ad accomodarsi su un divano.

Il colore freddo degli occhi è come il tono della voce; Gerard cerca di intuire l'indole dell'uomo dalla forma e dai tratti del volto. Sguardo diretto, lineamenti regolari che esprimono una personalità forte. L'opposto di Janssen. È il carattere a influenzare l'aspetto del viso, non il contrario, l'affermava uno scrittore del Cinquecento di cui non ricorda il nome. Chissà se a Janssen e Masson può essere applicata la stessa regola.

«Di cosa si occupa la sua società?» Una domanda esplorativa prima di entrare nel vivo del discorso.

«La Masson&Partners opera a sostegno di aziende in crisi utilizzando risorse di investitori privati che si servono delle nostre competenze tecniche per il business. Siamo in contatto con un gran numero di imprenditori a livello internazionale e questo spiega l'interesse di Seleksoft per la nostra presenza nella sua compagine azionaria.»

Quindi Gerard va dritto al nocciolo cercando di cogliere la sua risposta dai tratti mobili del viso prima ancora che dalle parole.

«Ha sospetti su chi possa essere il mandante dell'omicidio di Mick Hendriks?»

Un fugace sorriso dell'uomo ben presto si trasforma in ghigno.

«Se ne avessi anche uno solo l'avrei segnalato senza esitazione, quel bastardo ci ha creato un sacco di guai. Seleksoft produceva utili elevati che nei mesi si sono andati assottigliando fino ad avere quest'anno un bel segno meno in bilancio. Comunque sarò felice di darle una mano.»

Una pausa.

«Anche se in queste condizioni non le sarò di grande aiuto.»

Gerard non replica e aspetta che sia Masson a riprendere il discorso.

«Tanti anni fa, durante una battuta di caccia in Slovenia,

la mia vita si è divisa a metà tra un prima e un dopo. L'inseguimento di una preda, un dirupo, una caduta rovinosa, un miracolo che non ci abbia rimesso la pelle.»

Gerard mormora qualche parola di circostanza mentre osserva la fronte alta e piatta, segno di un uomo che riflette a lungo prima di prendere una decisione.

«Ho toccato con mano quanto il mondo può essere spietato: c'è chi è normale e chi è handicappato o, se preferisce, come si usa oggi per addolcire la pillola, diversamente abile. È passato del tempo, non è stato facile accettare questa condizione, ostacoli giorno dopo giorno, la pietà ipocrita di quelli che ti circondano, una vita diversa da quella che avevo vissuto fino ad allora. Ho sempre pensato che per essere compianti è meglio morire giovani, in piena gloria. Tutti se ne fregano di un vecchio che muore, soprattutto se è paralitico. Provo spesso desideri che chiunque può esaudire in un batter d'occhio. Un'improvvisa voglia di correre per esempio.»

Una pausa.

«Lei prova mai il desiderio di fare una corsa, commissario?»

Gerard farfuglia un «qualche volta». Ha una voglia pazza di fumare, approfitta dell'interruzione per cambiare discorso ed esporgli lo stato delle indagini e il suo punto di vista. E cioè il sospetto che un gruppo jihadista stia preparando un attentato utilizzando il software di Hendriks per mantenere segreta l'attività di pianificazione.

«L'unico anello di congiunzione con Hendriks è Farid Beouaret,» conclude Gerard «ma è scomparso nel nulla dopo l'omicidio di un informatore della polizia. Siamo sulle tracce della sua donna anche se non è detto che lei sappia dove si nasconda.»

«Quindi le indagini sono orientate sul terrorismo islamico?»

«Tutto lascia supporre un'ipotesi di questo tipo.»

Masson borbotta a mezza bocca «maledetti fanatici» prima di dire la sua: «Ha considerato la possibilità che il software di Hendriks sia utilizzato per altri fini, ad esempio per spionaggio industriale?».

«Nulla è da escludere, ovviamente,» risponde Gerard «anche se il coinvolgimento di un tunisino organico al gruppo Ansar al-Shari'a fa pensare il contrario.»

Per rafforzare l'ipotesi aggiunge che il terrorismo di matrice jihadista utilizza a man bassa software di crittografia e steganografia per nascondere piani di attentati. Al-Qaeda per esempio ha nascosto spesso documenti e mappe in filmati pornografici. Ma c'è un altro punto su cui Gerard si aspetta un suggerimento da Masson. Chi ha ucciso Hendriks conosceva in modo dettagliato i sistemi di sicurezza di Seleksoft.

«Una talpa?»

«Si può supporre che qualcuno dall'interno abbia guidato il commando che l'ha ucciso.»

Masson corruccia le sopracciglia, sembra turbato.

«È un'ipotesi inquietante. Per quel che mi risulta, il personale è selezionato e viene monitorato costantemente proprio per evitare situazioni di questo genere.»

«Non è stato così con Hendriks mi pare, potrebbe essere avvenuta la stessa cosa con qualcun altro.»

Gli occhi di Masson lo scrutano a fondo con insistenza.

«Ha mai pensato che potrebbe essere stato lo stesso Hendriks a fare da informatore?»

«Per quale motivo? Per dare una mano a ucciderlo?»

«In effetti...»

Una donna entra con un vassoio di argento dove è poggiata

una caffettiera dell'Ottocento inglese, due tazze di porcellana, quattro zuccheriere e un'alzatina su cui sono disposti degli *éclair* al cioccolato.

«Gradisce un caffè?» chiede Masson.

Gerard annuisce.

«Zucchero?»

«Un cucchiaino grazie.»

«Quale preferisce? Questo più chiaro è il golden caster, zucchero di canna grezzo, mentre quello a grana grossa di colore dorato è il demerara, sapore molto dolce tendente al miele. Gli altri due sono il brown e il light muscovado a grana fine, con un tono morbido, speziato.»

Gerard ha un attimo d'indecisione, indica l'ultimo della lista, mescola e beve un sorso.

«Buono. Conosce da molto tempo Janssen?»

«Da alcuni anni, una persona seria, corretta, competente, un bravo manager anche se ha un punto debole, va pazzo per le ragazze giovani. L'ho avvertito più di una volta, prima o poi si caccerà in qualche guaio.»

«Janssen è considerato molto vicino agli ambienti dell'estrema destra.»

«Ma neanche io sono un comunista!» esclama Masson battendo la mano sul bracciolo della sedia a rotelle per poi aggiungere: «Basta bollare le persone con etichette che oggi non hanno più senso, tutti hanno una fetta di ragione, non esiste l'uomo ideale, l'Ulrich di Musil che riassume in sé tutte le qualità o meglio le non qualità. Se esistesse vivrebbe alienato dal mondo reale senza interessi e senza scopi. Non è il caso di Janssen. E neanche il mio».

«Ha mai sentito nominare Ferdinand Garcia?»

«No.»

Gerard gli sintetizza l'irruzione nell'appartamento di rue Ginette-Neveu. Garcia può essere chiunque, un prestanome, un fiancheggiatore ma anche il nome sotto cui si nasconde chi tiene le fila del piano.

«Quale piano?»

Gerard non ha la risposta pronta, anzi non l'ha affatto. Esita un attimo prima di ammettere: «È quello che dobbiamo scoprire».

«Le auguro buona fortuna, commissario. Lei è un uomo tenace e combattivo. Oggi molti lasciano scivolare la vita in modo indolente. Siamo circondati da meschinità morali e materiali, da false ideologie e miti discutibili, la società in cui viviamo è un universo di convenzioni e abitudini obsolete. Dobbiamo essere guidati dai princìpi in cui crediamo, dobbiamo essere radicati nella realtà quotidiana, non nella filosofia di Musil. E per realizzarli dobbiamo agire con la giusta determinazione ragionando su ogni passo, su ogni decisione.»

Gerard sta per replicare ma Masson non gliene dà il tempo.

«La mia condizione permette di dedicare molto tempo alla lettura. Conosce Taguieff?»

Gerard scuote il capo.

«È un sociologo, filosofo e storico francese, non è di destra ma neppure di sinistra; è stato etichettato come neoreazionario ma è convinto assertore dell'antirazzismo e antisemitismo. Se leggesse il suo libro *La forza del pregiudizio*» e indica un testo poggiato sul tavolo «arriverebbe alla conclusione che in molti pretendono di giudicare se un'azione è giusta o sbagliata. E comprenderebbe che è giusto tutto ciò che risponde ai princìpi e agli ideali che ciascuno di noi ha dentro di sé.»

31

Venerdì 24 maggio 2013

Sahar stampa un bel sorriso sulle labbra entrando nella stanza all'ultimo piano di Seleksoft nell'Oostelijk Havengebied.

Janssen è in piedi al centro della stanza, la sua faccia è come in fotografia, con in più un profumo dolciastro e un alito da dentifricio.

Le indica un divano, Sahar si siede con attenzione ma non può evitare che Janssen abbia una panoramica completa delle cosce.

«Non rammento di averla già incontrata, signorina...»

«André, Charlotte André» risponde lei, lasciando appena socchiuse le labbra rosa translucido.

Accavalla le gambe con una mossa lenta e inizia la recita prendendo in prestito tratti della sua vera vita per mantenere più realistica la storia.

«Non può ricordarsi di me, ero tra le centinaia di persone all'apertura della stagione allo Stopera alcuni mesi fa.»

«Una serata eccezionale» esclama Janssen, che sembra poco interessato al dialogo e molto attento al movimento delle sue gambe. «Anche lei era lì?»

Sahar annuisce con un'espressione che è più di un'affermazione.

«Come le posso essere utile?»

«Sono una freelance, vendo idee e inchieste a settimanali, il successo dipende da me, dalla mia bravura. Ma anche da lei, se la storia che mi racconterà sarà avvincente.»

«Quale storia, Charlotte?»

Sahar nota il tono confidenziale di chi già pregusta una serata ad alto contenuto erotico, si chiede se non sia più prudente fare una rapida marcia indietro. Si fa forza, racconta che è attratta dai casi insoluti e misteriosi. E l'omicidio di Mick Hendriks è qualcosa di particolarmente intrigante. Per dare più credibilità alla frottola aggiunge di aver condotto un'inchiesta mesi addietro su una storia simile, un chimico di una casa farmaceutica di Lione morto misteriosamente negli uffici della compagnia. Forse spionaggio industriale.

Janssen per tutta risposta fissa l'attaccatura del seno che s'intravede dai primi bottoni slacciati della camicetta. Congiunge le mani sulla pancia prominente e inizia a parlare senza aggiungere nulla che lei già non sappia. Dell'omicidio di Hendriks, dei misteri che circondano la vicenda, dell'inettitudine della polizia. Si dilunga sugli apparati di sicurezza della sede di Seleksoft, sui sistemi di crittografia in cui l'azienda è leader.

«Che lavoro complicato, signor Janssen,» esclama Sahar lanciandogli un'occhiata di ammirazione «e anche affascinante».

Janssen sorride soddisfatto, convinto di aver fatto breccia; i suoi occhi porcini la osservano, la misurano, la desiderano, è pronto a passare alla fase successiva. In fondo gli è riuscito più di una volta.

«Purtroppo ho un impegno, ma vorrei continuare questa interessante conversazione; potremmo cenare insieme, se per lei va bene.»

Sahar si mostra prima sorpresa, poi titubante, infine lusingata mentre incrocia lo sguardo dell'uomo incollato sul suo corpo.

«Nessun disturbo, vivo da solo, è un piacere passare una serata con una ragazza bella e intelligente come lei.»

Si alza, lei fa altrettanto. «Posso azzardare per domani sera? È sabato, forse ha altri impegni...»

«Nessun impegno.»

«Bene, passo a prenderla alle nove, qual è l'indirizzo?»

«Vado a salutare un'amica dalle parti di piazza Dam.»

«Allora davanti al palazzo di Madame Tussauds, il museo delle cere, alle otto e trenta.»

32

Sabato 25 maggio 2013

Quel sabato sera il Bridges Voorburgwal è affollato.

Sahar attira gli sguardi seguendo Janssen tra i tavoli: il tubino nero corto di tessuto elasticizzato, l'unico che ha in valigia, non lascia nulla all'immaginazione e disegna in modo perfetto il suo corpo.

«Sei splendida!» esclama lui non appena si siedono al tavolo.

Janssen è abile nel discorrere; alla musica, al cinema, alla letteratura miscela pettegolezzi di ogni genere. Il suono del cellulare l'interrompe mentre le chiede se è fidanzata. Sahar nota sul viso una smorfia di disappunto, pochi monosillabi, un *porca puttana* sibilato tra i denti. «Sei sicuro?» Janssen a poco a poco si tranquillizza, la voce da stridula torna a una tonalità normale. «Fammi sapere se ci sono novità» e chiude la conversazione.

Sahar si concentra sul suo sguardo, furbo, non intelligente.

«Uno stupido incidente» si giustifica scolando in un solo sorso il Bloody Mary.

Non perde il filo del discorso cominciato alla leggera e lo riprende mentre un cameriere fa scivolare davanti a loro *tournedos* alla Rossini col *foie gras* accuratamente posato sopra. Poi da una conversazione qualunque passa a domande personali.

«Quanti anni hai?»

«Secondo te?»

«Trenta.»

«Quasi, maledizione, sto cercando il sistema per non arrivarci.»

«Ah, che bella età, bellissima per una donna, può fare tutto ciò che vuole.»

Sahar abbozza un mezzo sorriso, fa il gesto di guardare l'ora, si ricorda di non avere l'orologio e lui nota il gesto strano.

«L'orologio non ce l'hai, però volevi guardarlo.»

«L'avrò lasciato...» Si blocca appena in tempo, se avesse detto «hotel» avrebbe dato il la a domande a cui sarebbe stato molto complicato rispondere.

«In bagno.»

«Meglio non averlo con tutti gli immigrati in circolazione, può creare problemi soprattutto se è un oggetto di valore.»

«Il Cartier di mia madre.»

«Vedi? Meglio così, e poi senza orologio non sai quanto dura il divertimento.» Scoppia in una risata rumorosa e propone «*crème brûlée*?»

Sahar annuisce, Janssen alza la mano, due rapidi movimenti del dito indice e un cameriere arriva a prendere ordini. Chiacchiera del più e del meno mantenendo un sorrisetto sulle labbra e lasciando intendere, nei suoi discorsi, di saperne sempre più di quel che dice. E tra una chiacchiera e l'altra sorseggiando il caffè infila la proposta che lei teme.

«C'è troppo chiasso, perché non continuiamo da me con della buona musica e una coppa di champagne?»

Lei fa una risatina soffocata e alza gli occhi al cielo.

«Non credo proprio.»

«Solo due chiacchiere.»

«Due chiacchiere e poi?»

«E poi niente. Si va a dormire.»

«Sicuro?»

«Sicuro, ti sembro un uomo che non mantiene la parola?»

In un'altra situazione sarebbe sbottata a ridergli in faccia. Invece lascia perdere.

Scende dalla Mercedes blu metallizzata di fronte a un'elegante abitazione del Golden Bend, la parte più esclusiva del canale Herengracht tra Leidsestraat e Vijzelstraat.

Si sente un po' schiacciata dall'altezza dei soffitti, dalla profondità della stanza, l'arredamento è pacchiano, trasuda ricchezza dai mobili ai tendaggi, dai quadri ai soprammobili. Janssen accende lo stereo, note stucchevoli e sdolcinate come il suo profumo.

È proprio uno stronzo fascista, pensa, mentre lui fa saltare il tappo di una bottiglia di champagne e riempie due coppe.

«Alla nostra nuova amicizia.»

Sahar si bagna appena le labbra, è indecisa se andare avanti per scoprire qualcosa che forse non c'è ma potrebbe anche esserci o darsela a gambe levate.

Tracanna lo champagne in un solo sorso, sente le bollicine in gola e in quel momento pensa che quello che potrà accadere non la interessi più di tanto. *Sarà quel che deve essere*, si dice mentre Janssen ora è più vicino, le sue dita iniziano a muoversi seguendo il percorso degli occhi, prima la fronte, poi le sopracciglia fino a scendere giù per arrivare alle labbra.

Lei arriccia il naso e si scosta, non ha ancora deciso.

Guarda il bicchiere che Janssen sta riempiendo di nuovo

fin quasi all'orlo. *A volte*, pensa, *è il caso di fermarsi dove si è se non ti aspetti niente di meglio*. L'uomo legge la sua indecisione, con un braccio la stringe, quindi si avvicina al volto, resta lì a mezz'aria aspettando un qualcosa che non arriva.

L'insolenza di lui e la sua paura si scontrano, una piccola battaglia dove s'imporrà chi ha le idee più chiare. E in quel momento è Janssen a sapere cosa vuole. Riavvicina il busto e all'improvviso la bacia sulle labbra, il fiato puzza di alcol, la lingua è viscida come la bava di una lumaca. Chiude gli occhi mentre una mano molliccia le palpa il sedere, apre la chiusura lampo, fa salire di qualche centimetro il vestito.

La prende per mano e si avvia per le scale con la sicurezza dell'arroganza, entra in una stanza dove troneggia un letto enorme sormontato da un baldacchino. Janssen non dà spazio ai preliminari, si libera in fretta dei vestiti; alla debole luce di un abat-jour Sahar intravede un corpo tozzo e flaccido. Prova a immaginare cosa possa piacere a un porco del genere. E cosa possa essere per lei meno sgradevole.

Lo spinge sul letto, sale in piedi sulla trapunta di raso premendo leggermente la punta del tacco a spillo sulla pancia. Un mugolio di piacere e uno stato di eccitazione crescente le fanno capire di aver colto nel segno. Inizia a stimolarlo nelle parti basse, Janssen respira affannosamente, occhi chiusi e labbra contratte. Quindi spinge con la punta sui genitali, poi si accovaccia sulla sua faccia. Non prova neanche per un istante piacere, solo un sorriso malizioso mentre l'uomo continua ad ansimare. Lo sente masturbarsi mentre con le scarpe preme sul suo pene fino a quando capisce che sta per venire.

Janssen si addormenta quasi subito e inizia a russare.

Sahar scivola dal letto, si sfila le scarpe. I vestiti dell'uomo sono gettati disordinatamente su una poltrona, la giacca è sulla spalliera di una sedia.

I battiti del cuore accelerano mentre fruga nelle tasche, chiavi, sigari, accendino, un iPhone e un Nokia. Con uno spillo estrae le card, la prima è di KPN, la seconda è rilasciata da Mobile Telephony of Serbia. Le reinserisce.

Sta rimettendo i cellulari nella tasca quando un grugnito la fa sobbalzare.

Si volta di scatto con il cuore in gola, Janssen si è girato su un fianco dandole le spalle.

Si guarda intorno, apre i cassetti di un comò, mutande, calzini, golf, sciarpe. Passa all'armadio a muro, vestiti grigi, blu, gessati, di fronte cassettiere piene di camicie, in basso una scarpiera.

Non sa cosa cercare e certo quello è il posto sbagliato.

All'improvviso percepisce un fruscio alle spalle.

«Cosa stai facendo?» Janssen l'osserva con sguardo acuminato.

Non ha previsto quel momento ma sa che deve dire qualcosa. In una frazione di secondo s'inventa la prima risposta che le viene in mente.

«Sto cercando qualcosa da mettermi addosso, ho freddo.»

Janssen scoppia in una risata sguaiata: «E la cerchi tra le mie scarpe?».

Sahar si avvicina e lo bacia sulle labbra: «Ho voglia di bere» bisbiglia con voce sensuale, lui la stringe mentre inizia a eccitarsi.

«Dopo,» gli sussurra lei leccandogli una guancia «prima dammi da bere».

33

Lunedì 27 maggio 2013

L'auto corre veloce nella campagna francese.

Tutto sembra paradossalmente normale, pensa Gerard, arrivando sullo spiazzo del Prieuré de Binson. Padre Renard, tra un gruppo di giovani che ridono e scherzano e due docenti che parlottano con un fascio di giornali sotto il braccio, lo sta aspettando con padre Simeon.

Con un gesto lo invita a seguirlo nel suo studio. Gerard siede sulla solita poltrona di pelle rossa e porta istintivamente la mano in tasca alla ricerca di una sigaretta che non accende. Sembrano passati secoli da quando è arrivato lì la prima volta. Ora vede il priorato con occhi diversi, sarà per il sole che illumina gli edifici e li fa sembrare meno cupi, per la disinvolta familiarità con l'ambiente, per i personaggi di cui ormai intuisce il pensiero da un gesto.

Padre Renard si soffia rumorosamente il naso con un fazzoletto, lo ripiega con cura e lo infila in una tasca invisibile.

«Come mai è tornato, commissario?»

«Sono cambiate molte cose.»

«Quali?»

«Molte. Per esempio Philèmon non è Philèmon.»

«Non capisco.»

«Philèmon aveva un fratello gemello di nome Nestor, un hacker cocainomane con pochi scrupoli.»

«Continuo a non capire.»

«L'uomo che è precipitato dal campanile non è Philèmon ma il fratello gemello Nestor.»

Il salesiano accusa il colpo, passa un angolo del fazzoletto sulla fronte umida di sudore, con un gesto lento si alza e va alla finestra. Simeon è impassibile, come se la notizia non lo riguardasse.

«Mi rendo conto che per lei, padre, sia una sorpresa. Lo è stata anche per noi.»

«Eppure sembrava...»

«Sembrava, appunto. Ma non era.»

«E anche Jacqueline...» Renard fa il giro della scrivania e torna a sedersi. «Sono disorientato, tutte queste persone che non sono chi dicono di essere. Bugie, bugie, solo bugie...»

Gerard scrocchia le dita, per anzianità la prima domanda la deve fare a Renard anche se per qualche ragione il suo interesse è tutto per Simeon.

«Dovrebbe mettere a fuoco dei comportamenti anomali di Nestor.»

«Ossia?»

«Dovrebbe cercare di ricordare una reazione strana, una telefonata, una nota stonata nel suo comportamento.»

Lo vede esitare, immagina che stia rimestando tra ricordi confusi scartandone alcuni, mettendone a fuoco altri. Alza appena la testa per rispondere.

«Non so se ciò che sto per dire la possa interessare.»

«Mi interessa qualunque cosa.»

«Un giorno di molti mesi fa quell'uomo che non so più come

chiamare ha avuto una reazione fuori luogo. Quando gli ho consegnato una lettera che avevo inavvertitamente aperto, mi ha apostrofato con rudezza inaspettata. La cosa mi ha stupito, non era da lui assumere quel tono.»

«Cosa conteneva?»

«Una multa per divieto di sosta a la gare de Lyon, a Parigi.»

«Andava spesso nella capitale?»

«Mai, a quanto mi risulta.»

L'anziano salesiano sta per aggiungere qualcosa, qualcuno bussa alla porta, si alza e Gerard ne approfitta per rivolgersi a padre Simeon.

«Ricorda qualcosa di analogo su Nestor?»

Il giovane salesiano non muove un muscolo del volto, solo un breve lampo negli occhi.

«Un giorno ha dimenticato il cellulare sul tavolo del refettorio. A un certo punto si è messo a squillare e io gliel'ho portato. Lui, invece di ringraziarmi mi ha aggredito, come se avessi potuto leggere qualcosa che non avrei dovuto.»

«E per caso l'ha letto?»

Gerard abbassa il tono della voce lasciando la frase a metà, un'insinuazione che il giovane salesiano possa aver compiuto qualcosa di non proprio corretto.

Ma Simeon, contrariamente al loro primo incontro, non ha esitazioni.

«Sul display ho letto un numero con un prefisso che mi ha incuriosito. Prima di passargli il cellulare l'ho scritto su un tovagliolo di carta; in seguito l'ho copiato sul mio telefono.»

«Ha ancora quel numero?»

Il giovane salesiano è preso in contropiede. «Ma io…»

«Non ci sarebbe nulla di male, per noi potrebbe essere molto utile» interviene padre Renard. Simeon dopo un attimo di esitazione prende il cellulare, ritrova il numero che ha copiato e lo comunica a Gerard che chiama Moreau. Pochi minuti dopo ha l'intestazione della scheda telefonica.

Il numero è della Mobile Telephony of Serbia a nome di Ferdinand Garcia, l'uomo che ha ospitato Farid nell'appartamento di rue Ginette-Neveu a Parigi.

«Ha mai sentito nominare Garcia?»

Gerard la butta lì, tanto per non lasciare nulla d'intentato.

«Sì» risponde Simeon.

Istintivamente si alza. «Quando?»

«Più o meno un paio di mesi fa, stavamo cenando, Philèmon, cioè Nestor, ha risposto al cellulare allontanandosi dal tavolo di qualche passo. Non sono riuscito ad ascoltare la conversazione, solo una frase prima di riattaccare: "D'accordo, farò come vuole, Garcia".»

È quasi sera, Gerard ha guidato per due ore da Châtillon-sur-Marne a Parigi con un traffico infernale pensando a Nestor e a Garcia. Non riesce a trovare alcun motivo plausibile per dissuadersi dall'idea che l'uomo che ha fatto visita all'ospedale di Marsiglia circa un anno fa, per informarsi su un neonato, sia la stessa persona che ha ospitato Farid a Parigi. E che sia lui il personaggio chiave di tutta la storia.

Non sa perché, ma lo pensa.

Apre la porta di casa, Maigret e Dupin gli saltano addosso scodinzolando. Va in bagno, s'infila sotto la doccia, quindi, prende i guinzagli, le chiavi di casa, i due bastardini hanno già capito e corrono verso la porta d'ingresso abbaiando. Si avvia sullo stesso percorso di sempre, i suoi passi sembrano seguire un tracciato a memoria. Cammina davanti a bar scuri con ragazzi che hanno in mano una bottiglia, un cane di passaggio si avvicina a Maigret e Dupin, si annusano, scodinzolano, poi un ordine secco da lontano lo richiama. Siede su una panchina col rumore dell'acqua del canale che sciaborda sotto di lui, a pochi metri un gruppo di adolescenti che mangiano il gelato con risate improvvise.

Alzandosi si spolvera i pantaloni e si avvia verso Chez Prune. Il tempo di salutare la cameriera e sedersi che Moreau lo chiama.

«Ho un po' di amici a cena, perché non vieni?»

«Sono stanco, mangio un boccone e vado a dormire.»

«Sei una palla, François, ci sono anche simpatiche e belle amiche da conoscere.»

«Non sono in forma stasera.»

«Non puoi andare a dormire.»

«Non mi aspettare.»

«Tra quanto arrivi?»

Gerard non risponde.

«Allora?»

«Non lo so.»

«Tra un'ora?»

Gerard tira un sospiro: «Tra un'ora».

Entra nel soggiorno tra persone strambe ed eterogenee, pittori, musicisti, architetti. Un miscuglio di parole, risate, esclamazioni annegate in una musica elettronica discreta. Gerard all'inizio prova un senso di disorientamento che svanisce quando un piatto di spaghetti e qualche bicchiere di vino finiscono nel suo stomaco.

Si lascia andare sul divano con due dita di Talisker, accende una sigaretta, due tiri e Moreau compare tenendo per mano una ragazza.

«Gerard, ti presento Veronique. Veronique, Gerard.»

Si guarda intorno in cerca di un posacenere e di una via di fuga: di donne che nella vita vanno e vengono con facilità ne ha piene le tasche. La scruta appena, ha il look da ragazza ricca che la rende appariscente, non è il suo genere anche se a colpo d'occhio non è niente male.

Veronique gli porge un posacenere: «Cerchi questo?».

Gerard spegne la cicca, lei si siede accanto a lui, le concede solo un mezzo sorriso mentre la donna gli pianta addosso un paio di occhi neri e brillanti.

«Moreau mi ha detto che sei un poliziotto fantastico.»

«Forse...»

«E come uomo?»

«Un disastro.»

«Tutti quelli che dicono di essere un disastro pensano di sé il contrario.»

Ha un bel sorriso, nota Gerard, belle labbra che chiamano un bacio e un'àncora tatuata sul polso.

«Non è il mio caso.»

«Sposato?»

«No, e tu?»

«Separata. Meglio lasciar perdere. Da quello che racconta Moreau, voi due fate un lavoro affascinante ma anche pericoloso e difficile.»

«Affascinante non so, pericoloso qualche volta, difficile no se hai rapidità di pensiero e perfetta capacità di odiare.»

«Sei sempre così cinico?»

«A volte.»

34

Mercoledì 29 maggio 2013

Sahar infila il solito tubino nero attillato, passa l'ombretto azzurro sulle palpebre, il rossetto rosa translucido sulle labbra, infila l'unico paio di orecchini che ha in valigia. È pronta.

Una parte di lei è pentita dell'avventatezza di esserci andata subito a letto, ma quella sera ha bevuto troppo e troppo in fretta. Ha corso un bel rischio, per poco Janssen non l'ha scoperta, se l'è cavata con disinvoltura e con un pizzico di fortuna. Per riparare è stata costretta a fare di nuovo l'amore, l'uomo sembrava aver dimenticato l'incidente, tanto che l'ha invitata a una festa da amici.

E lei ha accettato con apparente entusiasmo e con un briciolo di apprensione.

Raggiunge il Golden Bend mentre gli ospiti iniziano ad arrivare a piccoli gruppi. Janssen sulla porta d'ingresso fa gli onori di casa, indossa un vestito scuro, una cravatta sgargiante e un gilet che comprime a fatica lo stomaco.

La casa si popola velocemente di uomini di mezza età e di più giovani con abiti Dolce&Gabbana, di donne in Balenciaga e décolleté Gucci, un miscuglio disomogeneo apparentemente senza senso. Cesti di frutta e piramidi di lime ornano un grande tavolo al centro del salone dove due barman servono Nolet's Dry Gin e vodka Beluga.

Gerard centellina il whisky mentre chiacchierano di lavoro, di un amico comune, di vacanze.

«Dove hai in programma di andare questa estate?» chiede Veronique.

«In Grecia.»

«Con la tua donna?»

«Da solo.»

«Vuoi scherzare? Le vacanze si fanno in compagnia!»

«Non proprio da solo, ho i miei cani.»

«Hai dei cani?»

«Due.»

«Di che razza?»

«Non lo so e non lo sanno neppure loro. Li ho trovati per strada, ne ho trovati tanti per strada nella mia vita.»

«Che cosa meravigliosa!»

«È meraviglioso amarli. Non saprei farne a meno. Tu hai cani?»

«No, mai avuti.»

«Fai male, un cane ti ama senza chiederti mai nulla in cambio se non il tuo affetto, non gliene frega niente se sei ricco o povero, spigliato o timido, intelligente o stupido. Di quante persone puoi dire la stessa cosa?»

La ragazza storce la bocca e si mordicchia un labbro.

Lo sfiora appena con un braccio e qualcosa dentro di lui si muove silenziosamente.

«I cani non mentono su ciò che provano, perché non sanno cosa sia la menzogna. Hai mai visto un cane triste che finge di essere allegro?»

Lei scoppia in una risata mettendo in mostra dei denti bianchissimi.

«Sei uno dei poliziotti più strambi che conosca.»

«Trovi?»

«Trovo.»

«C'è un aforisma di Prévert, non ricordo le parole esatte ma il senso è più o meno questo: *Lascia entrare il cane coperto di fango, si può lavare il cane e si può lavare il fango. Ma quelli che non amano né il cane né il fango, quelli no, non si possono lavare.*»

Veronique accavalla le gambe: «Adoro Prévert, le sue poesie, alcune le so a memoria, *Per te amore mio, I ragazzi che si amano, Ubriaca di te*... È morto per un cancro ai polmoni, aveva sempre una sigaretta tra le labbra. Come te».

Una voce la chiama. «Devo andare, mi dai il tuo numero?»

Legge una curiosa innocenza e un fatalismo in quel sorriso e in quel saluto che ricambia con un'inspiegabile freddezza, ma gli è venuto così, con naturalezza.

Resta seduto senza staccare gli occhi dal bicchiere mentre mobili, lumi, quadri riaffiorano man mano che le persone vanno via. Moreau saluta un ospite e gli si siede accanto.

«Simpatica vero? Una ragazza in gamba, esce da una storia complicata.»

«Ecco, non voglio storie complicate.»

«Se continui così, rimarrai solo come un cane, anzi solo con i tuoi cani.»

«Non toccare i miei cani.»

«Okay, ma hai solo rapporti inutili: Annette, quell'altra come si chiama? Seraphine, eccetera eccetera. Scommetto che non le ricordi neanche tutte. Te lo dico da amico, cambia la tua vita.»

Qualcuno lo chiama e Moreau si allontana.

Resta lì con il bicchiere di whisky a chiedersi se dopo Michelle troverà mai una donna che significhi qualcosa per lui. Una per cui valga la pena emozionarsi.

Anche se recentemente un'emozione l'ha provata, ma è bene che non la confessi neanche a se stesso.

Janssen la prende sottobraccio, ordina a un cameriere di spostare un vaso rosso e verde di Ai Weiwei in un posto più sicuro, stringe molte mani, passa da un gruppo di persone a un altro dispensando frasi a effetto e qualche battuta. Va quasi a sbattere contro un uomo di aspetto dimesso a fianco di una donna magra con lo sguardo triste. Una presenza stonata, osserva Sahar, in un ambiente che trasuda ricchezza e bellezza.

«Anche lei qui, ispettore!»

«Veramente ho ricevuto l'invito...»

«Ah sì, certo, certo» lo interrompe Janssen che si è evidentemente dimenticato, poi si volta verso Sahar.

«Charlotte, ti presento l'ispettore Derrek.»

Sahar ha un fulmineo irrigidimento dei muscoli facciali, le dita della mano si contraggono sul manico della borsetta, il cuore accelera i battiti.

Merde! Un'imprecazione esplosa tra le mura della sua mente ma non per questo meno violenta. Derrek, certo, ha letto il suo nome più volte negli articoli sul caso Hendriks. Che cavolo ci fa lì?

Dal suo punto di vista è stupefacente che non l'abbia riconosciuta, o almeno spera, ma forse è giusto così, il cambio di look e gli occhiali l'hanno resa diversa dalle foto in circolazione. Non sapendo cosa pensare e non potendo fare altro, Sahar accetta il beneficio del dubbio, abbozza un sorriso idiota e stringe una mano meno sudaticcia della sua. Janssen non sembra accorgersi della sua reazione, occupato com'è a catturare con lo schiocco delle dita l'attenzione di un cameriere.

«Alice Springs?» chiede rivolto a Derrek. «Gin, succo di limone e di arancia, granatina, soda, qualche goccia di angostura, buono e dissetante» spiega mentre Derrek accosta con cautela le labbra al bicchiere. Poi si rivolge alla moglie dell'ispettore con un'espressione che maschera a stento il disprezzo verso quel volto magro, solcato da rughe precoci e malamente truccato: «Lo provi anche lei, signora».

La donna abbozza un sorriso sgraziato e con la mano fa un gesto di cortese rifiuto.

«Tremendamente scialba, penosamente decorosa, irrimediabilmente squallida» ghigna Janssen all'orecchio di Sahar, poi si volta verso Derrek: «Il bere è uno dei piaceri della vita, stimola il desiderio ma riduce le performance amorose» e accompagna la frase con una risata sguaiata. Quindi con naturalezza passa dal braccio di Sahar a quello dell'ispettore, un gesto da vecchio amico.

«Quel commissario francese, quel Gerard, ha scoperto qualcosa di nuovo sulla morte di Mick Hendriks?»

Sahar ne approfitta per fare un passo indietro, vorrebbe sgattaiolare via ma non le viene in mente nessuna scusa che possa giustificare il gesto.

«Farid è scomparso, forse è all'estero, Sahar, la sua donna, ci è sfuggita per un soffio un paio di volte» risponde Derrek lanciandole un'occhiata veloce «ma dovremmo catturarla a breve, questione di giorni, forse di ore.»

Si rende conto che un vago rossore le sta colorando il volto, spera che la luce soffusa dell'ambiente sfumi il suo stato d'imbarazzo.

«Ma chi c'è dietro tutta questa storia?» chiede Janssen, che ha già lo sguardo altrove.

«Probabilmente un gruppo islamico, la matrice sembra chiara, gli attori meno, gli obiettivi al momento oscuri.»

Il vociare è crescente, la musica invade il salone con toni sempre più alti e ritmati.

La festa è iniziata.

«Dal che si deduce» conclude Janssen alzando la voce per farsi sentire «che Farid è la mente dell'operazione e che non ci sono altri personaggi che si muovono dietro le quinte. È questo che pensa la polizia?»

Derrek annuisce, impossibile parlare con quel frastuono, lei percepisce solo una sua frase: «La ragazza è ricercata per omicidio, appena la cattureremo ci potrà raccontare un bel po' di cose che serviranno a incastrare anche Farid».

La conversazione da quel momento inizia a languire, quando non è più importante va così, muore di morte naturale e Janssen si guarda in giro. «Ehi, Geoffrey» una scusa per liberarsi di Derrek e andare verso un altro gruppo di invitati. Gesticola, ride, parla animatamente con un tizio che sembra la sua fotocopia. Sahar ne approfitta per defilarsi e dare un'occhiata a quella parte di casa che non conosce, una grande sala che sembra la biblioteca. È più una cupa curiosità, la sua, che una mossa razionale, facendosi largo tra gruppetti di persone entra in uno sfavillio di luci che si riflettono su tendaggi di seta verde. Da una parte una libreria di noce zeppa di libri, quasi al centro della stanza una scrivania smisurata e imponente. Ci gira intorno, tre cassetti per lato più uno al centro. Un cameriere le offre una coppa di champagne, si bagna appena le labbra e si appoggia con disinvolta noncuranza alla scrivania guardandosi in giro. Le sue dita accarezzano le maniglie dorate, è segretamente eccitata quando apre i cassetti di quei pochi millimetri per capire che il primo in alto a destra è chiuso a chiave. Beve un sorso dalla coppa, se potesse seguire il ritmo della sua curiosità li avrebbe già aperti tutti. Intuisce o forse vuole convincersi che lui nasconda ad arte qualcosa di più e chissà perché proprio in quel cassetto chiuso.

«Altro champagne?»

Si volta di scatto, un uomo bruno sulla quarantina con una bottiglia in mano le sorride, un modo come un altro per attaccare discorso. È francese, parlano del più e del meno, della vita di Parigi, cieli grigi e tasse alte, le solite cose che chi vive lontano ama sentire.

Mentre le parole dell'uomo vanno e vengono, il suo lato superstizioso prevale. Tornerà in quella stanza e aprirà quel cassetto.

Il suo addio a Janssen al momento è solo rimandato.

35

Venerdì 31 maggio 2013

Sahar cammina con un vento leggero che le accarezza il viso, attraversa uno dei tanti ponticelli ricurvi del quartiere Jordaan. In un bar, Café 't Smalle, così è scritto in corsivo sulla piccola insegna, ordina caffè americano e torta di mele con panna. Guarda quell'angolo tranquillo di Amsterdam, l'acqua verde scuro del canale, una giovane donna che tiene per mano una bambina con i capelli biondi, un uomo con basco che passa in bicicletta. Ci mette un po' per riorganizzare le idee, fino a quel momento non ha ottenuto nulla tranne generiche sensazioni. Per Janssen prova una silenziosa diffidenza, dietro un'apparente normalità avverte livelli sottili e sovrapposti di ambiguità.

Fa scivolare un cucchiaino di panna nella tazza, gira lentamente. Si è illusa di capire tutto in un sol colpo, di farla facile. Si deve essere persa qualcosa navigando a vista dietro quello che succede o non succede in base alle circostanze. Ha forti dubbi su cosa fare, accettare un suo nuovo invito non le sembra una grande idea, il buon senso le suggerisce di piantare tutto e sparire dalla circolazione, magari a Bruxelles dalla sua amica tunisina.

Il cellulare squilla, è Janssen; si chiede se sia giusto rispondere ma le sue dita si muovono senza chiederle permesso.

«Sei libera stasera per una cena?»

Non ha la prontezza di dare una risposta negativa come avrebbe voluto.

«Va bene...»

«Qualcosa non va?»

«No, no...»

«Dammi l'indirizzo, ti passo a prendere.»

È presa in contropiede. *Sono una stupida*, pensa, la domanda più ovvia che Janssen potesse farle. Lì per lì farfuglia la prima cosa che le viene in mente: «Sono ospite da un'amica...».

«Dove?»

Scuote la testa come se lui potesse vederla. «Non ricordo il nome della strada.»

«Come, non ricordi?»

«L'ho scritto da qualche parte... Egelantiersgracht mi pare» risponde prendendo in prestito il nome della strada che ha appena percorso e un numero a caso.

Ma un attimo dopo si pente.

«Sarò lì alle nove, sempre che tu non abbia sbagliato indirizzo» e chiude la conversazione.

Il Vinkeles al Dylan Hotel nel Keizersgracht è il genere di ristorante che Sahar detesta, irritante creatività, porcellane di grandi dimensioni, porzioni minuscole, sapori omologati tra loro.

Janssen è prolisso come al solito, si dilunga sulla raffinata cucina dello chef Dennis Kuipers, che a suo dire sa preservare intatti i sapori come pochi: «La chocolade è una specialità del posto, chiuderemo la cena con quella».

Lei ascolta limitandosi ad annuire e sorridere stupidamente.

Janssen svuota il bicchiere di vino e cambia bruscamente discorso: «Raccontami di te, della tua vita... ne so così poco».

Sahar parla dei genitori, dell'adolescenza, mentre lui fissa il suo sguardo con curiosità, come se gli occhi che lei cerca di far apparire calmi e limpidi fossero capaci di segnalare come bugie alcune delle cose meno convincenti che le escono dalla bocca. Non ha buoni presentimenti sul suo futuro immediato anche se le cose che sta raccontando, di per sé non vere, non sono abbastanza false da poter essere smascherate. Sta recitando una parte e allora più cose normali dice, meno lui può rimuginare su di lei e sulle sue fumosità.

«Mi accompagni a casa?»

Le sembra una bella idea ma soprattutto aiuta la messinscena, un modo per distrarlo dal dubbio sulla sua identità che secondo lei gli frulla in testa.

Janssen è colto di sorpresa e non fa nulla per nascondere la delusione.

«Speravo di proseguire la serata da me...»

«Ho un forte mal di testa.»

«Ho un analgesico fenomenale.»

«Potrebbe non fare effetto.»

«Fa sempre effetto, vedrai.»

Il Golden Bend è buio quella sera, stranamente buio, eccessivamente buio. Il tempo è cambiato in fretta, una pioggia fine le bagna i capelli mentre scende dall'auto e segue Janssen verso il portone di casa. Ad aprire è una cameriera che regge una candela in una lanterna di vetro; è anziana ma sottilmente elegante, la casa è illuminata da un gran numero di fiammelle.

«Che succede?» sbotta Janssen. «Come mai è ancora qui, Hilde? E cosa diavolo sono tutte queste candele?»

«Manca la corrente, signor Janssen» risponde la donna con voce esile. «Ora devo andar via, si ricordi di spegnerle tutte prima di andare a dormire, può essere pericoloso. Le lascio una torcia elettrica per qualunque necessità» conclude poggiandola sul tavolo dell'ingresso.

Sahar s'irrigidisce, cerca di mantenere la calma, il buio può complicare ma anche semplificare quello che ha in animo di fare.

Entra nel salotto illuminato da una luce giallo miele, Janssen si versa del whisky, con le pinze rovista nel cestello alla ricerca di un cubetto di ghiaccio, quindi si stende sul divano allungando le gambe. Gli effetti del vino si fanno sentire, la bottiglia di Bordeaux era vuota a fine cena e lei ha bevuto solo mezzo bicchiere.

Si siede al suo fianco, lui con la testa appoggiata su un bracciolo inizia a palparla.

«L'analgesico?»

«Già, l'analgesico. L'ho messo da qualche parte, forse in bagno, lo devo cercare.»

«Stavo pensando…»

«Non pensare ora» e con un'abile mossa fa scorrere la chiusura lampo del vestito.

Cinquantacinque minuti dopo Janssen russa sonoramente stravaccato sul letto, Sahar si riveste in fretta. Ha ricordi offuscati, Janssen con uno sbuffo si era alzato e avviato nella stanza da letto. Lei lo aveva seguito dopo avere infilato nella borsa la torcia elettrica lasciata dalla cameriera sul tavolo dell'ingresso. Avevano fatto l'amore in una frammentaria, indolente atmosfera di sesso.

Da una tasca della giacca di lui prende un mazzo di chiavi tenendolo stretto con tutte e due le mani per evitare tintinnii. A piedi nudi si avventura per le scale, apre la porta scorrevole, entra nella biblioteca illuminando i passi con la torcia, arriva alla scrivania, infila le chiavi, al terzo tentativo apre il cassetto. Lo setaccia con una frenesia eccessiva, una scatola di monete antiche, una tabacchiera d'argento, alcuni report su carta intestata di Seleksoft, altri documenti che a lei non dicono niente, due libretti di assegni di una banca olandese.

Non c'è nulla, nulla per cui valga la pena correre un pericolo come quello che sta correndo. È scoraggiata per quello che non ha trovato, un rischio inutile che non può permettersi di correre.

Uno scricchiolio la fa sobbalzare, chiude il cassetto di scatto e spegne la torcia.

Resta immobile nell'oscurità, il cuore accelera, teme da un momento all'altro di ritrovarsi sotto lo sguardo minaccioso di Janssen.

Nulla di tutto ciò.

La stanza rimane buia, un solo rumore, la pioggia che picchietta sui vetri.

Una parte di lei spinge per tornare il più rapidamente possibile a sdraiarsi sul letto, aspettare l'alba e poi sparire per sempre. Ma un'altra le suggerisce di guardare meglio.

Accende la torcia ed esamina con attenzione i particolari del cassetto, è la sua dimensione a farle dubitare di aver esaurito tutto ciò che poteva scoprire. Pian piano si fa strada l'idea che ci sia un doppiofondo. Prova a sollevare il ripiano, tasta le superfici interne, sul fondo incontra una linguetta di metallo che sembra bloccata. Armeggia un po' prima che un'intuizione le baleni nel cervello. Gira la chiave in senso antiorario, un click e il fondo del cassetto si alza di pochi millimetri.

Non perde tempo a esaltarsi per quella piccola vittoria, con due dita solleva il bordo e illumina l'interno.

Ricevute di conti correnti di una banca serba, un foglietto sgualcito su cui sono appuntate sigle e numeri di telefono che trascrive velocemente su un pezzo di carta. Uno lo riconosce subito, in prossimità di una F, è quello di Farid. Ci sono altri due numeri in corrispondenza della F, tre della G, si domanda se uno sia di Ferdinand Garcia. C'è anche un foglio formato A3 piegato in due, lo apre, è la mappa di una città che non conosce, disseminata di punti rossi. Non ci pensa due volte, senza un perché lo infila in tasca. Resta una busta, la apre, è gonfia di biglietti da 500 euro, un piccolo capitale. Per un attimo è ciecamente euforica, i suoi gesti smettono di avere un senso e se li ficca in tasca.

Chiude il cassetto. Ma lo riapre quasi subito, l'intuito le suggerisce di lasciare i soldi e di tagliare la corda finché è in tempo.

Risale le scale, Janssen dorme profondamente, si avvicina in punta di piedi alla poltrona e lascia scivolare le chiavi nella tasca della giacca.

All'improvviso un cigolio di molle.

Si volta di scatto.

Janssen la osserva con sguardo minaccioso.

Un tonfo al cuore. Beccata!

«Ti sei svegliato finalmente!» esclama lei come se non aspettasse altro.

Lui la fulmina con lo sguardo: «Cosa cerchi? Perché sei vestita? Te la stai svignando?».

Dal tono capisce che deve trovare una risposta convincente. E anche in fretta.

«Che ti succede?» bisbiglia. «Non ti piaccio più?»

«Cosa cercavi nella mia giacca?» sbraita Janssen.

«Le chiavi di casa, avevo voglia di fare due passi, tu dormivi e non volevo svegliarti per un motivo così stupido. Per questo sono vestita.»

Sahar scorge negli occhi un'ombra che passa veloce, ma solo per un attimo, alla fine lui sorride, l'espressione si addolcisce e inizia a toccarle il seno.

Il modo migliore per non farlo riflettere troppo è eccitarlo.

Il vestito scivola a terra, inizia a strusciarsi mentre lui con la lingua penetra nella sua bocca.

Janssen si agita in modo goffo, ansima, sbuffa, mormora frasi sconce.

Per l'ultima volta. Deve essere l'ultima.

36

Venerdì 31 maggio 2013

Gerard addenta il panino al prosciutto e si copre di briciole.

Un nome, non ha ancora un nome. O meglio ce l'ha, Ferdinand Garcia, ma non è quello vero. Potrebbe essere lui l'uomo che muove le fila. Potrebbe, perché è apparso solo in due occasioni, la prima all'ospedale di Marsiglia, quando si è recato per chiedere informazioni su un neonato abbandonato dalla madre giusto trent'anni prima. La seconda quando è ricomparso come intestatario dell'appartamento di rue Ginette-Neveu, dove per una settimana si è nascosto Farid.

Se fosse lui…

Giocherella per un po' con la stanghetta degli occhiali, poi apre una pagina di Word, le lettere si compongono in parole, le parole in frasi, le frasi in capoversi. È passata più di un'ora quando alza gli occhi su Moreau, che sta entrando con due caffè.

«Ottima idea.»

Il giovane agente prende una sedia e si mette a cavalcioni.

«Sahar non si trova.»

«Forse ha lasciato la Francia» replica Gerard bevendo un sorso.

«Ma dove diavolo è andata senza soldi?»

«Gira come una trottola e dal suo conto corrente non manca un euro; è probabile che qualcuno la stia aiutando.»

«Farid?»

«Tenderei a escluderlo.»

«Comunque, o è molto brava o è molto fortunata o tutte e due le cose. A Cahors è sfuggita alla cattura per un pelo e ha fatto perdere le tracce. È ricomparsa a Parigi ma anche lì ci ha seminati.»

Gerard butta il bicchiere di carta nel cestino, accende una sigaretta e con un click dà l'invio per stampare. «È una ragazza sveglia, è riuscita a scoprire dove si nascondevano Farid e il suo complice, mentre noi...»

«E sì che non passa inosservata.»

«No, non passa inosservata.»

«Non trovi che abbia qualcosa di Michelle?»

«Cazzo! Non nominare Michelle.»

«Scusa.»

«Come sta Aidha?»

«Prosegue nella cura disintossicante, si è convinta a rimanere sotto sorveglianza finché Farid è in giro.»

Moreau sta per alzarsi, Gerard gli fa cenno di fermarsi e gli passa i fogli che ha appena stampato.

Moreau si mette comodo e inizia a scorrere il testo.

Gli omicidi, in ordine cronologico, di madame Petit, direttrice dell'ospedale di Marsiglia, di Mick Hendriks, di Philèmon, di Nestor, di Legrand, di Ben Taleb, il tentato omicidio di Aidha non sono stati compiuti tutti dalle stesse mani. Ma poiché sono tra loro collegati devono avere un unico mandante, un gruppo o una persona che si muove dietro le quinte, che sposta pedine, fanti, arretra alfieri, fino all'arrocco del re in quella che sarà l'ultima mossa.

Il cervello potrebbe essere Ferdinand Garcia. Potrebbe, perché di lui si sa solo che probabilmente è francese, bianco, età intorno ai cinquanta, altezza media, barba e baffi castani. Null'altro.

Lui o chi per lui coinvolge Farid, tunisino originario di Sfax collegato al gruppo terroristico jihadista Ansar al-Shari'a, islamico radicale, devoto alla jihad, abile a destreggiarsi nel web, cocainomane e spacciatore saltuario.

A Farid sono richieste due cose. La prima, trovare un informatico, senza legami familiari e ricattabile, in grado di gestire il software di steganalisi elaborato da Hendriks. Nestor sembra avere tutti i requisiti, hacker geniale, conosce quel tipo di programmi, consuma cocaina in quantità e ha un dannato bisogno di soldi. Garcia indaga sul suo passato, all'ospedale di Marsiglia scopre che è stato adottato da genitori che l'hanno lasciato ben presto al suo destino. Ha un fratello gemello omozigote, Philèmon, identico in tutto e per tutto, che abita a Marsiglia. Ma lui probabilmente non lo sa. Un'informazione che in futuro potrebbe tornare molto utile. Per non lasciare tracce, trafuga dall'ospedale tutto l'incartamento di Nestor e la mattina dopo uccide o fa uccidere madame Petit, che avrebbe potuto essere una scomoda testimone. È il 13 marzo 2012.

Il secondo compito di Farid è individuare a Parigi qualcuno che faccia da tramite con Hendriks. Lo spaccio di droga lo mette in contatto con soggetti di ogni genere; Aidha è la persona giusta, è tunisina come lui, cocainomane come lui, è donna. Fare amicizia con lei non è difficile, le passa un po' di droga fino a quando le prospetta un lavoretto: consegnare delle lettere che sarebbero arrivate al suo indirizzo.

Garcia o chi per lui invia ai primi di giugno del 2012 una lettera a Mick Hendriks in cui gli propone lo sviluppo di un software di steganalisi per criptare informazioni sensibili. La risposta è nella busta inviata ad Aidha. Lo stesso Hendriks lo informa che il software è pronto. Garcia contatta dei professionisti del crimine che uccidono Hendriks negli uffici di Seleksoft ad Amsterdam e sottraggono il software. È il 5 luglio 2012.

Questi i fatti più o meno verificabili.

Da lì in poi si entra nel campo delle congetture.

È plausibile che il software elaborato da Hendriks venga dato a Nestor perché lo utilizzi per trasmettere informazioni steganografate di vario genere.

Tutto procede secondo copione quando a metà novembre arriva l'imprevisto. Nestor viene incriminato per hackeraggio nei confronti di una società farmaceutica. La polizia lo incastra, lui riesce a fuggire. Garcia deve trovare una soluzione, Nestor è una pedina troppo importante per perderlo, conosce a menadito il software di steganografia e ha ancora alcuni mesi di lavoro. La fortuna gli dà una mano: Philèmon, il fratello gemello che nel frattempo è stato avvicinato da Farid, è ciò che fa per lui, è stato assunto per un lavoro di contabile nella regione dello Champagne, un'occasione irripetibile. È il 30 novembre. Sono giorni concitati, i tasselli vengono messi con perizia al posto giusto. Nestor parte per Châtillon-sur-Marne, mentre Philèmon viene ripescato nelle acque del Vieux Port con i documenti del fratello in tasca.

Alcuni particolari che sembravano anomalie inspiegabili trovano il giusto incastro. Philèmon con i capelli improvvisamente lunghi, Philèmon che non sa più chiudere la porta del suo appartamento, che non si ricorda degli amici, che dimentica di essere un bravo contabile, che passa il tempo libero al computer. Che è irascibile e alterna improvvisi sbalzi di umore, tipico di chi assume cocaina.

Non è Philèmon.

È Nestor.

Una spiegazione del lucchetto con due chiavi, ritirato al Prieuré de Binson da Sahar, alias Jacqueline, è che Nestor scambiasse informazioni servendosi di una cassetta del deposito bagagli della gare de Lyon. I viaggi di Nestor non erano quindi a Reims da una vecchia zia come aveva fatto credere a padre Renard, ma a Parigi, dove sfortunatamente ha preso una multa.

Nestor termina il lavoro per cui è stato assoldato e, come Hendriks, viene ucciso, spinto giù dal campanile del Prieuré de Binson. Sono le 6.30 del mattino del 22 aprile 2013.

Tuttavia chi lo uccide (Farid? Lo stesso Garcia?) ha un contrattempo: non riesce a sottrarre, subito dopo l'omicidio, il notebook di Nestor, dove probabilmente è caricato il software di Hendriks. Viene allora spedita in tutta fretta Sahar, sorella sconsolata che con la scusa di raccogliersi in preghiera esegue gli ordini che qualcuno le ha impartito. Scambia il portatile con un altro identico, racconta una storia lacrimevole e sparisce.

Tutto sarebbe filato liscio se Legrand non avesse scoperto chissà come l'identità di Farid. Il quale non ha trovato di meglio che sopprimerlo attirandolo in quell'albergo di Marsiglia, l'Hotel Le Lunik, che lui conosce per averci lavorato. È il 6 maggio 2013. È il primo errore di Farid.

Il secondo errore grossolano è l'uccisione dopo poco più di una settimana, il 15 maggio, di Rami Ben Taleb, lo spacciatore e informatore della polizia. Una mossa costata cara. Sul perché l'abbia massacrato a martellate si possono fare molte congetture, per esempio che Rami Ben Taleb sia venuto a conoscenza di qualcosa di esplosivo, o che Farid aveva ucciso Legrand. Rami va a casa sua con la scusa di vendergli della droga, lo ricatta mi-

nacciando di andare a spifferare tutto alla polizia, Farid si sente perso, forse prova a dissuaderlo, certo non ci riesce e in un impeto di rabbia, magari sotto l'effetto di una sniffata di coca, lo uccide. Si rende subito conto della cazzata. Ha un'idea, telefona a Sahar, con una scusa la attira nella sua abitazione e l'aspetta nascosto nell'oscurità. Quando Sahar entra nel corridoio, qualcuno, forse lo stesso Farid, chiude a chiave la porta di comunicazione con l'ingresso e fugge. Sahar scopre il cadavere di Rami, lancia un urlo, quindi scappa saltando dal balcone della stanza da letto. I tabulati telefonici e la testimonianza della vicina di casa che ha udito alcune ore prima una discussione tra due uomini avvalorano il goffo tentativo di far ricadere la colpa sulla ragazza.

Ma Garcia deve fronteggiare un altro imprevisto. Derrek scopre, nascosto nella fodera di una giacca di Hendriks dimenticata in una lavanderia, un pezzetto di carta col nome di Aidha. Il rischio è grosso, se la ragazza identifica il marsigliese, ossia Farid, per la polizia è un gioco da ragazzi mettere in relazione le uccisioni di Nestor, alias Philèmon, e di Legrand con la morte di Hendriks. Gli resta una sola cosa da fare, dare il via libera a Farid per eliminare Aidha. Ma il tentativo va a vuoto. Per questo lo aiuta a fuggire, il tunisino è una pedina troppo importante per lasciarlo nelle mani della giustizia, è abile nelle tecnologie del web, è a conoscenza di molti fatti, senza droga potrebbe cedere agli interrogatori. Lo nasconde in un appartamento che ha in affitto alla periferia di Parigi, rue Ginette-Neveu. Lì, non si sa come, Sahar lo scopre e lo denuncia.

Principali interrogativi.

Garcia è a conoscenza del foglio trovato nella fodera della giacca di Hendriks, sa che Moreau ha nascosto la ragazza, sa che a giorni le saranno messe sotto il naso delle foto segnaletiche tra cui potrebbe esserci quella del marsigliese. Sa troppe cose. Una sola persona, per quel che risulta, è a conoscenza di tutte queste informazioni, una persona al di sopra di ogni sospetto.

Hans Göran Janssen, presidente di Seleksoft.

Alcune considerazioni.

Dalle informazioni a disposizione non si hanno elementi certi per affermare che Garcia abbia collegamenti diretti con i diversi personaggi. Anzi, sembrerebbe il contrario. Il rapporto con Hendriks è epistolare tramite Aidha. Anche quello con Nestor avviene attraverso una cassetta di un deposito bagagli. Né ci sono elementi per affermare che Farid conosca il suo volto e la sua vera identità.

L'epicentro delle operazioni, a parte Hendriks, sembra essere Marsiglia. Ma allora perché scegliere Aidha, che abita a Parigi? La possibile risposta è che Garcia, che vuole gestire il rapporto con l'informatico in prima persona ma nell'anonimato, viva a Parigi.

È possibile che Garcia sia un integralista e abbia quindi coinvolto un suo simile come Farid. Ma cosa c'entra Janssen, simpatizzante dell'estrema destra e ostile in tutto e per tutto al mondo islamico?

Moreau piega i fogli e li poggia sulla scrivania.

«Interessante.»

«Il tuo unico commento?»

«Tutto è ricostruito e argomentato perfettamente. Solo che...»

«Cosa?»

«Non credo che Janssen sia la mente.»

«Non ho scritto questo.»

«È quello che emerge.»

«Faccio solo una constatazione: il presidente di Seleksoft è l'unica persona, per quel che sappiamo, a conoscenza di alcune informazioni.»

«Il che equivale a dire che è lui la talpa.»

«Solo che non è estraneo ai fatti.»

«E che quindi conosce Garcia.»

«Non è detto ma potrebbe.»

«Allora interroghiamolo e facciamoci confessare tutto quello che sa.»

«Non mi sembra una buona idea.»

Gerard si alza, col mozzicone accende un'altra sigaretta.

«Janssen è una pedina. Come Farid, Nestor e tutti gli altri. Se lo interroghiamo e lui non ha le informazioni che ci servono, Garcia annusa l'aria e sparisce.»

«E allora?»

«Chiama Derrek, che metta sotto controllo i suoi cellulari e anche la sua linea privata e che gli piazzi un paio di agenti alle calcagna.»

Moreau non è convinto ma lascia correre. «Hai scritto che il software elaborato da Hendriks è di steganografia, mentre sappiamo che lui è esperto di crittologia. Perché?»

Gerard fa un mezzo sorriso. «Prova a pensarci.»

«Non lo so.»

«Hendriks era esperto di crittologia, vero. Ma anni fa ha lavorato su un programma di steganografia che non è mai stato utilizzato da Seleksoft perché il committente puzzava di bruciato. Dato che non si costruisce un software del genere in poco più di un mese, la spiegazione è bella e pronta.»

«Ma come fai a saperlo?»

«Me l'ha detto Janssen durante uno dei suoi sproloqui.»

«Vuoi dire che il software utilizzato da Nestor si trova in Seleksoft?»

«Esattamente. Mi gioco una cena che Hendriks ha ripreso quell'algoritmo, probabilmente gli ha apportato qualche modifica e su quello ha confezionato il software che gli è costato la vita. D'altronde, con un mese di tempo non aveva altra scelta.»

«Il che vuol dire che chi ha commissionato il programma sapeva che Hendriks aveva la disponibilità del software, qualcuno all'interno di Seleksoft. Janssen?»

Gerard non risponde, in un barlume di ragionamento gli viene in mente un'idea. *Che stupido a non averci pensato prima!* Gli analisti di Seleksoft avevano verificato che non fossero stati trafugati o copiati software di clienti, ma non avevano analizzato il programma di steganografia rimasto chiuso in un cassetto. Se ci avesse pensato prima...

«Fatti consegnare quel maledetto software e passalo ai nostri analisti» conclude Gerard.

Si alza e va alla finestra, ha il nome dell'assassino di Legrand: Farid, svanito nel nulla. Per qualche motivo smette d'interrogarsi sulla sua sorte, ha pezzi di storia dietro cui, ne è convinto, c'è un burattinaio che muove pupazzi pronti a tutto. Ma quest'uomo esiste davvero o serve solo a lui per nascondere la sua incapacità a chiudere il caso?

Moreau sta per uscire ma non abbastanza in fretta da impedire a Gerard di fargli una domanda.

«Notizie di Garcia?»

«Nessuna.»

«Prova...»

«Cosa?»

«Controlla le prenotazioni degli ultimi sei mesi in tutte le compagnie aeree in partenza da Parigi, comprese le low cost. Se Garcia ha viaggiato almeno una volta con questo nome…»

Moreau alza il pollice: «Okay, ma non stasera, ho un appuntamento che, se gira bene…».

Gerard fa un mezzo sorriso, il suo giovane collega ha un chiodo fisso, le belle donne. Sarà per i suoi capelli scuri e ricci, gli occhi azzurri, il fisico atletico, fatto sta che non se ne lascia scappare una e nessuna resiste al suo fascino. Quanto vorrebbe tornare indietro di vent'anni…

Guarda la pioggia, le fronde flosce di un albero, le pozzanghere color fango. È un pezzo che non tiene il conto dei giorni, in un calcolo veloce si rende conto che sono passati più di dieci mesi da quando Hendriks è stato ucciso e quasi due da quando Nestor ha finito il lavoro ed è stato fatto fuori al Prieuré de Binson.

È passato molto tempo. Troppo.

In qualunque momento può accadere qualsiasi cosa.

37

Sabato 1° giugno 2013

Una Mercedes blu metallizzato è ferma davanti al numero 11 di Egelantiersgracht.

Un uomo scende dall'auto, si avvicina al portone, preme il primo di due pulsanti; risponde una voce femminile, la governante, i padroni di casa sono partiti per New York la settimana scorsa, no, non c'è nessuna Charlotte André a quell'indirizzo. Anche quando preme il secondo pulsante la risposta è dello stesso tenore.

«Una ragazza? Non credo proprio che qui tu possa trovare delle donne!» Dal timbro della voce non ha dubbi, è un gay.

Janssen risale in auto; mentre guida in direzione di Seleksoft rimugina su Charlotte e sulle frottole che gli ha raccontato. In genere le ragazze che frequenta sono esplicite, chiedono soldi, lei no, mai un'allusione, una richiesta. L'ha sorpresa mentre rovistava tra le scarpe, mentre frugava nelle sue tasche, cercava le chiavi di casa per fare quattro passi, così ha detto.

«Porca puttana! E se...»

Frena di colpo, fa inversione di marcia e riparte a velocità verso il Golden Bend, lasciando sull'asfalto un odore di gomma bruciata.

Entra affannato nello studio, con la chiave apre il cassetto della scrivania, gira la chiave, spinge la linguetta e apre il sottofondo.

Cazzo! Il foglietto con i numeri di telefono è in una posizione diversa da dove ricordava e... Maledizione! La mappa... Dov'è...?

Senza pensarci due volte afferra il cellulare e compone un numero.

«Ho bisogno di te, immediatamente.»

«Di che si tratta?»

«Devi trovare una ragazza.»

«Come si chiama?»

«Charlotte André, ma il nome è falso.»

«È veramente poco.»

«Ti mando per WhatsApp una sua foto.»

«È ancora poco.»

«È sempre poco se ti dico che aveva in tasca una chiave dell'Hotel Universum?»

Sahar è sdraiata sul letto, ha rischiato grosso quella notte; sul momento ha avuto l'impressione che Janssen l'avesse bevuta, ma ora non ne è più tanto sicura.

L'ha appena chiamata, è stato particolarmente gentile, troppo gentile, le ha dato appuntamento alle venti al Grand Hotel Amrath Amsterdam, a due passi da piazza Dam, per festeggiare la chiusura di un affare milionario, così ha detto.

Ma lei ha già deciso di non andarci.

Ha in tasca dei numeri di telefono, una mappa e la sensazione che il piano che ha seguito sia sbagliato. Anzi, che lo sia sempre stato. Con una brutta sensazione d'insicurezza esce dall'albergo e quando torna un paio d'ore dopo l'impressione che qualcosa non vada è ancora più palpabile. Numeri di telefono e mappa al momento sono al sicuro, lei probabilmente no. Ha un presentimento difficile da decifrare, apre la porta, sbircia il corridoio deserto, il tanfo di sigaretta le prende lo stomaco, la richiude in fretta e gira la chiave. Comincia a chiedersi se quello sia il posto giusto dove restare. Se Amsterdam è la città giusta.

Per qualche ragione smette di farsi domande, stiva nel trolley vestiti, biancheria, trousse, scarpe, scende le scale un gradino dietro l'altro, nella foga incespica ma si riprende in tempo. È pomeriggio inoltrato quando esce in strada, per poco non va a sbattere contro un uomo fermo sul marciapiede.

Si muove a passo svelto, ha la sensazione di avere qualcuno alle spalle e si volta di scatto. Il vicolo è deserto e per un po' si tranquillizza. Riprende a camminare trascinando il trolley che sobbalza a ogni irregolarità dell'asfalto. Una strada, poi un'altra, poi un'altra ancora, in fretta, sempre più in fretta, finalmente sbuca in Zeedijk quasi correndo. A quell'ora i negozi sono chiusi e la via si è svuotata in attesa del popolo della notte.

Prins Hendrikkade è a pochi metri, svolta un angolo e trasalisce, l'uomo che stava per urtare è lì davanti a lei e la fissa con un ghigno. Lì per lì non afferra: prima di riaversi dallo stupore, di riuscire a elaborare qualunque tipo di ragionamento, l'uomo l'afferra per un braccio e la trascina a forza verso una berlina scura ferma all'angolo della strada.

«Che bella sorpresa!»

Gli occhi porcini di Janssen la scrutano dal finestrino. Cerca di divincolarsi dalla stretta dell'uomo, inutilmente: con una mossa violenta la scaraventa nell'auto insieme al trolley.

«Dovevamo incontrarci alle venti al Grand Hotel Amrath Amsterdam, ma vedo che hai cambiato programma, vuol dire che stasera andremo da me, potremo bere, ascoltare musica e poi…»

Sahar è terrorizzata, l'uomo al suo fianco le blocca qualunque movimento. Ora può osservarlo meglio, l'aspetto è quello di un birillo ma la somiglianza finisce lì perché l'espressione, con una cicatrice che gli attraversa una guancia, è quella di un criminale incallito.

«Oh scusa, ti presento Abo, è un brav'uomo, ha solo un brutto carattere, mi raccomando, non lo contraddire.»

L'auto si ferma al Golden Bend, Abo la trascina nel soggiorno mentre della musica si diffonde per la stanza a un volume troppo alto.

Janssen versa del whisky, con le pinze prende due cubetti di ghiaccio dal cestello, li fa cadere nel bicchiere e si siede accanto a lei sul divano.

«Sai, per natura le menzogne ritrovano il loro autore e il più delle volte lo strangolano.»

«Che vuoi dire?»

«Quello che ho detto. Chi sei?»

I suoi occhi si muovono lenti come biglie che rotolano su una leggera pendenza invisibile, c'è un'intenzione e un sottile malanimo nella loro durezza che le fanno gelare il sangue.

«Lo sai» risponde Sahar cercando una naturalezza nel tono. «Sono Charlotte André, una freelance.»

«Charlotte André o Jacqueline Fauvre? In albergo sei registrata con questo nome.»

Sahar prima avvampa poi impallidisce. Non perde tempo a cercare di capire come l'abbia scoperta, la paura in quel momento è il sentimento di gran lunga più forte e complesso, una paura che si sta tramutando velocemente in terrore.

«Perché non collabori? Perché non mi racconti cosa cazzo cercavi nei miei cassetti? Cosa hai rubato?»

«Ti ho detto la verità, non so di quali cassetti parli.»

«Bene, allora dovrò usare metodi più convincenti. Spogliati.»

Sahar esita.

«Spogliati!» urla Janssen.

Si sfila jeans e felpa e resta in perizoma.

A un suo gesto Abo perquisisce i vestiti.

«Non c'è nulla» biascica l'uomo.

«Dove l'hai messa?»

«Cosa?»

«La mappa. Dove l'hai nascosta? Nella valigia?»

Un altro cenno e l'uomo svuota il trolley gettando tutto all'aria.

«Anche qui non c'è niente» borbotta Abo.

«Dove l'hai messa? L'hai data a qualcuno? A chi?»

«Non so di cosa stai parlando» risponde Sahar, che avverte un tremore nella voce.

Janssen l'afferra per un braccio, lei cerca di divincolarsi, lui le molla un ceffone, il sapore dolciastro del sangue si mescola alla saliva.

«Portala di sopra.»

Abo l'afferra per le braccia, quasi la solleva da terra, la spinge su per le scale, poi con una mossa rapida la scaraventa sul letto immobilizzandola alla testiera con dei lacci intorno ai polsi.

Il suo ghigno non promette nulla di buono, un terrore incontrollabile s'impadronisce di lei.

Janssen accende il sigaro, la fissa con un'espressione minacciosa che esprime un'intima soddisfazione; per lui è la preda la cui vita dipende solo dai capricci del predatore.

Aspira il piacere dal sigaro tenendolo con due dita e si avvicina al letto.

«Abo, lasciaci soli, ti chiamerò se ne avrò bisogno.»

Sahar cerca di allontanare la paura e di pensare alle possibili vie di fuga da quella situazione di merda. Ma non le viene in mente nulla.

All'improvviso Janssen preme la brace del sigaro su una coscia di Sahar. Lei caccia un urlo.

«Sei impazzito?»

«Chi sei?» sbraita lui sferrandole un violento ceffone. «Dove hai messo la mappa? A chi l'hai data?»

«Che vuoi dire?» balbetta lei.

Dà una tirata al sigaro e le pianta il tabacco acceso sulla pancia. Sahar lancia un grido, questa volta più forte.

«Se mi sleghi ti racconto tutto.»

Janssen ghigna mostrando i denti giallastri.

«Prima mi racconti tutto e poi forse ti slego.»

Afferra una sedia e si siede vicino al letto. Sahar teme il peggio, quel maiale la torturerà e l'ucciderà. Ritroveranno il suo corpo in un canale, una delle tante prostitute finite male.

«Qual è il tuo nome?»

«Lo sai» risponde sforzandosi di dare un tono disinvolto. «Charlotte André.»

Un lampo d'ira gli attraversa lo sguardo, con una mossa fulminea le schiaccia con forza il sigaro sul petto.

Sahar lancia un urlo con tutto il fiato che ha in gola.

Deve trovare rapidamente una via d'uscita, ha i polsi legati ma le gambe sono libere, vede l'uomo chinarsi nuovamente su di lei col sigaro in mano pronto a colpirla ancora. Con una mossa fulminea si sposta su un fianco e il sigaro finisce sul lenzuolo. La testa dell'uomo rimane per un istante all'altezza del suo ginocchio, senza pensarci due volte lei contrae i muscoli il più possibile e gli sferra con la forza della disperazione una ginocchiata sulla faccia.

Janssen perde l'equilibrio, barcolla, poi anziché all'indietro cade in avanti. Lei, ricordandosi una mossa di judo imparata in palestra a Gabès, apre le gambe e gliele stringe con tutta la forza intorno al collo.

«Ti ho fottuto» mormora mentre l'olandese, paonazzo, annaspa con le mani nel vuoto cercando di liberarsi.

All'improvviso allenta la stretta e con la pianta del piede gli assesta un colpo violento in pieno volto. Un rumore secco e il setto nasale va in frantumi.

Janssen lancia un grido di dolore, indietreggia, incespica nella sedia e cade sbattendo la nuca sul pavimento. E perde i sensi.

Deve liberarsi prima che riprenda conoscenza e che arrivi Abo.

Prova ad avvicinare la bocca ai lacci, niente da fare. Il polso destro ha il legaccio stretto, il sinistro meno e in più è annodato a una voluta della testiera. Un tentativo disperato ma anche l'unico che le viene in mente. Mentre si torce per far scorrere il legaccio lungo il ferro, continua a urlare per far credere ad Abo che Janssen abbia sempre il controllo della situazione. Un grugnito dell'uomo la fa trasalire, deve sbrigarsi.

Si contorce allo spasimo, il legaccio a ogni giro della voluta le stringe sempre di più il braccio. Resiste al dolore e con le ultime forze riesce a liberarsi prima un polso e poi l'altro.

L'attizzatoio del camino è l'unica arma di difesa che vede in giro.

«Abo» urla con quanto fiato ha in gola Janssen, che nel frattempo si è ripreso e sta cercando di rialzarsi.

Sahar corre alla porta e non appena faccia da birillo apre l'uscio, con l'attizzatoio gli sferra un colpo sul cranio facendolo crollare a terra.

All'improvviso una mano l'afferra per la spalla.

Janssen è dietro di lei, una maschera di sangue, lei gli sferra una gomitata sul naso. Un urlo e l'uomo molla la presa.

Si catapulta per le scale, si volta a un grido di Janssen, che prima incespica e poi rotola giù.

«Puttana!» urla, mentre carponi cerca di avvicinarsi.

Sahar gli rifila un altro calcio tramortendolo. Raccoglie da terra jeans e felpa e se li infila, fa lo stesso con le scarpe e si guarda intorno. Prende il trolley, chiude la chiusura lampo e si lancia verso il portone di casa sbattendolo alle spalle.

38

Sabato 1° giugno 2013

Quando è in strada tutto torna alla normalità.

Cammina quasi correndo, le bruciature sulla gamba, sfregando contro i jeans, le danno un dolore insopportabile, la felpa sembra una grattugia sulla pancia. Si passa il dorso della mano sulla bocca, una striscia di sangue le tinge la pelle.

Sbuca in un viale con le rotaie al centro, "Vijzelstraat" legge sulla targa, non le dice nulla.

Si avvia in una direzione qualunque riflettendo sulla situazione; salta da uno stato di angoscia a uno di euforia, non sa perché, non sa neppure dove si trovi, si guarda continuamente alle spalle temendo di veder spuntare le maschere insanguinate di Janssen e Abo.

Il suo aspetto deve essere orrendo, almeno a giudicare dagli sguardi dei passanti. Una donna si avvicina, la osserva, le gira intorno, le dice qualcosa che lei non capisce, poi chiama qualcuno, un uomo scende da un'auto e si avvicina. Le parlano, indicano il suo viso sporco di sangue, capisce solo una parola, *politie* e questo basta per darsi a gambe levate.

«*Ehi! Ehi! Ren niet weg*» strilla la donna.

Nella corsa disperata verso un tram che sferraglia dall'altro lato della strada il trolley le scivola di mano, lo raccoglie e con un balzo riesce a salire prima che la porta si chiuda.

Il tram prende velocità per una destinazione ignota. Sahar si rannicchia su un sedile sperando che nessuno faccia caso a lei. Ora respira più lentamente, riesce a placarsi un po', il suo cuore riacquista a poco a poco un battito normale. Con un fazzoletto inumidito con la saliva cerca di cancellare le macchie di sangue indovinandole nel riflesso sul vetro.

Si sente circondata da anime malefiche: l'uomo seduto di fronte sfoglia il giornale o la scruta di soppiatto? Una coppia di immigrati con berretti con la visiera calata sugli occhi la sta pedinando?

Si può anche morire così, per caso, come se niente fosse quando meno te lo aspetti, pensa mentre dal finestrino scorrono strade sconosciute. E lei c'è andata molto vicino. Pensava di aver toccato il fondo in casa di Farid, ma con Janssen è andata ancora più giù.

Deve passare la notte. Di cercare un albergo non se ne parla, non può usare il suo passaporto o quello di Jacqueline Fauvre, Janssen probabilmente ha già sguinzagliato mezza polizia di Amsterdam alle sue calcagna.

Il tram rallenta, sbuca in un piazzale inospitale e si ferma sotto una pensilina.

Fine della corsa.

Col cellulare di Taoufik compone il numero della sua amica di Gabès. Risponde una voce assonnata, non sembra contenta di sentire l'amica. Non abita più a Bruxelles, è tornata a Marsiglia, vive con uno, non la può ospitare. «Sai, stiamo insieme da poco e lui ha un brutto carattere.»

E su questa frase chiude la conversazione.

Deve costruirsi un futuro che per ora non c'è. Dal trolley tira fuori golf e k-way, si calca in testa un berretto di lana, l'aria della notte ha fatto scendere la temperatura di qualche grado.

C'è un locale a un angolo della piazza, un cameriere di cattivo umore la ignora sistematicamente prima di decidersi a portarle un caffè e una fetta di torta. Va alla toilette, lo specchio le restituisce un'immagine segnata dalla stanchezza e dalla tensione. Le bruciature sono macchie bluastre da non poter sfiorare neppure con un dito. In un bicchiere con poca acqua fa cadere delle gocce di antidolorifico, con una salvietta cerca di dare al suo viso un aspetto decente. Molto di lei si è spento in quei minuti di terrore, ma allo specchio per fortuna è ancora tutta intera. Per un po' ammazza il tempo con vecchie riviste trovate sul bancone, poi si appoggia allo schienale di plastica cedevole pensando a tutto e a niente.

Il padrone del bar le fa capire a gesti che è ora di chiusura. Non trova nulla di più intelligente che tornare alla panchina sotto la pensilina. Un ambulante di colore si avvicina, toglie la sigaretta dalla bocca e le dice qualcosa in una lingua che non conosce; lei fa segno di no e l'uomo si allontana. Sente le palpebre pesanti e non può farci niente, stringe la mano sull'impugnatura del trolley illudendosi di mantenere il controllo. Resta così, pensando a quello che le è capitato e a quello che teme le capiterà, alle persone orrende che ha incontrato e a quelle gentili, alla sua vita, di cui si sente scippata. Non è sonno, ma un torpore segnato da improvvise prese di coscienza.

Lo stridio di freni di un tram le fa spalancare gli occhi, c'è una luce fredda, poca gente. Il bar della sera prima è chiuso, è domenica.

Ci mette un po' prima di riordinare le idee: fuggire da Amsterdam, ovvio. Ma dove? La sua mente ora si muove da un pensiero all'altro in una serie di fermate fredde ed efficienti. Conta i soldi in tasca, trecento euro. Va a uno sportello bancomat, preleva del denaro.

Sale sul tram e scende a Nieuwendijk; una donna le indica la direzione per la stazione, s'incammina a passo spedito tenendo la borsetta contro il petto, gli occhi guardano i piedi che si muovono come mossi da qualcun altro. Riflette su un'idea che le è venuta, rischiosa certo, ma forse da non scartare.

Chissà, pensa, *se gli agenti hanno interrogato Coline, la donna che l'ha ospitata a rue du Vertbois e se sì, chissà cosa lei ha risposto.*

Da una cabina telefonica compone il numero e aspetta che agli squilli si sostituisca la voce.

Sta per riattaccare quando Coline si materializza all'altro capo del filo.

«Sono Camille» dice Sahar dando il nome con cui lei la conosce.

«Che bella sorpresa!» esclama la donna. «Sei di nuovo a Parigi?»

«Il lavoro a Bordeaux non era granché...» Non finisce la frase che la donna l'interrompe:

«La tua stanza è ancora libera. Immagino mi avrai chiamato per questo».

«Sì.»

«Piuttosto,» fa Coline con tono circospetto «subito dopo la tua partenza sono venuti degli sbirri.» Sahar ha un sussulto e per un attimo si sente persa. «Stavano setacciando il quartiere alla ricerca di una donna, ho risposto che non ho ospiti.»

Sahar si stupisce ma non commenta.

«Sai, non posso dichiarare che affitto stanze, prendo così poco e se devo pagarci sopra anche le tasse... Non credo che torneranno ma se qualcuno ti chiedesse chi sei…»

Sahar tira un sospiro di sollievo: «Dirò che sono una tua amica».

«Vedo che hai perfettamente capito.»

La stazione ferroviaria dista qualche centinaio di metri.

Sahar affretta il passo, vede sfilare negozi che vendono oggetti di tutti i tipi. Si ferma davanti a una vetrina dove sono esposti vestiti di tulle e cappelli di paglia, guanti e maschere. Una giovane ragazza con viso tondo e qualche chilo di troppo le porge una parrucca rossa.

«È l'ultima rimasta» le dice con un sorriso che mette in mostra una dentatura disordinata.

Per Sahar i capelli sono alleati irrinunciabili, l'hanno aiutata a nascondersi, a camuffarsi, a imbrogliare.

«Ne avevo molte di colore arancione ma purtroppo sono finite, sai quest'anno il Queen's day è stata una festa molto particolare, l'ultima perché la regina Beatrice ha abdicato cedendo il trono al figlio Guglielmo Alessandro» si giustifica la commessa con una voce cantilenante.

Sahar si guarda allo specchio. Quando si riapproprierà della sua vita ne comprerà molte altre per essere come *La ragazza dalle nove parrucche* di Sophie van der Stap, una per ogni stato d'animo, per apparire insicura e timorosa, sensuale e provocante, sorridente e spensierata.

«Dal prossimo anno al posto della festa della Regina ci sarà la giornata del Re» continua la ragazza, che non si è resa conto del disinteresse della cliente per il suo racconto. «Si canta e si balla per un giorno e una notte. Dovresti esserci.»

Con la parrucca rossa e grandi occhiali scuri la stazione ora è più vicina.

39

Domenica 2 giugno 2013

Quella leggera pioggia di fine primavera è qualcosa di inaspettato.

Un cambiamento improvviso non desiderato fino al momento in cui le prime gocce cadono sull'asfalto asciutto. Gerard si avvicina alla finestra, guarda il cielo tinto di un colore a cui non saprebbe dare un nome, una ventata di aria fresca entra dalle imposte socchiuse.

Lascia che sia il picchiettare della pioggia a tenergli compagnia, è domenica e non ha programmi. Maigret e Dupin lo toccano appena col muso, scodinzolando si dirigono verso la porta di casa, guaiscono, tornano indietro. Prende i guinzagli, indossa l'impermeabile, si calca in testa un berretto ed esce. Si avvia lungo il quai de Valmy, i due cani a ogni ciuffo d'erba si fermano per strattonarlo subito dopo verso quello successivo. Gli viene un'idea stramba, che i cani annusino il terreno per tenersi aggiornati sui loro fatti, come se fosse un immenso giornale di notizie canine.

Cammina lungo il canale, dà un calcio a un sasso, Dupin corre per afferrarlo mentre Maigret s'infila in un cancello aperto. Ama quel quartiere: abitudine, forse, o affezione per posti che frequenta da più di vent'anni, fascino di una Parigi comunque diversa rispetto a quella svaporata del turistico Marais, dell'aristocratico Saint-Germain, della *rive droite* preda di *nouveaux riches*.

Certo, altri tempi quelli in cui Simenon ambientava le indagini di Maigret; il quartiere allora era diverso, vecchie botteghe e tipografie della Parigi operaia e artigiana con bordelli a ogni angolo di strada. Ogni tanto nel canale veniva ripescato un corpo che s'impigliava nell'elica di un'imbarcazione, di solito un *clochard* che aveva alzato il gomito ed era caduto in acqua o un delinquente che si era beccato una coltellata da una banda rivale.

Passa davanti all'Hôtel du Nord dove Marcel Carné aveva ambientato le riprese del suo film, all'epoca alloggio di immigrati, commessi viaggiatori, amanti per un'ora, adesso *brasserie* modaiola. Attraversa il ponte di Grange-aux-Belles ma dopo pochi passi ci ripensa e torna indietro infilandosi da Chez Prune. Lega i guinzagli a una sedia, ordina caffè doppio, cappuccino e croissant. Con il vociare del locale di sottofondo inizia a scarabocchiare sulla tovaglia di carta qualche idea che ha in testa.

Scrive "Hendriks" e lo cerchia più volte. Su quell'omicidio ci sono troppe domande che aspettano una risposta.

Qualcuno gli ha commissionato un software di steganografia per trasferire sulla darknet informazioni e documenti. Quel qualcuno sapeva che lui aveva la disponibilità del programma, quel qualcuno conosce molto bene i sistemi di sicurezza di Seleksoft, quel qualcuno è verosimilmente interno alla società. Il primo e anche unico indiziato al momento è Janssen, su cui però molte cose non tornano. È un conservatore, simpatizzante dell'estrema destra olandese, legato a lobby ultranazionaliste americane, con amicizie definite importanti.

Quale strano intreccio lo lega a un islamico radicale come Farid? E a Garcia?

Ma c'è dell'altro. Un software di steganografia e la darknet per trasferire informazioni e documenti sono strumenti necessari quando chi pianifica e progetta non si trova nello stesso luogo dove il piano sarà attuato. Ma dove si trova la mente del piano? Soprattutto, chi è Garcia?

Non certo Farid, un comprimario fidato e pronto a uccidere. Viene reclutato a Marsiglia e lo stesso dicasi di Nestor. Il Prieuré de Binson è un luogo scelto dal fato. Se Nestor non fosse stato incriminato, Philèmon sarebbe partito per Châtillon-sur-Marne e tutto sarebbe finito lì, Legrand non sarebbe morto e tutta quella storia sarebbe rimasta sottoterra. Comunque sia, Parigi, Marsiglia, Prieuré de Binson indicano in modo inequivocabile che l'epicentro è la Francia. E che Amsterdam entra solo perché in un'azienda olandese c'è un analista indebitato che ha quello che serve.

Se il piano avesse come obiettivo una città dell'Unione Europea non ci sarebbe motivo di trasmettere i documenti con un complesso sistema di codici cifrati nel deep web. Sarebbe sufficiente far viaggiare persone in grado di muoversi liberamente in area Schengen.

Quindi, e lo sottolinea due volte, il luogo dove sarà attuato il piano è fuori area UE.

E arriva alla terza questione. Perché preparare un piano criminale in Francia se l'obiettivo è in territori esterni ai confini dell'Unione? Sarebbe molto più semplice progettarlo in loco, soprattutto se si trattasse di un paese della penisola balcanica come la Serbia, per esempio. Meno vincoli, meno controlli, semplicità di comunicazione e di coordinamento, ampia disponibilità di armi ed esplosivi, basi logistiche islamiche sicure. Tutto molto più facile. Senza dubbio la mente vive e lavora in Francia, forse è uno stimato cittadino, forse ha moglie e figli e un lavoro rispettabile.

È al terzo caffè quando sposta l'attenzione su un'altra questione che gli ronza in testa da giorni.

I siti jihadisti sono una miriade, più di ottomila. Non operano isolati ma costituiscono un arcipelago complesso, un'immensa biblioteca on line dove è possibile consultare manuali per l'uso di esplosivi, armi, dispositivi bellici o addirittura per il confezionamento di bombe a dispersione radiologica, a basso contenuto d'isotopo 239, fatte con materiali nucleari di scarto. Le informazioni tra siti viaggiano protette da programmi crittografici; uno dei più noti è Asrar Al-Dardasha basato su un algoritmo RSA di crittografia asimmetrica, ossia un tipo di crittografia dove a ogni attore coinvolto è associata una coppia di chiavi di lettura, una pubblica per la cifratura del messaggio e una privata, personale e segreta, per la decifratura. Anche se il programma non brilla per sicurezza, i tempi necessari per risalire alla chiave di decriptaggio ne fanno un sistema più che affidabile per comunicazioni usa e getta.

Perché allora sganciare soldi a un analista olandese correndo tutti i rischi di un'azione nel cuore della notte per ucciderlo? Per quale motivo non sono stati utilizzati i sistemi di crittografia della rete jihadista?

Sulla risposta non ha dubbi. Per dotarsi di un sistema estraneo a quella rete.

Il motivo?

Tutto da decifrare, appunto. Anche se un'idea non verificata e per certi versi stramba ce l'ha. E cioè, che al di là delle apparenze, chi sta architettando il piano non appartiene ai gruppi integralisti anche se il braccio armato è Farid, islamico radicale e membro di Ansar al-Shari'a.

Ordina un altro caffè, accende una sigaretta, accarezza Maigret e Dupin che sonnecchiano sotto il tavolo.

Una lettura di questo tipo avrebbe un suo perché. L'entrata in scena del Da'ish nella mappa del terrorismo islamico sta generando una competizione con Al-Qaeda. Possibile allora che un gruppo abbia deciso di compiere qualcosa di clamoroso per affermare il ruolo del Da'ish stesso sulla cosiddetta Al-Qaeda bianca, composta da cellule attive nei Balcani fin dagli anni Novanta. Nell'attentato di Madrid del 2004 per esempio l'Al-Qaeda spagnola era formata da mujahidin addestrati nei campi di Zenica che, come altre città bosniache, Travnik, Breza, Tuzla, avevano una forte concentrazione di formazioni radicali islamiche.

Non è solo la Bosnia il luogo in cui sono radicati i wahhabiti Ikhwan come estrema forma di integralismo islamico di stampo sunnita. In gran parte dei Balcani si registra un'elevata crescita del radicalismo e del numero di seguaci disposti a collaborare ad azioni terroristiche. I wahhabiti in Bosnia e il loro obiettivo neanche troppo nascosto di creare un califfato islamico in Europa agitano da tempo i sonni dei politici di Sarajevo e Banja Luka. Segnali inquietanti come drappi neri del Da'ish che sventolano sulle case del villaggio di Gornja Maoca in Bosnia ne sono la prova. La competizione interna tra Da'ish e Al-Qaeda potrebbe forse spiegare il perché di un'azione così sottotraccia.

Scosta la sedia, strappa il pezzo di tovaglia piena zeppa di appunti, lo piega e se lo infila in tasca.

Con Maigret e Dupin che trotterellano al suo fianco, torna verso casa. Sta salendo le scale quando il cellulare inizia a vibrare. È Derrek.

«Janssen è stato assalito questa notte nella sua abitazione.»

«Janssen?» ripete Gerard, che fa fatica a mettersi sulla giusta lunghezza d'onda, forse ha capito male.

«Proprio lui, il presidente di Seleksoft. Questa mattina il maggiordomo l'ha trovato riverso ai piedi della scala che porta alla stanza da letto, insanguinato e col volto tumefatto.»

«*Merde!*» esclama Gerard. «Com'è successo?»

Derrek non dà spiegazioni, si limita ad aggiungere: «Dovremmo incontrarci, il caso potrebbe essere molto semplice o molto complicato, dipende dai punti di vista».

«Che vuoi dire?» chiede Gerard che non capisce il senso.

«C'è di mezzo una donna.»

40

Lunedì 3 giugno 2013

Una lama di luce le penetra negli occhi e la sveglia.

Dalla porta socchiusa arriva un tintinnio di porcellana e vetro, Coline sta preparando la colazione. Ci mette un po' a riordinare le idee, la faccia da birillo compare e scompare come un incubo. Deve avere pazienza, la pazienza è una delle virtù che si conquistano più duramente, prima o poi anche il Golden Bend rimarrà solo un orrendo ricordo.

Fa un sonoro starnuto e si soffia il naso.

«E così ti sei beccata un bel raffreddore» dice Coline mentre le versa il tè bollente e fa sciogliere una compressa di multivitaminico in due dita d'acqua.

Coline ha una risata straordinaria, contagiosa, a poco a poco il ricordo di Janssen e Abo sfuma e si fa largo una curiosa piacevolezza, una sensazione di casa.

Liquida Bordeaux con poche battute.

«Brutto lavoro, brutta gente.»

«Il mondo è pieno di cose brutte, forse per un po' sarai disillusa, ma poi pian piano il vuoto si riempirà di ciò che sarai capace di metterci dentro.»

Sahar beve un sorso e si scotta le labbra, il bruciore le fa venire in mente la brace rovente del sigaro di Janssen sulla pelle. E non riesce a trattenere un brivido.

«Cos'hai? Sembri impaurita.»

«Ogni tanto ho l'idea che la vita in fondo abbia un significato completamente diverso da quello che le ho sempre dato.»

Coline scuote la testa: «Capita talvolta di illudersi, succede a tutti, è successo anche a me. Ti sei illusa di trovare a Bordeaux un bel lavoro e persone di qualità perché hai dato per scontato il futuro. Conta il presente. Ora tu sei qui, hai il raffreddore, il tè bollente e una stanza dove riposare. Questo è il tuo presente. Non pensare ad altro».

Si lascia andare sul letto in un leggero torpore, per qualche ragione smette d'interrogarsi su Janssen e su tutto quello che può voler dire. Deve sbarazzarsi della disinvolta indolenza che la sta contagiando e concentrarsi su ciò che può e deve fare. Fino a quel momento non ha combinato molto, anzi. C'è mancato poco che ci lasciasse la pelle. Risultato, oltre alla polizia francese ora ha anche quella olandese alle calcagna.

Dalla tasca prende la mappa che ha sottratto a Janssen, bella idea di metterla in una cassetta del deposito bagagli della stazione di Amsterdam, quello stupido di Abo non ha immaginato di dover cercare una chiave. L'osserva con attenzione, è una copia ridotta dove i nomi sono microscopici e impastati, cerca di scoprire la città ma non ne cava nulla, nulla come il senso di tutti quei puntini.

Eppure un senso lo deve avere.

Alla ricerca di Farid è arrivata a rue Ginette-Neveu dove ha scoperto che c'è di mezzo un'altra persona, Garcia. Ma ha trovato le iniziali di quel nome anche su un foglio nel cassetto segreto di Janssen.

Non è un caso. Non può essere un caso.

Farid, Janssen e Garcia si conoscono o almeno hanno rapporti. Forse anche Briac Masson, socio di Janssen, conosce Garcia o almeno l'ha sentito nominare.

Digita il nome su Google, viene fuori roba di poco conto, una breve biografia, una descrizione della Masson&Partners, nessuna indicazione su dove abiti se non che è a Saint-Germain. Nessuna foto.

«Chi sa che tipo è» borbotta mentre si infila un paio di jeans e una maglietta azzurra. Esce nel sole già caldo e nella luce abbagliante di quei primi giorni di giugno, mescolata alle migliaia di ragazze che affollano le strade della capitale francese. Parigi quella mattina ha una luce tersa che invoglia a passeggiare. Fa una bella camminata fino a Montmartre, i caffè con i tavolini allineati sul marciapiede sembrano vivere con le chiacchiere e il tintinnio dei bicchieri, con il vociare e le battute scherzose di una moltitudine variopinta. È un posto allegro e si sente contagiata. Dalla chiesa di Saint-Pierre arriva a place du Tertre, punteggiata di pittori, fumettisti, artisti di strada. Al Sabot Rouge adocchia un tavolo libero, cattura lo sguardo di un cameriere, ordina un tè freddo. Lancia un'occhiata distratta a una galleria di personaggi: un pittore che abbozza su una tela gli alberi di Pissarro e Blanchard, un cane che annusa delle riproduzioni di Toulouse-Lautrec poggiate in terra, un uomo in giacca e cravatta che passa veloce, una nota stonata in quella tavolozza di colori.

Su un taccuino appunta idee, alcune bislacche, altre più sensate, scrive parole e ne cancella altre. È passata più di un'ora quando, stufa di pensare e di scrivere, infila carta e penna in tasca.

Ha preso sicurezza, vuole vedere in faccia Masson, non le piace immaginare un personaggio senza volto. Apre il computer e si mette a curiosare tra le vie di Saint-Germain con un'idea in testa. *Ecco qua*, si dice mentre appunta il nome di una strada e di un negozio.

Paga e si alza.

Da un telefono pubblico compone un numero, due squilli, una voce femminile con tono altezzoso scandisce «Masson&Partners».

Si presenta con un nome di fantasia, ormai c'è abituata: deve consegnare una confezione di vino a tal Briac Masson ma l'indirizzo che ha è sbagliato, «corrisponde a un negozio di arredamento, Flamment» dice con tono marcatamente seccato. «Il vino non può essere sbatacchiato per le strade di Parigi e io non ho tempo da perdere.»

All'altro capo del filo la voce chiede chi sia il mittente, «Ernst&Young» risponde Sahar come se leggesse il nominativo sulla bolla d'accompagnamento; un'importante società di revisione è sufficientemente anonima e anche plausibile. La donna le chiede quale recapito le risulti. «Rue de Furstenberg.» La sente indugiare prima di comunicare l'indirizzo corretto, rue du Pré-aux-Clercs, aggiungendo il numero civico e precisando che è fortunata, dista pochi metri.

S'infila nel metrò, a Saint-Germain in un'enoteca di rue de Buci compra una confezione di vino a buon prezzo. Approfittando della disattenzione della commessa infila in tasca una bolla di accompagnamento.

Rue du Pré-aux-Clercs è una strada tranquilla, leggermente in salita, pochi passanti, Briac Masson abita più o meno a metà. Si calca in testa un berretto, infila occhiali da sole, a un portone di legno massiccio preme il pulsante di ottone lucido.

L'uomo in giacca bordeaux e bottoni dorati sulla porta è

indiano o comunque di quelle parti, almeno così sembra a giudicare dai tratti somatici. La scruta con un filo di sufficienza, con una mano prende il vino, con l'altra firma la ricevuta mentre lei sbircia, in un ingresso in penombra, teste di animali impagliati sulle pareti di damasco verde, un paio di grucce appoggiate in un angolo.

Masticando sguaiatamente un chewing gum butta lì una domanda: «Il tuo padrone non c'è?». L'indiano scuote la testa e lei aggiunge con una smorfia della bocca: «Mi raccomando, non ti scolare la bottiglia».

L'uomo alza leggermente il sopracciglio aggiungendo con una vena d'ironia: «Stia tranquilla signorina, lo consegnerò a Mr. Masson non appena rientrerà in casa».

«Non viene a pranzo?» chiede Sahar facendo con il chewing gum una bolla che esplode quasi subito.

L'indiano arretra il busto di qualche centimetro prima di aggiungere: «In genere torna a casa alle diciotto, Mr. Masson è un uomo molto occupato» e le chiude la porta in faccia con un tonfo.

Ha qualche ora e non sa che fare. Si siede su una panchina a osservare le ombre delle nuvole, poi si alza e gironzola per un po'. In un bar compra un dolce spumoso rosa che sa di zucchero, aria e mandorle, in un negozio una camicia sgargiante da mettere sopra la maglietta azzurra. Berretto e occhiali li ha già fatti sparire in tasca.

Arriva in una strada, rue de Grenelle, dà un'occhiata alla locandina del museo Maillol, un modo come un altro per ammazzare il tempo e non pensare. Gironzola per un po' nelle sale, quindi passa alla collezione privata, Cézanne, Dufy, Matisse, Picasso, Gauguin, Rodin, Kandinskij. Alle opere di

Aristide Maillol, a cui è intitolato il museo, dà solo un'occhiata a qualche nudo ed esce in strada.

Torna sui suoi passi, svolta in rue du Bac, poi per boulevard Saint-Germain e dopo qualche metro s'infila in rue du Pré-aux-Clercs. Il sole dei primi di giugno illumina solo metà della strada lasciando in ombra con una riga netta il lato sinistro.

Lei in piena luce, Masson nell'ombra.

Si avvicina alle vetrine di un negozio che riflettono l'immagine del palazzo. Si chiede come farà a riconoscerlo. Dopo un'ora di attesa il portone si apre, riflessa dal vetro del negozio appare l'immagine del cameriere indiano. Sahar cerca la posizione migliore per riuscire a guardarlo in faccia senza dare nell'occhio.

A un tratto trasalisce.

Un giovane con un pizzetto e un paio di baffetti scuri, distante da lei quanto basta per non vederlo con chiarezza, svolta a un angolo e si allontana velocemente.

Farid? Possibile? Se non è lui, certo gli somiglia molto.

Agisce d'impulso, attraversa la strada senza guardare, un'auto arriva veloce, uno stridio di gomme la fa girare di colpo, nell'atto di scansarla scivola e cade in terra.

La BMW si ferma dopo averla quasi sfiorata. Dal nulla si forma un capannello di gente, commesse uscite di corsa dai negozi, qualche passante, un ragazzo in bicicletta. Sahar apre gli occhi e tutti tirano un sospiro di sollievo. Qualcuno propone di chiamare un'ambulanza, ma lei con un filo di voce e un gesto della mano fa capire che non ne ha bisogno, solo un grande spavento e una caviglia indolenzita.

L'autista della BMW l'aiuta a rialzarsi. «Sto bene, non è niente» mormora lei, che ha solo voglia di allontanarsi il più in fretta possibile prima che qualcuno le chieda i documenti. Farid, se pure era lui, ormai chissà che direzione ha preso.

L'autista l'accompagna zoppicante sul marciapiede.

«Grazie, sto bene» ripete Sahar.

Ma le sue sono parole al vento.

«Il signor Masson mi ha ordinato di non lasciarla andare finché non ha verificato le sue condizioni.»

Merde! pensa Sahar. *In che guaio mi sono cacciata! E ora?* Potrebbe fare orecchie da mercante e sgattaiolare via. Tentenna un secondo di troppo e perde l'attimo. L'autista è al suo fianco, fa l'atto di sorreggerla, lei gentilmente rifiuta, entra nell'androne del palazzo, l'uomo apre le porte dell'ascensore.

La cabina si ferma al terzo piano con un sobbalzo, dall'ingresso giunge in un salottino. Si guarda intorno, uno specchio grande come una porta, da un portabastoni escono impugnature d'argento, su un tavolo verde carte da gioco sparpagliate come se qualcuno si fosse appena alzato da lì e stesse per fare ritorno. Una civetta impagliata la fissa con occhi di vetro.

Adocchia una poltrona di velluto rosso, si siede sul bordo per essere pronta ad alzarsi, un sudore freddo si diffonde sulle spalle. Si morde un labbro maledicendo le sue decisioni ma soprattutto le indecisioni. *Perché non sono rimasta a casa?*, pensa mentre guarda le pareti ricoperte di litografie coloniali francesi. *Che mi frega di sapere che faccia ha Masson? E ora cosa racconto? Come mi chiamo? Che faccio a Parigi? Dove abito?*

Juliane Aubert, una ragazza di Marsiglia, il primo nome che le viene in mente. È in cerca di un lavoro ed è falso. È laureata in Lettere ed è vero. Ama leggere e anche questo è vero. Ha lasciato un fidanzato troppo possessivo e opprimente. E questo è vero a metà. Passava di lì per caso. E questo è falso. Ma non del tutto. Il succo è vero.

Un orologio a pendolo scandisce l'ora, al fruscio di una porta alza lo sguardo sullo specchio.

La prima immagine è una sedia a rotelle, la seconda è il volto di Masson.

Ha conosciuto uomini come lui, sottilmente vibranti, energici, che vivono nel loro mondo di lavoro, potere e agi. Con la differenza che sono in grado di camminare.

«Sono mortificato» attacca Masson. «La farò accompagnare in una clinica di un mio amico dove le potranno prestare tutte le cure del caso.»

Una breve pausa: «A mie spese, naturalmente».

Sahar lo osserva, al momento è solo curiosa e intimorita, lo trova attraente e raggelante insieme.

«Sto bene, grazie.»

«Oh, mi scusi, non mi sono presentato, Briac Masson» e tende la mano avvicinando la sedia alla ragazza.

«Juliane Aubert» risponde Sahar con un filo di voce.

Nota il suo aspetto ricercato, le mani eleganti, agili, mani da prestigiatore, da illusionista. Si sente scrutata a fondo, i suoi occhi penetranti hanno una carica magnetica, sembra vogliano andare al di là delle parole. Per un attimo ha il timore di essere identificata, Janssen potrebbe aver parlato di lei, averla descritta. Ma di Charlotte André non ha più neanche le unghie delle mani. E si tranquillizza.

«Voglio farmi perdonare, cosa posso fare?»

Il cameriere indiano poggia sul tavolino un vassoio con caffè e un piattino in cui sono disposti *macaron* marroni, rosa, violetti.

«Nulla, nulla» risponde Sahar, che non vuole cedere all'offensiva dei convenevoli.

«La farò accompagnare a casa. Lo farei io stesso ma purtroppo...»

«Non è necessario, la casa di zia Coline non è lontana.»

«Vive con sua zia?»

Sahar si morde un labbro.

«Già... ma solo per poco, appena trovo un lavoro mi cerco una stanza. Zia Coline è tanto cara ma un po' invadente.»

Masson spinge il pulsante di un campanello.

«Spero solo che perdoni il piccolo incidente di oggi accettando un invito a cena. Ne sarei molto lieto.»

«Grazie, ma non si deve disturbare.»

«Assolutamente, è un piacere.»

Sahar con un filo d'imbarazzo si alza e gli stringe la mano.

«Se non mi dà il suo telefono, è difficile che la possa contattare.»

Sahar scrive il numero del cellulare di Taoufik su un foglietto, poi con un saluto e un gesto della mano esce dalla stanza con la convinzione che Masson la stia seguendo con lo sguardo.

41

Martedì 4 giugno 2013

La pagina che Gerard ha in mano scivola nel cassetto con facilità, sembra che non aspetti altro che accoglierla. Ha letto e riletto quelle righe sui risultati dell'analisi del computer dell'amministrazione del Prieuré de Binson, dove padre Simeon una sera aveva sorpreso Nestor, alias Philèmon, a smanettarci sopra.

Armand, responsabile informatico della DCRI, aveva scoperto l'invio da parte di Nestor di due messaggi utilizzando il servizio mail di Guerrilla; il destinatario era irrintracciabile ma, chissà come, aveva scoperto il testo.

Un verbo, un articolo, un sostantivo. Verbo e articolo erano uguali, cambiava il sostantivo, *salutami la giornalista* il primo, *salutami la scrittrice* il secondo.

Lascia la sigaretta a consumarsi nel posacenere, scende una rampa di scale ed entra nella stanza dove Armand, collega geniale con una faccia da schiaffi, sta battendo come un forsennato sulla tastiera.

«Ho letto il tuo messaggio.»

Armand fa scivolare all'indietro la seggiolina sulle ruote. «Non è molto, ma è l'unica informazione che sono riuscito a estrarre da quel vecchio catorcio infettato da un malware.»

«Secondo te com'è arrivato il malware sul computer del priorato?»

«Da un sito molto probabilmente nella darknet.»

Gerard non ha le competenze tecniche di Armand ma ne sa abbastanza per comprenderne il significato. Sa che i classici motori di ricerca come Google indicizzano solo una parte dei documenti del web. Molti altri sono siti fantasma che all'apparenza non esistono, siti ad accesso ristretto raggiungibili solo attraverso link particolari, file multimediali, archivi, documenti scritti in linguaggi non HTML. È il deep web, il web nascosto ai tradizionali motori di ricerca commerciali. Lì, in totale anonimato, si muovono personaggi di ogni tipo, dai frequentatori di forum e social network clandestini che utilizzano la darknet per non essere intercettati da servizi segreti, a terroristi, spacciatori di droghe di ogni genere, trafficanti di armi, killer che si offrono sul mercato, fino a siti pedopornografici.

«Quindi Nestor ha inviato le mail nella darknet e ha beccato un malware.»

«Esatto, ha inviato il materiale con Guerrillamail utilizzando The Onion Router, Tor appunto, che permette di accedere a siti della darknet. Un sistema di comunicazione anonima che utilizza la crittografia a strati e che garantisce un modo sicuro per inoltrare messaggi in totale anonimato in una rete che sembra internet, in tutto e per tutto, ma non lo è, dove l'anonimato è garantito se non vengono compiuti errori, dove un sito non può essere chiuso semplicemente perché *quel sito* nella rete ufficiale non esiste. Ricordi Ross Ulbricht?»

Gerard annuisce, Ulbricht gestiva un mercato milionario di droghe tramite Silk Road, l'Amazon dell'illegale, una delle piattaforme on line più note della darknet.

«Il destinatario?»

«Irreperibile.»

«Ma come l'hai ricostruito il testo?»

«Segreti del mestiere. Ma non credo che t'interessino, quello che ti posso garantire è che le mail sono due e i testi sono quelli.»

«Nient'altro?»

«Nient'altro.»

Gerard torna alla sua scrivania, da un pacchetto sgualcito prende una Chesterfield e l'accende; per un po' ha l'espressione vuota di un giocatore esperto che sta perdendo un bel po' di soldi a poker. Poi, all'improvviso, alla terza boccata ha come una sensazione. E chiede a Moreau di raggiungerlo.

«Hai letto quello che ha scritto Armand?»

Moreau annuisce: «Non credo che servirà a molto».

Gerard preme il pulsante e mette lo schienale in posizione eretta, giocherella con la stanghetta degli occhiali, è alla ricerca di un'idea. Quella che gli viene in mente forse non è la migliore ma è comunque un'idea.

«Nestor inietta con il software di steganografia di Hendriks documenti, progetti e quant'altro in un'immagine. Logica vuole che sul web siano state selezionate più immagini in modo da ridurre il rischio, e che lo stesso Nestor specifichi al destinatario della mail in quale delle immagini ha inserito i documenti. Mi segui?»

Moreau accavalla le gambe, cambia posizione e annuisce.

«Quindi se l'ipotesi è corretta, *giornalista* e *scrittrice* stanno a indicare in quale delle immagini scelte come contenitori sono state inserite le informazioni. Non ci resta che scoprire chi sono.»

«Geniale! Ma hai presente quante foto di giornaliste e scrittrici ci sono nel web? Peggio che trovare il classico ago nel pagliaio.»

«Nestor e Garcia sono francesi, ed è possibile che abbiano selezionato una giornalista e una scrittrice del nostro paese.»

«Quindi...»

«Proviamoci, iniziamo dalla giornalista; mi sembra un ambito più circoscritto. Fatti dare l'elenco degli iscritti dalla Commissione della *carte de presse* dei giornalisti professionisti, seleziona quelli di genere femminile e passalo ad Armand. Voglio che metta al lavoro tutti gli uomini disponibili, priorità assoluta, deve scandagliare con il software di Hendriks tutte le foto delle giornaliste francesi nel web.»

Moreau esce dalla stanza, Gerard ne approfitta per chiamare Zahira e avere notizie di Dupin e Maigret, prima di infilarsi in una riunione su un caso di un banchiere svizzero sparito nel nulla.

È sera quando ritorna nella stanza, mette nella cartella dei documenti che si ripromette di leggere a casa, spegne la lampada ed esce. Annette gli ha proposto di andare a cena in un ristorante messicano aperto di recente e lui non ha ancora risposto né sì né no.

Sta scendendo in garage quando il cellulare squilla. È Moreau.

«Dove sei?»

«In ascensore.»

«Torna indietro, ho scoperto una traccia di Garcia.»

Moreau è su di giri: «Garcia tra settembre 2012 e maggio 2013 è andato spesso nei Balcani, Banja Luka, Pristina, Podgorica».

Gerard è solo in parte sorpreso, la pista balcanica non è una mera supposizione, ha la concretezza dei fatti.

«Lo stesso giorno in cui abbiamo fatto irruzione nell'appartamento di rue Ginette-Neveu, il 22 maggio, Garcia è saltato su un volo della Montenegro Airline alle 7.30 del mattino, destinazione Podgorica.»

Le cellule grigie di Gerard cominciano a lavorare velocemente esaminando ogni possibilità.

«Controlla se nelle prime ore del 22 maggio un taxi ha portato qualcuno da rue Ginette-Neveu allo Charles de Gaulle.»

«Sarà andato all'aeroporto con l'auto noleggiata.»

«Con un mezzo la cui targa poteva essere nelle mani della polizia? Scordatelo. Piuttosto, dammi un po' di numeri. La polizia ha fatto irruzione nell'appartamento di rue Ginette-Neveu alle...»

«4.10, quindici minuti dopo la telefonata di Sahar dalla stazione del metrò di Porte de Clignancourt.»

Gerard tira una boccata alla Chesterfield. Quando Sahar ha chiamato era convinta che Ferdinand Garcia fosse ancora in casa. Andando a ritroso, Garcia deve essersi dileguato nel tempo intercorso tra quando lei si è allontanata per telefonare e l'arrivo della polizia. Considerando la distanza tra rue Ginette-Neveu e la stazione del metrò di Porte de Clignancourt, Garcia si è dileguato tra le 3.40 e le 4.05 del mattino.

«Quanti agenti hai ancora nel tuo ufficio?»

«Tre.»

«Individua il taxi.»

Gerard sale sulla Citroën, seleziona un programma musicale tenendo basso il volume, sposta la leva del cambio su drive ed esce dal garage.

Chiude la porta di casa con la punta del piede, poggia i giornali sul tavolo dell'ingresso, le chiavi nel vassoio di rame, lancia su una poltrona l'impermeabile che scivola in terra. Maigret e Dupin arrivano trotterellando, si strusciano sulle gambe, gli leccano le mani. Sfumata la cena con Annette, Zahira ha lasciato in frigo una catalana dall'aspetto invitante, anche se i pomodori non sono quelli rossi e maturi dell'estate. Versa i croccantini nelle ciotole, i due cani iniziano a sgranocchiare scodinzolando mentre si versa un bicchiere di vino.

Dopo cena porta fuori Maigret e Dupin lungo quai de Valmy, siede su una panchina, accende una sigaretta, la fuma fino in fondo fissando la brace. Su quella stessa panchina si era seduto tante volte con Michelle a chiacchierare, a baciarsi, si sentiva giovane e felice anche se aveva superato da un po' la quarantina.

Fa un fischio, i due bastardini arrivano di corsa. Torna a casa, si sdraia sul divano con due dita di Talisker in un bicchiere. Beve un sorso, manca poco alla mezzanotte quando il cellulare squilla. Sul display, Moreau.

«Risulta una prenotazione a Taxis Bleus alle 4.03 nella zona di Porte de Clignancourt, tre minuti a piedi da rue Ginette-Neveu, destinazione Charles de Gaulle, stiamo rintracciando il numero da cui è partita la chiamata.»

Poggia il cellulare sul bracciolo, si versa altre due dita di whisky, avverte il bruciore del liquido che si attenua scivolando giù per la gola. Apre un libro e inizia a leggere, è al terzo capitolo quando alle 2.53 il cellulare vibra di nuovo.

«La chiamata è partita da rue Binet, a pochi metri da rue Ginette-Neveu, il numero civico corrisponde a un'autorimessa. Ho già spedito un agente per interrogare il guardiano.»

Maigret e Dupin hanno un solo desiderio e glielo fanno capire chiaramente. Sposta un cuscino, a un suo gesto i due cani saltano sul divano e in pochi minuti si addormentano. Per un po' fa zapping, i programmi a quell'ora sono scialbi, si sintonizza su un film già visto, *Un pesce di nome Wanda*, quattro risate anche se la mente vagola su Garcia. Spegne la televisione, le palpebre diventano pesanti e si addormenta.

Lo squillo del cellulare lo fa sobbalzare, sono le 3.54.

«Falso allarme. Il dipendente del garage ha riferito che quella notte ha chiamato un taxi per un cliente, un avvocato di circa settant'anni che aveva dimenticato dei documenti nella sua auto. Non è lui che cerchiamo.»

«Allora trova la Ford che ha noleggiato Garcia.»

«Chissà dove l'ha mollata!»

«Trovala!»

42

Mercoledì 5 giugno 2013

«Mi hai parlato di una donna.»

Gerard prende la tazza di caffè che Derrek gli sta porgendo e allunga le gambe sotto al tavolo. È già stanco prima ancora di cominciare. Ha dato le ultime disposizioni a Moreau ed è saltato sul primo treno per Amsterdam.

«Janssen non ama avere in casa di notte i domestici» spiega Derrek. «Quando il maggiordomo ha ripreso servizio alle sette del mattino l'ha trovato ai piedi della scala con il volto tumefatto che si lamentava per il dolore. Setto nasale rotto, una costola incrinata oltre a varie escoriazioni, questo il referto medico. Nulla di grave, si rimetterà in pochi giorni.»

«Indizi?»

«Dall'esame della Scientifica risultano presenti tre gruppi sanguigni diversi. Oltre a quello di Janssen abbiamo rilevato tracce sul cuscino e sull'attizzatoio del camino della stanza da letto di due persone distinte.»

«Janssen come lo spiega?»

«Non lo spiega. Da una prima deposizione il presidente di Seleksoft afferma di aver ricevuto alcuni giorni fa nel suo ufficio una certa Charlotte André, una freelance o qualcosa del genere. Ha detto che voleva scrivere un pezzo sulla misteriosa morte di Hendriks. Janssen l'ha invitata a cena, si sono incontrati un paio di volte, è nata, diciamo così, un'affettuosa amicizia, tanto che l'ha invitata a una festa nella sua casa al Golden Bend.»

«Una festa?»

«Proprio così, una festa. E in grande stile. Champagne, caviale, musica, belle donne. Lo so perché c'ero anch'io.»

«Anche tu?»

«Mi ha invitato e ci sono andato con mia moglie. Non capita tutti i giorni di mettere il naso in eventi mondani così esclusivi.»

Gerard storce la bocca, chissà perché Janssen ha invitato l'ispettore. Lascia perdere e passa avanti.

«Ricordi la ragazza?»

«Janssen me l'ha presentata mentre insisteva per farmi bere un intruglio alcolico, alta, capelli castani a caschetto, un paio di occhiali tondi sul naso. Bella figa.»

«Nient'altro?»

«In genere il volto di una ragazza così lo ricordo male, un corpo che incanta impedisce un'osservazione tranquilla.»

«Strano, a me capita il contrario.»

«E poi c'era molta confusione quella sera.»

«Hai una sua foto?»

«Ovviamente no.»

«Sei sicuro?»

«Ma certo!» esclama Derrek allargando le braccia; a volte il francese gli fa perdere la pazienza con le sue domande astruse. Dove diavolo va a pescare una fotografia della ragazza?

«In genere i tipi come Janssen amano immortalare i propri sfarzi.»

Derrek ammutolisce, si gratta la nuca: «In effetti, ora che ricordo...».

«È probabile che il fotografo abbia fatto qualche scatto anche alla ragazza soprattutto se stava insieme al padrone di casa.»

Derrek si attacca al telefono, Gerard accende una sigaretta fregandosene di un cartello che in olandese probabilmente vuol dire "vietato fumare". Tira lunghe boccate mentre l'ispettore olandese racconta nei dettagli la brutta avventura del presidente di Seleksoft nella sua casa del Golden Bend, lo stereotipo di una notte di sesso finita male. Janssen rimorchia una bella ragazza, se la scopa illudendosi che sia frutto del suo irresistibile fascino. Invece lei pretende di essere pagata, lui giudica la tariffa troppo alta e chiede uno sconto, lei insiste minacciandolo di spifferare ai quattro venti di essere stata violentata. Janssen reagisce, ma la ragazza è più rapida di lui, lo colpisce con un calcio sulla faccia rompendogli il setto nasale. Lui cerca di fuggire ma lei con una mossa fulminea lo spinge giù per le scale e si dilegua nella notte dopo avergli svuotato il portafoglio.

«È tutto?» chiede Gerard scrocchiando le dita.

Derrek annuisce, non ha molto altro da aggiungere, in fondo la storia ha una sua logica. Sta per dire qualcosa quando arriva il *bip* del cellulare. Scorre sul display una trentina di foto, Janssen da solo, in gruppo, mentre parla con un tipo che sembra un generale asburgico, con una signora con l'aria altezzosa, con due belle donne…

«Eccola, è questa!»

Gerard ingrandisce l'immagine e la osserva con attenzione.

Occhi scuri e brillanti, bella bocca, labbra…

La cosa sorprendente è che non è stupito.

«È lei.»

«Lei chi?»

«Sahar.»

«Sahar?»

«Esattamente.»

«E tu che ne sai?»

«Le ho parlato come hai fatto tu, solo che aveva i capelli ricci ed era senza occhiali. Ma quel viso e quelle labbra non si dimenticano.»

«Ma quando l'hai incontrata?»

«Alcune settimane fa.»

«Dove?»

«A Marsiglia, ma non ha importanza.»

Derrek è trasecolato, una storia che pensava di derubricare a squallida vicenda di sesso sta assumendo una piega decisamente diversa.

«Ma cosa ci faceva Sahar a casa di Janssen?»

«Questo ce lo deve spiegare lui. Intanto cerca se negli alberghi di Amsterdam...»

«Già fatto, non esiste alcuna Charlotte André» lo interrompe Derrek.

«Prova con Jacqueline Fauvre. E controlla se tra le tracce di sangue a casa di Janssen c'è anche il gruppo sanguigno di Sahar.»

Derrek vorrebbe spiegazioni ma lascia perdere, Gerard si è già infilato la giacca, ha fretta d'interrogare il presidente di Seleksoft.

Janssen è in poltrona, succhia da una cannuccia infilata in un bicchiere di succo d'arancia o qualcosa del genere; col cerotto sul naso i suoi occhi porcini sembrano ancora più vicini.

«Così non siete riusciti a catturare quella troia» il tono è adirato anche se la voce è flebile.

«Cosa voleva secondo lei?» chiede Gerard.

«Ricattarmi. Peccato, quella sera mi sono divertito.»

«Come?»

«Via, commissario, vuole che le spieghi cosa si può fare con una ragazza del genere? Poi però mi ha chiesto dei soldi, molti, troppi.»

«Quanto?»

«Diecimila euro, gliene ho dati cinquemila dicendole che per me erano più che sufficienti. A quel punto, senza preavviso, mi ha sferrato un calcio in faccia fracassandomi il naso. Mi sono difeso, forse l'ho colpita perché a un certo punto ha urlato. Ho avuto paura, sono fuggito in direzione delle scale, lei mi ha inseguito e mi ha spinto. Ricordo solo di essere rotolato a faccia in giù. Ho ripreso i sensi nel cuore della notte con dolori fortissimi e con il portafoglio vuoto.»

«Lei non ha sospettato che la ragazza avesse motivi diversi per stare con lei?»

«Assolutamente no, sapevo che prima o poi mi avrebbe presentato il conto, sono un uomo di mondo. Ma avevo fatto i miei calcoli, sarebbero stati soldi ben spesi.»

Il cellulare di Derrek squilla, lui parlotta per un po', si avvicina a Gerard e lo prende in disparte.

«In un albergo di terza categoria di Zeedijk frequentato da prostitute e travestiti risulta registrata una certa Jacqueline Fauvre. La descrizione coincide.»

Gerard si avvicina a Janssen, la sua voce ora suona secca e un po' ostile.

«Come spiega la presenza di un terzo gruppo sanguigno?»

Janssen si morde un labbro come se avesse qualcosa su cui recriminare, ma la sua espressione e il tono della voce contraddicono quel gesto.

«Non ne ho la più pallida idea, forse quel sangue c'è sempre stato...»

«No,» risponde Derrek intromettendosi nel discorso «le tracce sono fresche.»

«E allora spiegatelo voi, siete voi i poliziotti, non io. Io so quello che è successo. C'ero io e quella fottuta ragazza, se ci fosse stata una terza persona sarebbe finita diversamente.»

«Le dice nulla il nome di Jacqueline Fauvre?» chiede all'improvviso Gerard.

Coglie un lampo negli occhi di chi conosce la risposta.

«Assolutamente no, chi è?»

«Charlotte André.»

«Quindi quella troia mi ha dato un nome falso!»

«Quella ragazza non è una troia» risponde Gerard. «È Sahar, che la polizia sta cercando per mezza Europa. Lei l'ha avuta per giorni tra le braccia senza accorgersene.»

Janssen non raccoglie la frecciata anche se Gerard nota un lampo di preoccupazione. Poggia il bicchiere e replica stizzito: «Come avrei potuto? Nessuna somiglianza con le foto che mi avete mostrato, un nome fasullo. Mi ha agganciato con una scusa, si capiva lontano un miglio che era una ragazza di vita».

E su quelle parole l'incontro si chiude.

Gerard sale in auto seguito dall'ispettore olandese.

«Cosa pensi della faccenda?» chiede Derrek.

«Il suo racconto puzza più di un pesce marcio. Se avessimo fatto in tempo a metterlo sotto controllo oggi sapremmo decisamente di più su questa storia.»

Derrek allarga le braccia: «Quando Moreau mi ha chiamato era tardi, il pedinamento sarebbe scattato la mattina dopo. Peccato».

Gerard si fa largo tra i passeggeri che affollano il marciapiede della gare du Nord: prova un vago benessere pensando a quello che l'aspetta: una cena libanese preparata da Zahira, Maigret e Dupin, un bicchiere di Talisker con due cubetti di ghiaccio da assaporare in poltrona, il suo letto. Per qualche ragione il pensiero si sposta su Sahar. Dovrebbe essere in fuga ma il suo comportamento nega quella convinzione.

Ha pensato e ripensato ma non trova nulla di più intelligente che mettere in fila una serie di domande. Sahar sta cercando Farid o qualcun altro? Ha scoperto Ferdinand Garcia in rue Ginette-Neveu per caso o si è recata di proposito? È fuggita ad Amsterdam o c'è andata per agganciare Janssen? E se sì, perché? Ha partecipato alla festa al Golden Bend e ha mantenuto i nervi saldi quando si è trovata di fronte Derrek. Qualcosa è andato storto quella sera, così storto da costringerla ad aggredire l'olandese e fuggire. Che Janssen avesse scoperto la sua vera identità?

Quell'uomo non la racconta giusta, ha colto un lampo nei suoi occhi quando gli ha detto che non si trattava di Charlotte André ma di Jacqueline Fauvre. Come se lo sapesse. E quando gli ha comunicato che in realtà si trattava di Sahar, è sembrato preoccupato. Cosa cerca Sahar? Un legame tra Janssen e Farid, tra un simpatizzante della destra oltranzista olandese e un membro di un gruppo jihadista tunisino? Si muove come se stesse conducendo un'indagine parallela e la sensazione è che ne sappia più di lui.

Senza Sahar non avrebbe mai scoperto l'esistenza di Garcia, ha pensato con ammirazione, non disappunto. Quello stesso Garcia a cui è intestata la scheda della Mobile Telephony of Serbia del cellulare da cui Nestor ha ricevuto una telefonata mentre cenava con padre Simeon nel refettorio del Prieuré de Binson.

Qualcosa non fila o, forse, fila in un'altra direzione.

Parcheggia la Citroën; ha uno spirito allegro mentre sale le scale di casa, apre la porta, ma la brutta sorpresa è dietro l'angolo.

Maigret è insolitamente mogio, non ha fame, rifiuta perfino i biscotti preferiti, il naso è asciutto e caldo, gli occhi un po' arrossati, ma quello non vuol dire nulla.

«*Merde!*»

Chiama il veterinario, Jean Luc è un vecchio amico.

«Maigret sta male.»

«Cos'ha?»

«Non mangia, naso caldo.»

«Portamelo domani quando puoi.»

«Non mi piace, non sto tranquillo, forse...»

«Ho capito, finisco di cenare e torno in ambulatorio, ci vediamo tra mezz'ora.»

Gerard tocca appena i falafel, spalma un po' di hummus su una fetta di pane pita, beve un sorso di vino, prende i guinzagli ed esce.

Il veterinario visita Maigret e lo fa scendere dal tavolo: «Nulla di grave, dimentichi che ha la leishmaniosi. Anche se la teniamo sotto controllo, ogni tanto si riacutizza. Una terapia con Zyloric per qualche settimana e tutto tornerà a posto. Ti prescrivo anche un integratore da somministrare una volta al giorno».

Gerard si sente sollevato da quell'inquietudine che gli cala addosso quando un suo cane non sta bene, fa salire Maigret e Dupin sull'auto, fruga nelle tasche alla ricerca di una sigaretta, per un po' resta lì assaporando il fumo che entra nei polmoni, mette in moto e si avvia alla ricerca della farmacia notturna più vicina.

Non riesce a immaginare una vita senza i suoi cani; anche senza Michelle non l'immaginava, eppure si sta pian piano abituando. Che possa succedere la stessa cosa anche con Maigret e Dupin?

43

Venerdì 7 - Sabato 8 giugno 2013

È una bella giornata di sole, di aria con la temperatura giusta. Si sveglia sballottata tra mille pensieri e mille dubbi. Restare da Coline, ma aspettando cosa? Tornare a Marsiglia? Idea balzana, anzi un suicidio. Partire per un posto qualunque? Tanto vale restare a Parigi.

Esce a fare due passi. A Gabès passeggiava spesso in riva al mare, un modo per liberare la mente, per riportare i pensieri negativi alla giusta dimensione, per guardare dentro se stessa. Se grandi personaggi del passato, come Nietzsche, Rimbaud, Rousseau, riflettevano passeggiando, vuol dire che la cosa funziona.

Attraversa rue Turbigo e s'infila in rue du Temple, svolta per rue de Bretagne, gironzola senza una meta precisa curiosando tra negozietti di oggetti strampalati; si ferma in un bar a bere una birra. Ora ha di fronte una grande vetrina ricolma di libri, "Comme un Roman", così si chiama la libreria. *Che bel nome*, pensa. Un cartello annuncia l'imminente arrivo di uno scrittore sconosciuto per la presentazione di una sua opera. Spinge la porta a vetri, gironzola tra gli scaffali attenta a non urtare le pile di libri poggiate per terra, annusa il profumo di volumi nuovi: narrativa, tascabili, bestseller scontati del venticinque per cento. Bei tempi quando lavorava da Fernández e catalogava nuove edizioni che spesso diventavano sue letture serali. Chissà se lo rivedrà mai più, se potrà riassaporare la placida rilassatezza nella sua casa di place des Moulins. Il futuro, anzi la sensazione del futuro si è accorciata; si è ristretta, offuscata quanto basta per angosciarla.

Si sposta all'altra estremità del negozio; nella sala delle prime edizioni, centinaia di libri sono disposti per sezione e per autore in ordine alfabetico. Ne prende uno a caso, *La verità sul caso Harry Quebert* di Joël Dicker, lo sfoglia, legge la prima di copertina, poi la quarta.

Il cellulare squilla.

«Sono Masson.»

Il braccio cade lungo il corpo come se il libro pesasse una tonnellata.

Merde! impreca nel suo cervello.

«Sono Masson, ricorda?»

«Sì, certo.»

«Le avevo promesso un invito a cena. Le propongo domani sera.»

Sahar si sente persa, due ore a tu per tu con quell'uomo possono trasformarsi in un fardello di tranelli insidiosi. Ma non trova nulla di più intelligente che ripetere. «Sì, certo».

«Ha delle preferenze? Carne, pesce, orientale, fusion?»

«Va bene.»

«Bene cosa?»

«Quello che ha detto, per me è indifferente.»

«Allora vada per la Societé, si trova a Saint-Germain-des-Prés. Conosce il posto?»

«Sì, certo.»

«È un ristorante fusion, forse un po' modaiolo ma allegro e con buona musica. Allora d'accordo, a domani sera.»

«Sì, certo.»

«Ah, dimenticavo, va bene alle venti e trenta?»

E con il solito «sì, certo» la telefonata si chiude.

Respira piano, riesce a placarsi un po', il suo cuore riacquista poco a poco un battito normale.

«Che figura di merda» mugugna mentre esce dalla libreria. «Dovevo rifiutare, inventarmi una balla, e invece...» Adesso l'aspetta una serata da incubo dove ogni falsità che andrà a raccontare dovrà essere abilmente confezionata, anche se c'è il rischio che Masson arrivi, con un po' di attenzione, a scoprire che lei con Juliane Aubert non ha nulla a che fare.

Si chiede cosa stia facendo esattamente. E perché. L'interrogativo nell'aria sfuma quando torna a casa, la valanga di pettegolezzi di Coline su una vicina di casa le fa fischiare le orecchie. E con una scusa si chiude nella sua stanza.

La musica chill out ma anche un po' house ha un volume troppo alto e si mescola al forte brusio del locale affollato. Masson seduto a un tavolo sulla sedia a rotelle le fa un gesto per farsi individuare.

Avrei dovuto inventare una scusa, non accettare l'invito, continua a ripetersi mentre si siede, accompagnando con un gesto della mano la gonna sulla poltroncina di velluto.

Chiacchierano del più e del meno, Masson narra la sua storia con ironia. Il successo l'ha raggiunto mentre era immobilizzato su quella sedia che fa ormai parte della sua vita. La donna con cui viveva l'ha piantato in asso quando ha capito che non si sarebbe più retto sulle gambe.

«Dicono che il tempo curi le ferite» considera con tono amaro. «Ma non è vero, il tempo rende solo le cicatrici più profondc.»

Sahar ha preparato con attenzione la sua storia: viveva ad Arles con la famiglia, il padre, piccolo commerciante, sbarcava il lunario lavorando dodici ore al giorno, la madre di origini tunisine faceva la casalinga. Un ambiente piccolo borghese da cui lei è fuggita appena ha potuto. Si era laureata, racimolava qualche soldo dando ripetizioni a studenti che pensavano ad altro o facendo l'editing di testi per piccole case editrici locali. E una sera aveva deciso. Con i vestiti e i ricordi stipati in un trolley era partita. Una zia alla lontana le aveva offerto ospitalità e lei aveva accettato con entusiasmo anche se Parigi si stava rivelando molto diversa da come l'aveva immaginata.

Masson ascolta il racconto con apparente interesse, ma per qualche ragione lei è convinta che non ci creda del tutto. L'aria condizionata è fresca ma una punta di sudore le inumidisce la fronte, si sente imbrigliata, colpa forse delle dita dell'uomo, lunghe e snelle, o dello sguardo che in alcuni momenti sembra scrutarla dentro.

Masson beve un sorso di champagne, si asciuga le labbra sottili col tovagliolo e attacca un discorso inaspettato.

«Lei mi piace, Juliane. Oh, non mi fraintenda, con un termine un po' demodé la definirei una ragazza perbene, così diversa da tutte queste donne che parlano solo per dare fiato alla bocca o che ti dicono le cose che vuoi sentire, che ridono sguaiatamente, che occhieggiano ogni uomo che incontrano» e indica una ragazza molto giovane con tacchi a spillo e minigonna che si appoggia al braccio di uno di almeno trent'anni più vecchio.

«Per colpa di una di queste un mio amico olandese per poco non ci ha rimesso la pelle» riprende Masson.

Sahar ha un momento di soffocante imbarazzo, non ha paura, è solo incerta su cosa dire, sarà per questo che non riesce a trattenere un improvviso colpo di tosse.

«Un sorso d'acqua?»

Lei fa cenno di no coprendosi la bocca col tovagliolo.

«Mi dispiace per il suo amico.» È la prima cosa che le viene in mente abbassando lo sguardo sul gelato che si sta sciogliendo.

«A lui piace quel genere di donne.»

«La polizia l'ha catturata?»

«No, la stanno cercando.»

Sahar cerca di controllare l'espressione di rigido allarme e di dare alle sue parole un tono di normalità.

«Sa chi è?»

Masson versa lo champagne e avvicina il bicchiere per un brindisi senza perdere il filo del discorso.

«Janssen me l'ha descritta come una ragazza molto bella e sexy, si chiama Charlotte o Jacqueline o chissà come.»

E cambia nuovamente discorso.

«C'è stato un tempo in cui ho cercato di ottenere sempre qualcosa di più, un traguardo più difficile da raggiungere, più raro, più inaccessibile. È in quelle occasioni che scopri i veri amici.»

«Ne ha molti?»

Masson alza l'indice.

«Uno. Uno solo. Me stesso. Gli amici sono quelli che ti aiutano a rialzarti quando gli altri neanche capiscono che sei caduto. Fino a oggi non ne ho incontrato neanche uno.»

«Un'amicizia tra un uomo e una donna? È possibile?»

«No» risponde dopo un attimo di esitazione. «Tra un uomo e una donna ci possono essere passione, odio, ammirazione, turbamento, amore. Non amicizia.»

Sahar sta per aggiungere una battuta qualunque quando Masson butta lì una domanda che le sembra stravagante.

«Come la posso aiutare?»

Sahar beve un sorso di champagne per prendere tempo.

«Non vedo perché mi debba aiutare.»

«Immagino stia cercando un lavoro.»

«Sì, certo, ma Parigi è piena di opportunità e prima o poi troverò qualcosa che m'interessi.»

Anche se la luce è fioca lei coglie un sorriso ironico.

«Non è facile come crede.»

«Vuol dire che ci metterò un po' più di tempo.»

«Se ci ripensa sa dove trovarmi.»

«Grazie, ma me la so cavare da sola. E poi non voglio disturbarla più di quanto non abbia già fatto.»

Lui sorride e si porta un dito sulle labbra.

«Mi chiami pure quando vuole, non mi disturba.»

44

Venerdì 21 giugno 2013

Lo scenario e la natura di una situazione di crisi hanno poca importanza, la musica è sempre la stessa. Un uomo che cammina avanti e indietro, un altro che lavora al computer, un gruppo di persone, uomini e donne seduti intorno a un tavolo ciascuno con fogli zeppi di appunti in attesa che il capo detti le linee. Nella fattispecie la stanza è la sala riunioni della DCRI, l'uomo che cammina avanti e indietro è Gerard, quello che lavora al computer è Moreau, il gruppo di persone, sette per la precisione, tre donne e quattro uomini, è la squadra che da settantadue ore lavora per scoprire dove si nasconda Garcia.

Nelle prime ore del mattino di mercoledì 19 giugno, dopo due settimane di ricerche, la Ford Fiesta presa a noleggio da Garcia è stata finalmente individuata in rue Vineuse, una stradina a pochi metri dal Trocadéro. Sono state interpellate le compagnie di radio taxi e in serata è saltato fuori che Taxis G7 aveva ricevuto una chiamata alle 4.09 del mattino del 22 maggio dall'avenue d'Iéna, davanti all'Ambasciata della Repubblica dell'Iran, destinazione Charles de Gaulle. Il numero corrispondeva a una scheda della Mobile Telephony of Serbia intestata a Ferdinand Garcia.

Il cellulare risultava attivo. Alle 13.15 era stata individuata la cella, un'area delimitata da avenue de la République, boulevard de la Villette e rue Oberkampf, e un quarto d'ora dopo Gerard ha convocato la sua squadra.

La discussione è andata avanti per un paio d'ore, diverse le ipotesi, tutte con qualche pro e molti contro. Scartata l'idea di isolare la zona e perquisire tutti gli appartamenti, scartata anche quella di disseminare quel pezzo di città di agenti in borghese con la speranza d'intercettare Garcia, alla fine era prevalsa l'idea di indagare direttamente sui soggetti che hanno affittato o acquistato un appartamento in quella zona negli ultimi due anni, cioè dalla data in cui è stata presa in locazione l'abitazione di rue Ginette-Neveu.

Parallelamente, per scovare affitti non registrati, una squadra di agenti in borghese verificherà palazzo per palazzo se negli ultimi ventiquattro mesi sono arrivati nuovi inquilini.

Gerard prende una ciambella dal vassoio, si versa del caffè e si gira, sullo schermo a parete è proiettata la mappa della zona, colorati in rosso gli stabili dove abitano i soggetti su cui indagare.

«Venti nuovi contratti» esordisce Moreau «e tredici inquilini senza contratto.»

Gerard scorre velocemente l'elenco e alza lo sguardo.

«Nient'altro?»

«Molto altro» risponde Moreau. «Abbiamo redatto una scheda per ognuno, la rosa dei sospetti può essere ristretta a cinque persone.»

«Con quali criteri li avete selezionati?» chiede Gerard accendendo una sigaretta.

La risposta lo lascia del tutto insoddisfatto, i criteri sono deboli e le maglie troppo larghe.

«Secondo voi sono sufficienti i dati che abbiamo per poter escludere alcuni di questi?»

L'ottimismo dei presenti si dissolve rapidamente.

«Escludiamo famiglie con figli» attacca Gerard.

«Sette» risponde un agente con la sigaretta spenta tra le labbra.

«Le coppie sposate da meno di un anno.»

Moreau con le dita segnala che sono due.

«Ne restano undici.»

Moreau si alza e propone una soluzione.

«Per prima cosa farei una verifica su ciascuno di loro, dove sono nati, che lavoro fanno, la loro precedente residenza, se hanno una fidanzata o un fidanzato, un matrimonio alle spalle, eccetera. Dopodiché...»

Gerard con un gesto d'insofferenza tronca il discorso.

«Non c'è tempo Moreau. Non c'è più tempo per farlo.»

Si alza e scosta la sedia, esamina le facce degli agenti una per una. Fa un giro del tavolo per raccogliere suggerimenti, anche se ha già deciso.

«L'indagine va fatta con discrezione e intelligenza, voglio agenti in borghese, donne: si spacceranno per dipendenti di France Telecom e di Gas de France, controlleranno utenze e contatori. Devono vedere in faccia gli inquilini, parlare con loro, capire chi sono, come si comportano, se sono nervosi o tranquilli. Poi, se servirà, prenderemo informazioni sulla loro vita.»

Moreau scrocchia le dita come se esitasse a contraddire il suo capo.

«E poi?»

«Prima, il poi deve ancora arrivare.»

«Ci vorranno giorni» replica un agente che mastica nervosamente una gomma.

«Ne avete due.»

«Ehi! Non scherziamo» risponde l'agente.

Gerard spegne la cicca nel posacenere e alza lo sguardo.

«Ho l'aria di uno che scherza?»

Esce dalla sala, infila un gettone nel distributore automatico, il caffè inizia a scendere nel bicchiere di carta. Va nel suo ufficio, lancia la giacca su una sedia, accende il computer, sta catalogando mentalmente le cose da fare quando la segretaria entra con il libro firma e un mucchio di domande.

«Vorrei non essere disturbato per almeno un'ora» le dice mentre sigla l'ultimo documento.

Per pensare e ripensare ha bisogno di silenzio. È un solitario, è fatto così. Riprende degli appunti che gli ha passato Moreau, li scorre e inizia a ragionare sulle regolarità e sulle anomalie. La regolarità è che Garcia è partito sempre il lunedì mattina dallo Charles de Gaulle ed è sempre rientrato il venerdì sera.

L'anomalia riguarda l'ultimo viaggio: partenza mercoledì 22 maggio da Parigi, destinazione Podgorica, Montenegro, ritorno lunedì 27 con un volo delle sette del mattino via Vienna spostando all'ultimo momento la prenotazione della domenica sera. Il che potrebbe indicare che nella notte tra domenica e lunedì abbia soggiornato in un albergo della capitale montenegrina.

Alza il ricevitore, con l'interfono chiama Moreau.

«Chiedi ai Servizi del Montenegro se Ferdinand Garcia è registrato in qualche albergo di Podgorica.»

Mentre aspetta, una domanda gli torna in mente e gli si attacca al cervello come un ritornello ossessivo. Perché Farid,

Nestor, lo stesso Garcia operano in Francia e non in uno dei paesi della penisola balcanica? La spiegazione potrebbe essere nel principio che Garcia o chi per lui ha sempre applicato.

La separazione della conoscenza.

Tutti i soggetti coinvolti sembrano conoscere solo un pezzetto di verità, quella che li riguarda. Mentre lui solo sa come mettere i pezzi in fila. Fino a ora ha sempre rispettato questo principio. Ha applicato la logica del web ai personaggi, agli omicidi, tutti senza schemi, senza mappe, apparentemente scoordinati tra loro. Accomunabili in una logica solo se collegati da link.

E lui questi link li tiene per sé.

Così è stato per Hendriks, per Nestor, per Farid, così probabilmente anche per le persone che in qualche angolo dei Balcani stanno lavorando per lui. Che abbia fatto lo stesso con Janssen? Il presidente di Seleksoft non gli piace e non solo per i suoi orientamenti politici. Nasconde qualcosa, il suo racconto sull'aggressione ha molti punti oscuri, per esempio non spiega la presenza di tracce ematiche di una terza persona. Potrebbe interrogarlo di nuovo. Ma le risposte sarebbero sempre le stesse.

Alza il microfono e preme il pulsante dell'interfono per chiedere alla segretaria di fissare un appuntamento con Briac Masson in tempi brevi.

Infila la giacca, spegne la lampada, sale sulla Citroën C5. Ha ancora la portiera aperta quando il cellulare squilla: la segretaria gli comunica che Masson è partito per la sua villa nell'Alta Savoia e al momento il suo cellulare risulta spento. Gerard sbuffa e parte a velocità. Jean Luc, il veterinario, lo sta aspettando da dieci minuti per una visita di controllo a Maigret.

45

Venerdì 21 giugno 2013

Sahar sposta i libri sul tavolino per fare spazio e poggia il vassoio con la colazione.

Un'altra giornata vuota e inutile. Vorrebbe per magia ritrovarsi a Gabès, davanti a una tavola imbandita con suo padre, sua madre e suo fratello.

Ma è solo un flash.

Ecco, pensa, *sono qui da più di una settimana senza uno straccio di futuro; è come andare alla deriva su un fiume, prima o poi arrivano le rapide e sarò travolta*. Forse è al capolinea di una vita che non ha immaginato, scandita da fatti che le piovono sulla testa. Eppure, molti di quei fatti lei se li è andati a cercare per disperazione, testardaggine e presunzione, talvolta.

Ha ripensato a lungo alla cena con Masson, a ciò che lui ha detto e non detto, alle domande casuali poste con distacco, come se quello fosse il ritmo della sua curiosità. Non ha inquadrato il personaggio, sicuro di sé anche sulla sedia a rotelle, anzi per come si esprime, per come si comporta, potrebbe alzarsi in qualunque momento e mettersi a camminare. Ha una disinvoltura che sembra sopravvivere a qualunque situazione, un giocatore che ha in mente tutte le mosse prima di toccare una carta.

Guarda l'azzurro della finestra e si concede una pausa, accende il computer, naviga per un po', poi la noia ha il sopravvento.

Esce, sale sul metrò. Da Saint-Germain ciondola fino a Saint-Sulpice, entra in una minuscola libreria ma ne esce quasi subito. La zona è disseminata di negozietti come quello, un paio di porte più in là un altro vende mappe antiche e atlanti, dietro l'angolo un commerciante espone vecchie stampe e lettere scritte da personaggi storici. Negozi poco frequentati, in molti guardano le vetrine con curiosità ma gli acquirenti sono pochi, solo collezionisti, non turisti alla ricerca di qualcosa da leggere.

Torna su boulevard Saint-Germain, svolta in rue Bonaparte e sbuca in rue Jacob. È irrequieta anche nel vagabondare, torna indietro, entra in una libreria su boulevard Saint-Germain a pochi passi da rue du Pré-aux-Clercs dove abita Masson, l'Écume des Pages. Gironzola tra gli scaffali, compra un libro e va a sedersi al Café de Flor. A un cameriere indaffarato ordina un succo di pomodoro e un toast: «Mi raccomando, molto caldo». Si guarda intorno, apre il libro appena comprato e inizia a leggere.

È a pagina dieci quando il cellulare squilla.

«Sono Masson.»

Non riesce a essere fredda come vorrebbe, senza motivo si alza in piedi.

«Piacere di sentirla.»

«Noi due dovremmo parlare un po'...»

«Di cosa?»

«Di molte cose.»

«Se fosse più preciso...»

«Non per telefono.»

«Quando?»

«Stasera.»

«Purtroppo ho un impegno» ha la prontezza di rispondere.

«Se fossi in lei lo rimanderei.»

La sua voce suona secca e un po' ostile, non sa perché ma trasmette un leggero senso di minaccia che però non è aperto.

«Non ne ho nessuna intenzione!» risponde con quel pizzico di risentimento che esige una richiesta fatta in quel modo.

«Credo che dovrebbe essere un po' più ragionevole, mia cara Juliane.»

Il tono è un campanello d'allarme: deve essere pronta a fronteggiare qualunque situazione.

«Io sono ragionevole.»

«O preferisce che la chiami Sahar?»

Peggio di una scossa elettrica. Il braccio scivola lungo il corpo, il libro che ha in mano cade in terra, il respiro diventa veloce, il cuore non ha mai battuto con tale violenza. Impiega un'eternità a rispondere.

«Non capisco.»

«Lei capisce benissimo, è sufficiente che io faccia una telefonata e il commissario Gerard le sguinzaglierà addosso tutta la polizia di Parigi.»

Di colpo ha paura, le manca l'aria, non ha mai fiutato così forte l'odore del pericolo, farfuglia parole che non saprebbe ripetere.

«La sento agitata ma non deve, la voglio aiutare, anzi forse la posso aiutare. Abita sempre da zia Coline?»

Non le sfugge una punta d'ironia.

«Sì.»

«Se mi dà l'indirizzo le mando un'auto.»

«Non c'è bisogno, sono a pochi metri da casa sua, se vuole...»

«Non sono a Parigi ma nella mia villa a Méribel, nell'Alta Savoia.»

«Ma...»

All'altro capo l'uomo dosa sapientemente la pausa con un silenzio prolungato.

«Allora facciamo così, lei mi dice dove si troverà, diciamo domani.»

«Domani non posso» lo interrompe Sahar.

«Allora dopodomani; un'auto l'accompagnerà qui da me.»

Non perde tempo a chiedersi come abbia scoperto la sua identità, pensa solo a come sgusciare da quella gabbia. Masson le ha strappato la maschera ed esige una risposta. Potrebbe non dargliela o, più semplicemente, eclissarsi, una scelta facile e innocua.

«Ci penserò.»

«Non è tempo di pensare ma di decidere.»

È imbrigliata in una calma depressa, la sua curiosità fatalista e il desiderio di dare un taglio al suo vagabondare danno la risposta.

«Domenica alle dieci al théâtre du Marais, rue Volta.»

Chiude la conversazione, lascia sul tavolo una mancia, esce su boulevard Saint-Germain, s'infila nel metrò e in meno di mezz'ora si ritrova in rue du Vertbois.

Ha meno di quarantotto ore di tempo per decidere se accettare il beneficio del dubbio oppure scomparire come ha già fatto altre volte. La sparizione, però, deve essere una scelta ponderata. Non può tornare indietro con leggerezza e comunque non nel suo mondo. Fuggire da Masson è causa persa, per qualche strano motivo quell'uomo ha deciso di tenderle una mano.

O una trappola.

46

Domenica 23 giugno 2013

Una BMW scura compare dal nulla e si ferma di fronte al théâtre du Marais.

«È lontana Méribel?» chiede Sahar all'autista.

L'uomo non risponde, si limita a incrociare il suo sguardo nello specchietto.

Si rannicchia sul sedile: si sono snodati talmente tanti fatti con così sconcertante rapidità che fatica a metterli uno dietro l'altro. Ripassa una mezza dozzina di ipotesi su ciò che è accaduto ma non ne trova una convincente. Forse la cosa migliore è dire a Masson una parte di verità. Il problema è se confessare anche le altre parti, Janssen per esempio. Ci sono dei pro e dei contro. Non ha la soluzione in tasca anche perché continua a farsi grandi domande e a trovare solo piccole risposte. Per un po' prova a distrarsi col paesaggio, poi pian piano la tensione cala e si addormenta.

Si sveglia che il sole sta lentamente scomparendo dietro le cime delle montagne, lasciando un colore tenue e diffuso senza ombre. Ci mette un'eternità a sollevare la testa, apre di un filo il finestrino, la temperatura è cambiata, l'afa di Parigi si è trasformata in un'aria fresca e frizzante.

«Siamo arrivati?» chiede mentre dà un colpo di spazzola ai capelli.

L'autista annuisce con un cenno, poi si volta a dirle il nome della strada, route des Chalets, le pare di capire.

Scende dall'auto mentre nel cielo si muovono veloci nuvole scure, l'autista con una mano le consegna il trolley, con l'altra indica il cancello di una villa seminascosta tra gli alberi.

Con lo scricchiolio della ghiaia sotto le scarpe arriva a una veranda, una domestica con un camice a righe bianche e azzurre apre la porta; un riquadro di luce illumina i suoi piedi. Lascia lì il trolley, il passo è incerto mentre va verso Masson, seduto sulla sedia a rotelle accanto a un pianoforte. Ha un bicchiere e una bottiglia di rum a fianco, dalla pipa posata al centro di un tavolino sale un filo di fumo perfettamente verticale.

L'accoglienza è artificiosamente cordiale.

«Benvenuta, si accomodi, immagino sia stanca.»

Sahar rimane in piedi in una posizione di difesa ma anche di attacco.

«Perché mi ha fatto venire fin qui? Cosa vuole da me? E soprattutto, come fa a sapere il mio nome?»

Masson beve un sorso del liquido ambrato, l'assapora senza fretta, dalla pipa aspira una lunga boccata.

«Via, non sia precipitosa, abbiamo tutto il tempo per parlare. Valeriane, la domestica, l'accompagnerà nella sua stanza, la cena è per le nove.»

Allunga il braccio, da un cestello colmo di ghiaccio prende una bottiglia di champagne, riempie due flûte e fa un cenno di brindisi senza commenti.

Sahar sta per replicare quando la donna che risponde al nome di Valeriane entra silenziosamente, poggia sul tavolo un piatto di formaggi, chiude le tende e le fa cenno di seguirla.

Dalla scala di pino lucido entra in una stanza né triste né

allegra: un tappeto color caramello, un armadio di legno, il comodino color mogano, tende viola prugna.

Fa una doccia calda, indossa abiti freschi e torna al piano di sotto. Masson è già seduto al tavolo da pranzo, le candele accese emanano un profumo leggero di tuberose. *Sembra tutto così normale, tutto così surreale*, pensa sedendosi di fronte. Avverte un leggero senso di minaccia che però non riesce a decifrare.

Arriva il soufflé. «Spero le piaccia» dice Masson con il tono più naturale del mondo. «È uno dei piatti migliori di Valeriane. Ma ora mi parli di lei. Sono curioso.»

Durante il viaggio aveva pensato e ripensato, pesato ogni parola ed era arrivata alla conclusione di non accennare all'incontro con Janssen.

«Quanti anni ha?»

«Ventinove» risponde Sahar. La stessa domanda che le ha fatto Janssen.

«Un'età bellissima per una donna.»

Bellissima per chiunque, vorrebbe ribattere.

«A ventinove anni si fa tutto quello che si vuole. Lei è ancora molto giovane, possiamo darci del tu?»

Sahar annuisce senza entusiasmo, il lei ha molti vantaggi, evita per esempio eccessive confidenze.

«È una grande fortuna che tu sia qui. Credi alla fortuna?»

«Forse, anche se non ne ho mai avuta molta, solo un paio di volte e certo non in questi ultimi tempi.»

«Una volta nella vita capita a tutti, ai più quattro o cinque volte; io ho avuto un paio di colpi di fortuna. Potevo morire e invece eccomi qui anche se su una sedia a rotelle. Tu, piuttosto, vieni da Marsiglia ma sei tunisina. O sbaglio?»

Per un attimo pensa che mentire sia una pratica indispensabile, anche brillante se ne vale la pena. Ma non è quello il caso. Il rumore di un'auto che affronta la salita le dà qualche secondo in più di riflessione. Aspetta che la donna col camice sparisca, ha già pronta la prima frase.

Inizia a parlare della sua terra, di Gabès e dei suoi giardini, racconta dei suoi genitori, s'interrompe temendo di entrare troppo nei particolari.

«No, no,» protesta Masson «continua pure.»

Narra la storia della sua vita a Marsiglia senza mai nominare la libreria di Fernández. Parla con calma, come se il racconto riguardasse non lei ma un'altra persona, conosce fin troppo bene il senso di ciò che sta dicendo.

Masson ha gli occhi puntati su di lei, solo in un paio di occasioni si lascia sfuggire un sospiro, più di una volta lei si domanda cosa stia pensando. La sua faccia immobile sembra registrare ogni parola, ogni accento, ogni incertezza senza far trapelare nulla. Più di una volta si chiede quanto lui creda a ciò che sta raccontando.

Ha il timore di provare l'ebbrezza del gioco seduta al tavolo sbagliato.

Ma solo per un attimo.

«Ora sai tutto di me,» passa le mani nei capelli prima di aggiungere «mentre io non so come hai scoperto la mia identità.»

«Ne parleremo domani. Piuttosto, mi hai raccontato la tua storia, ma forse manca qualcosa. Ho sentito tante teorie su di te, è facile teorizzare, vero? Avere una teoria non serve a niente, è sufficiente un convincimento e agire di conseguenza.»

Arriva lo stinco al forno con purè di patate e fagiolini; Sahar prova un misto di eccitazione e nervosismo, Masson si destreggia su un confine sottile tra accenni al passato e insinuazioni sul presente. Poi prende una bottiglia.

«Forse non è il vino giusto, ma a me va bene. A te?»

«Benissimo.»

Sta per aggiungere qualcosa quando lui la gela con una domanda che non si aspetta:

«Conosci Janssen?».

I suoi occhi sono precisi, non si perdono un granello di polvere.

Guardare qualcos'altro, subito! I colori della stanza, le candele consumate a metà, l'oro dei piccoli candelieri, le ciotole di terracotta decorata.

Qualsiasi altra cosa che non siano i suoi occhi.

«Chi è?»

La domanda si perde nell'aria, si sente scrutata minuziosamente, con insistenza, si rende conto di stringere con forza la forchetta, e allora la poggia nel piatto. È imbrigliata, consapevole che continuare la messinscena non ha senso e che probabilmente è meglio ammettere l'evidenza. Perciò aggiunge: «Sì, lo conosco».

Respira piano e riesce a placarsi un po', il suo cuore riacquista a poco a poco un battito normale; si lascia conquistare da un'incomprensibile sicurezza e va diretta al nocciolo del discorso.

«Immagino che Janssen ti abbia raccontato tutto ciò che è avvenuto quella sera. Ma forse non proprio tutto.»

«Più o meno, ma non è importante, tu non devi fingere di essere quella che non sei.»

«Fingere?»

«Hai capito cosa dico, qui puoi essere te stessa, puoi parlare liberamente, non credo che tu sia un'assassina, altrimenti non ti avrei fatto entrare nella mia casa. Janssen è uno stupido, va dietro a tutte le gonnelle che gli passano a tiro. Tu l'hai agganciato perché pensavi che ti portasse da quel tuo amico...»

«Farid.»

«Giusto, Farid. E non ci sei andata molto lontana, perché Janssen ti poteva effettivamente condurre da lui.»

«Ma cosa lega due persone così diverse? Cosa stanno progettando insieme?»

«Progettare insieme?» Masson scoppia in una risata fragorosa che tronca di colpo. «Davvero non l'hai capito? Davvero pensi che un uomo di destra fino al midollo, che nutre un odio smisurato per tutto ciò che il mondo islamico rappresenta, sia in combutta con un tunisino affiliato al gruppo islamico Ansar al-Shari'a? Janssen spedirebbe al di là del Mediterraneo tutti i *Pied-Noirs* e farebbe un ripulisti di tutti i cittadini dell'est Europa che sono arrivati a frotte in Francia. Allearsi con terroristi islamici? Sciocchezze! Follie!»

Sahar è spiazzata, si sente improvvisamente stupida o forse è lui che la vuole far sentire così.

«Janssen ha tanti difetti ma non è un fanatico musulmano. Scoppierebbe a ridere se sapesse di un'accusa del genere.»

Prende la pipa, pressa il tabacco, con un lungo fiammifero l'accende, un profumo indecifrabile si diffonde per la stanza.

«Allora perché?»

I suoi occhi sono immobili, sembra si diverta a tenerla sulla corda.

«Per il motivo più banale del mondo. Ma davvero non hai capito?»

Sahar scuote il capo e lo reclina da un lato, ha gli occhi fissi nel vuoto e una voglia irrefrenabile di mandare Masson a quel paese. Ma si trattiene.

«Janssen è cocainomane.»

«E allora?»

«Farid è il suo pusher. Semplice no? Che poi Farid stia partecipando a qualche losco intrigo di stampo jihadista, be', questo non è affar nostro.»

Sahar si sente un'idiota. Vorrebbe alzarsi, camminare per la stanza, aprire la finestra. Resta invece inchiodata alla sedia torcendosi le mani. Che sciocca a non averci pensato, Farid aveva il numero di Janssen per vendergli cocaina. Vorrebbe mettersi a ridere per tutto il tempo che ha passato a costruire congetture fantasiose.

Ma Philèmon? E il Prieuré de Binson? Quelle non sono opere della sua fantasia.

L'istinto le dice di andare via, di tornare a Parigi, da Coline probabilmente. Vorrebbe aprire la porta della stanza e ritrovarsi come per magia nella sua camera da letto del Panier, guardare le foto sul comodino, toccare le stoffe del copriletto.

Dev'essere per questo che con la mano sfiora una tenda.

«Non hai risposto alla mia domanda, come mai conosci il mio nome?»

«Non lo conosco io, ma il commissario Gerard, che per qualche motivo ha scoperto che Charlotte André, Jacqueline Fauvre e Sahar Liman sono la stessa persona. Aggiungerei ora anche Juliane Aubert.»

Non sa perché ma mentre sale le scale per andare a dormire una domanda le torna in mente e le si attacca al cervello come un ritornello ossessionante.

Perché Masson l'ha fatta andare lì?

47

Lunedì 24 giugno 2013

Sahar è in una stanza sconosciuta.

Janssen la fissa con sguardo cattivo; si apre una porta, l'ispettore Derrek incede con passo da corte marziale. Lei fugge calandosi da una finestra in una campagna brulla punteggiata di arbusti bruciati. Si ritrova sotto qualcosa che somiglia a un ponte, con le mani imbrattate di qualcosa di scuro e appiccicoso che sembra sangue raggrumato.

Spalanca gli occhi e si mette a sedere sul letto.

È stato solo un brutto sogno.

Apre le imposte, la casa è immersa nel bosco, il giorno è spuntato, grigio e smorto, sotto una coltre di nubi. C'è un profumo di legna bruciata, qualche goccia di pioggia macchia la terra asciutta. Per chissà quale motivo pensa a tutte le persone che si è lasciata alle spalle nella sua vecchia vita: chissà se qualcuno di loro prima o poi noterà la sua assenza.

Richiude la finestra e apre l'armadio, l'odore di naftalina arriva misto a un profumo di lavanda, infila pantaloni neri e blusa grigia girocollo, dà un colpo di spazzola ai capelli, lo specchio le restituisce l'immagine di una faccia stanca. Apre la porta adagio, l'aroma di caffè che sale dalle scale è segno che la colazione è pronta.

Masson sta bevendo da una tazza di porcellana bianca, ha la

pipa spenta poggiata da un lato del tavolo e i giornali dall'altro.

«Hai dormito bene?»

Sahar risponde con un gesto affermativo, si siede e beve un sorso di caffè.

«Mi è venuta un'idea per risolvere il tuo problema.»

«Quale?»

«Ho telefonato a Janssen e gli ho chiesto come fa a procurarsi la cocaina ora che Farid è sparito.»

Sahar spalma un velo di burro su un toast e lo ricopre di miele, c'è qualcosa di eccentrico in quello che sta ascoltando ma lascia correre.

«Mi ha risposto che Farid gli ha dato un nominativo nel caso lui non possa procurargli la droga. È un giovane tunisino che fa la spola tra Zagabria e Parigi. Gli ho chiesto il numero di telefono e lui me l'ha dato.»

«Non capisco.»

«Ho chiamato, mi sono qualificato come amico di Janssen. Mi trovo a Zagabria, ho detto, avrei bisogno di un po' di roba, eccetera. Ho anche aggiunto di avere i soldi che Janssen deve a Farid.»

Beve un sorso.

«Sai cosa mi ha risposto? Che glielo avrebbe riferito. Quindi lui sa dove si nasconde.»

«Farid a Zagabria?»

«Sembrerebbe.»

«È la tua ricostruzione?»

«Sì, e in genere ho quasi sempre ragione.»

Nel silenzio prolungato Sahar tamburella con le dita sul tavolo, sposta lo sguardo sulla stoffa crema dei muri, sul color prugna delle tende, sul caffellatte della moquette.

Uscire da quella porta, subito. Far perdere le tracce, sparire e diventare un fantasma.

«Voglio tornare a Parigi.»

Masson sorride.

«Sei sicura?»

«Certo.»

«Sulla tua testa pende un mandato di cattura per l'omicidio di Rami Ben Taleb e di concorso in omicidio per Philèmon al Prieuré de Binson. Janssen ti ha denunciato, la tua parola contro la sua. Derrek è ottuso, per lui due più due fa sempre quattro. La soluzione più semplice è scaricare tutto su di te.»

Sahar tace, tornare indietro in realtà non ha senso e, cosa più importante, non vuole farlo. In segreto è eccitata. Da lì in poi può considerarsi una vittima delle circostanze. Fa un respiro e lo guarda dritto negli occhi.

«Cosa dovrei fare?»

«Fossi in te andrei a Zagabria.»

A volte, pensa, sarebbe il caso di fermarsi dove si trova, se non l'aspetta niente di meglio, e l'idea di Masson è bislacca. Tra l'altro non conosce neanche una parola di croato.

«Che ci vado a fare?»

«A scoprire l'indirizzo di Farid e denunciarlo.»

«Chi mi darà retta?»

«Tutti, il pericolo islamico in quel paese è molto sentito.»

«Mi arresteranno.»

«Forse, ma avrai raggiunto il tuo scopo. Dopo sarà tutto più semplice.»

«Mi pare un prezzo un po' salato.»

«Tutte le cose che valgono hanno prezzi salati. Hai mai visto un oggetto di valore che costa poco? Solo in casi eccezionali. Se accetti la mia proposta, ti posso accompagnare ma non farti idee sbagliate. Non lo faccio per il tuo sorriso o per i tuoi occhi neri, ma perché a Zagabria ho un amico che non sta bene, non credo gli resti molto da vivere, è un'occasione per riabbracciarlo.»

Sahar fa un profondo sospiro, sembra tutto troppo semplice o troppo complicato.

«Non so decidere.»

«Allora decido io per te.»

Senza un motivo apparente, Sahar si alza e senza chiedersi perché sale a preparare la valigia.

«È lontano?» chiede quando è a metà della scala.

«Meno di mille chilometri, di cui molti di autostrada, nove, dieci ore al massimo e ci siamo.»

«E se fossi bloccata alla frontiera? Il mio passaporto...»

«Fino alla Slovenia nessuno ci fermerà, passeremo la frontiera croata a Bregana, dove non fanno storie.»

Lo dice con un mezzo sorriso, sembra che ne sappia sempre più di tutti e che non gli sfugga mai nulla.

«Come fai a essere così sicuro?»

«Sono sicuro e basta.»

«Dove dormiremo? Certo non in albergo.»

«Il mio amico ha un piccolo appartamento nel centro di Zagabria, l'ho già utilizzato altre volte, non è un granché ma almeno lì nessuno fa domande.»

Masson si muove con naturalezza mentre prende posto nella BMW X5, che ha un sistema di guida per disabili. Piega la carrozzella, la domestica la prende e la infila nel bagagliaio.

Le nubi ferme nel cielo si trasformano in breve in temporale, un brontolio di tuoni accompagna le prime gocce di pioggia sul parabrezza.

Nella prima ora di viaggio attraversano boschi e zone brulle, qualche paese di cui legge il nome sulle targhe, Albertville, Saint-Leger, Montvernier, passano la galleria del Frejus, sono in Italia, sull'autostrada Bardonecchia-Torino.

La pioggia diminuisce fino a cessare del tutto, la temperatura sale di colpo, Sahar si sfila il golf e lo lancia sul sedile posteriore.

«Tu sei convinta che Farid sia implicato in qualche attentato organizzato da frange wahhabite.»

Sahar fa spallucce, l'ideale sarebbe chiudersi in un silenzio prolungato, ma Masson non dà tregua.

«Non è il caso di Janssen, ma la tua idea non era poi così campata in aria. Hai sentito parlare di nazislamismo?»

Sahar scuote il capo.

«Destra reazionaria e Islam salafita e wahhabita in alcuni casi possono convergere su un'estremizzazione identitaria nazionalista o religiosa. In fondo la storia si ripete, non mi stupirei di una riedizione dell'alleanza nazislamista nata nei Balcani durante la Seconda guerra mondiale per mano di Muhammad Amīn al-Husaynī, politico palestinese, Gran Mufti di Gerusalemme, uno dei principali leader nazionalisti arabi radicali degli anni Trenta; un vero precursore del fondamentalismo islamico. All'epoca aveva stretto accordi con il Terzo Reich per combattere nemici comuni, ebrei e bolscevichi, tanto da raggiungere un accordo per creare uno stato che comprendesse Iraq, Siria, Libano, Palestina e Transgiordania. Un obiettivo non molto diverso da quello dello Stato Islamico. Ma il Gran Mufti di Gerusalemme si è spinto oltre. Durante la Seconda guerra mondiale ha reclutato militanti musulmani bosniaci e li ha spediti in Germania ad addestrarsi per combattere i partigiani nei Balcani, sotto il comando di ufficiali tedeschi. Sulla coscienza, ammesso che ne avesse una, ha lo sterminio della maggior parte degli ebrei di Bosnia. L'accordo della destra con gli islamici radicali è un vero suicidio ma purtroppo non tutti la pensano così.»

Sahar alza un sopracciglio, una sua obiezione è respinta con un cenno.

Masson modifica leggermente la posizione dello schienale, aspira con piacere dalla pipa tenendola con tre dita come se un vecchio cinese gli avesse insegnato il gesto e spinge sull'acceleratore.

«Conosci Michel Houellebecq?»

«Ho letto il suo nome tempo fa ma non ricordo...»

Vede sfilare il cartello con l'uscita per Torino, Masson accende l'aria condizionata.

«È incredibile! Pensi che grandi scrittori siano universalmente noti e poi ti rendi conto che nessuno al di fuori di una cerchia piccolissima li conosce, neppure nel loro paese. Houellebecq l'ho incontrato a Parigi un paio di mesi fa; mi ha parlato dell'ultimo libro che sta scrivendo, un'idea visionaria della Francia tra dieci anni, quando le elezioni saranno vinte da un presidente musulmano, che islamizzerà la società e cercherà di ricreare in Europa e nel Mediterraneo una sorta d'impero romano unito dall'Islam.»

«Tu ci credi?» butta lì Sahar giusto per dire qualcosa.

«Houellebecq è convinto che in Francia si possa determinare un bipolarismo tra Fronte nazionale e integralismo islamico, forme diverse ma speculari di ricoesione sociale, qualcosa di simile ai due fascismi contrapposti a cui si riferisce anche Hanif Kureishi, un'altra bella testa che forse dovremmo leggere più spesso. Lo conosci?»

«No.»

«È un inglese di padre pakistano. È fantastico! Ha posto l'infedeltà come uno dei valori alla base della nostra vita. Se siamo fedeli non abbiamo spazio per il nuovo. Andare avanti è un'infedeltà continua e necessaria nei riguardi degli altri, del passato, di noi stessi. La crescita è infedeltà e tradimento.»

«Anche con la propria donna?»

«Certo, anche con la propria donna.»

Sahar vorrebbe replicare, ma è sufficientemente distaccata per lasciar correre, guarda la strada davanti e per qualche ragione pensa al suo futuro, anzi alla sensazione di futuro che si è come accorciata, ristretta, offuscata quanto basta per angosciarla.

Masson non sta zitto un attimo: Da'ish, integralismo, nazismo, cita autori che lei non ha mai sentito nominare, nomi che rotolano uno dietro l'altro.

«Ognuno per sé e Dio per tutti.» Il tono di Masson ora è più sostenuto. «Un proverbio che oggi va diviso in due parti, ognuno per sé, ed è il caso dell'Europa, e Dio per tutti ed è il caso dell'Islam radicale. L'Unione Europea non esiste, è dilaniata da egoismi nazionali, ognuno va avanti per la sua strada sulla base dei propri interessi. Guarda la Francia. Tutti contro tutti. Lotte tra classi sociali in cui ciascuno odia quello appena più sotto o appena più sopra, giovani contro anziani, partite IVA contro salariati, disoccupati contro insegnanti, operai contro manager e via così, all'infinito. Il dominio di una ristretta élite economica e finanziaria su tutti gli altri. L'Unione Europea è sorda quando si ascolta, miope quando si guarda. Si sta dimostrando ancor più sorda e miope per tutto ciò che è intorno a lei, vede il Da'ish come un fenomeno circoscritto, qualcosa che interessa popoli di territori lontani, una lotta tra sunniti e sciiti. Che idiozia! Guardiamo le immagini di Raqqa, Aleppo, Mosul con orrore ma con distacco, come qualcosa lontano da noi, che non ci appartiene, convinti che da noi non succederà mai. Ma un domani Lione, Digione, Bordeaux potrebbero seguire la stessa sorte. Al-Qaeda, al-Nusra, Ansar al-Islam, al-Shabaab in Somalia, Boko Haram in Nigeria, tante sigle diverse che hanno alla base la stessa ideologia. Paesi come la Cecenia altro non sono che serbatoi di miliziani della jihad. Nella Gola di Pankisi poco più di cento chilometri a nord-est di Tbilisi al confine con la Cecenia, punto di arrivo dei traffici di armi e di droga, si trova una delle principali basi di jihadisti. Dalla Cecenia al Caucaso il passo è breve. Dal Daghestan, dall'Inguscezia, dal Cabardino-Balcaria arrivano a frotte i combattenti per lo Stato Islamico. Sono migliaia i russi che combattono insieme ad altri *foreign fighters*. Nelle repubbliche ex sovietiche del Tagikistan, del Kazakistan, dell'Uzbekistan i reclutatori ceceni del Da'ish lavorano senza tregua per rimpinguare le fila in Siria e in Iraq.»

La pianura padana scorre monotona. Arrivano alla tangenziale di Milano, il navigatore fa bene il suo mestiere, in un intreccio di svincoli, cartelli, auto e camion che sbucano da tutte le parti, la BMW imbocca l'autostrada per Venezia al primo colpo.

È passato da un pezzo mezzogiorno e lei lancia un'idea: «Mangiamo qualcosa?».

«Perché no.»

Dopo qualche chilometro Masson mette la freccia ed entra in un autogrill parcheggiando la BMW tra due camper. L'aria è afosa, il sole filtrato da nuvole alte, abbaglianti, il piazzale è formicolante di vacanzieri, auto stipate di ogni cosa, bambini che si rincorrono, padri indaffarati a controllare olio e gomme, madri che riempiono thermos di acqua, latte, succhi di frutta. Sahar va dritta in bagno, si sciacqua la faccia, nello specchio scorge l'immagine di un volto tirato. Per un attimo ha l'idea folle di sgattaiolare da un'uscita secondaria e sparire. Prova una sensazione forte e complessa, forse è solo la follia della situazione: teme possa rivelarsi una colossale truffa. Non ci mette molto a convincersi che la via d'uscita dal labirinto in cui vagola da troppo tempo e il segreto della sua sopravvivenza non è più la fuga. Il dubbio è se può fidarsi di lui. Ma la scelta, anche se in modo immotivato, l'ha già fatta.

Torna nel bar, Masson è a un tavolo, un cameriere sta poggiando due vassoi.

«Ho preso hamburger con patate fritte anche per te, spero vadano bene. Da bere?»

«Coca-Cola.»

Si siede e addenta il panino; in un modo o nell'altro Masson sembra aver esaurito gli argomenti di conversazione. Lei avrebbe mille domande di tutt'altro tipo ma preferisce tacere. Sogna una dormita in una stanza fresca con aria condizionata e persiane chiuse. Buio, sonno e null'altro a cui pensare.

L'aria è polverosa, la BMW con un balzo torna nella luce accecante dell'autostrada, Masson accende la pipa e si concentra sulla guida, Sahar rompe il silenzio riallacciandosi al discorso prima della sosta, un argomento neutro senza coinvolgimenti personali.

«Quindi sei preoccupato dall'avanzata del Da'ish.»

«E chi non lo è? La jihad è arrivata al Caucaso, ma non solo lì. L'Unione Europea nella sua ottusità non ha ancora capito che i fondamentalisti islamici sono dentro di lei, non ai confini. Sono decine le *no-go zone* nella banlieue parigina, dove la società è prevalentemente islamica, o nel comune Molenbeek-Saint-Jean nella regione di Bruxelles, o nel Nord Reno Westfalia che pullula di salafiti. Non solo i Balcani, anche l'Ucraina è una polveriera. Interessi economici per i giacimenti di gas, conflitti etnici, rapporti commerciali, prima o poi i separatisti russi si faranno sentire; nell'esercito ucraino il nazionalismo d'ispirazione neo-nazista è forte tanto quanto è debole l'organizzazione militare. Se si arrivasse a uno scontro con i filorussi sono sicuro che i jihadisti del Caucaso sarebbero pronti a mettersi in viaggio verso l'Ucraina così come è avvenuto per i mujahidin nei Balcani durante la guerra in Bosnia. Brigate ucraine neofasciste e jihadisti contro i separatisti filorussi, uno scenario che non mi sento di escludere. Risultato? Un *hub* della jihad ai confini dell'Unione Europea. Anche in questo caso la storia si ripete.»

Masson è preso dal suo monologo e lei si guarda bene dall'interromperlo.

«Ogni nazione deve riprendere la propria sovranità, mandare a quel paese gli ottusi burocrati di Bruxelles, chiudere le frontiere, riprendersi la propria moneta, armare l'esercito e combattere per la libertà e la difesa dell'identità nazionale. O moriremo tutti musulmani.»

L'autostrada è intasata di auto, camper, camion, furgoni. Sahar guarda la campagna arrostita dal sole, campi coltivati e fattorie in mattoni rosso scuro. Poi si gira su un fianco e chiude gli occhi, ripercorre mentalmente le dozzine di ipotesi su ciò che sta vivendo: la più comoda per i suoi gusti è che Masson voglia davvero andare a trovare quel suo amico. Ce ne possono ovviamente essere molte altre, ma si dà il caso che non riesca a immaginarne neanche una. E senza accorgersene si addormenta.

Quando si sveglia la BMW è ferma in un piazzale di una stazione di servizio.

«Dove siamo?»

«Abbiamo passato Mestre. È più di un'ora che dormi... Un caffè?»

Ripartono, il traffico ora è soprattutto di TIR che si dirigono verso la frontiera con la Slovenia. Il sole ha ceduto da un po' al crepuscolo quando un cartello indica venti chilometri per Lubiana.

Masson mette la freccia ed esce dall'autostrada.

«Dove andiamo?»

«C'è una *gostilna* dove si mangia bene a pochi chilometri da qui, una piccola deviazione per una cena decente.»

«Una *gostilna?* Cos'è?»

«Una specie di trattoria.»

«Come la conosci?»

«Ci venivo a mangiare quando andavo a caccia in Slovenia.»

Sotto un'incannucciata un gruppetto di camionisti gioca a carte alla luce di un neon balbettante. Entrano nel locale, tutte le teste si voltano. Masson, facendo forza con le braccia, porta la sedia a rotelle a un tavolo. Un cameriere sbrigativo poggia sulla tovaglia di carta acqua minerale e pane.

Sahar legge il menù, *žlikrofi*, *jota*, *prežganka*, *bograč*. Lo richiude subito.

«Non ci capisco niente.»

«Cosa preferisci? Stufato di fagioli con crauti, patate e carne di maiale, ravioli ripieni di patate e cipolla oppure spiedini di carne di maiale con salsiccia e peperone? Sono tutti ottimi. Oppure una zuppa, quella di orzo è molto buona.»

Sahar sceglie un piatto di carne e patate, Masson chiama un cameriere e ordina *bograč* e *jota*, birra e Coca-Cola.

«Non immaginavo che parlassi sloveno.»

«Mastico quanto basta di croato e con quello mi faccio capire un po' dappertutto. Lo sloveno in realtà è diverso nel vocabolario, nella grammatica, nella scrittura e anche nella pronuncia dal bosniaco, croato e serbo, che sono invece molto simili.»

«Per me è una lingua incomprensibile.»

«Tutte le lingue sono incomprensibili se non le conosci. In questo caso nella ex Jugoslavia croato, serbo, montenegrino, bosniaco erano parte integrante della lingua serbo-croata.»

Infilza pigramente una patata e s'interroga su cosa farà una volta arrivata a Zagabria. Ma è troppo stanca e ha troppo sonno, ci penserà domani alla luce del sole.

Escono dal ristorante, la BMW riprende a macinare chilometri. È notte quando si fermano alla frontiera con la Croazia.

«Ancora qualche giorno e non avremo più controlli.»

«Perché?»

«Tra sette giorni, il 1° luglio, la Croazia entrerà nell'Unione Europea e quindi anche le frontiere saranno aperte a tutti.»

«Passaporto» lo interrompe uno dei due agenti della dogana.

Masson borbotta delle parole in croato mentre consegna i documenti, l'agente risponde a monosillabi, poi si volta verso il collega che a qualche metro di distanza annuisce.

«Cosa gli hai detto?»

Masson porta l'indice sulla bocca, l'agente dice ancora qualcosa porgendo i passaporti a Masson, che risponde con un mezzo sorriso e il pollice alzato.

La BMW riparte a gran velocità, i lampioni sono accesi già da un pezzo quando entrano a Zagabria in un traffico che scorre curiosamente in silenzio tra palazzi tutti uguali, tutti tristi. Con un telecomando Masson apre una saracinesca ed entra in un box.

Sahar scarica dal bagagliaio la sedia a rotelle e lo aiuta a sedersi; percorrono un corridoio che sa di muffa, entrano nell'ascensore e salgono al quinto piano.

L'appartamento mantiene la promessa dello stabile, mobili dozzinali, una cucina con un tavolino di fòrmica color dentifricio e un odore persistente di stantio.

«La tua stanza è in fondo al corridoio, il bagno appena esci a destra, l'acqua in frigo.»

Il letto è di ferro, le lenzuola da quattro soldi, accende il ventilatore e apre la finestra anche se le persiane sono chiuse.

In cucina Masson è al tavolo con due bicchieri e una bottiglia.

«Il mio amico conosce i miei gusti, il Bowmore Black Rock è un ottimo whisky, ti va un goccio?»

Sahar fa un cenno negativo, la carne e le patate le hanno lasciato la bocca secca, apre il frigo, da una bottiglia di acqua minerale tracanna due bicchieri.

«Ho sonno, vado a dormire.»

«Come vuoi.»

«Tu resti qui?»

«Sono abituato a bere da solo. A Parigi ho la mia bottiglia, il mio bicchiere. Ma bere in compagnia è diverso, una bevuta triste diventa per incanto gioiosa. Bevi e la notte ti sembrerà più allegra.»

Il profumo del whisky scaccia per un attimo il suo lato superstizioso, per lei l'alcol non è il segreto della sopravvivenza o la via per uscire dalle ansie giornaliere. Tuttavia si siede, beve un sorso con una posizione falsamente rilassata, la testa obliqua e il mento sostenuto dalla mano aperta.

Masson va con la bottiglia verso il suo bicchiere, le versa altre due dita, lei le manda giù come una bevitrice incallita.

«Vado a dormire.»

Sente la testa pesante e le gambe molli.

«Ci vediamo domani. Cerca di riposare, sarà una giornata impegnativa.»

Si lascia cadere sul letto, non ha neppure la forza di svestirsi. Spegne la luce, nel buio passa di colpo dalla veglia al sonno senza rendersene conto.

48

Martedì 25 giugno 2013

Gerard è allegro quella mattina. Per più di un motivo: ha passato una piacevole serata con Annette senza andarci a letto, Maigret sta meglio e ha mangiato, in frigo ha un fantastico salmone affumicato, Sockeye delle isole Faroe, per preparare dei *blinis* con yogurt, cetriolo e cipolle rosse.

Scruta Moreau che sta entrando per fare il punto, ha l'aria cupa, qualcosa è andato storto quella mattina. Più di qualcosa a giudicare dal suo aspetto.

«Ho buone notizie.»

«E lo dici con questa faccia?»

Moreau sorride con fare evasivo e lascia correre.

«L'abbiamo trovata.»

«Chi?»

«La giornalista.»

Gerard chiude l'accendino con uno scatto, un formicolio di eccitazione gli sale lungo le braccia e arriva alla testa.

«Hélène Bretton, giornalista di *Le Post*, giornale on line creato da *Le Monde*. Il software di Hendriks ha individuato in un pixel della fronte istruzioni su come collegare un detonatore a una radioricevente mentre in quello di una mano sono fornite indicazioni per la consegna a Novi Pazar di una partita di esplosivi e di detonatori spedita da Pljevlja.»

Gerard ha un pensiero laterale: pian piano riesce a mettere a fuoco un'idea rannicchiata in un angolo del cervello. È palese che qualcosa molto rassomigliante a un attentato si stia preparando nell'area balcanica. Pljevlja è in Montenegro, Novi Pazar in territorio serbo, entrambe nella regione del Sangiaccato, un'area complicata con una storia complicata; dominazione ottomana prima, quindi la suddivisione tra i regni di Serbia e Montenegro ai primi del Novecento. Un miscuglio di popoli, serbi, montenegrini, albanesi, bosgnacchi, ossia i bosniaci discendenti delle popolazioni convertitesi all'Islam durante il periodo ottomano della Bosnia.

«Quindi abbiamo la conferma che si sta preparando un attentato e che l'area interessata è quella del Sangiaccato, un luogo ideale per chi vuole preparare un'azione di stampo jihadista. Ti ricordi l'attentato all'ambasciata degli Stati Uniti a Sarajevo nell'ottobre 2011?»

Moreau annuisce.

«In quell'occasione abbiamo scoperto che nella città c'erano molti centri di addestramento di mujahidin destinati a confluire nelle truppe del Da'ish in Siria. L'attentatore dell'ambasciata era un albanese nativo di Novi Pazar e aveva rapporti con le cellule jihadiste di un villaggio nel Nord-Est della Bosnia di cui non ricordo il nome.»

«Gornja Maoca.»

«Come fai a memorizzare tutti i nomi?»

«Sono giovane.»

«Stronzo! Cos'hai stamattina?»

«Perché?»

«Sei incazzato e anche un po' acido.»

«Solita storia, ieri sera ho litigato con Josephine, ho paura che non ci sia niente da fare. Ma forse sbaglio e domani sarà tutto passato.»

Gerard dà un tiro alla Chesterfield, ha la tentazione di chiedergli chi diavolo sia Josephine ma lascia correre, tenere il conto delle donne di Moreau è troppo complicato. E riprende il discorso da dove l'ha interrotto.

«Ho idea che Garcia abbia applicato la stessa logica di segmentazione dell'informazione anche ai luoghi. Non un centro operativo ma tanti punti dispersi distanti centinaia di chilometri l'uno dall'altro. Garcia ha preso voli per Pristina, Banja Luka, Podgorica, ma non è detto che queste città siano la sua meta. Potrebbe aver affittato un'auto ed essere andato per esempio a Pljevlja o a Novi Pazar. Magari scopriamo che Farid è lì.»

Il telefono squilla in un angolo della stanza, il Servizio d'Informazione e Sicurezza del Ministero della Difesa del Montenegro è in linea.

Gerard ascolta la voce all'altro capo del filo in silenzio, Moreau lo interroga con gli occhi: «Beccato!» sussurra coprendo con la mano il microfono. Garcia la notte di domenica 26 maggio aveva dormito all'Hotel M Nikić di Podgorica, dov'è arrivato in serata e da cui è ripartito il giorno seguente. Non risultava aver noleggiato un'auto e lo stesso valeva per gli aeroporti di Pristina e Banja Luka.

Squilla un altro cellulare, la voce di Moreau si sovrappone alla sua, uno degli agenti lo informa che quattro degli inquilini residenti nella cella in cui risulta attivo il cellulare di Garcia sono al di sopra di ogni sospetto. Manca all'appello una donna, Florence Martell, rue Gambey, una traversa di avenue de la République, non è in casa, nessuno l'ha mai incontrata. Una vicina chiacchierona e impicciona ha raccontato che da quando l'appartamento è stato affittato non si è mai vista una donna, solo un uomo con barba e baffi è entrato e uscito alcune volte dall'abitazione, anche se erano giorni che non si faceva vedere.

Poggiano i cellulari sulla scrivania, in piedi uno di fronte all'altro non parlano ma pensano la stessa cosa.

«Metti sotto controllo l'appartamento di Garcia a Parigi.»

«Già fatto» risponde Moreau. «Col Montenegro cosa facciamo?»

«Andiamo a Podgorica.»

Prende il cellulare e chiama un numero.

«Le Bonheur des Chiens? Parlo con Susan? Sono il commissario Gerard, il dottor Guichard... Sì esatto... Posso venire oggi stesso. Rue?... aspetti un attimo.»

Fa un cenno a Moreau di scrivere e gli detta l'indirizzo.

«Che succede?»

«Zahira è in ferie per qualche giorno e la pensione dove portavo abitualmente Maigret e Dupin, è chiusa per ristrutturazione.»

Infila in tasca le chiavi dell'auto, le sigarette, l'accendino, raccoglie le carte sparse sul tavolo e le mette nella cartella. «Partenza domattina, ritorno in serata, portati un ricambio, non si sa mai. E avverti il funzionario dei Servizi montenegrini della nostra visita.»

49

Mercoledì 26 giugno 2013

La ragazza alla scrivania indica a Gerard e Moreau un divano malconcio e riprende a battere sulla tastiera del computer, ha unghie lunghe laccate con smalto verde brillante e calze a rete sotto una minigonna che non riesce a nascondere molte rotondità.

Moreau apre il giornale, Gerard si guarda intorno: un ventilatore a pale, mobili da mercato delle pulci, mucchi di pratiche polverose ammonticchiate in un angolo, su un tavolo una lampada, in un bicchiere di plastica penne e matite, in un altro fermagli, puntine ed elastici.

Nel corridoio risuona un rumore di passi e di voci, la porta si spalanca ed entra un uomo smilzo con un completo crema da grande magazzino. Si presenta come Milič, funzionario dell'OBS, il Servizio d'Informazione e Sicurezza del Ministero della Difesa. Cammina con passo elastico, parla lentamente scandendo le sillabe, a Gerard ricorda il suo professore di disegno, solo l'abbigliamento è diverso.

Durante il volo da Parigi a Podgorica ha dato un'occhiata a un report sul Montenegro. L'OBS è la polizia politica nata con il compito formale di garantire l'ordine costituzionale e la sicurezza del Montenegro. Di fatto, controllare, intercettare, pedinare, schedare, arrestare chiunque manifesti o sia sospettato di avere orientamenti ritenuti pericolosi per gli interessi nazionali. Tra i personaggi di spicco della malavita locale uno su tutti, Darko Šarić, boss della mafia serba ma di origini montenegrine. Un nome noto anche a livello internazionale non solo per aver unito i clan della malavita balcanica e le truppe paramilitari allo sbando dopo la caduta di Miloševič, ma anche per amicizie definite importanti. Šarić era anche sospettato di intrattenere rapporti con le FARC, Fuerzas Armadas Revolucionarias de Colombia, organizzazione guerrigliera accusata in più occasioni di trafficare cocaina con formazioni jihadiste.

Milič esamina i due agenti francesi con cauta attenzione, accende una sigaretta, abbassa lo sguardo su un foglio spiegazzato in mezzo a tanti altri.

«Come ci avete chiesto, abbiamo svolto indagini accurate, molto accurate, su Ferdinand Garcia e Farid Beouaret. Grazie all'abilità della nostra polizia abbiamo scoperto che il signor Garcia ha soggiornato una notte presso il M Nikić in Kralja Nikole Boulevard, qui a Podgorica, mentre questo Farid non risulta essere mai entrato in Montenegro.»

Non è una grande notizia, pensa Gerard, che non si è illuso di ottenere dai Servizi di quel paese informazioni strabilianti.

«Inoltre, sempre per rispondere ai vostri quesiti, il signor Garcia, per quello che abbiamo potuto controllare, non ha mai noleggiato un'auto a Podgorica.»

C'è una punta di artificiosità nella sua voce quando chiede: «Perché siete così interessati a questi due uomini e perché credete che siano qui?».

Lo sguardo di Milič brilla di curiosità e Gerard decide di dire solo una parte di verità.

«Sono sospettati di essere in contatto con gruppi islamici wahhabiti.»

«Tutto qui?»

«Non è poco.»

«Ma neanche molto. Se dovessimo indagare su tutte le persone che hanno contatti con gruppi islamici, non basterebbero la polizia e l'esercito del Montenegro. L'ideologia radicale islamista è molto forte nella penisola balcanica e in particolare nel Sangiaccato, da cui sono partite frotte di *foreign fighters*. Se aggiungiamo che nella vicina Bosnia ci sono decine d'insediamenti in mano a gruppi di integralisti, lei capirà, un contatto in più o in meno...»

«Tuttavia ci interessano» risponde brusco Gerard.

«Immagino anche per altri motivi.»

«Anche per altri motivi.»

«Avete elementi che ci possono aiutare a rintracciarli?»

«No.»

Milič soffia un anello di fumo perfetto e strizza gli occhi come se volesse mettere meglio a fuoco la fisionomia di Gerard.

«Girano tante voci sul nostro paese, per la maggior parte false. Noi abbiamo tutto l'interesse a evitare che per le strade vadano in giro personaggi pericolosi.»

«Ci potete dare una mano?»

«Cosa vi serve?»

«Scoprire dov'è andato Garcia tra il 22 e il 26 maggio.»

Dalla porta entra un uomo magro e asciutto come un apostrofo, ha uno stuzzicadenti in bocca che passa continuamente da un lato all'altro. Con un impercettibile segno della testa che equivale a un saluto si siede un metro dietro Milič.

«Vi presento Blazo, non è di molte parole ma vi sarà di aiuto, le porte nel nostro paese non si aprono facilmente.»

Accompagna la frase con un sorriso che a Gerard non piace, una scusa per mettergli alle costole un uomo dei Servizi.

«Avete un piano?»

«Forse.»

«Posso conoscerlo?»

«Lo stiamo mettendo a punto.»

«Avete intenzione di trattenervi in città a lungo?»

«Dipende.»

«Da cosa?»

«Da quello che scopriremo.»

«Naturalmente dovete comunicare cosa avete intenzione di fare, chi volete incontrare e i motivi. Per aiutarvi, naturalmente. Blazo sarà felice di rendersi utile.»

Appunta qualcosa su un foglio sgualcito pieno di scarabocchi, quindi si alza, un modo per far capire che la riunione è terminata.

Blazo lo imita con un attimo di ritardo.

Gerard ha la sensazione di essersi perso qualcosa.

Cambia posizione sulla poltroncina verde pistacchio della hall dell'albergo: per una mente lucida tutto dovrebbe essere perfettamente chiaro. Non tutto però: per esempio, cosa ha fatto Garcia in Montenegro. Accende una sigaretta e allunga le gambe sotto il tavolino; non è facile costruire una versione del passato che abbia una logica e che sia il più possibile vicina alla verità. Il rischio è di prendere per buoni solo fatti messi insieme a caso.

Garcia risulta uno dei passeggeri sbarcati alle 9.30 di mercoledì 22 maggio all'aeroporto di Podgorica dal volo proveniente da Parigi. Da quel momento si perdono le tracce fino alla sera del 26 maggio quando, per qualche motivo, perso il volo Air Serbia delle 18.30 per Vienna, sposta la prenotazione al mattino successivo e prende una stanza in un albergo.

A un cameriere di passaggio chiede un Martini: «Secco, mi raccomando».

Due fatti sono incontrovertibili: Garcia non è rimasto in quel lasso di tempo a Podgorica, altrimenti che motivo aveva di andare all'hotel M Nikić solo l'ultima notte? E non ha preso a noleggio un'auto. O meglio, se l'ha presa non l'ha registrata a suo nome.

Il cameriere poggia il bicchiere a calice sapientemente ghiacciato. Gerard si bagna le labbra, un po' troppo Martini per i suoi gusti ma si può bere.

Accende la seconda sigaretta, la fuma con calma, con boccate ritmate come il procedere del suo ragionamento. Scrocchia le dita, cerca tra le mille ipotesi che gli vengono in mente, quella giusta. Chissà, con un colpo di fortuna i giorni successivi potrebbero essere un po' diversi. Da un tavolo prende un foglio e una penna e inizia a scrivere.

È passata più di un'ora quando Moreau arriva nella hall dell'albergo. Gerard completa una frase e gli passa il foglio.

Moreau si mette comodo e inizia a leggere.

Garcia arriva mercoledì 22 maggio all'aeroporto di Podgorica alle 9.30 proveniente da Parigi. Noleggia un'auto con un altro nome e parte per destinazione ignota. La sera del 26 per un contrattempo perde il volo dell'Air Serbia, telefona all'Hotel M Nikić per prenotare una stanza e alla compagnia aerea per cambiare la prenotazione sul volo del mattino successivo. A quel punto ha due possibilità, andare in albergo e la mattina dopo riconsegnare l'auto all'aeroporto oppure recarsi all'aeroporto, consegnare l'auto e con un taxi andare in albergo. Poiché non risulta che abbia parcheggiato un'auto nel garage dell'hotel e poiché difficilmente l'ha lasciata in strada, dato che, da quello che dicono, a Podgorica il rischio è di non ritrovarla, la soluzione giusta è la seconda. Restituisce l'auto all'aeroporto e con un taxi si fa portare in albergo, dove arriva prima delle ventidue, visto che la cucina chiude a quell'ora e che c'è un pasto consumato a suo nome. Dall'aeroporto di Podgorica all'Hotel M Nikić sono circa venti minuti, quindi Garcia ha riconsegnato l'auto il 26 maggio certamente non prima delle 18 e non dopo le 21.30.

Per scoprire sotto quale nome Garcia abbia registrato il noleggio dell'auto si può attingere a numerose informazioni. Per esempio si possono incrociare i nominativi di quelli che hanno riconsegnato un'auto tra le diciotto e le ventuno e trenta e la lista dei passeggeri imbarcati in voli dopo le diciotto.

Garcia dovrebbe essere tra quelli che hanno consegnato l'auto ma non sono partiti. Si confrontano poi questi nominativi con quelli che hanno ritirato un'auto all'aeroporto nella giornata di mercoledì 22 maggio più o meno quando Garcia è arrivato a Podgorica da Parigi.

«Sempre che Garcia abbia affittato un'auto» osserva Moreau restituendogli il foglio.

«Hai un'altra soluzione?»

«No.»

«Allora chiama quel simpaticone di Milič e chiedigli di metterci a disposizione il responsabile dell'aeroporto con i nomi di tutti i passeggeri imbarcati e sbarcati in quei due giorni e il personale di tutti gli autonoleggi. E già che ci sei, prenota anche un'auto, non si sa mai.»

Fa un cenno al cameriere, ordina un altro Martini e dei sandwich. «Di Martini solo il profumo, per favore.»

«Lo stesso anche per me» aggiunge Moreau.

Arrivano all'aeroporto nel primo pomeriggio sotto un sole aggressivo e una polvere secca e acida che resta sulla lingua e sulle ciglia. Blazo, lo scagnozzo di Milič, li aspetta sotto la pensilina con l'immancabile stuzzicadenti in bocca. Fa cenno di seguirli all'interno dell'aerostazione, da un ingresso laterale superano il controllo passeggeri ed entrano in una saletta.

Le voci cessano di colpo, gli uomini intorno al tavolo scrutano Gerard e Moreau con occhi pieni di curiosità, sono lì malvolentieri e non fanno molto per nasconderlo. Qualcuno chiude il giornale che ha steso sul tavolo e ci appoggia i gomiti sopra.

«Il responsabile dell'aeroporto e quelli delle compagnie di noleggio» dice Blazo in un inglese stentato indicando i presenti. «Il signor Juric farà da interprete.»

Gerard si piazza a capotavola, cerca l'attacco giusto, deve essere chiaro e sintetico. Esamina le facce una a una, poi parla lentamente fermandosi ogni tanto per dar modo all'interprete di tradurre.

«Dobbiamo individuare i nominativi di chi ha riconsegnato un'auto e non si è imbarcato sui voli di domenica 26 maggio tra le 18 e le 21.30. Dobbiamo inoltre controllare se gli stessi nominativi che hanno riconsegnato l'auto e non si sono imbarcati hanno noleggiato un'auto nella mattina di mercoledì 22 maggio.»

«Ci vorrà del tempo per mettere insieme tutte le informazioni» osserva il caposcalo, un uomo sulla cinquantina con una folta capigliatura bianca.

«Ma perché tutto questo lavoro?» protesta uno dei dipendenti di un autonoleggio. «È proprio necessario? Ho da fare e non posso perdere tempo.»

«Neanch'io» replica secco Gerard. «Avete tutto il pomeriggio per reperire questi dati.»

«E quando li abbiamo?» chiede un tipo con un viso esageratamente asimmetrico.

«Semplice, il caposcalo legge il nome di un passeggero, solo uomini, le donne non ci interessano, non in questo caso. Voi dell'autonoleggio dovete verificare se quel nome risulta nei vostri elenchi.»

Tutte le teste si voltano, qualcuno ha bussato alla porta: il cameriere del bar poggia sul tavolo un vassoio con caffè e bevande e le animosità si spengono.

Gerard dà un'occhiata alle facce intorno, legge una tendenza a prendere sottogamba il lavoro e questo non gli piace.

«Altre domande?»

Dal brusio che si leva tra un tintinnare di cucchiaini e tazzine, Gerard deduce che per quel giorno può bastare.

«L'appuntamento è per domani mattina alle nove.»

Salgono su una Skoda Superb bianca, Moreau imposta il navigatore e arrivano in albergo.

Si prendono un po' di tempo per una doccia, Gerard ne approfitta per chiamare Le Bonheur des Chiens: Maigret e Dupin stanno bene, mangiano e sono allegri.

Quando scende nella hall, Moreau è su un divano, parla al telefono con voce animata. Escono e salgono in auto, Gerard abbassa il finestrino perché il caldo non impazza più e arriva un vento fresco. Lasciano la Skoda in un parcheggio e proseguono a piedi, ciondolano per un po' tra caffè affollati, tavoli all'aperto, ragazzi in camicie attillate e belle ragazze in minigonna. Passano accanto a un luna park rudimentale e chiassoso: *non c'è nulla da fare se non andare in giro*, pensa Gerard scansando una coppia che si bacia. Di una cosa è sicuro, non è un posto dove restare.

Sbucano su Njegoseva; l'Hemera Restoran, che è anche hotel, si presenta bene anche se l'arredamento è eclettico e dark. Una musica troppo alta all'interno li fa optare per un tavolo fuori. Il cameriere parla inglese e questo semplifica le cose. Ordinano involtini primavera con salsa di peperoncino dolce, carpaccio di tonno, insalata di calamari fritti e zuppa di pesce.

«Andiamo su un vino locale?» chiede Gerard scorrendo la lista.

«Per me va bene.»

«Rosso?»

«Rosso, anche se mangiamo pesce.»

«Mi hanno parlato bene del Vranac Pro Corde, un po' caro però» osserva Gerard scorrendo il listino prezzi.

«Vada per il Vranac, se è caro vuol dire che è buono.»

Il posto è modaiolo e si anima rapidamente di un pubblico giovane e variopinto.

«Ho parlato con uno degli agenti che controllano l'appartamento di Garcia a Parigi, nessuno si è fatto vivo. Aspettiamo ancora a entrare?»

Gerard fa un cenno affermativo mentre assaggia un involtino primavera.

«Non credo che tornerà, non so perché ma lo sento.»

«Non può sapere che la casa è sorvegliata.»

«E chi lo sa? Il carpaccio di tonno è ottimo, ne ordiniamo un altro?»

Moreau annuisce, mangiano e non c'è granché da dire.

«Perché non cambi casa?» chiede a un tratto Moreau.

«Perché dovrei?»

«Perché è piena di ricordi e i ricordi spesso si trasformano in fantasmi.»

«Amo i fantasmi, amo riempire le stanze di lunghe conversazioni silenziose, di persone, di immagini.»

«È proprio quello che dovresti evitare o Michelle non la dimenticherai mai.»

«Non la voglio dimenticare.»

«Devi.»

Moreau lo scruta dal bordo del bicchiere, esita, l'argomento scotta e in più Gerard è il suo capo. Cerca le parole migliori per spiegargli quello che pensa.

«La donna amata non è la più bella del mondo, lo è in quel momento per tutto ciò che rappresenta. Ma se lei non c'è più è bello solo il ricordo. Mentre da qualche parte ci sarà sempre una donna più affascinante di cui ti puoi innamorare, basta cercarla.»

Forse ha ragione Moreau, pensa Gerard, forse è lui che sbaglia. Non risponde, accende una sigaretta, il fumo scivola facilmente nei polmoni e torna fuori nell'aria. Per un po' rimane a contemplare la folla seguendo le ragazze con gli occhi. Deve, dovrebbe, avrebbe dovuto… Quei calcoli non hanno più senso.

Poggia la sigaretta sul posacenere, in quel momento conta la zuppa di pesce che ha nel piatto, domani si vedrà.

50

Mercoledì 26 giugno 2013

Sahar è sdraiata sul letto, ha paura a spostarsi perché ogni movimento accentua un terribile mal di testa che le martella le tempie. Chiude gli occhi che le bruciano. Ha la gola secca e la bocca senza saliva. Un sussulto nello stomaco l'avverte che le cose possono anche peggiorare.

Okay, si è ubriacata, le è già successo ed è sempre sopravvissuta. Ma non con due bicchieri di whisky.

È sdraiata su una nuvola, decide di allungare la mano ma quando prova a sollevarla scopre che non ci riesce. Rimane così per un po'. Con uno sforzo disumano accende il lume sul comodino, le lancette dell'orologio segnano mezzogiorno o mezzanotte? La luce della lampada inizia pian piano ad allargarsi, i contorni dei mobili non seguono linee rette, la stanza è stranamente oblunga. Finché rimane distesa sul letto le cose sembrano andare ancora bene, ma quando tenta di alzarsi le pareti iniziano a ruotare velocemente.

Acqua, ho bisogno di bere.

Si mette in piedi con difficoltà, cerca di restare diritta e barcollando va nel corridoio. Rimane ad ansimare prima di trovare la forza di entrare in bagno. Si guarda allo specchio, incrocia occhi iniettati di sangue, pupille dilatate, il volto alterato.

«Dio mio» mormora sostenendosi con una mano sul lavandino, sente un malessere diffuso, la sensazione di venir meno a ogni istante. Apre il *nécessaire*, da un astuccio prende due pastiglie di analgesico e le inghiottisce nella gola che brucia.

Si dirige a fatica verso la cucina, rimane immobile avvinghiata alla maniglia della porta per non cadere. Masson sta ancora dormendo, almeno a giudicare dal silenzio e dalla porta chiusa.

Quanto ha bevuto la sera prima?

Si siede e appoggia la testa sul tavolo, fruga nella memoria alla ricerca di ricordi, ricordi strani che si confondono con i sogni. Ha chiacchierato per un po', questo lo rammenta, poi ha bevuto due bicchieri di whisky ed è andata a letto. Troppo poco per essere ridotta in quello stato, deve esserci dell'altro.

Torna faticosamente nella stanza da letto, le pareti iniziano a girare di nuovo e più veloci, si aggrappa alla testiera di ferro, per qualche istante si tiene in equilibrio ma non regge e si lascia andare.

Resta sdraiata immobile con gli occhi chiusi. Il ronzio di una mosca è come il rumore di una sega circolare. Si sente sprofondare mentre le appaiono immagini coinvolgenti. Cammina per una strada di fango color caffè recintata da muri di pietra con grossi buchi pieni di ortiche, voci confuse giungono come un sussurro lontano che viene dal fondo di un lungo tunnel. C'è una luna fosforescente incredibilmente bassa, incredibilmente vicina, ha un alone verdastro e la circonferenza perfetta di una luce atmosferica. Una nuvola l'avvolge, intorno ai bordi schiumosi si sprigiona all'improvviso un chiarore d'argento prima che la luna si sollevi e scompaia velocemente verso l'alto.

In che mondo abita?

Apre gli occhi, dalle imposte chiuse non filtra più luce, l'orologio segna le venti. È passato un giorno, un giorno intero e non se n'è accorta.

Perché sono qui?, si chiede, passando la mano sulla fronte bagnata di sudore. Prova a tirarsi su, il senso di nausea è passato ma la testa continua a girare.

Dov'è Masson?

L'appartamento è buio e silenzioso, dall'esterno arriva lo schiamazzo di un gruppo di persone, il rombo di un'auto che passa veloce e altrettanto velocemente sparisce.

Un medico, ho bisogno di un medico.

Scivola sul pavimento, carponi si trascina nel corridoio, la stanza di Masson è a pochi metri, la maniglia sopra la sua testa. Con uno sforzo si solleva appoggiandosi al muro e l'apre. Sfiora più volte l'interruttore, la luce bianca e fredda del neon illumina un letto vuoto, un tavolino di plastica, una poltrona mezza sfondata, uno sgabello.

La sedia a rotelle, il trolley, tutto è sparito insieme a Masson.

Fissa quel vuoto di cui non riesce a capire il senso, ha voglia di vomitare, si trascina fino al bagno, si aggrappa disperatamente al lavandino ma perde l'equilibrio e scivola in terra senza più avere la forza di muoversi.

Sente il freddo delle mattonelle a contatto con la schiena bagnata di sudore.

E sprofonda nell'oblio.

51

Giovedì 27 giugno 2013

La giornata si presenta in salita.

Nella saletta dell'aeroporto i personaggi del giorno prima entrano alla spicciolata ciascuno con dei fogli sotto il braccio.

«Quanti sono i passeggeri imbarcati sui voli tra le 18 e le 21.30?» chiede Gerard.

Il responsabile dell'aeroporto scartabella tra i fogli che ha sul tavolo.

«Quattro voli, due dell'Air Serbia, un Ryanair e un Turkish, più o meno quattrocentocinquanta passeggeri.»

«Bene, procediamo.»

Il responsabile dello scalo siede a capotavola e scandisce il primo nome, i dipendenti degli autonoleggi scorrono le liste dei clienti, il terzo da sinistra alza un dito, il caposcalo lo cancella e altrettanto fa l'uomo dell'autonoleggio.

Vanno avanti per quasi tre ore fino alla pausa caffè. Proseguono senza soste fino all'ora di pranzo. Riprendono alle due e finalmente alle cinque del pomeriggio l'ultimo nominativo viene cancellato dalla lista degli autonoleggi.

«Finalmente!» sbotta un omone con i capelli rossicci. «Possiamo andare?»

«Vi chiedo ancora un minuto» risponde Gerard voltandosi verso Moreau che sta ricontrollando l'elenco.

«Quanti sono quelli che hanno riconsegnato l'auto e non sono partiti?»

«Diciotto.»

«Quelli arrivati con l'aereo di Garcia quattro giorni prima?»

«Due, un uomo e una donna.»

«Come si chiama l'uomo?»

«Jacobs Green, ha ritirato una Chevrolet Captiva il 22 maggio alle 9.40 del mattino e l'ha riconsegnata la sera di domenica 26 maggio alle 20.50.»

«Qual è la compagnia di autonoleggio?»

«Europcar.»

«Le dispiace se andiamo nel suo ufficio a controllare?» chiede Gerard a un ometto in maniche di camicia che insieme ai suoi colleghi non vede l'ora di svignarsela.

«D'accordo, ma in fretta.»

L'impiegato apre un armadio di ferro, scorre i faldoni messi in ordine di data, ne estrae uno, scartabella tra i trasparenti ed estrae dei moduli uniti alla fotocopia della patente di Jacobs Green.

«Sembra proprio lui» mormora Gerard fissando la foto di un uomo con barba e baffi.

«Direi che non ci sono dubbi» aggiunge Moreau, che vede il bicchiere sempre mezzo pieno. E spesso ha ragione.

«Dirama il nominativo a tutte le compagnie di autonoleggio degli aeroporti di Pristina e Banja Luka con le date in cui risulta che Garcia è atterrato in quegli aeroporti. Voglio sapere anche quanti chilometri ha fatto con le auto prese a noleggio.»

Tornano in albergo alle otto di sera. L'iPhone di Moreau emette il *bip* di una mail in arrivo. Scorre velocemente il testo e non nasconde un ghigno di soddisfazione.

«Data e ora in cui Jacobs Green ha preso a noleggio le auto coincidono con quelle in cui Garcia è arrivato e ripartito dagli aeroporti di Banja Luka, Pristina e Podgorica. A conferma che Ferdinand Garcia e Jacobs Green sono la stessa persona; non ci sono mai prenotazioni sui voli della giornata a nome di Green. Altro elemento interessante, da Banja Luka, in cui è andato tre volte, ha sempre percorso più o meno la stessa distanza, trecentottanta chilometri.»

«E da Podgorica e Pristina?»

«Da Podgorica millequattrocentoventotto, da Pristina milleseicentocinquantasei.»

Gerard si è fatto un'idea, che Garcia da ciascuna di quelle città abbia avuto una sola destinazione.

«Dividi per due e costruisci una isodistanza a partire da queste città.»

Moreau apre Google Maps e si mette al lavoro incrociando tutte le possibili destinazioni.

È passata più di mezz'ora quando alza le braccia in segno di resa.

«Qualche problema?»

«Molti. Potrebbe essere ovunque e poi non è detto che la destinazione sia sempre la stessa.»

«Poniamo che lo sia.»

«Ci sono un'infinità di centri che possono essere raggiunti con quel chilometraggio dalle tre città di origine.»

«Quali?»

«Vuoi che te le elenchi tutte? Samobor, Velika, Karlovak...»

«Basta così. Quali sono le città che distano centonovanta chilometri da Banja Luka?»

«Sarajevo e Zagabria. Sono perfettamente equidistanti.»

«E da Sarajevo a Pristina?»

«Quattrocentoventotto.»

«E da Podgorica?»

«Molto meno, duecentotrenta.»

«Quindi è Zagabria. Ha un senso.»

«Quale?»

«Tra quattro giorni la Croazia entrerà in Europa.»

«Un'azione dimostrativa il giorno in cui il paese entra a far parte dell'Unione Europea?»

«Ripeto, ha un senso. Qual è il modo più rapido per arrivarci?»

Moreau armeggia per un po' con il tablet, il risultato non è incoraggiante.

«C'è un aereo domattina, scalo a Belgrado, arrivo a Zagabria nel primo pomeriggio.»

«Troppo tardi, abbiamo i minuti contati. Prendiamo l'auto.»

«Sei pazzo? Non vorrai...»

«È l'unico modo, se l'ha fatto Garcia lo possiamo fare anche noi.»

«Se tutto va bene arriveremo alle prime luci dell'alba.»

Apre il tablet e cerca il percorso più veloce.

«Due alternative, Croazia o Bosnia, le distanze più o meno si equivalgono, un po' più di tempo per la Croazia, tra le otto e le nove ore.»

«Croazia» sentenzia Gerard, un viaggio in piena notte attraverso la Bosnia non lo convince.

Pagano il conto, con il trolley si avviano verso la Skoda parcheggiata a pochi metri. Moreau apre il bagagliaio, Gerard non si ferma e continua sul marciapiede.

«Ehi! Dove vai?»

Un cane biancastro cammina piano nella loro direzione, ha un'andatura incerta, zoppica, a pochi metri da loro si ferma, Gerard si accoccola per terra, il cane si avvicina guardingo, prova ad accarezzarlo, lui si ritrae.

«Hai qualcosa da mangiare?»

Moreau fruga nel trolley.

«Biscotti?»

«Passameli.»

Il cane li annusa, li sgranocchia, ora è meno timoroso, si avvicina e si fa accarezzare. È magro, sporco, ha una ferita a una zampa. Da una tasca della giacca Gerard estrae collare e guinzaglio che porta sempre con sé, con dolcezza lo stringe intorno al collo.

Moreau non fiata, sa quello che Gerard farà, sa quello che deve fare lui. Non è il primo, non sarà neanche l'ultimo. *Non finirà mai di stupirmi*, pensa mentre accende il motore. Gerard sistema il cane sul sedile posteriore e sale in auto. L'orologio sul cruscotto segna le dieci di sera.

«Se tutto fila liscio saremo a Zagabria domattina all'alba. Come lo chiami?»

«È una femmina.»

Moreau ingrana la marcia, inserisce il navigatore e la Skoda scivola per le strade di Podgorica.

«Che ne facciamo?»

«Di cosa?»

«Del cane.»

«Dammi il numero di Claude.»

Risponde una voce che sta masticando qualcosa.

«Sono Gerard.»

«Agli ordini, commissario.»

«Mi dovresti fare un piacere.»

«Chi devo arrestare?»

«Nessuno. Prendi un paio di giorni di permesso, sali sul primo aereo per Zagabria, affitta un'auto e vieni al Western Premier Hotel Astoria.»

«Per fare cosa?»

«Devi portare un cane a Parigi. Ovviamente tutto a mie spese. Puoi fare una sosta a Monaco o a Stoccarda.»

«Quanti chilometri?»

«Più o meno millecinquecento.»

«Non c'è bisogno, mi bevo anche duemila chilometri in una botta.»

«Allora a domani.»

Gerard inclina il sedile e socchiude gli occhi. Che persone eccezionali! Gli agenti della sua squadra sono disposti a tutto, perfino a portare in giro un cane per l'Europa. Ne deve tenere conto quando s'incazza con loro per delle fesserie. Si volta indietro, il cane si è sdraiato sul sedile e dorme.

Un nome, le devo dare un nome.

Maigret e Dupin sono i famosi investigatori creati dal genio di Simenon e di Poe. Ha in mente alcune celebri investigatrici, da Miss Marple a Victoria Ifigenia Warshawski, detective inventata da Sara Paretsky. Ma Miss Marple non se la sarebbe mai cavata per strada, quanto a Victoria, alta, forzuta, esperta di karaté, non è certo la copia della cagnetta tremante che ha appena raccolto. Forse Kinsey Millhone, investigatrice privata protagonista dei romanzi di Sue Grafton, o Petra Delicado ispettrice della polizia di Barcellona. O ancora Lisbeth Salander la protagonista della Trilogia del *Millennium* di Larsson, oppure Annika Bengtzon, la reporter di Liza Marklund. E se tra due detective come Maigret e Dupin scegliesse il nome di una donna in carne e ossa, Doris Payne per esempio, ladra statunitense specializzata in furti in gioiellerie?

Kinsey, Petra, Lisbeth, Doris.

«Petra o Lisbeth?» chiede all'improvviso mentre la Skoda viaggia veloce verso il confine con la Croazia.

Moreau ci pensa un po'.

«Dài, Petra! Hai avuto un gran culo, a Zagabria ti offro un croissant caldo.»

Accelera, Podgorica è alle spalle.

Zagabria settecento chilometri più su.

52

Giovedì 27 giugno 2013

Sahar esce dal torpore e riprende conoscenza.

Ha perso la nozione del tempo. Muove la mano sul pavimento, sente il freddo della ceramica, con un dito segue la giuntura di una mattonella. È in bagno. Il suo cervello funziona male, è rallentato, confuso; cerca di alzarsi ma la testa è in una posizione innaturale, le braccia abbandonate sui fianchi, le gambe chissà dove.

Deve imporre razionalità ai suoi ragionamenti.

Gli scatti di una serratura e il rumore di una porta che prima si apre e poi si chiude delicatamente le fanno accelerare i battiti del cuore.

Grazie al cielo, pensa, *finalmente Masson è tornato.*

Uno scalpiccio di passi cancella l'illusione: prova un brivido, vorrebbe muoversi ma rimane inchiodata a terra.

Sposta lentamente il capo, un paio di scarpe scure compaiono davanti ai suoi occhi.

Prova a parlare ma la sua voce è un rantolo indistinto.

Un guanto di pelle le afferra un braccio, le tasta il polso, un laccio la stringe da qualche parte, il pizzico di una puntura è l'ultima cosa che sente.

E si perde nel nulla.

Riprende conoscenza dopo un tempo senza tempo, un raggio di sole filtra dalle imposte chiuse e le ferisce le palpebre, tutto è silenzio, solo qualche rumore dalla strada. È sola, almeno è quello che pensa e spera. Ricordi confusi, delle scarpe, un ago che la punge. Ha una sensazione inconsueta, come se fosse avvolta in un enorme batuffolo di ovatta. Sposta di qualche centimetro la testa, muove le braccia, le gambe è come se non le avesse. Facendo forza sui gomiti esce dal bagno strisciando sul ventre.

Arranca carponi, appoggia una spalla allo stipite della porta che separa il corridoio dall'ingresso, raccoglie le forze e si slancia verso l'alto in direzione della maniglia. Ricade a terra con una fitta dolorosa. Le pareti iniziano nuovamente a girare, prova più volte a rialzarsi annaspando con la mano, tutte le volte ricade sempre più sfinita.

Rimane lì ansimante, riprende fiato, si puntella sulle ginocchia, tasta la porta fino a quando le sue dita incontrano la maniglia. L'agita violentemente prima di ripiombare a terra. È chiusa a chiave.

Scarica una gragnola di pugni contro l'uscio ma è solo un debole, impercettibile rumore.

Devo uscire da questa situazione di merda, pensa, passando rapidamente da un senso di avvilimento a uno di rabbia. Il torpore sta per riprendere il sopravvento, sente le labbra secche, la bocca impastata.

Acqua, ho bisogno di bere.

Striscia carponi fino al bagno, riesce in qualche modo a issarsi sul lavandino, con una mano si tiene, con l'altra apre il rubinetto, col palmo si porta l'acqua alle labbra e beve qualche sorso.

La mano di colpo molla la presa e cade in terra. Vorrebbe urlare se solo ci riuscisse, la stanza riprende a girare mentre ascolta lo sciacquio continuo del rubinetto lasciato aperto.

Su quello sciacquio mette a fuoco l'idea.

Ha intravisto un asciugamano su uno sgabello, riesce a raggiungerlo, poi facendo forza sulle braccia si aggrappa di nuovo al lavandino, chiude lo scarico con il tappo. Con l'asciugamano riesce a bloccare alla bell'e meglio il foro di sicurezza prima di accasciarsi nuovamente a terra.

L'acqua riempie il lavandino, arriva ai bordi, inizia a gocciolare in terra con un rumore sottile, monotono, insistente.

Il rigagnolo freddo le bagna un braccio, appiccicandole la camicia alla schiena, poi lo sente scorrere lungo il corpo, con la coda dell'occhio lo vede allargarsi sul pavimento, raggiungere l'uscio e sparire nel corridoio.

Il rumore dell'acqua riesce a farla sorridere prima di sprofondare nel nulla.

53

Venerdì 28 giugno 2013

Gerard ferma la Skoda sotto la pensilina semicircolare del Best Western Premier Hotel Astoria di Zagabria. Sono le sette del mattino.

Consegna al ragazzo in livrea le chiavi dell'auto e fa scendere Petra dal sedile posteriore. Moreau si è appena svegliato, ha guidato sulla E65 fino all'altezza di Zara, poi ha ceduto il volante e si è addormentato.

Entrando Gerard dà un'occhiata in giro: il bancone della portineria è sulla destra, una ragazza sta parlando al telefono.

«Ho una prenotazione a nome Gerard per due stanze. Ho anche un cane.»

«Veramente...»

Poggia sul bancone una banconota e un sorriso accattivante: «Sono sicuro che lo possiamo tenere per qualche ora.»

«Se è solo per qualche ora...» risponde la giovane facendo sparire rapidamente i soldi in tasca.

«Per favore, un'abbondante colazione in stanza, ma subito due caffè doppi.»

Si lascia sprofondare sul divano della hall, Moreau lo imita un secondo dopo.

Arrivano i caffè, Gerard compone un numero sul cellulare.

«Susan, sono Gerard. Maigret e Dupin stanno bene? Ottimo ma non è per questo che chiamo. Domani una persona di nome Claude vi porterà una cagnolina bianca, si chiama Petra ma lei ancora non lo sa. La dovete tenere fino a quando non torno. Verrà a visitarla il veterinario, il dottor Jean Luc Guichard. Se servono medicine… Sì, perfetto, fatela mangiare, ne ha bisogno.»

Chiude la conversazione e ne apre un'altra. A Jean Luc, l'amico veterinario, raccomanda di mettersi in contatto con Susan, la proprietaria di Le Bonheur des Chiens e di andare a visitare Petra non appena arriva a destinazione.

Finisce di bere il caffè, compone il numero della VSOA, l'Agenzia Militare della Croazia. L'appuntamento con Bodrušić, personaggio di spicco dell'Agenzia, è fissato per le quindici e trenta.

Gerard sta dormendo profondamente nella sua stanza quando lo squillo del telefono lo sveglia di soprassalto.

«Sono Claude.»

«Dove sei?»

«Nella hall dell'albergo.»

S'infila sotto la doccia bollente, si veste, mette il guinzaglio a Petra ed esce. Claude scatta in piedi non appena lo vede. «Allora è questo il nuovo acquisto?»

«Questa.»

«È una femmina? Bene. Ho comprato due ciotole, una per l'acqua e una per il cibo, più una bella provvista di croccantini e scatolette di carne.»

«Claude, sei fantastico e non solo per questo. Sei anche un bravissimo agente.»

«Dovere. A Parigi che ne faccio?»

«Devi andare a Le Bonheur des Chiens, ho già avvisato la proprietaria, Susan. Segnati l'indirizzo. Per qualunque problema chiama il mio veterinario, Jean Luc Guichard. Sa già tutto.»

«Avete beccato Garcia?»

«Ci stiamo provando.»

«Allora in bocca al lupo, ciao, ci vediamo a Parigi.»

Si sente sollevato e prova qualcosa di appagante nel vedere Petra che si allontana zoppicando dall'albergo tenuta al guinzaglio da Claude.

L'ambiente è essenziale, severo, senza fronzoli.

Tuttavia alcuni particolari, una scrivania stile impero su cui troneggia una lampada di ceramica antica, un tavolo di noce quasi al centro della stanza, un lampadario di cristallo, un quadro dell'Ottocento austriaco, danno a Gerard la sensazione che Bodrušić, l'uomo a cui sta stringendo la mano, ricopra al di là dell'etichetta un ruolo non secondario nella VSOA.

«Lei mi sta chiedendo di verificare se due uomini, Farid Beouaret e Jacobs Green, si trovano a Zagabria.»

Formula la frase con cortesia condita da una punta d'ironia che a Gerard non sfugge.

«Di un problema del genere» prosegue Bodrušić «dovrebbe essere investita la polizia locale, la più adatta a risolvere casi di questo tipo. L'Agenzia di cui faccio parte si occupa di sicurezza, terrorismo, spionaggio…»

Un gesto della mano per indicare tante altre cose. E senza dare spazio a repliche continua: «Immagino quindi che abbiate altri motivi oltre a quelli che mi avete descritto. Motivi ben più importanti».

Per dare più forza alla frase sposta leggermente il busto in avanti poggiando i gomiti sulla scrivania e incrociando le mani.

Gerard l'osserva con attenzione. Prova a farsi un'idea di quale personalità ci sia dietro quella fronte alta e squadrata ma si arrende quasi subito. Bodrušić è una somma di contrasti, sciatto nel vestire sebbene sia un uomo di potere, viso insignificante pur essendo, dalle informazioni che ha, intelligente e preparato, posato nel parlare ma dotato di lingua tagliente. Si domanda come potrebbe reagire a una storia che corre il rischio di apparire poco plausibile. È sulle tracce di un uomo, Ferdinand Garcia, che si nasconde sotto il falso nome di Jacobs Green. Ma anche il nome di Garcia è falso. Sospetta che lui sia il mandante di cinque omicidi: un analista olandese, una direttrice di ospedale, due fratelli gemelli, un ispettore di polizia francese. Il suo racconto sarebbe infarcito di condizionali, dubitativi, interrogativi.

Aspira la prima boccata della giornata, la Ronhill offerta dal capo dell'Agenzia Militare ha un sapore strano, un american blend dal gusto delicato. Non male per una sigaretta croata.

«Allora, commissario?» la voce di Bodrušić arriva forte e chiara, dal tono sembra convinto che i due agenti francesi annaspino nel buio e che vogliano scaricare su di lui indagini vaghe e prive di riscontri oggettivi.

Gerard scambia con Moreau un'occhiata sufficiente per concordare che la soluzione migliore è quella che appare anche la più impervia.

Il racconto si protrae per ore mentre la stanza si riempie di fumo. Man mano che Gerard si addentra nei particolari, avverte la curiosità crescente dell'uomo. Bodrušić, contrariamente a come ha temuto, ascolta con attenzione, interrompe il discorso di tanto in tanto per chiedere dettagli, precisazioni, appunta diligentemente nomi, luoghi, situazioni, legami. Moreau interviene saltuariamente per fornire chiarimenti sui punti più intricati.

Il pomeriggio passa e viene sera.

«Questo è quanto» conclude Gerard.

Bodrušić poggia la penna con cui ha riempito completamente un foglio di una calligrafia minuta, si alza e va alla finestra, rimane immobile con le braccia lungo i fianchi e gli occhi su ulica Petrinjska.

Gerard si chiede a quali conclusioni sia giunto. La risposta arriva dopo una lunga pausa. Parla lentamente, chiaramente.

«Se ciò che mi avete detto è vero, e non ho motivo di dubitarne, potremmo trovarci di fronte a qualcosa d'inquietante.»

Torna a sedersi alla scrivania spegnendo la sigaretta in un posacenere stracolmo di cicche.

«A giorni la Croazia entrerà in Europa» attacca Bodrušić con tono solenne, l'inizio di quello che sembra essere un lungo discorso. «Dobbiamo gestire un evento che metterà il paese sul palcoscenico del mondo, accogliere migliaia di persone, garantire la sicurezza a capi di Stato e di governo di mezza Europa. E prevenire eventuali gesti dimostrativi sempre possibili in occasioni del genere. Non sarà uno scherzo. L'ingresso nell'Unione Europea è una scelta su cui non tutti sono d'accordo. Natasha Srdoc per esempio, un bel personaggio, molto stimato negli ambienti che contano, un master in Business Administration nel Massachusetts, presidentessa dell'Adriatic Institute for Public Policy. Si batte da anni per rafforzare in Croazia lo stato di diritto, per introdurre misure di trasparenza, per attuare riforme di mercato. Ha condotto battaglie contro la corruzione politica, la criminalità organizzata, il terrorismo. Pochi mesi fa ha spedito una lettera aperta ad Angela Merkel per impedire l'adesione di Zagabria all'UE. Non è la sola. Accanto a lei si sono schierati politici, industriali, società civile, personalità dello spettacolo e della cultura. Molti i dubbi, elevati i rischi soprattutto per la nostra traballante economia. Ma non mi preoccupo di queste persone. Nell'ombra si muovono detrattori molto meno democratici e rispettosi di Natasha Srdoc.»

Beve un sorso d'acqua, accende l'ennesima sigaretta mantenendo lo sguardo fisso sui due agenti; gli occhi scuri, dietro lenti leggermente affumicate, sono immobili e apparentemente inespressivi.

«Ho chiesto ai servizi segreti di tenere d'occhio le cellule legate ad Al-Qaeda e al movimento islamico radicale wahhabita, nati in Bosnia ai tempi della guerra civile dei primi anni Novanta, quando i mujahidin sono arrivati a frotte per combattere al fianco dei reparti musulmani. Che in Croazia siano attivi nuclei oltranzisti non è una novità, l'islamismo ha radici antiche, dai tempi dell'Impero Ottomano. Mesi fa i miei uomini hanno sequestrato una partita di armi croate che stavano per essere inviate ai combattenti del Da'ish in Iraq e Siria. Bella trovata quella degli americani! Finanziare i mujahidin per mettere in ginocchio la Serbia e tenere a distanza la Russia ha permesso ad Al-Qaeda di seminare in queste regioni i princìpi della jihad. Centinaia di combattenti addestrati in Afghanistan sono stati spediti nei Balcani, una rampa di lancio perfetta per attacchi terroristici contro l'Occidente.»

Bodrušić si appoggia allo schienale della poltrona e tace.

Gerard si chiede se deve considerare il discorso concluso o interpretare il silenzio solo come una pausa, un modo per dare spazio a un commento o per saggiare l'effetto delle sue parole. Decide di approfittarne per lanciare l'idea che gli ronza in testa da un po'.

«Lei ha sicuramente inserito, tra i gruppi che stanno tramando contro l'ingresso in Europa, l'estrema destra croata che si muove tra nazionalismo, revisionismo e nuovo antisemitismo.»

Lo sguardo di Bodrušić resta immobile, solo un leggero movimento dei muscoli della faccia anticipa in qualche modo la risposta.

«Certamente, la destra reazionaria non va sottovalutata. In questi giorni nelle strade intorno alla piazza principale di Zagabria sono comparse sui muri scritte firmate dai Volontari dell'HOS, Forze di Difesa Croate, e una grande U verniciata con lo spray, simbolo della Vera Rinascita Croata legato al movimento filonazista Ustaša, al potere in Croazia durante la Seconda guerra mondiale. Tutti i gruppi estremisti, di destra e di sinistra, si stanno mobilitando contro l'ingresso della Croazia in Europa, la celebrazione è un'occasione ghiotta, un palcoscenico internazionale per atti dimostrativi. Abbiamo messo sotto controllo siti web, intercettato mail, pedinato individui sospetti, effettuato arresti in varie città del paese, abbiamo fermato teste calde della destra oltranzista, sequestrato armi, munizioni, bombe. Abbiamo infiltrato agenti ovunque. Abbiamo fatto un buon lavoro. Almeno spero.»

Gerard cambia posizione sulla sedia, butta lì una domanda giusto per saggiare la reazione a un'ipotesi che ritiene poco probabile.

«Lei crede possibile un'alleanza tra radicalismo islamico ed estrema destra?»

Bodrušić sta per rispondere quando il telefono squilla.

«Proprio te cercavo» dice appena riconosce la voce all'altro capo del filo. «Sono venuti a trovarmi due agenti francesi con delle informazioni interessanti.»

Gerard nota i muscoli del viso del croato prendere una curva all'ingiù, facendo assumere al volto un'espressione cupa e tirata prima di chiudere la conversazione.

«Boris Novkovi, il dirigente della SOA, l'Agenzia per la sicurezza della Croazia, ha il compito di sovraintendere all'incolumità degli ospiti stranieri in arrivo a Zagabria per la manifestazione del 30 giugno. Ci aspetta nel suo ufficio. Ha qualcosa da comunicarci.»

E senza aggiungere altro fa un cenno ai due francesi di seguirlo, l'ufficio di Novkovi è a pochi metri.

54

Venerdì 28 giugno 2013

La gerarchia è subito chiara dai modi deferenti con cui Boris Novkovi accoglie Bodrušić.

Gerard ha letto qualcosa su di lui. Burocrate vecchio stampo, scrupoloso, buona parte della vita dedicata al servizio del paese, ha un curriculum di tutto rispetto, un passato di correttezza e intelligenza nei giudizi politici che, anche se talvolta errati, hanno il pregio di coincidere con quelli dei suoi superiori. Non ha mai commesso errori in pubblico né sostenuto un'opinione che non sia di moda o formulato un parere discordante da quelli del governo. Il matrimonio con la figlia di un alto funzionario della polizia segreta croata non ha ostacolato la sua carriera. Tutt'altro.

Bodrušić spiega a grandi linee i motivi della presenza dei due agenti francesi, Novkovi ascolta senza battere ciglio. Ma la sensazione di Gerard è che stia pensando ad altro.

«Cos'è questa storia della Legione Nera che mi hai accennato per telefono?» chiede Bodrušić prima di addentrarsi negli argomenti che gli premono.

Novkovi lancia un'occhiata che il collega intuisce al volo.

«Parla liberamente, a due giorni dalla celebrazione dobbiamo giocare a carte scoperte.» Si volta verso i due agenti francesi per far capire che quell'affermazione vale anche per loro.

Novkovi allenta il nodo della cravatta e fa un lungo respiro. «Temo che la Legione Nera sia ricomparsa.»

«Prima di continuare, ci potete spiegare a cosa alludete?» chiede Gerard.

«La Legione Nera» spiega Bodrušić «si rifà a una milizia croata che negli anni Trenta sosteneva il partito unico della Croazia, Ustaša Hrvatska Revolucionarna Organizacija. Era la cellula balcanica legata a Nouvelle Résistance, un movimento di estrema destra francese. Negli anni Novanta la Legione Nera è stata molto attiva con stretti collegamenti con la Holding Nera in Gran Bretagna, e aveva all'interno figure che provenivano dall'organizzazione italiana neofascista Forza Nuova. È stata sciolta una ventina di anni fa, i suoi leader sono morti, in galera o fuggiti in Sud America. Goran Leko, uno dei capi più sanguinari, è deceduto molti anni fa in un incidente stradale.»

«Anche se all'epoca voci sussurravano che fosse fuggito all'estero» obietta Novkovi.

«Non ci sono prove» ribatte secco Bodrušić. «Il suo corpo è seppellito nel cimitero di Sinj, nel Sud della Croazia, con tanto di lapide.»

«E se qualcuno l'avesse visto?» replica Novkovi.

«Ma figuriamoci!» esclama Bodrušić battendo la mano sul tavolo.

«Eppure ieri, a un'edicola di giornali di Zagabria, nei pressi di Bana Jelačića, un nostro informatore, ai tempi attivista della Legione Nera, giura di averlo incontrato. Anche se aveva capelli, barba e baffi castani, l'ha guardato negli occhi e l'ha riconosciuto. È rimasto disorientato quel tanto da dare a Leko il tempo di dileguarsi tra la folla.»

«Si sarà sbagliato» replica Bodrušić. «Non si può riconoscere una persona dagli occhi.»

Gerard scambia uno sguardo con Moreau, si chiede se quella notizia può avere un senso. Ha vagamente sentito parlare di Goran Leko, un sanguinario con centinaia di morti sulla coscienza, una mente diabolica, un'intelligenza raffinata abituata ai colpi di scena.

«Avete una foto di Goran Leko?» chiede Gerard.

«Perché le interessa?» domanda Bodrušić.

«Perché anche Garcia ha capelli castani, barba e baffi.»

«Il mondo è pieno di uomini con barba e baffi castani» afferma Bodrušić.

«Le ultime immagini di Leko risalgono al 1999,» aggiunge Novkovi «un mese prima della sua morte. All'epoca aveva trentatré anni.»

«Quindi ora dovrebbe averne quarantasette» nota Gerard.

«Cosa vuol dire, commissario?» chiede Bodrušić.

«Nulla di più di ciò che ho detto, noto solo strane coincidenze. Come sarebbe morto di preciso Leko?»

«È una lunga storia» sibila Novkovi.

«Sentiamo la versione abbreviata» borbotta Bodrušić.

Novkovi cambia posizione prima di cominciare; all'epoca era agente dei servizi di sicurezza della Croazia. Alle prime luci dell'alba di un giorno di giugno lo raggiunse una chiamata da una pattuglia di polizia per un incidente sulla strada che congiunge Tenin a Sebenico. Una richiesta fuori dell'ordinario: che c'entrava lui con un incidente stradale? Il motivo fu subito chiaro. Una Opel Omega rosso scuro era stata trovata in fiamme in fondo a una scarpata a un centinaio di metri dalla strada. Il primo a notare l'incendio era stato un camionista che aveva tentato di avvicinarsi all'auto, ma era stato costretto a indietreggiare per non bruciarsi. Aveva chiamato aiuto via radio e si era seduto ad aspettare.

Bodrušić si alza, va alla finestra e accende una sigaretta, quella storia la conosce a memoria.

«L'auto» prosegue Novkovi «era piegata sul lato sinistro, orientata in modo da rendere impossibile vedere se a bordo ci fosse qualcuno. Né sarebbe servito a molto. All'arrivo dei primi agenti il rogo era intenso, avevano iniziato a bruciare anche dei cespugli, tanto che non si distingueva più il veicolo. La piccola autopompa sopraggiunta a sirene spiegate riuscì a fare ben poco. Uno sparuto gruppo di persone guardava ipnotizzato le fiamme che non accennavano a placarsi, così la polizia dovette aspettare alcune ore prima che il calore diminuisse abbastanza da potersi avvicinare. Era passata la mezzanotte quando alla luce delle fotoelettriche era stato localizzato un mucchietto annerito e informe in cui s'intravedevano alcune ossa. Alle prime luci dell'alba era stata tracciata la dinamica dell'incidente: una frenata lunga trenta metri che finiva nella scarpata, forse un animale sbucato all'improvviso dal bosco. La targa si era staccata ed era stata ritrovata ad alcuni metri di distanza. La Opel era intestata a Goran Leko, uno dei leader più sanguinari della Legione Nera, su di lui si stavano accumulando molti capi d'imputazione. Il mandato di arresto era questione di giorni, forse di ore. E questo Leko lo sapeva. La polizia redasse il verbale, i Servizi segreti cercarono tra la cenere le prove che quel mucchietto di ossa annerite appartenesse al terrorista. Prove che ovviamente non trovarono. Tra i testimoni, l'unica deposizione di un certo interesse fu quella del gestore di una pompa di benzina: la descrizione dell'uomo coincideva con quella di

Goran Leko, era solo, non c'erano altri passeggeri. I resti erano i suoi, non c'erano dubbi, queste le conclusioni dell'indagine.»

«Lei però di dubbi ne aveva» osserva Gerard.

Novkovi annuisce con un impercettibile movimento del capo.

Aveva studiato a fondo la relazione della polizia, i risultati delle analisi, l'elenco dei pochi reperti sfuggiti alle fiamme. Il gestore dell'impianto di carburanti ricordava bene l'ora e anche la persona. Stava chiudendo, quel tizio sembrava non avere fretta, dopo aver fatto il pieno aveva chiesto anche di controllare il livello dell'olio e la pressione degli pneumatici. Finalmente, dopo essere andato alla toilette, alle 19.45 era ripartito in direzione di Sebenico. Il volto somigliava a quello della foto che il poliziotto gli aveva messo sotto il naso. Aveva riletto più volte la deposizione del camionista: l'uomo era arrivato sul posto alle 21.30, il rogo sembrava scoppiato da poco. Leko aveva impiegato più di un'ora per percorrere quindici chilometri. Troppo. Aveva il dubbio che non fosse suo il corpo bruciato, ma si era dovuto arrendere. Difficile se non impossibile dare un'identità al cadavere. Leko avrebbe potuto infilare in quell'auto una qualunque persona scomparsa nella zona negli ultimi giorni, un camionista di Radučić, un pensionato di Oćestovo, una giovane prostituta mai giunta a destinazione. Era rimasto colpito dal livello del calore insolitamente alto sviluppato dall'incendio. Aveva il sospetto che nell'auto fossero stati stipati contenitori di plastica pieni di benzina, un'ipotesi sensata per spiegare il telaio deformato, l'esplosione dei vetri, la disintegrazione del cruscotto, i pochi resti del cadavere. Ma non c'erano riscontri; le taniche, se c'erano, erano bruciate nelle fiamme. Il novanta per cento della cremazione del corpo era avvenuta a bordo dell'auto.

Impossibile avere indicazioni sul cadavere, maschio, femmina, giovane, anziano, vivo o morto prima che fosse consumato dal fuoco. Non c'era cadavere, quindi non c'era referto autoptico. Tre mesi d'indagini per arrivare alla conclusione che Goran Leko poteva essere morto esattamente con le stesse probabilità in base alle quali poteva essere vivo.

«Se così fosse, chissà dove si è nascosto in tutti questi anni» commenta Bodrušić tornando a sedersi.

«Magari in Francia» butta lì Gerard.

«In Francia, come in qualunque parte del mondo» replica Bodrušić.

«O magari proprio in Francia» ribatte Gerard.

«Perché insiste sulla Francia?»

Gerard ha un'idea, certo non logica, forse avventata, ma che gli viene da un'intima convinzione: che Goran Leko e Ferdinand Garcia possano essere la stessa persona.

Bodrušić torna a sedersi con l'aria di chi vuole rapidamente chiudere un discorso campato in aria.

«Fantasie e neanche uno straccio di prova. Mi ascolti bene, commissario, oggi è venerdì 28 giugno; domenica 30 giugno, cioè tra due giorni, ci sarà la celebrazione per l'ingresso della Croazia nell'Unione Europea. Non abbiamo il tempo materiale per scoprire la veridicità di ciò che lei dice. E per il bene del mio paese spero tanto che il nostro informatore abbia preso un abbaglio.»

Gerard e Moreau escono in strada, sono le otto di sera, Bodrušić ha consigliato loro un ristorante vicino alla cattedrale e prenotato a loro nome un tavolo nel giardino interno. Come dire, fatevi una bella mangiata e una bella bevuta e non rompetemi più le palle.

Entrano nel locale da una viuzza pedonale dietro il mercato Dolac e si siedono a un tavolo nel cortile. Il menù prevede solo *štrukli*, tipico piatto croato, salati e dolci. Ordinano *štrukli* gratinati con pesto di zucchine e semi di zucca, *štrukli* con crema di peperoni, *štrukli* dolci al formaggio, miele e noci e due birre.

«Cosa pensi di tutta questa storia?» chiede Moreau. «Possibile che Garcia e Goran Leko siano la stessa persona?»

«Possibile,» risponde Gerard bevendo un sorso «ma credo che non avremo il tempo per scoprirlo in queste poche ore, per di più Bodrušić ci ha fatto capire a chiare lettere che ha altro a cui pensare. Aggiungi un'altra complicazione, le informazioni decodificate col software di Hendriks sono di difficile interpretazione, si leggono istruzioni su come collegare un detonatore a una ricetrasmittente, la consegna di una partita di esplosivi troppo piccola per fare danni seri, centinaia di bombole e detonatori.»

«Potrebbero essere più ordigni.»

«La quantità di esplosivo è troppo scarsa, ci deve essere un'altra spiegazione.»

Arrivano sul tavolo gli *štrukli* e per un po' l'attenzione è rivolta a decifrare il sapore del cibo.

«Non male» dice Moreau pulendosi la bocca con il tovagliolo.

Squilla un cellulare, Moreau risponde a uno degli agenti che sorvegliano l'appartamento intestato a Florence Martell, dove sospettano si nasconda Garcia. In tre giorni nessuno è entrato o uscito.

«Che facciamo?» chiede Moreau coprendo con la mano l'apparecchio.

Continuare ad aspettare, pensa Gerard, *può rivelarsi un'attesa inutile*. Garcia potrebbe aver sentito puzza di bruciato ed essersi dileguato. Oppure semplicemente non è ancora tornato. Fare un'irruzione può servire a raccogliere qualche utile indizio ma significa anche rinunciare alla sorpresa.

«Falli entrare.»

Non s'illude, immagina già l'esito della perquisizione: un appartamento con un arredamento da quattro soldi, qualche cianfrusaglia e in un cassetto il cellulare usato da Garcia per chiamare dalle parti del Trocadéro alle quattro del mattino del 22 maggio il taxi per l'aeroporto.

«Se c'è Goran Leko dietro tutto ciò, è facile intuire il motivo per cui ha commissionato il software a Hendriks» riprende Gerard assaggiando gli *štrukli* con crema di peperoni.

«Perché?»

«I siti jihadisti sono più di ottomila, un'immensa biblioteca on line dove è possibile consultare manuali per qualunque cosa, esplosivi, armi, dispositivi bellici, addirittura confezionamento di bombe a dispersione radiologica a basso contenuto d'isotopo 239, utilizzando materiali nucleari di scarto.»

«Che c'entra?» chiede Moreau mentre assaggia gli *štrukli.*

«Le informazioni tra i siti viaggiano protette da programmi crittografici. Uno dei più utilizzati è Asrar Al-Dardasha, basato su un algoritmo RSA di crittografia asimmetrica.»

«Continuo a non capire, perché promettere all'olandese un mucchio di soldi se sono disponibili sistemi crittografici della rete jihadista?»

«Per dotarsi di un sistema estraneo alla rete jihadista. Il che è plausibile dato che Goran Leko con gli islamici radicali non ha niente a che fare.»

«Ma Farid? Lui ha lavorato per Garcia o Goran Leko o come diavolo si chiama ed è stato addirittura ospite a casa sua. E non solo Farid, le connessioni con i gruppi jihadisti dei Balcani, le città nominate nei file steganografati, Novi Pazar, Sjenica, Pljevlja, luoghi del Sangiaccato dove sono di casa wahhabiti e filo-Da'ish, non certo neonazisti e nostalgici Ustaša.»

«Non hai capito?»

«No.»

«Goran Leko ha costruito un piano per far ricadere la colpa sugli islamici mentre di islamico lui non ha nulla. Non ha mai incontrato Farid anzi, se vuoi la mia idea, non ha mai incontrato nessuno di quelli che lavorano per lui.»

«Quindi...»

«Quindi ci ha menato per il naso.»

Il cellulare di Moreau vibra, all'altro capo uno degli agenti riferisce che nell'appartamento di Florence Martell è stata trovata una valigia con alcuni capi di vestiario maschile, un paio di scarpe misura quarantadue, una sciarpa, vecchi giornali su un tavolino di fòrmica. Il cellulare era in un cassetto della cucina. Null'altro.

«Vuoi un altro po' di *štrukli*?» chiede Moreau chiudendo la conversazione.

«No, grazie, te li cedo volentieri.»

55

Sabato 29 giugno 2013

«Janssen è sparito!»

Il pennello da barba scivola di mano e cade nel lavandino.

«Come, sparito?» esclama Gerard sentendo nel microfono la voce sopra le righe di Derrek.

«Era atteso alle otto e trenta in Seleksoft per una riunione. La segretaria, preoccupata dal ritardo, ha cercato inutilmente di rintracciarlo. Janssen è uscito con la cartella di cuoio sottobraccio, così afferma il maggiordomo. Non ha fatto alcun accenno a impegni imprevisti, ha ordinato il menù per la cena, soufflé e un *filet mignon à l'estragon* per due persone. Nessuno l'ha più visto.»

«*Merde!* Avete localizzato il cellulare?»

«Non ancora.»

Ha dormito male, colpa del materasso, o forse della tensione, e certo quella notizia non contribuisce a migliorare il suo umore. Si sdraia sul letto in accappatoio, resta lì per un po' pensando a tutte le cose che non tornano.

Janssen sparito… Potrebbe essere un segnale. Ma di cosa?

Ordina un caffè e comincia a vestirsi. Qualche punto fermo per fortuna ce l'ha. Green era a Zagabria il 25 maggio, ne è la prova la multa per divieto di sosta emessa alle 11.32 in ulica Petra Berislavića, una strada del centro, a carico dell'auto noleggiata tre giorni prima all'aeroporto di Podgorica in Montenegro.

Green è Garcia, di questo almeno è sicuro. Se Garcia fosse anche Goran Leko...

Il *bip* di una mail arriva mentre sta allacciando l'ultimo bottone della camicia. È Milič, il funzionario del Servizio d'Informazione e Sicurezza del Ministero della Difesa del Montenegro. Poche frasi stringate per comunicargli che le ricerche nel suo paese di Ferdinand Garcia, Jacobs Green e Farid Beouaret non hanno prodotto alcun risultato.

S'infila la giacca, prima di uscire dalla stanza chiama Claude, è alle porte di Parigi, mezz'ora e consegnerà Petra a Le Bonheur des Chiens.

Seguendo il brusio di voci e i rumori di piatti entra nella sala dove Moreau sta finendo di fare colazione.

«Dormito bene?»

«No. E il risveglio è stato peggio. Janssen è scomparso.»

«Come, scomparso?» esclama Moreau lasciando cadere il croissant nel piatto.

«Hai capito bene, è sparito mentre andava in ufficio.»

«Che significa?»

Gerard fa spallucce. «E che ne so? Cerca di rintracciare Masson, forse può darci una mano a capire dove può essere finito.»

Moreau beve il caffè tutto d'un fiato e si allontana a passo svelto.

Lui invece sente il bisogno di un po' d'aria fresca e di una sigaretta. Sul marciapiede osserva distrattamente la gente che passeggia, il colore dei palazzi, le auto incolonnate. La città è cambiata dall'ultima volta, sono passati tanti anni. Rientra in albergo, incrocia Moreau che lo sta cercando.

«Masson è partito giorni fa per una vacanza nella sua villa di Méribel, frazione di Les Allues, Savoia, al confine col Parco nazionale de la Vanoise. La villa non ha telefono e il suo cellulare è spento.»

Gerard allenta il nodo della cravatta. *Vero*, pensa, la segretaria glielo ha comunicato prima della partenza per il Montenegro e lui se n'è completamente dimenticato.

«Prendi contatto con la polizia di Les Allues, che mandino subito una pattuglia.»

Siede su una poltrona, si alza, si risiede, è irrequieto. Passa più di mezz'ora a elucubrare ipotesi, alcune fantasiose, altre più realistiche, tutte con la sgradevole caratteristica di essere plausibili.

Moreau torna con un'espressione che non gli piace: il capo della polizia di Les Allues si è recato sul posto ma la villa è chiusa.

«*Merde!*» esclama Gerard battendo con rabbia un pugno sul tavolino. «Il cellulare?»

«Stanno individuando la cella» risponde Moreau.

Si alza, al bar ordina un succo di pomodoro condito. Fissa il bicchiere, ha pensieri sovrapposti, mentalmente non trova nulla di più intelligente che mettere in fila per l'ennesima volta i fatti.

Il cellulare vibra nella tasca, è Claude, è arrivato con Petra a Le Bonheur des Chiens.

«Grazie mille, ora fatti un bel sonno.»

Si sposta su un divano, prende un quotidiano inglese, legge articoli a caso. Sta perdendo tempo, ha voglia di una sigaretta ma deve alzarsi, uscire in strada… troppo faticoso.

Cazzo! È la prima volta che nel pieno di un'indagine non so che fare.

Abbassa il giornale e alza lo sguardo su Moreau, arrivato in quell'istante. Il telefono di Masson risulta attivo nella cella di Les Allues, probabile che sia nella villa. Gerard scaccia un brutto presentimento. Che forzino l'ingresso.

Non possono far altro che aspettare. Lo fanno in silenzio, rimuginando ciascuno per proprio conto. Passa un'ora e finalmente il cellulare di Moreau squilla, la villa è vuota anche se resti di legna bruciata nel camino, cibo nel frigo, una cicca in un posacenere indicano che in casa c'era qualcuno fino a poco tempo fa. Il cellulare era in un cassetto della stanza da letto. Sul terreno del giardino hanno rilevato tracce di pneumatici di un SUV, lasciate forse tre giorni prima, quando un temporale si è abbattuto sulla zona.

«E adesso?» chiede Moreau, che non sa che pesci prendere.

«Adesso abbiamo un problema in più. Oltre a Sahar, Farid, Janssen, Garcia o Green o Goran Leko o come cazzo si chiama, dobbiamo cercare anche Masson.»

«Che facciamo?»

«Andiamo da Bodrušić.»

Moreau alza un dito: «Solo una telefonata».

«A Josephine?»

«Acqua passata, si chiama Solange.»

Bodrušić, senza smettere di parlare al telefono, fa cenno a Gerard e Moreau di entrare, firma fogli che la segretaria gli passa uno dietro l'altro, con un gesto indica loro di sedersi.

Chiude la conversazione, dà istruzioni alla ragazza e si rivolge ai due agenti con l'aria distratta di chi sta pensando ad altro.

«Ho solo pochi minuti» dice, mentre fa scorrere il display del cellulare.

«Abbiamo perso le tracce di altre due persone, Hans Göran Janssen, presidente di Seleksoft, sparito da Amsterdam stamattina mentre andava in ufficio, e Briac Masson della Masson&Partners, socio di Seleksoft.»

«Ve ne siete persi altri due? »

Gerard allarga le braccia, non ha la forza neppure di arrabbiarsi per l'ironia del croato.

«Quindi?» chiede Bodrušić col tono sbrigativo di chi non ha tempo da perdere.

«Janssen potrebbe avere a che fare con Garcia, certo è strano che si sia eclissato a due giorni dalla celebrazione.»

«Per cui?»

«È necessario segnalare questi nominativi a tutte le autorità competenti, in modo da intercettarli se dovessero entrare in Croazia.»

«Altro?»

Gerard sta per ribattere quando qualcuno bussa alla porta. Bodrušić l'apre di uno spiraglio, prende un foglio, scambia poche parole sottovoce con una persona invisibile. La porta si richiude, torna alla scrivania e resta in piedi. Un orologio a pendolo batte mezzogiorno.

«L'elenco delle sponsorizzazioni,» spiega «banche, società di telecomunicazioni, istituti esteri, aziende private; in tanti hanno dato sostegno e manifestato solidarietà al grande evento. A suggello della pace raggiunta nella penisola balcanica molti hanno fornito segni tangibili della loro partecipazione. Non solo istituzioni ma anche società private e imprese.»

«Che tipo di sponsorizzazioni?» chiede Gerard, che prova curiosità senza un particolare motivo.

«Un po' di tutto, acqua minerale e vino, addobbi floreali,

gruppi folkloristici, champagne francese per il brindisi delle autorità allo scoccare della mezzanotte. Queste sono buone notizie, commissario,» esclama battendo la mano sui fogli «lasci perdere i fantasmi e cerchi di riacquistare un po' di buonumore, vedrà che tutto filerà liscio.»

Poi afferra un voluminoso incartamento e glielo mette davanti.

«Se ha voglia di leggere, troverà molte risposte alle sue preoccupazioni. Nessuno degli agenti infiltrati fa riferimento a una possibile rinascita della Legione Nera, il nome di Goran Leko non compare mai nelle intercettazioni telefoniche di personaggi collegati a movimenti di estrema destra, nessun segnale che sia imminente qualche azione dimostrativa da quel versante, anche il web è stato monitorato con attenzione. I pedinamenti hanno portato a qualche arresto preventivo di personaggi di secondo piano, per lo più legati alla malavita locale o di qualche islamico incazzato.»

Torna a sedersi alla scrivania e accende una sigaretta.

«Stamattina, tanto per sgombrare il campo da dubbi, ho interrogato l'uomo che asserisce di avere riconosciuto Leko. Era molto meno sicuro rispetto alle affermazioni di ieri. Mi ha confessato che poteva essere lui così come un'altra persona. Se vuole la mia opinione, ha preso un abbaglio: Goran Leko se non è morto nell'incidente si sarà nascosto in qualche paese del Sud America. Su di lui pende una condanna all'ergastolo, sarebbe uno stupido a tornare in Croazia. E non è il suo caso.»

«Eppure...»

«Eppure lei è convinto che questo Garcia, che sotto sotto pensa essere Goran Leko, stia preparando un'azione terroristica in occasione della celebrazione per l'entrata della Croazia nell'Unione Europea. Ipotesi plausibile ma senza uno straccio di prova. E visto che mancano poco più di ventiquattro ore...»

Gerard nota lo sguardo deciso, il tono sicuro, anche un gesto della mano esprime il convincimento di ciò che pensa. Con un cenno indica ai due agenti il tavolo al centro della stanza dove è distesa una planimetria di Zagabria.

«Questo è il piano della sicurezza, si concentri su questo e ci dia qualche consiglio utile.»

Gerard osserva la mappa disseminata di simboli, ciascuno corrisponde secondo la legenda a specifiche misure. Telecamere, posti di blocco, varchi muniti di metal detector, mezzi dell'esercito, ambulanze.

«Ho studiato e modificato più volte il programma, anche se ho dovuto fare qualche concessione agli organizzatori. Il punto critico è Josipa Bana Jelačića, la piazza principale di Zagabria, dove si accalcheranno più di trentamila persone. La situazione ideale per agitatori di destra e di sinistra. Su due momenti ho posto particolare attenzione: il primo quando il coro intonerà l'*Inno alla libertà* di Gundulić e *l'Inno alla gioia* di Beethoven, il secondo allo scoccare della mezzanotte, quando i fuochi d'artificio illumineranno il cielo della capitale. Sono sicuro che le misure prese sono a prova di bomba.»

E sulla battuta gli scappa un mezzo sorriso.

«Garcia è stato a Zagabria il 25 maggio...» replica Gerard che continua a rimuginare la sua idea.

«Oggi è il 29 giugno e sono le tredici» lo interrompe Bodrušić. «Lei vorrebbe trovare in ventiquattro ore una persona che si nasconde in una città di ottocentomila abitanti. Un'impresa disperata che ci porterebbe a distogliere uomini ed energie da cose più importanti. Quanto agli altri, chissà. La ragazza magari è tornata in Tunisia, Janssen, da come me lo avete descritto, è a letto con una donna e Masson è andato a fare una passeggiata. Per quel che riguarda Farid, lei sa quanti tipi del genere girano per le nostre strade? Se dovessimo mobilitarci per ognuno di loro...»

È interrotto dallo squillo del telefono.

La voce rauca di Novkovi gli arriva alle orecchie secca e diretta.

«Temo ci sia un problema» frase fatta per dire che ci sono brutte notizie. «È arrivata una mail su Guerrilla.»

«E con questo?» *Sono milioni i messaggi*, pensa Bodrušić, *che si muovono nella rete con quel tipo di posta che fornisce un indirizzo temporaneo e anonimo.*

«Il problema» ribatte Novkovi con timbro di voce alterato «è che la mail indirizzata al mio ufficio proviene da uno degli sponsor della celebrazione, un'azienda serba che ha finanziato addobbi floreali.»

«Continuo a non capire» obietta Bodrušić «perché ti agiti tanto per una mail?»

«Perché non hanno mai utilizzato Guerrilla.»

Bodrušić s'irrigidisce, le certezze di pochi minuti prima gli scivolano tra le dita. Gerard non ci mette molto a capire che qualcosa non sta andando nel verso giusto; gli occhi dell'agente croato sono rivolti verso il basso: di colpo ha assunto un'espressione acida, le labbra sono compresse con tanta forza da sembrare inesistenti.

Novkovi arriva in pochi minuti, ha la fronte bagnata, con una ruga che è un solco profondo e scuro. Spiega di aver inviato una mail a una società che sponsorizza la celebrazione del 1° luglio per chiedere dei ragguagli, la loro risposta era arrivata con Guerrilla su TOR, un sistema che garantisce anonimato e si cancella automaticamente dopo qualche minuto.»

Gerard sa bene di cosa si tratta, a ogni accesso viene fornito un account casuale che permette di ricevere e inviare messaggi per un breve lasso di tempo dopo di che le mail si cancellano. *Sarà una combinazione*, pensa, *ma anche Nestor dal computer dell'amministrazione del Prieuré de Binson aveva inviato dei file nella darknet con quel tipo di posta elettronica.*

«Abbiamo immediatamente contattato l'azienda e chiesto spiegazioni» prosegue Nòvkovi. «La direzione della società ha risposto di avere inviato il messaggio su Gmail e non riesce a capire cosa c'entri Guerrilla, anche se il testo corrisponde perfettamente.»

«Quindi, tutto regolare?» chiede Bodrušić.

«Apparentemente...» risponde Novkovi.

Gerard non la pensa nello stesso modo, anche se gli sfugge il senso; non è il messaggio con Guerrilla a preoccuparlo, è l'idea che quel messaggio abbia un obiettivo completamente diverso.

«Se qualcuno ha reindirizzato la mail, l'ha fatto per qualche motivo» obietta Gerard.

«Quale?» chiede Bodrušić.

«Non lo so né l'immagino.»

«Che facciamo?» chiede Novkovi visibilmente disorientato.

Gerard alza le spalle, in questo momento non ha la soluzione, deve frugare in qualche altra tasca.

L'unica idea che ha è quella d'inviare a tutti gli sponsor una mail chiedendo conferma del loro indirizzo di posta elettronica.

Novkovi è perplesso, Bodrušić pure, ma in mancanza di alternative non trovano di meglio che annuire.

«Un caffè al bar nell'attesa?» propone Bodrušić.

Quando tornano nella stanza il telefono sta squillando, Novkovi risponde, il gesto di stizza e l'espressione del suo viso anticipano il senso delle parole che sta per pronunciare.

«Tutte le mail di conferma degli sponsor sono su Guerrilla.»

Cala il silenzio.

«Quante sono le sponsorizzazioni?» chiede Gerard.

«Settantotto» risponde Bodrušić.

«Potrebbe essercene una fasulla» osserva Moreau, che fino a quel momento è rimasto in silenzio.

«Sarebbe?» chiede Bodrušić.

«Quello che ho detto, ci potrebbe essere un'azienda che non è quella che dice di essere.»

«Ma non ha senso!» sbotta Bodrušić. «I contatti sono avvenuti tramite le loro mail e...»

«Tramite le loro, appunto,» replica Moreau «ma chi ci dice che siano quelle vere? A volte basta un'inezia, una lettera, un punto, uno slash in più o in meno per avere un indirizzo diverso ma del tutto simile.»

«A questo non avevo pensato!» esclama Bodrušić. «Ma con quale scopo?»

Si lascia cadere sulla sedia, la giacca l'ha buttata da tempo sul divano, arrotola le maniche della camicia e allenta il nodo della cravatta, l'orologio segna le quattordici, ancora un giorno e la piazza principale di Zagabria sarà invasa da migliaia di persone in festa.

«Questo è l'elenco delle aziende con le sponsorizzazioni» dice Novkovi puntando il dito sul foglio. «Le spulceremo una a una, se c'è qualcosa di poco chiaro lo scopriremo.»

Il *bip* del cellulare avvisa Gerard dell'arrivo di una mail, fa scorrere il cursore e passa l'apparecchio a Moreau. Bodrušić e Novkovi, che stanno parlottando sottovoce, tacciono all'improvviso.

«L'ispettore di Les Allues, nella Savoia, ha rintracciato e interrogato la domestica di Briac Masson.»

Una pausa.

«Tre giorni fa nella villa di Méribel con lui c'era una donna.»

Bodrušić gli rivolge un'occhiata interrogativa e Gerard prosegue.

«Una ragazza giovane, molto bella, alta, tratti maghrebini. Abbiamo trasmesso all'ispettore di Les Allues la foto di quella che crediamo essere la donna perché la mostrasse alla domestica.»

«La risposta?» chiede Bodrušić.

«Sahar Liman, la compagna di Farid Beouaret, il tunisino affiliato ad Ansar al-Shari'a, collegato a Garcia.»

«Non capisco...» borbotta Novkovi.

«Neanche io. Ma è un dato incontestabile che Masson e Sahar sono partiti insieme da Méribel. La domestica era vicino a loro mentre portava le valigie, ma non tanto da udire la conversazione; però ha captato solo una frase: dovevano affrettarsi, avevano più di nove ore di viaggio da fare. Moreau, quanto dista Méribel da Zagabria?»

Il tempo di cliccare su Google Maps e il giovane agente ha la risposta.

«Nove ore e quaranta minuti.»

«Possibile che siano qui» conclude Gerard «o anche da qualunque altra parte. Ma non so perché propendo per questa città.»

«È incomprensibile» sbotta Bodrušić. «A parte il fatto che non capisco il motivo per cui dovremmo preoccuparci per una loro eventuale presenza, ma quei due non dovrebbero essere un pericolo.»

«Infatti non lo sono, dico solo che è strano che Masson e Sahar stiano insieme e che abbiano deciso di venire a Zagabria proprio in questi giorni. A meno che non siano qui per ammirare i fuochi d'artificio.»

«Non è il momento di fare ironia,» sbotta Bodrušić «ci va di mezzo l'incolumità di decine di capi di Stato e di migliaia di cittadini.»

«Nessuna ironia, ma quando le coincidenze sono troppe, puzzano.»

«Soluzioni?»

«Al momento nessuna.»

«Cosa facciamo con le mail inviate con Guerrilla?»

Gerard si siede, accende una sigaretta e allunga le gambe sotto al tavolo.

«Ricontattiamo telefonicamente tutti gli sponsor e li avvertiamo che sarà loro inviata una mail a cui devono rispondere subito per conferma.»

«Con quale scopo?»

«Scoprire chi sta bluffando. Avete un bravo esperto di web?»

«Ci sarebbe Sablić» azzarda Novkovi voltandosi verso Bodrušić. Un impercettibile segno dell'agente dà l'okay.

Gerard schiaccia il pulsante e mette lo schienale della poltrona in posizione eretta. Prende una sigaretta, l'accende, tira una boccata lunga e profonda, il fumo entra nei polmoni ed esce con una strana voluta. Bodrušić gli ha messo a disposizione una stanza a pochi metri dalla sua, alla fine di un corridoio con soffitti alti e porte di legno scuro. Un divano, due poltrone, una scrivania, un tavolo, due computer con schermi da ventiquattro pollici, stampante, fax. Su una parete una grande planimetria di Zagabria.

Deve darsi una mossa, sono le quattro del pomeriggio del 29 giugno. Le foto segnaletiche di Janssen, Masson e Sahar sono state diramate dai Servizi segreti croati anche all'ultimo dei vigili urbani, ma fino a quel momento nessuna notizia.

Squilla il cellulare, Armand, responsabile informatico della DCRI, gli comunica che ha individuato con il software di Hendricks in un pixel della mano di Hélène Bretton, giornalista di *Le Post* scoperta grazie alla decodifica di due mail inviate da Nestor, un file che fornisce specifiche tecniche per la predisposizione di un detonatore collegato a una radioricevente.

Che vuol dire? si chiede Gerard mentre nella stanza entra un uomo: ha la faccia di un pugile sconfitto nell'ultima dozzina di incontri, naso ampio e piatto come una spatola, labbra sottili. Ma questo non conta perché Ante Sablić, uno dei responsabili dello spionaggio elettronico, un hacker convertito al servizio della patria, è un talento per tutto ciò che riguarda web e reti. Il più in gamba di tutta la Croazia.

Sablić la prende alla larga, spiega che TOR protegge gli utenti attraverso una rete di *onion router* che permette il traffico anonimo in uscita. Lo scopo è rendere difficile l'analisi e proteggere la riservatezza delle comunicazioni. Il funzionamento della rete TOR è concettualmente semplice: i dati che appartengono a una qualsiasi comunicazione non transitano direttamente dal *client* al *server*, ma passano attraverso i server TOR che agiscono da router costruendo un circuito virtuale crittografato a strati. Le comunicazioni tra i nodi del circuito sono cifrate, tranne il tratto tra l'*exit node* e la destinazione finale, che è in chiaro. Se la destinazione è a sua volta un router TOR, l'intera comunicazione è cifrata e sfugge all'analisi di un eventuale osservatore posto nella tratta finale del circuito.

«Questo lo so» ribatte Gerard, che vuole stringere i tempi. «Non chiedo di conoscere da chi sono state inviate le mail con Guerrilla, il che, come lei mi conferma, è impossibile. Voglio sapere se è possibile scoprire se nelle strade intorno a piazza Jelačića qualcuno in queste ore sta usando TOR su una connessione wi-fi.»

Sablić ci pensa un po' su.

«Complicato.»

«Se conoscesse l'intervallo di tempo esatto in cui avviene la connessione?»

«Come faccio a conoscerlo?»

«Lasci perdere, se le dicessi che tra l'ora *x* e l'ora *y* ci potrebbe essere una connessione su wi-fi di questo tipo, lei sarebbe in grado d'individuare la fonte?»

«In questo caso…»

Mentre parla con l'informatico, Gerard scrive su un foglio dei nomi sottolineati più volte, Moreau capisce al volo e la sua voce si sovrappone a quella del commissario.

Ante Sablić esce dalla stanza e Gerard riprende l'analisi da dove l'ha lasciata.

Garcia ha un suo modo di ragionare, entrarci vuol dire capire come si comporterà. Ha spezzettato la conoscenza tra i diversi attori in modo che ciascuno ne conosca solo una piccola parte. Ha disseminato il percorso di falsi bersagli. Anche adesso si sta comportando nello stesso modo: ha reindirizzato tutte le mail degli sponsor usando Guerrilla su TOR per confondere le acque, per far nascere sospetti, per costringere a indagare su tutte le aziende.

Ma il suo obiettivo è nasconderne una sola, che non è quella che dichiara di essere.

Il *bip* del cellulare lo informa dell'arrivo di una mail. I nomi delle aziende bosniache, serbe, montenegrine e kosovare che hanno sponsorizzato la manifestazione sono sotto i suoi occhi.

«Vuoi sapere una cosa?» dice Gerard rivolgendosi a Moreau.

«Cosa?»

«La storia del falso sponsor e delle mail su Guerrilla ha qualcosa che non torna.»

«In che senso?»

«Ipotizziamo che ci sia un falso sponsor e che dietro un'azienda apparentemente insospettabile si celi un terrorista. Chi se ne accorgerebbe?»

«Noi.»

«Come?»

«Nel modo in cui stiamo facendo, ricontattando telefonicamente tutte le aziende.»

«E perché lo stiamo facendo?»

«Ma cos'è, un indovinello? Lo stiamo facendo perché abbiamo scoperto che una mail era reindirizzata con Guerrilla.»

«Se non fosse stata reindirizzata?»

«Non l'avremmo scoperto.»

«E allora, perché fare tutto ciò? Che bisogno c'è di reindirizzare le mail su TOR visto che non l'avremmo mai scoperta?»

Moreau è preso in contropiede, apre la bocca per dire qualcosa ma quel qualcosa gli si sgretola nel cervello.

«Ma allora perché perdere tempo con Sablić?»

«Perché Sablić potrebbe farci scoprire chi ha reindirizzato le mail con Guerrilla.»

«Non capisco.»

«Ulica Petra Berislavića, la via in cui la Chevrolet di Garcia ha preso la multa, è a pochi metri da piazza Jelačića, dove si svolgerà la celebrazione. Forse è andato lì casualmente o forse ha un appartamento da quelle parti. Se Garcia ha una casa, può usare una connessione fissa e allora siamo fregati. Ma se invece non ce l'ha, se è in un albergo o in un bar, quando le aziende risponderanno alla mail di verifica che stiamo per inviare, Garcia utilizzerà un wi-fi preso a prestito da qualcuno della zona per reindirizzare Guerrilla su TOR. Sablić deve scoprire questo wi-fi. Adesso è chiaro?»

«Come ci sei arrivato?»

«Questione di età.»

«Uno pari.»

Novkovi ha in mano dei fogli ma non ha voltato una sola pagina né si è mai mosso. Ha passato ore con i collaboratori a controllare le misure di sicurezza della celebrazione. Conosce a memoria ogni dettaglio, dalle delegazioni straniere che si riuniranno alle sei del pomeriggio nel Palazzo del governo croato alla cena di gala; dai concerti alle performance artistiche che si susseguiranno fino alle undici di sera quando ospiti stranieri, politici ed esponenti delle principali istituzioni croate, raggiungeranno la piazza centrale di Zagabria.

Si è intrattenuto con il direttore del coro. L'*Inno alla libertà* del croato Ivan Gundulić e l'*Inno alla gioia* di Beethoven erano un momento di forte emozione collettiva che avvolgerà la piazza, coinvolgendo tutti, ministri, delegati, cittadini; le note rimbalzeranno a Osijek, Fiume, Spalato, Dubrovnik, dove sono stati allestiti megaschermi, penetreranno nelle case di tutta

Europa a testimoniare che la Croazia ha voltato pagina. Sarà quello il momento di maggior pericolo. E anche il successivo, quando dalle note si passerà, allo scoccare della mezzanotte, al suono delle campane delle chiese della capitale e ai fuochi di artificio che illumineranno il cielo di Zagabria.

Lo sguardo passa dai fogli alla porta, dove Bodrušić si affaccia seguito dai due agenti francesi.

«Novità?» chiede Novkovi.

Bodrušić scuote il capo, ha trasmesso i nomi degli sponsor, passerà un po' di tempo prima che gli uffici contattino telefonicamente tutte le aziende.

Il telefono squilla e Novkovi s'imbarca in una discussione che a giudicare dai toni non sarà breve.

Quasi contemporaneamente il cellulare di Bodrušić si mette a vibrare.

«Quando?»

Una pausa.

«Dove?»

Chiude bruscamente la comunicazione. Gerard gli lancia un'occhiata interrogativa ma lui non risponde, si limita a un gesto a Novkovi per dire «ci vediamo più tardi», un altro ai due francesi perché lo seguano.

Dopo pochi minuti un'auto della polizia si dirige a tutta velocità verso il Klinički Bolnički Centar Zagreb, uno dei principali ospedali della capitale. Bodrušić durante il tragitto li mette al corrente di ciò che ha appreso da un ispettore della polizia croata. Una telefonata dalla periferia della città avvertiva che da un appartamento di un condominio stava uscendo dell'acqua che si riversava per le scale, così aveva detto un inquilino con voce concitata al centralino dei pompieri. La porta era sprangata, nessuno aveva risposto al campanello, vigili del fuoco e poliziotti avevano forzato l'ingresso ed erano entrati.

Sul pavimento del bagno giaceva una giovane donna priva di sensi. Con un'autoambulanza era stata trasportata al più vicino ospedale. Durante brevi momenti di coscienza aveva farfugliato frasi in una lingua incomprensibile, forse arabo. L'agente di guardia era riuscito a captare solo un nome, Masson. Aveva avvertito immediatamente i superiori, i nomi di Briac Masson e Sahar Liman erano segnalati a tutti i comandi di polizia.

I tre agenti si fanno largo tra la folla che occupa la reception dell'ospedale, in lontananza arriva l'urlo di una sirena, salgono al quinto piano, nel corridoio due poliziotti sorvegliano l'ingresso e poco più in là un uomo magro con occhi grandi e profondi in camice bianco legge dei fogli appoggiato al muro. È il medico che ha prestato le prime cure a Sahar.

«Il quadro clinico è complesso» dice con tono grave. «Si è iniettata dosi massicce di eroina. E già questo potrebbe bastare, è in overdose. Ma ha anche ingerito dell'alcol che ha generato nel suo organismo una strana forma di reazione allergica.»

«Sahar è eroinomane?» Gerard ne sa abbastanza per capire dagli occhi se una persona fa uso di droghe. E quella ragazza certo non gli aveva dato una sensazione simile.

«Così sembra» risponde Bodrušić. «Su un mobile della cucina sono state trovate siringhe usate, un laccio emostatico e alcune dosi. La ragazza deve aver sbagliato qualcosa, a meno che l'eroina non sia tagliata con sostanze tossiche. Se è così lo scopriremo.»

«Quando la possiamo interrogare?» chiede Gerard rivolgendosi al medico.

«Non prima di ventiquattro ore, a seconda di come reagirà alle cure.»

«Possiamo vederla?»

«Solo un minuto» risponde il medico aprendo delicatamente la porta. Un'infermiera si alza e scosta la sedia, Bodrušić, Gerard e Moreau si avvicinano al letto.

Il viso è cadaverico, il respiro quasi impercettibile, le palpebre chiuse, nessun movimento del viso, nessun segno che la ragazza sia vigile.

A Marsiglia nella libreria era sorridente e piena di gioia di vivere e ora…

Camminano con le mani in tasca lungo ulica Nikole Tomašića, qualcuno lo urta, Gerard si allontana dalla folla, non riesce a cancellare il viso sofferente di Sahar; lo assale un senso di tristezza ma anche d'irritazione.

«Stai pensando a lei?» chiede Moreau accelerando il passo di quel tanto che gli consente di camminare spalla a spalla. Gerard annuisce. «Temi che non ce la faccia?» Gerard si stringe nelle spalle. Arrivano in una piazza, entrano in un bar che puzza di candeggina, le sedie sono a gambe all'aria sui tavoli mentre il pavimento si asciuga. Non è un posto dove restare.

«Quindi Sahar si droga» borbotta Moreau quando tornano in strada.

«Qualcuno ha cercato di ucciderla con una overdose.»

«Chi?»

Gerard fa spallucce, ha molte domande e nessuna risposta. Avrebbe bisogno di una spinta per capire come Sahar sia finita in quella casa, se c'è andata da sola o l'ha portata Masson.

Entrano in una rosticceria, il cameriere snocciola le poche pietanze che offre la casa; ordinano pollo arrosto con patate, dei fritti e due birre. Addenta una crocchetta di patate unta e sciapa, gli viene naturale chiedersi se stia andando verso un prevedibile insuccesso, mentalmente sospeso tra congetture che hanno tutte la sgradevole caratteristica di non sembrare quelle giuste. È incazzato per mille motivi ma soprattutto perché le sue cellule grigie non funzionano come al solito. Anche Moreau non va meglio, fa solo domande.

Tornano nella sede della VSOA, dove Bodrušić va avanti e indietro e Novkovi è seduto su una sedia, braccia conserte e sguardo nel vuoto.

«Oh finalmente!» dice Bodrušić girandosi di scatto. «L'abbiamo trovata! Un'azienda, Vlasinka D.O.O. produttrice di acqua minerale con sede a Batajnicki Drum, Belgrado, Serbia: non ha mai sponsorizzato la celebrazione dell'entrata della Croazia in Europa. Ma non è tutto, quattro mesi fa Vlasinka D.O.O. ha ricevuto una commessa per la fornitura di cinquantamila bottiglie di acqua minerale Rosa de Vlasinka.»

«Da chi?»

«Da una società serba di Novi Pazar, la Maraska D.D., costituita un anno fa e non operativa. Stiamo bloccando tutta la partita, comprese bibite e champagne» lo rassicura Bodrušić. «Un campione è già ai laboratori per le analisi. Avremo i risultati in poche ore. E scopriremo che insieme all'acqua è stato miscelato qualche intruglio letale.»

Gerard mentalmente cataloga le parole dell'agente croato, qualcosa non torna. Le informazioni steganografate in immagini su siti della darknet prefigurano un atto terroristico di altro genere. Che relazione c'è tra detonatori, radioriceventi, esplosivi e bottiglie di acqua minerale? Che gli attentati siano due? Opera della stessa mano o di mani diverse? Si chiede se

Garcia, come ha sempre fatto, stia depistando, ingannando, spingendoli fuori strada. Confonde, mescola carte e personaggi. E l'acqua minerale potrebbe essere un falso bersaglio.

«Cosa c'è, commissario? La vedo perplesso» gli dice Bodrušić che sembra voler archiviare rapidamente la faccenda.

Gerard scrocchia le dita come se esitasse a contraddirlo. Per l'agente croato a questo punto Garcia o Goran Leko non hanno più alcuna rilevanza, scoperto l'inganno la partita è chiusa, glielo legge negli occhi. E butta lì una provocazione.

«La partita non è affatto chiusa.»

Bodrušić resta di sasso, sgrana gli occhi, accenna un sorriso ironico che sa d'insofferenza.

«Commissario Gerard...» l'incipit ha tutto il sapore di qualcosa di conclusivo «abbiamo sventato un piano diabolico, difficile da scoprire se lei non ci avesse messo in guardia su Guerrilla e sulla darknet. Sarebbe stata una catastrofe e la festa si sarebbe trasformata in un lutto nazionale. Ma ora tutto è sotto controllo, l'acqua è stata ritirata a tempo di record e tra breve i risultati delle analisi ci confermeranno quello che sospettiamo.»

«Ma chi può mettere in piedi una simile messinscena con una sponsorizzazione fasulla?» interviene Novkovi battendo il pugno sul tavolo.

«Garcia o Goran Leko, se preferisce» risponde secco Gerard.

«Ancora con questi due!» sbotta Bodrušić. «Fantasie, solo fantasie. Magari dietro questo attentato ci sarà pure la mano di questo Garcia, che lei si ostina a identificare con Goran Leko, ma noi l'abbiamo scoperto e quindi il piano diabolico è fallito.»

Il cellulare squilla, Bodrušić all'apparecchio ha riacquistato il buonumore, tutto procede per il meglio, dà le ultime disposizioni, ancora una notte e all'aeroporto inizieranno gli arrivi delle delegazioni straniere.

«Ci penseremo alla fine della celebrazione, cercheremo di capire se è stato lui e vedremo di catturarlo» aggiunge Bodrušić infilandosi la giacca. «È quasi mezzanotte, facciamoci tutti qualche ora di sonno, non ne abbiamo molte a disposizione.»

Ed esce dalla stanza seguito da Novkovi.

«Non hanno capito con chi hanno a che fare» mormora Gerard avviandosi per le scale. Moreau lo segue a due gradini di distanza. Ha la certezza di quello che pensa, le tracce scoperte con il software di Hendriks nella darknet sono prove inequivocabili della preparazione di qualcosa di diverso. Profondamente diverso.

«Cosa pensi?» chiede Moreau.

«Garcia ha ucciso o fatto uccidere cinque persone, ha speso migliaia di euro per iniettare nella faccia e nelle mani di una giornalista francese i dettagli di quello che appare chiaramente un atto dinamitardo. Tutto ciò solo per metterci fuori strada? E avrebbe messo in atto il suo vero piano distribuendo migliaia di bottiglie di acqua minerale avvelenata? Non sta in piedi.»

«Quindi?»

«La soluzione è un'altra.»

56

Domenica 30 giugno 2013, ore 5.00

Nell'ufficio di Novkovi l'atmosfera è febbrile anche se è appena l'alba. Un viavai di impiegati e segretarie, civili e militari, ciascuno con un foglio da far firmare, una lista da siglare, una decisione da prendere.

Da una finestra aperta l'aria fa svolazzare dei fogli sul tavolo, Novkovi sposta un pesante fermacarte di cristallo e li ferma. Al rumore di una porta dischiusa alza lo sguardo su Gerard e Moreau che stanno entrando.

«Vi ringrazio a nome di tutto il governo croato, senza di voi la festa si sarebbe trasformata in tragedia. E poco male per lo champagne, berremo prosecco e aranciata.»

Non fa caso all'espressione scettica dell'agente francese. «Ora posso dedicarmi all'organizzazione e fare in modo che tutto proceda per il meglio.»

Gerard sta per replicare quando la porta si spalanca di colpo e Bodrušić piomba nella stanza, la mascella è ancora più quadrata, i lineamenti alterati, gli occhi due olive nere fosforescenti dietro le lenti affumicate.

«Acqua purissima! Nelle bottiglie solo acqua, niente altro che acqua. Abbiamo esaminato più di cento campioni, tutti con lo stesso risultato. Acqua.»

«Mi sembra una buona notizia» biascica Novkovi dopo un primo istante di perplessità.

«Nessuna azione di sabotaggio» prosegue Bodrušić. «Qualcuno ha giocato con le mail per spargere un clima di sospetti e paure e farci un brutto scherzo.»

«È esattamente quello che penso» ribadisce a ruota Novkovi con un tono che prelude a una rapida conclusione della discussione.

Strano, pensa Gerard, *come a volte le persone, anche le più intelligenti, si rifiutino di vedere i fatti nella loro reale essenza.* Non si stupisce della reazione di Novkovi, tipico burocrate dotato dalla nascita di un buon paio di paraocchi, ma Bodrušić... lui sì, è stupefacente.

«E se qualcuno volesse distogliere l'attenzione e far credere che sia tutto risolto?» replica Gerard guardando i due agenti croati dritto negli occhi.

«Prego?» esclama Bodrušić.

«Secondo voi qualcuno ha speso decine di migliaia di euro per fare uno scherzo? Mi sembra obiettivamente eccessivo.»

Una pausa.

«Garcia ha lanciato un falso bersaglio, ci ha fatto credere che l'obiettivo fosse un avvelenamento di massa distogliendoci dal suo vero piano. Le mail sono state reindirizzate con Guerrilla per farci credere che un'azienda fasulla stesse organizzando una strage. Ma ha commesso un errore, non ha avvelenato l'acqua minerale.»

«E secondo lei non è così?» chiede Bodrušić.

«No, non è così. Le mail sono state reindirizzate con Guerrilla perché noi ce ne accorgessimo e corressimo dietro un falso bersaglio senza seguire quello vero.»

Gerard scosta una sedia e si mette a sedere, ha un suo punto di vista ed è deciso a farsi ascoltare.

«Dobbiamo scoprire qual è il vero bersaglio» risponde secco, prendendo carta e penna. «Obiezioni?»

«Una» replica Bodrušić. «Sono le cinque e trenta del mattino, tra qualche ora arriveranno le delegazioni straniere e nel pomeriggio, tra poco più di dodici ore, inizieranno le celebrazioni. Non abbiamo la più pallida idea di cosa cercare e...»

Lo squillo di un cellulare lo interrompe, è il medico dell'ospedale dove è ricoverata Sahar. Le notizie sullo stato di salute della ragazza non sono incoraggianti, alterna momenti di lucidità a stati d'incoscienza, sembra non reagire alle cure.

«Potrebbe non farcela» avverte il medico quasi a suggerire l'opportunità di una visita.

Gerard non ci pensa due volte: «Facciamo un salto all'ospedale, venite con noi?». Bodrušić e Novkovi fanno cenno di no, troppo lavoro da smaltire e troppo poco tempo.

Sahar è in dormiveglia, immagini sfuocate di un luogo ignoto appaiono e scompaiono, si chiede se è sogno o realtà. Una voce la chiama dolcemente per nome, non è Masson, chi può essere? Schiude gli occhi, la luce le ferisce le pupille, cerca di mettere a fuoco due volti sconosciuti che la fissano. Uno dei due si china su di lei, le chiede come si sente. Lei riesce a muovere impercettibilmente il capo con un movimento che non vuol dire nulla.

«Sono Gerard, commissario Gerard.»

Sente il cuore accelerare, vorrebbe urlare la sua innocenza. Ma dalle labbra esce solo un flebile lamento.

Gerard scruta gli occhi cerchiati, il viso pallido e sofferente, il medico li ha avvertiti, c'è il rischio che non riesca a superare la prossima crisi.

«Non ho ucciso nessuno.» Gerard intuisce la frase dal movimento delle labbra. Le prende la mano: «Lo so».

Sahar emette un sospiro profondo e chiude le palpebre, il suo volto appare rasserenato, la sua mano striscia sul cotone bianco del lenzuolo alla ricerca di qualcosa. Rimane così qualche minuto prima di aprire nuovamente gli occhi.

«Masson?» chiede con un filo di voce.

Gerard scuote la testa, alla domanda risponde con un'altra domanda: «Eravate insieme?».

Il loro dialogo è un sottile gioco di espressioni, Sahar annuisce con un cenno, mormora parole sconnesse: «Scarpe, guanti, puntura».

«Lo hai visto in faccia?»

Sahar scuote impercettibilmente il capo.

«Cosa sai di Garcia?» Gerard prova a stimolarla con una domanda precisa.

«Garcia...» Sahar lascia il nome perdersi in un respiro.

«Sai chi è?»

Sahar scuote appena il capo.

«Janssen?»

A Gerard sembra di scorgere sul viso una smorfia di disgusto.

«Hai scoperto qualcosa su di lui?»

Sahar chiude nuovamente gli occhi, sembra non riuscire a trasformare in suono i suoi pensieri.

Ha un colpo di tosse improvviso, Gerard le avvicina il bicchiere tenendole la testa sollevata.

«Farid, Janssen sono loro...» per un attimo pare sul punto

di voler aggiungere qualcosa, socchiude le labbra ma resta in silenzio.

Solo per un istante però. Nella sua mente appare all'improvviso quel foglio su cui sono segnati una miriade di punti.

«La mappa...»

«Quale mappa?»

Sahar con uno sforzo immane solleva di poco la mano a indicare qualcosa.

Gerard si guarda in giro, apre l'armadio, fruga nelle tasche dei pantaloni, poi in quelle della giacca. Si guarda intorno, restano gli stivali, infila la mano, con le punta della dita sente qualcosa, l'afferra, tira fuori un foglio piegato più volte, lo apre, riconosce la mappa di Zagabria, dei punti neri sono disseminati in tutto il centro storico.

«Cosa sono? Chi te l'ha dato?»

Sahar dischiude appena le labbra, sta per pronunciare qualcosa, poi all'improvviso un colpo di tosse più violento le fa strabuzzare gli occhi. Qualcuno entra di corsa, un campanello suona freneticamente, la stanza si riempie di medici e infermieri.

A Gerard e Moreau viene chiesto bruscamente di uscire.

«Sahar mi ha dato questa.» Gerard poggia sul tavolo la mappa spiegazzata con un'infinità di punti.

«Cos'è?» chiede Bodrušić.

«La planimetria di Zagabria.»

«Questo lo vedo, ma quei punti?»

«Nell'immagine di Hélène Bretton, giornalista di *Le Post*, il software di Hendriks ha decodificato istruzioni dettagliate su come collegare un detonatore a una radioricevente e disposizioni per la consegna di esplosivi e detonatori. In altre immagini abbiamo trovato istruzioni su come collegare un contenitore a una carica esplosiva e un detonatore a una radioricevente e su come utilizzare un software per inviare segnali.»

«Non capisco» mormora Bodrušić.

«A quale tipo di esplosivo si fa riferimento nei file?» chiede Gerard a Moreau.

«Azotidrato di piombo, viene utilizzato in genere nei detonatori. È un esplosivo detonante primario più potente del fulminato di mercurio ma meno sensibile. Si può usare da solo o miscelato con lo stifnato di piombo. Una partita di paraffina è stata inviata da Peje in Kosovo a un indirizzo non identificato di Novi Pazar. In genere viene impiegata come sostanza flemmatizzante, ossia come inerte che mescolato all'esplosivo ne rallenta la combustione facendola avvenire in modo uniforme e rendendo la sostanza inalterabile e stabile, insensibile agli sbalzi climatici e meno sensibile agli urti.»

«I detonatori?»

«Sono elettrici, innescati da una resistenza costituita da un filamento metallico all'interno di una miscela incendiaria che viene reso incandescente al passaggio della corrente elettrica. La fiammata generata innesca l'esplosivo primario che detonando innesca l'esplosivo secondario determinando una detonazione della carica esplosiva.»

«Cosa può far saltare in aria l'esplosivo indicato nei file steganografati?»

«Poca roba» risponde Moreau. «La quantità è decisamente insufficiente per un'azione di sabotaggio degna di questo nome.»

«Quanti detonatori?»

«Duecento.»

«Bene,» dice Gerard alzandosi in piedi «qual è il prodotto sponsorizzato che può prevedere l'utilizzo di duecento detonatori e che sarà distribuito in duecento punti della città?»

Novkovi non si raccapezza, Bodrušić ha già capito e impallidisce di colpo.

«I contenitori per rifiuti.»

«Chi li ha sponsorizzati?»

Novkovi fruga sulla scrivania e prende un foglio.

«Hrastikicj D.O.O., Novi Pazar.»

«Contattate subito, anche se credo sarà inutile. Controllate se i portarifiuti coincidono con i punti sulla mappa.»

«Me ne occupo subito» e Novkovi si attacca al telefono.

Bodrušić non è convinto, non si arma un casino del genere per ferire solo qualche passante. Gerard lo intuisce dall'espressione immobile e dagli occhi fermi.

«Se le cariche servissero a far esplodere qualcos'altro?»

57

Domenica 30 giugno 2013, ore 14.30

In piazza c'è un viavai intorno al palco delle autorità, chi sistema addobbi floreali, chi controlla l'impianto dei microfoni, chi verifica la disposizione delle sedie e dei segnaposti. Agli angoli della piazza, agenti controllano i punti di varco, altri in borghese si aggirano tra la folla.

Nessuno presta attenzione quando in una strada laterale alla piazza quattro uomini scendono da un furgone, si avvicinano a un contenitore di rifiuti, misurano l'altezza interna e poi quella esterna. Uno degli uomini solleva con delicatezza il disco di metallo che copre il fondo, all'interno appaiono un microradioricevitore con un filo che sparisce nel bordo di metallo, una piccola carica di esplosivo collegata a una batteria, una bombola piatta con una valvola rivolta verso l'alto connessa con fili a una batteria e al radioricevitore.

Osservano attentamente la disposizione dell'esplosivo e il circuito dei fili elettrici, poi uno degli uomini s'infila nel furgone e ne esce portando con sé un contenitore di dimensioni simili alla bombola e un fascio di fili. Allentano il morsetto che salda i fili alla valvola, con un cavo costruiscono un ponte di collegamento tra radioricevitore e batteria, svitano i morsetti a cui sono collegati i fili, con una mossa rapida collegano i fili al morsetto della nuova bombola estraendo quella più piccola dal fondo. L'hanno disattivata per pochi secondi, per cui è possibile che la disconnessione dei fili elettrici non sia stata rilevata.

Due degli uomini salgono sul furgone allontanandosi velocemente, gli altri due s'incamminano a piedi tra la folla. Il contenuto della bombola sarà analizzato dagli esperti in pochi minuti, il tempo per Gerard e Moreau di bere un caffè e tornare in ufficio.

Nella sala riunioni al terzo piano della VSOA, quattro uomini, seduti su sedie in finto cuoio dure e scomode che ricordano tanto quelle di uno studio notarile di provincia, si osservano in silenzio. Bodrušić solleva di tanto in tanto lo sguardo per riabbassarlo subito dopo, Novkovi sembra chiedersi per quale motivo una tale sciagura si debba abbattere proprio sulla sua testa, Gerard giocherella con la stanghetta degli occhiali mentre Moreau sembra accettare la sfida del verdetto.

Il lampeggio del display anticipa la suoneria, Bodrušić allunga il braccio, prende l'apparecchio, preme un tasto, ascolta impassibile la voce anonima che gli spiega cosa sia contenuto nella bomboletta nel cestino dei rifiuti.

Abbassa il ricevitore, accende una sigaretta, resta lì immobile col capo chino, gli occhi fissi sul tavolo.

Tutti scrutano l'espressione cercando di cogliere la risposta.

«Antrace.»

La risposta peggiore, pensa Gerard; sta per dire qualcosa quando un uomo sui quarant'anni in completo blu e capelli neri accuratamente pettinati entra nella stanza.

«Il segretario particolare del primo ministro» così Bodrušić presenta l'uomo.

Gerard lo osserva e lo classifica subito. Giovane burocrate di una vecchia Croazia con il pallino della carriera e del potere, pronto a schierarsi col primo arrivato purché gli prometta successo, sensibile non tanto alla profondità delle argomentazioni quanto al tono della voce, all'efficacia di una parola, di un gesto, di un'esclamazione.

«Abbiamo un'emergenza» esordisce Bodrušić saltando i preamboli. Tira il fiato; gli occhi, di solito scintillanti e vivaci, sono spenti e infossati nelle orbite.

«I contenitori per rifiuti installati in mille angoli della città hanno un doppiofondo, all'interno c'è un congegno, un microradioricevitore, una bomboletta di aria compressa, una carica di esplosivo. Un segnale via radio fa saltare la base del cestino, la valvola della bomboletta si apre e il contenuto compresso si libera nell'aria.»

«E cosa dovrebbero liberare queste bombolette?» chiede il segretario con tono supponente e arrogante, mentre si siede.

Bodrušić sa che sarà costretto a difendere se stesso e i propri collaboratori da personaggi che devono l'alta posizione al gioco politico piuttosto che alla loro esperienza. Sempre pronti a scaricare le responsabilità su qualcun altro, a buttare a mare il più debole. In quel momento non si sta solo giocando la carriera, sta mettendo a rischio la vita di migliaia di persone e di centosettanta esponenti politici di tutta Europa, Croazia compresa. Teme le mosse dell'uomo senza volto e senza voce che sembra avere previsto minuziosamente ogni cosa fin nei minimi particolari. Ma ammettere tali sentimenti in questo momento sarebbe come riconoscere la resa. Anche se ha sufficiente buon senso per capire che per lui è finita.

«Antrace.»

Il segretario scatta in piedi.

«Che diavolo sta dicendo?»

«Quello che ho detto.»

«Non sarà certo un po' di antrace a mandare all'aria la celebrazione!» esclama il segretario che conosce la sostanza per sentito dire.

«Forse lei non ha informazioni adeguate» replica Bodrušić con un tono in cui la cortesia è più tagliente di un insulto.

«Certo che le ho,» ribatte l'uomo piccato «proprio per questo dico che non possono essere un po' di esplosivo e una bomboletta a spaventarci.»

Bodrušić lo fissa con aria truce, accende una sigaretta, l'aspira con forza e rabbia come se volesse consumarla in una sola boccata.

«Ne è sicuro? L'antrace è uno degli agenti biologici più micidiali e nello stesso tempo più facilmente utilizzabile. Alta resistenza agli agenti atmosferici, semplice da produrre, conservare, manipolare. Per diffonderlo nell'aria è sufficiente la semplice frantumazione di un involucro. E questo è il nostro caso. Un miliardesimo di grammo di spore è in grado di provocare la morte di una persona. Per causare un numero elevato di vittime in un chilometro quadrato ne bastano otto grammi contro gli ottanta grammi di botulino, gli otto chili di gas nervino, le trentadue tonnellate di una bomba a frammentazione.»

Il segretario accusa il colpo. «Che diavolo facciamo?»

Bodrušić si schiarisce la voce prima di dire quello che non vorrebbe mai ammettere.

«Dobbiamo annullare la celebrazione, mettere al sicuro le delegazioni straniere, rimandare a casa tutti i cittadini, imporre il coprifuoco fino a quando non avremo bonificato tutta la città da quei micidiali ordigni. Questo finché il responsabile non sarà trovato, catturato e se necessario ucciso.»

Novkovi è caduto in depressione, sembra non aver afferrato le parole del collega.

«Annullare la festa a poche ore dall'inizio con le delegazioni straniere pronte per la cena di gala, con migliaia di cittadini nelle piazze e nelle strade? Una follia!» esclama il segretario. Dopodiché afferra il cellulare e avverte il primo ministro del pericolo che incombe per colpa dell'inefficienza degli apparati di sicurezza. Chiude la conversazione, si alza, stringe il nodo della cravatta, liscia i capelli, è pronto per scaricare su Bodrušić tutte le colpe.

«Lei sarà ritenuto responsabile di qualunque cosa accada, siete tutti colpevoli di non aver saputo adottare adeguati sistemi di sicurezza e di esporre centinaia di ospiti stranieri e migliaia di cittadini inermi a un atto terroristico di tale portata.»

Pausa.

«Il governo della Croazia sarà sottoposto al severo giudizio dei paesi dell'Unione Europea e del mondo intero per non essere stato in grado di garantire la sicurezza della celebrazione e aver permesso a un gruppo di fondamentalisti islamici di attuare un piano criminale del genere.»

Un'altra pausa prima di lasciarsi andare. «Una figura da veri coglioni!».

Bodrušić rimane impassibile, replica con un tono di voce tanto basso quanto grave.

«Chi ha parlato di islamici?»

«E chi altri?» urla il segretario, che ha definitivamente perso il controllo.

«Goran Leko.»

«Goran Leko?» esclama il segretario. «Chi è?»

«Uno dei principali esponenti della Legione Nera.»

«E perché è ancora in giro e non l'avete arrestato?»

«Perché dovrebbe essere morto. Ma evidentemente non lo è, il marchio di fabbrica è suo. Ha avuto fortuna ma è anche diabolicamente intelligente. E noi siamo stati sfortunati e abbiamo fatto qualche errore.»

«Qualche errore! Non siete neanche capaci di capire se uno è vivo o morto. Lei, caro Bodrušić, insieme a tutti i suoi compari ha completamente sottovalutato la sicurezza, altro che qualche errore!»

Si appoggia allo schienale con un'espressione che ha un fondo di compiacimento, come se il rischio dell'antrace passasse in second'ordine rispetto all'occasione di mettere nell'angolo il potente e odiato capo dei Servizi segreti militari. E propone la sua ricetta.

«Facciamo intervenire l'esercito, qualche migliaio di uomini che disinneschino quei maledetti arnesi.»

«Prima bisogna trovarli.» La voce di Gerard emerge all'improvviso da qualche parte del tavolo.

«Che diavolo vuol dire?» urla il segretario, che nel frattempo si è tolto la giacca, ha allentato il nodo della cravatta, arrotolato le maniche della camicia.

«La ditta che ha sponsorizzato i contenitori» interviene Novkovi «si è offerta di posizionarli, siamo a corto di personale e la proposta è sembrata un'ottima soluzione. Alla luce di ciò che abbiamo scoperto è probabile che non abbiano seguito le istruzioni alla lettera.»

«Quindi non sappiamo neppure dove sono e quanti sono!» urla paonazzo il segretario.

Novkovi allarga le braccia in segno di resa.

«*Sranje!*» urla il segretario sbattendo con violenza un pugno sul tavolo.

«In verità» osserva Gerard «abbiamo una mappa dove è indicato il posizionamento dei contenitori.»

«Quale mappa?» chiede il segretario.

«Una mappa che non sappiamo a chi e quando Sahar è riuscita a sottrarre.»

«Chi diavolo è Sahar?»

«È una storia lunga e non c'è tempo di raccontarla» dice Gerard cercando di smorzare i toni. «Tuttavia, da controlli effettuati risulta che tale mappa non riproduce fedelmente l'ubicazione dei portarifiuti.»

«E allora?» urla il segretario che non vede via d'uscita.

«Ci devo riflettere» risponde Gerard raccogliendo le carte sparse sul tavolo.

«Forse il suo orologio è rotto» dice il segretario con tono ironico e sprezzante. «Sono le diciassette, tra un'ora le delegazioni straniere si recheranno al cocktail di benvenuto, in piazza Jelačića e nelle strade limitrofe si stanno accalcando migliaia di persone. Quanto tempo pensa di dedicare alla sua riflessione?»

Gerard non lo degna di uno sguardo

Bodrušić si avvicina alla finestra, nella luce di una giornata senza nuvole il suo sguardo si perde sui profili dei palazzi all'orizzonte.

Ad alcune centinaia di metri un altro uomo appoggiato al davanzale di una finestra ha lo sguardo nella direzione dell'edificio dove Gerard e gli altri sono riuniti. Indossa un pantalone spiegazzato di tela chiara e una camicia che sembra portata da più di un giorno. Fuma sigarette croate, ha capelli grigi e la barba di almeno tre giorni.

Mentre i due uomini guardano senza saperlo l'uno in direzione dell'altro, le campane di Zagabria suonano a festa.

58

Domenica 30 giugno 2013, ore 18.00

Il Banski dvori, lo storico palazzo sede del governo croato è sfarzosamente illuminato. Anche la chiesa di San Marco al centro della piazza scintilla di luci e fiaccole.

Nei saloni personalità politiche di tutta Europa, uomini in abito scuro e donne sobriamente vestite intrecciano discorsi, stringono mani, sorridono, dispensano complimenti e auguri. Camerieri in livrea si destreggiano tra gli invitati con vassoi colmi di tartine e cocktail colorati.

Il primo ministro si dà un gran da fare per evitare che uno dei centosettanta ospiti si senta trascurato o peggio non preso nella dovuta considerazione. Mentre con un sorriso esclama "*enchanté*" a una giovane componente francese della Commissione Europea, si complimenta con un burocrate del governo lettone, pronuncia una frase galante a una parlamentare tedesca, il suo pensiero è altrove. Il messaggio che il segretario particolare gli ha inviato dall'ufficio di Bodrušić l'ha messo in uno stato di forte agitazione.

Un commesso gli comunica sottovoce che è atteso con urgenza al secondo piano.

Il brusio sparisce di colpo quando il primo ministro entra nel salotto al secondo piano del Banski dvori. Un cenno di saluto a Bodrušić, al ministro degli Interni e a quello della Difesa, al capo della polizia e a quello delle Forze Armate. Sembra non accorgersi della presenza di Gerard e Moreau in posizione più defilata. E ignora del tutto Novkovi.

Mentre Bodrušić descrive la situazione, che i due agenti francesi conoscono a memoria, Gerard dallo scambio di battute si forma rapidamente un'idea sui personaggi intorno al tavolo.

Il capo della polizia, per esempio. Sicuro di sé, arrogante al punto da rasentare l'idiozia, palesemente ostile a Bodrušić, polizia di Stato da un lato, Servizi segreti militari dall'altro. Alla sua destra il capo dell'esercito, tipico prodotto della vecchia guardia, forte del potere che gli dà il controllo di migliaia di uomini. Al fianco due ministri incapaci di esprimere un'idea, ansiosi di trovare una soluzione, una qualunque, la più scontata anche se la più pericolosa, preoccupati più delle conseguenze politiche che della sorte di migliaia di cittadini.

Tutti calati nel loro ruolo, tutti convinti di poter battere il nemico sui suoi errori.

Stronzate! vorrebbe urlare Gerard, Garcia non ne farà. Ha associato la personalità di Goran Leko a quella di Garcia. Molti tratti sembrano coincidere. Uno psicopatico sui generis, ego smisurato, zero sentimenti, spregiudicato ma razionale, audace ma prudente, capace di utilizzare le proprie facoltà mentali per tenere sotto controllo la sua follia. Una mente lucida e fredda che lavora senza sosta per prevedere tutto.

Nel sottofondo di voci che s'intrecciano ponendo interrogativi il più delle volte senza risposta, Gerard si chiede quando Garcia potrebbe decidere di dare il via alle esplosioni. Il momento più scenografico, di maggiore impatto, quindi il più logico, è allo scoccare della mezzanotte, quando musica e fuochi di artificio copriranno i rumori secchi delle esplosioni dei fondi dei contenitori di rifiuti.

Alla vibrazione del cellulare afferra l'apparecchio, ascolta con attenzione la voce all'altro capo con l'orecchio incollato al microfono. Capta lo sguardo astioso del capo della polizia: se fosse per lui lo rispedirebbe in Francia quella sera stessa. Si avvicina a Bodrušić che sta elencando al primo ministro le disposizioni immediate che ha intenzione di prendere e le misure di sicurezza che suggerisce. Bisbiglia qualcosa all'orecchio mentre i presenti lo puntano con lo sguardo.

Il primo ministro lo fissa in modo ostile prima di chiedere il motivo di quell'interruzione. Bodrušić fa scorrere lo sguardo sui volti prima di rispondere tutto d'un fiato:

«Forse abbiamo una pista, il Dubrovnik Hotel».

Una pausa durante la quale il mormorio cresce e cessa di colpo quando Bodrušić riprende a parlare.

«La rete wi-fi su cui sono state inviate le mail su TOR è di quell'hotel.» Dall'espressione della maggior parte dei presenti l'agente croato intuisce che non hanno compreso il senso delle sue parole. Ma nessuno ha il coraggio di chiedere spiegazioni.

«Quindi il nostro uomo si trova lì?» chiede con ansia il primo ministro.

«No» risponde Gerard alzandosi e inserendosi nel discorso. «Potrebbe averci soggiornato nei giorni scorsi o aver utilizzato wi-fi senza per questo avere lì una stanza. Sempre che sia lui l'utilizzatore di TOR.»

«Come pensa di agire?» chiede il primo ministro rivolgendosi a Bodrušić che nel frattempo ha chiuso una telefonata.

«Ho dato ordine di verificare se risulta un ospite che corrisponde all'identikit del nostro uomo.»

«E se così fosse?»

«Circondiamo l'hotel, localizziamo la stanza in cui si nasconde e lo catturiamo, se necessario lo uccidiamo» risponde l'agente croato mentre sul tavolo viene stesa una mappa dettagliata della zona.

«Il Dubrovnik è a pochi metri da piazza Jelačića» la voce del capo della polizia arriva pungente e caustica.

Bodrušić volutamente l'ignora.

«L'hotel è qui» traccia un cerchio con un pennarello rosso. «Ulica Ljudevita Gaja sbuca nella piazza in questo punto» e disegna una freccia. «Tutta l'area è pedonale.»

«Le strade sono piene di folla che non è riuscita a confluire nella piazza.» Il capo della polizia rincara la dose intromettendosi nel discorso col tono di chi sta dicendo una cosa tanto importante quanto ovvia: «Come faremo a evitare situazioni di panico?».

«Siete pagati per questo» interviene secco il primo ministro che, a braccia conserte, assiste al dialogo.

«Una planimetria dell'hotel» ordina Bodrušić, un agente dei Servizi esce correndo dalla stanza.

Per alcuni minuti si sovrappongono squilli di cellulari, ordini concitati, un viavai di agenti, personale dei Servizi, assistenti.

«Una squadra di forze speciali è pronta, piazzeremo degli uomini qui, qui e qui» Bodrušić punta il dito su tre punti. «Blindiamo l'area, circondiamo l'albergo, altri uomini sono dislocati qui» il pennarello traccia una linea rossa intorno all'isolato tra ulica Nikole Tesle, ulica Ljudevita Gaja e Bogovićeva ulica.»

Tutto è pronto.

59

Domenica 30 giugno 2013, ore 18.30

Fa cadere la cenere della sigaretta in un posacenere di cristallo pieno di cicche.

Controlla il potente radiotrasmettitore HF/50 MHz Classe Elite Yaesu FTDX9000D connesso attraverso una porta USB a due HP Omen Notebook PC 15-5003nl poggiati su un tavolo.

Un computer è alimentato dalla rete elettrica dell'edificio ed è configurato su wi-fi standard N da 5 GHz del Dubrovnik Hotel, più stabile e con prestazioni migliori rispetto a quello da 2,4 GHz. Un altro computer, configurato sul wi-fi del centro di estetica, è alimentato con due batterie in serie che garantiscono un'autonomia di sei ore nel caso di un'eventuale interruzione della corrente di rete.

«Perfetto» mormora mentre verifica le connessioni internet, la mappatura delle radioriceventi, le immagini in streaming di una folla in festa che si muove al ritmo della musica. Sono le 18.37, ancora qualche ora e sul palco delle autorità saliranno i principali esponenti politici nazionali ed europei, un *click* sul mouse e daranno il via a centinaia di esplosioni in rapida successione.

Il centro di estetica è stata una scelta azzeccata. Passeggiando per Zagabria come un turista qualunque aveva adocchiato il palazzo d'angolo tra Bogovićeva ulica e ulica Ljudevita Gaja, a pochi metri da piazza Bana Jelačića dove si terrà la celebrazione dell'entrata nell'UE della Croazia. Da un'occhiata alle targhe di ottone affisse a fianco dell'ingresso – società di elettronica, studio legale, ufficio turistico, centro di estetica – era rapidamente arrivato alla conclusione che quest'ultimo avesse tutti i requisiti: chiuso la sera del 30 giugno, con sistemi di sicurezza probabilmente non sofisticati, un luogo dove potersi recare più volte senza destare sospetti.

Si era presentato una mattina per un trattamento a mani e piedi, aveva studiato i locali e la disposizione delle stanze. Con la scusa di recarsi alla toilette aveva individuato la tastierina del sistema di allarme e lì aveva nascosto una microspia. Dalla ragazza che gli limava le unghie si era fatto dare alcune informazioni, per esempio, che il 30 giugno il centro avrebbe chiuso alle tredici per permettere ai dipendenti di prepararsi per la festa. Uscendo aveva scattato alcune foto alla serratura della porta d'ingresso.

Era tornato il giorno successivo per una pressoterapia. Alla reception aveva chiesto se poteva inviare una mail: pochi minuti e la password del wi-fi del centro era sul suo PC, ne aveva studiato potenza e caratteristiche, con l'occasione aveva anche verificato l'efficienza della connessione wi-fi del Dubrovnik Hotel. Andando alla toilette aveva tolto la microspia dalla tastierina del sistema d'allarme. Qualche giorno dopo era tornato per il trattamento con la culla di olos e per rifinire alcuni dettagli. Era uscito lasciando una mancia generosa; avrebbero ricordato un uomo di mezza età vestito elegantemente con pantaloni di lino blu ben stirati e camicia bianca.

Aspira il fumo della sigaretta con un mezzo sorriso e per qualche ragione pensa al passato.

Qual era stata la sua vita fin lì? Nei tre anni all'università di Vukovar si era fatto notare il meno possibile. Si era iscritto a ingegneria, aveva amoreggiato con qualche ragazza. Non erano successe molte altre cose. Aveva scelto quell'università perché era vicina a Nuštar, dove abitavano i suoi genitori: quattro case sparpagliate sulla strada per Vinkovci, in famiglia nessuno si allontanava mai troppo. La sua vita era fatta di punti fermi e il futuro, anzi l'idea di futuro, era un sentiero stretto, chiuso da una staccionata, un lavoro in qualche azienda, matrimonio, figli, pensione, vecchiaia, morte. Ma oltre quella vita, ne era sicuro, ce n'era una parallela che un giorno sarebbe riuscito a conquistare. Una fantasia da non sbandierare ma da coltivare come intima speranza per cancellare la brutta sensazione di essere uno dei tanti. Una sera davanti a un piatto di *žlikrofi* aveva iniziato a capire con chiarezza che non accettava la condanna alla mediocrità. Sera dopo sera il pensiero gli era cresciuto dentro fino a non sembrare più così incredibile. Tanto per cominciare, Vukovar, un avamposto di frontiera sul nulla, non era il luogo dove restare. Poi doveva costruirsi un futuro, ma quello per il momento non c'era. Poteva emigrare, ma dove? Quel mondo comodo e protettivo era una gabbia. Aspettava sempre che la vita cominciasse, eppure chissà perché non cominciava.

All'improvviso qualcun altro aveva deciso per lui. La caduta del Muro di Berlino, la lunghissima crisi economica e la pioggia di bombe serbe su Vukovar una mattina del 1991 gli avevano dato la scossa di cui aveva bisogno. Aveva conosciuto un giovane più o meno della sua età che, nella concitazione di quelle ore, gli aveva prospettato di entrare nella Legione Nera. E nulla era stato più come prima. Aveva scalato rapidamente le gerarchie dell'organizzazione dopo aver capito che leadership e potere erano nelle mani di chi teneva i cordoni della borsa. Era stato abile e anche fortunato quando aveva fiutato che le AUC, Autodefensas Unidas de Colombia, formazione di destra che operava nel narcotraffico e in attività criminali, erano la soluzione. E si era buttato a capofitto nel traffico di cocaina. Non che volesse davvero imboccare quella strada, ma non era riuscito a escogitare nessun altro modo per guadagnare molti soldi in fretta.

Poi in una notte del 1999 era arrivata la telefonata che temeva.

«Girano voci...» Il messaggio era chiaro, non c'era tempo da perdere: doveva escogitare subito qualcosa e prendere atto che la sua vita era altrove, almeno in quel momento; la sua vita di migrante temporaneo sarebbe durata poco. Così aveva infilato nella Opel Omega il cadavere di un senzatetto, simulato un incidente e da quel momento Goran Leko era morto. Poteva risorgere in qualche altra parte del mondo con gli abiti di un rispettabile uomo d'affari.

In quegli anni aveva conquistato la fiducia di un personaggio di spicco nel Cartello di Norte del Valle che in Colombia gestiva importanti traffici di droga: Hernando Gutierrez. Quando nel 2008 Gutierrez era confluito nel Clan Úsuga, che non si limitava a esportare tonnellate di cocaina verso gli Stati Uniti ma intratteneva rapporti anche con gruppi islamici radicali e con Al-Qaeda, si era chiesto se lo strano connubio non potesse tornare utile per i suoi obiettivi: instaurare in Croazia un governo forte che facesse piazza pulita di tutti gli islamici e ridesse smalto all'identità nazionale chiudendo le porte all'Europa. Nell'ombra dell'anonimato aveva tentato di riannodare le fila degli Ustaša, aveva finanziato le forze di difesa croate, tessuto legami sotterranei con il Jobbik ungherese e con l'Alleanza Nazionale bulgara.

Ma si era dovuto arrendere.

Si era scontrato con leader gretti e ottusi che non vedevano più in là del loro naso, che s'illudevano che una manifestazione di piazza con un centinaio di camicie nere e un paio di attentati da quattro soldi avrebbero potuto sovvertire l'ordine democratico e intercettare i venti di destra che in Croazia soffiavano sempre più forti.

Le condizioni c'erano tutte. Una società insofferente verso governi che andavano nella direzione opposta a quella del *sentiment* popolare. Che caldeggiavano, in nome di una società multiculturale e multireligiosa, l'inserimento nella vita pubblica e privata di migliaia di musulmani di estrazione bosniaca, albanese, kosovara, macedone. La classe politica croata si era sottomessa alla propaganda del Gran Mufti della Croazia che spingeva sull'acceleratore per integrare cultura islamica e cristiana. I politici avevano riconosciuto ufficialmente l'Islam e firmato un concordato per i diritti dei musulmani. Avevano dato il via alla costruzione di moschee con le tasse pagate dai cittadini e garantito libertà di culto a chi nei paesi d'origine non garantiva un bel niente. Quegli stessi governi avevano incoraggiato la nascita di un Islam europeo senza comprendere che stavano gettando le basi per l'infiltrazione del radicalismo wahhabita e salafita nella società occidentale.

Era venuto il tempo di mettere un bel punto e a capo a quella politica scellerata. La Croazia rischiava di finire come la Bosnia, preda del Partito d'azione democratico impregnato di etica islamica e infarcito di mujahidin provenienti dall'Afghanistan, dalla Cecenia, dalle repubbliche caucasiche, pronti ad arruolarsi nell'esercito bosgnacco.

La strada da percorrere era un'altra, più sottile, sicuramente molto più complicata ma terribilmente più efficace. E lui era fieramente ambizioso.

Gli affari con Gutierrez andavano a gonfie vele, i suoi conti milionari sparsi in banche di paradisi fiscali di mezzo mondo si erano impennati oltre le più rosee previsioni.

Così in una piovosa sera di novembre, in compagnia di due dita di whisky, aveva messo giù l'idea. Macchiare di un crimine orrendo wahhabiti e simpatizzanti nei Balcani del Da'ish. Calendario alla mano aveva segnato un bel cerchio rosso intorno al 30 giugno 2013, la notte in cui la Croazia sarebbe entrata nell'Unione Europea.

Abbozzata la trama, definiti ruoli e personaggi, ambientate le scene, era venuto a galla il nocciolo della questione. Che non riguardava il tipo di attentato: di idee in proposito ne aveva fin troppe, solo l'imbarazzo della scelta. E nemmeno la strategia da seguire, anche qui non aveva dubbi sulle soluzioni da adottare.

Il successo del piano era legato a doppio filo alla risoluzione più o meno brillante di un paio di punti.

La chiave di volta era far ricadere su wahhabiti e gruppi filo-Da'ish la responsabilità di un atto clamoroso senza che nessuno sospettasse né prima, né durante né dopo che la mente non era islamica.

La strada obbligata per raggiungere l'obiettivo era coinvolgere personaggi di dichiarata fede islamica radicale e frammentare la conoscenza. Ogni attore doveva svolgere un compito limitato senza mai entrare in contatto con gli altri e senza conoscere la sceneggiatura né il gran finale. Poiché una parte delle attività doveva svolgersi in paesi della penisola balcanica e in Francia, il problema principale era il trasferimento da un paese all'altro di informazioni, documenti, progetti, mappe, senza il pericolo di intercettazioni non solo da parte di Servizi segreti occidentali ma anche delle stesse cellule islamiche.

Il che implicava che ci fosse qualcuno che inviava e qualcun altro che riceveva.

Si era lambiccato il cervello per trovare la soluzione. Le amicizie in Croazia non gli mancavano, ma non era lì che voleva attingere.

Quando chiamò Hernando Gutierrez per chiedergli un consiglio non immaginava che avrebbe trovato un asso nella manica. Strano tipo, Hernando, spietato con gli avversari, fedele fino all'incredibile con gli amici. E discreto, non faceva mai domande, anche di fronte alle richieste più strambe. Smistava tonnellate di droga ma non si era mai fatto neppure uno spinello. Odiava arabi e islamici ma era con loro che faceva i maggiori affari incassando montagne di dollari.

Così, quando gli aveva tracciato i profili delle persone di cui aveva bisogno, uno in Francia e l'altro nei Balcani, Gutierrez non aveva fatto una piega e in capo a un paio di mesi gli aveva presentato due nomi su cui era pronto a giurare.

Farid Beouaret e Dunja Keković.

Farid sembrava avere molte doti e qualche difetto. Membro di Ansar al-Shari'a, fuggito dalla Tunisia durante il regime di Ben Ali, a contatto con soggetti passati nelle file del Da'ish e con gruppi wahhabiti del Sangiaccato, era un islamico integralista ambizioso e violento, abile navigatore del web e della darknet, forte consumatore di cocaina, che smerciava a Marsiglia.

Un identikit perfetto.

A suo sfavore giocava la convinzione che il suo cervello girasse più veloce degli altri senza che ciò corrispondesse al vero.

Facile quindi da incantare e ingannare. Ma imprevedibile nelle reazioni.

Poiché i pregi sembravano superare i difetti, l'aveva ingaggiato, confidandogli in gran segreto il suo nome, Ferdinand Garcia, ma solo quello, perché il volto l'aveva tenuto nascosto. L'aveva dotato di un cellulare con scheda serba e gli aveva messo in mano un bel rotolo di dollari.

Il secondo nome gli aveva fatto inizialmente storcere la bocca. Soprattutto perché era una donna. Dunja Keković, *foreign fighter* serba, si era unita alla Brigata Muhajirin guidata da Abu Omar al-Shishani. Aveva ottime competenze informatiche, tanto da essere stata incaricata del criptaggio dei documenti che viaggiavano sul web tra le diverse fazioni islamiche. Era partita per la Siria piena di sogni e speranze, ma il suo entusiasmo era durato lo spazio di un mattino. Appena si era presentata l'occasione era fuggita tornando nel Sangiaccato, a Novi Pazar, la sua città. Dopo qualche inevitabile difficoltà per il suo trascorso era riuscita a farsi ingaggiare dai trafficanti di droga di Al-Qaeda per gestire via web il flusso di informazioni sul traffico di cocaina con il Clan Úsuga, di cui Gutierrez era l'interlocutore.

Dunja aveva accettato di lavorare per Garcia per svariati motivi. Per la devozione che la legava a Gutierrez, per soldi, per dare una mano alla causa islamica della sua regione che era sempre più succube degli uomini di Al-Qaeda. Dunja era brava, intelligente, coraggiosa, perspicace. L'aveva incontrata a Pristina, alla stazione dei bus. Le aveva comunicato che il lavoro sarebbe durato due anni, lei aveva risposto che due anni o vent'anni era uguale: il tempo per lei non aveva significato.

Non era la prima donna che gli aveva fatto cambiare idea sul gentil sesso. Forse non l'ultima.

Trovati i terminali in Francia e nei Balcani, il più era fatto. Così era passato alla seconda parte del piano. Per evitare che i messaggi fossero intercettati non solo dai Servizi segreti dei paesi occidentali ma anche dagli stessi gruppi islamici, doveva procurarsi un sistema di crittografia inattaccabile.

Sull'agenda aveva un nome che calzava a pennello, Hans Göran Janssen. Lo conosceva bene, sapeva come la pensava, un ottuso reazionario di destra xenofobo e antislamico, gran consumatore di cocaina. Gli aveva presentato l'idea come un piano per destabilizzare il governo olandese riversando la colpa sugli odiati musulmani. E lui c'era cascato. Janssen aveva un grosso punto a favore, era presidente di Seleksoft, una società leader nei sistemi di crittografia e di steganografia di Amsterdam. Conosceva bene il personale, sapeva che Mick Hendriks, tanto geniale quanto indebitato, di fronte a un bel mucchio di dollari non si sarebbe tirato indietro. Janssen aveva spiattellato mappe e dettagli sui sistemi di sicurezza di Seleksoft, fornito i circuiti della telefonia, dato informazioni preziose sulla vigilanza.

Aveva così dato il via alla terza fase, quella operativa. Sul mercato on line della darknet aveva acquistato esplosivi, antrace, detonatori, radio ricetrasmittenti. Attraverso Dunja Keković aveva affidato a un'azienda specializzata nella lavorazione del metallo di Sjenica la commessa per i contenitori dei rifiuti, e a un'impresa di Plav l'incarico di realizzare i dischi che dovevano coprire l'ordigno. A cellule sparse in Bosnia, Macedonia, Albania, Serbia aveva commissionato il confezionamento delle bombole di antrace e delle cariche esplosive, fornendo motivazioni diverse. L'antrace per i curdi, le cariche di esplosivo per Palmira, i detonatori per la Libia. Aveva registrato a Novi Pazar una società, la Hrastikicj D.O.O., che avrebbe sponsorizzato i contenitori per rifiuti; aveva affittato un capannone in disuso alla periferia di Pristina per testare la tecnologia, calibrare la quantità di esplosivo e la tenuta del contenitore. Farid e Dunja avevano tenuto i rapporti con i diversi fornitori, curato la logistica e trasmesso ai diversi soggetti le specifiche tecniche inviate da Nestor con il software di Hendriks.

Nel capannone di Pristina, due settimane prima erano stati raggruppati i contenitori e da lì trasportati a Zagabria con dei TIR.

Aveva studiato tempi e modi per informare la polizia croata, una volta realizzato l'attentato, sui luoghi in Bosnia, Montenegro, Serbia in cui era stato confezionato l'antrace, preparato l'esplosivo, montati i portarifiuti e sul luogo in cui era rifugiato Farid a Novi Pazar. L'attentato sarebbe stato attribuito a seguaci del Da'ish, perché tutti gli indizi sarebbero confluiti in quella direzione. Le polizie di mezza Europa si sarebbero messe a caccia di Ferdinand Garcia, gli eserciti di Croazia, Bosnia, Serbia, Montenegro avrebbero rastrellato villaggi ed *enclaves* per estirpare una volta per tutte il radicalismo islamico.

Sulle reti televisive di mezzo mondo sarebbero state proiettate scene di morte. La decapitazione di molti governi avrebbe rafforzato nei cittadini croati, ma anche europei, la convinzione che integrazione e pacifica convivenza con gli islamici erano un'enorme balla. Solo un governo forte a difesa dell'identità nazionale avrebbe potuto salvare la Croazia dall'odio e dall'integralismo e gettare le basi per la creazione della Grande Croazia.

Sarebbero state indette elezioni, per Rinascita Croata, il partito che aveva pronto nel cassetto, sarebbe stato un gioco da ragazzi vincerle a mani basse.

Guarda l'orologio: ancora qualche ora e le cariche esploderanno nei contenitori dei rifiuti sorprendendo autorità e rappresentanti dei governi europei con il calice alzato. Subito dopo tutti abbasseranno precipitosamente le braccia per tentare un'inutile fuga.

Spegne la sigaretta e sfoglia distrattamente le pagine del giornale.

60

Domenica 30 giugno 2013, ore 19.00

«Allora, signor Sablić, a quali risultati è arrivato?» chiede Gerard all'informatico dei Servizi che ha scoperto la rete wi-fi a cui si è collegato Garcia.

«Il nostro uomo potrebbe aver agganciato un *access point* dell'hotel con un PC collocato a una distanza massima di cento metri. Aggirare la protezione WPA2 del wi-fi dell'hotel è un gioco da ragazzi.»

L'uomo può essere in una stanza dell'albergo ma anche altrove, pensa Gerard, ma questo l'ha già messo in conto.

«Per attivare le cariche esplosive c'è bisogno di una connessione internet?» chiede Gerard a Sablić, che sta rispondendo a una domanda del capo della polizia.

«No, gli impulsi alla radio ricevente possono essere generati con collegamento radio.»

«Quindi il nostro uomo potrebbe essere a qualche chilometro di distanza, seduto tranquillamente in poltrona mentre invia il segnale per diffondere nell'aria qualche chilo di antrace?»

«Sì» risponde Sablić senza rendersi conto del significato della sua affermazione, ma subito dopo aggiunge: «Ma io non lo farei».

«Cosa vuol dire?» incalza Gerard.

«Come se un pilota si bendasse prima dell'atterraggio, sappiamo che è possibile, però nessuno lo farebbe.»

Non ha tutti i torti, pensa Gerard, ma non solo per i motivi a cui allude l'informatico. Garcia non rinuncerebbe mai a godersi lo spettacolo. Masse di persone in fuga, capi di Stato che saltano dal palco per mettersi in salvo, caos in ogni angolo della città, polizia impotente, la Croazia in ginocchio agli occhi del mondo in un giorno che doveva essere di festa. Nascosto in qualche appartamento della periferia di Zagabria, Garcia spingerebbe un pulsante, limitandosi a immaginare ciò che sta accadendo.

Non è da lui.

Da quale luogo potrebbe assaporare la vittoria del suo ingegno? Da una finestra sulla piazza? Impossibile. Servizi segreti e polizia hanno setacciato gli appartamenti, verificato gli inquilini, perquisito soffitte, piazzato cecchini sui terrazzi.

L'uomo lascia cadere per terra il giornale e si avvicina alla finestra. Sono le 19.15, il Dubrovnik Hotel all'esterno appare tranquillo, i pochi ospiti si affrettano a uscire per assistere alla celebrazione.

Il piano di fuga è perfetto, nessuno lo catturerà, tutti correranno dietro a un fantasma irraggiungibile. Ha lasciato socchiusa la porta al pianterreno che dà su un cortile scarsamente illuminato sul retro del palazzo, ha appoggiato una scala a una finestra di un appartamento al primo piano del palazzo di fronte.

Dal punto in cui si trova sono sufficienti due minuti e venti secondi per raggiungere la scala, passare per la finestra e far perdere le tracce.

Osserva le immagini sul monitor: una folla chiassosa sta confluendo nella piazza gremita, i poliziotti ai varchi svolgono il loro lavoro, tutti sembrano ignari del pericolo che li circonda. Difficile che abbiano scoperto cosa celano i contenitori dei rifiuti, impossibile che abbiano verificato il contenuto della bombola senza che sul monitor arrivasse un segnale di allarme. Nel pomeriggio, uno dei punti rossi della planimetria sul monitor ha iniziato a lampeggiare ma solo per pochi secondi, probabilmente un disturbo di trasmissione.

Accende l'ennesima sigaretta e riprende a leggere.

Moreau all'improvviso ha un'idea.

«Se Garcia si servisse di webcam per tenere sotto controllo la piazza e le strade senza essere visto?»

«Potrebbe utilizzare il wi-fi del Dubrovnik Hotel per un live streaming» risponde al volo Sablić.

«Chi ci dice che il nostro uomo utilizzi delle webcam?» tuona il capo della polizia paonazzo. «Tutte supposizioni campate in aria! Chi se ne frega se ha delle webcam, stiamo per assistere a una tragedia nazionale e voi vi perdete in ipotesi che non servono a nulla.»

«Lei pensa davvero che Garcia ci stia osservando?» chiede il primo ministro ignorandolo.

«È quello che penso.»

«Da dove?»

Gerard non ha il tempo di rispondere, un agente sta comunicando che un cliente, il cui identikit corrisponde a quello di Goran Leko, ha soggiornato al Dubrovnik Hotel negli ultimi tre giorni e ha lasciato la stanza quella mattina alle dodici in punto. Garcia non è più ospite dell'albergo, ma questo Gerard lo ha messo in conto, così come ha escluso che abbia preso in affitto un appartamento in zona, troppo esposto a controlli e perquisizioni.

La soluzione è un'altra. Deve puntare una giocata secca sul tavolo verde della fortuna. Esattamente come Garcia.

«Quale postazione sceglierebbe per utilizzare il wi-fi del Dubrovnik?» chiede Gerard a Sablić.

«La postazione più sicura per la stabilità della connessione è in un raggio di cento metri al massimo.»

«Allora oscuriamo il wi-fi del Dubrovnik e accechiamo quel dannato bastardo!» esclama il capo della polizia mentre un brusio di approvazione si diffonde nella sala.

Gerard vorrebbe ridergli in faccia ma si trattiene. Non ha molto senso dare spiegazioni a un coro di gente risentita, presuntuosa, ottusa e arrogante. Ma decide lo stesso di dire la sua.

«Non credo sia una buona idea.»

«Perché?» ribatte il capo della polizia.

«Sarebbe il segnale che noi l'abbiamo scoperto e anticiperebbe il suo piano. Credo invece che il primo ministro debba seguire il programma della celebrazione come se niente fosse, condurre gli ospiti in piazza nell'ora stabilita, salire sul palco, parlare, sorridere, scambiare strette di mano. Tutti si devono comportare in modo esattamente opposto alla logica dettata dalla situazione.»

Mentre altri, pensa Gerard, *lavoreranno nell'ombra, forse scopriranno Garcia, forse riusciranno a catturarlo e a ucciderlo prima che metta in atto il suo folle piano.*

Forse, solo forse. Tutto può accadere, nulla è scontato.

«Lei sta affermando che dovrei portare governo e rappresentanti di più di trenta paesi in una piazza dove con molta probabilità rischiano la pelle?» Nello sguardo del primo ministro c'è un miscuglio di sconcerto, delusione, rabbia. Considera quell'idea la più assurda e insensata che abbia finora ascoltato.

All'improvviso lo squillo di un cellulare, il capo della polizia scambia frasi concitate e si rivolge al primo ministro.

«C'è un inquilino sospetto in uno degli appartamenti che affacciano su Ljudevita Gaja di fronte al Dubrovnik Hotel.» Una pausa per saggiare l'effetto della frase successiva: «Un uomo che corrisponde a quello che stiamo cercando ha affittato un appartamento un anno fa».

C'è un'arroganza in quello sguardo da cui traspare uno sfrontato senso di rivincita. «Una luce oscurata da una tenda filtra da una finestra al primo piano. Il nostro uomo è in quell'appartamento. Ne sono certo.»

Il brusio all'improvviso riprende vigore, la planimetria della strada compare velocemente sul tavolo, tutti sporgono in avanti i busti mentre il capo della polizia illustra il piano.

Gerard ascolta voci che si sovrappongono, trenta agenti schierati su Ljudevita Gaja, altri trenta intorno al palazzo mentre le forze speciali fanno irruzione.

La stanza si svuota rapidamente, Gerard si volta verso Moreau con una domanda apparentemente senza senso:

«Quanti uffici secondo te sono aperti questa sera?».

61

Domenica 30 giugno 2013, ore 21.30

Il capo delle forze armate impartisce ordini. Duemila uomini con maschere antigas sono pronti a intervenire se dovesse accadere il peggio. Il capo della polizia è sparito da alcuni minuti occupato com'è a dirigere le operazioni; un giovane impomatato sta dando disposizioni per piazzare nelle vicinanze di piazza Bana Jelačića le ambulanze.

Nessuno presta attenzione ai tre uomini appartati in un angolo che confabulano da molti minuti. Bodrušić si stacca dal gruppo e consegna un foglio a un agente che si allontana di corsa.

Passa poco più di mezz'ora quando l'agente torna per comunicare che le persone che Bodrušić ha chiesto d'incontrare sono fuori dalla porta.

Si presentano in rapida successione il direttore di un'agenzia turistica, un avvocato, un notaio, il responsabile di una società finanziaria, un dentista, il socio di una società di contabilità, il titolare di un centro di estetica.

Tutti hanno l'ufficio ai numeri 1 e 2 di Bogovićeva ulica, a un tiro di pallone dal Dubrovnik Hotel, tutti sono sorpresi di essere stati prelevati dalla polizia nel bel mezzo della festa, tutti chiedono perché sono lì.

L'ultimo a essere interrogato è il titolare di un centro di estetica, un uomo abbronzato di circa quarant'anni, raggiunto al cellulare mentre era sotto la doccia.

«Avete clientela maschile?» chiede Bodrušić.

«Certamente, sono molti gli uomini che vengono da noi, abbiamo massaggiatrici molto brave» un sorriso ammiccante prima di aggiungere: «Ragazze serie e ottime professioniste, naturalmente».

«Naturalmente» ripete Bodrušić. «Ricorda un cliente che sia venuto più di una volta in queste ultime settimane, che abbia curiosato più del dovuto, che abbia fatto domande o che si sia comportato in modo strano?»

«Abbiamo tanti clienti...»

«Faccia uno sforzo, un uomo di mezza età, barba e baffi castani, potrebbe essere stato nel suo centro di estetica più o meno un mese fa.»

L'uomo rimugina per un po' prima di rispondere: «Uno che forse corrisponde alla sua descrizione ha frequentato il nostro centro qualche settimana fa, lo ricordo perché si è personalmente congratulato per la qualità delle prestazioni lasciando a Nina una mancia generosa. Nina è la ragazza che l'ha seguito, forse lei ne sa di più, ho il cellulare, se crede...»

Sono quasi le ventidue e trenta quando Nina racconta che un cliente con quelle caratteristiche si è sottoposto per tre giorni a vari trattamenti.

«Un tipo simpatico, mi ha lasciato una mancia generosa.»

«Le ha fatto domande?»

«Abbiamo chiacchierato un po' di tutto, soprattutto della festa del 30 giugno, mi ha chiesto se ci sarei andata. "Certo", gli ho risposto, "vado con il mio fidanzato", ho messo le cose in chiaro tante volte avesse pensato che… lei mi capisce, commissario, ho un bel fisico e…»

«Certo» taglia corto Bodrušić guardando con ansia le lancette dell'orologio. «E poi?»

«Gli ho detto che il centro di estetica avrebbe chiuso alle tredici per permettere ai dipendenti di partecipare alla cerimonia.»

«Le ha chiesto altro?»

«In che senso?»

«Per esempio, se il centro ha il wi-fi?»

«Come ha fatto a indovinarlo? Mi ha chiesto se ci fosse un collegamento wi-fi, doveva mandare una mail urgente. Gli ho risposto di sì, "in che posto pensa di essere capitato", ho replicato, "siamo a Zagabria, mica nel Burundi".»

«Lo riconosce?» chiede all'improvviso Bodrušić mettendole davanti la foto di Garcia.

La ragazza guarda con attenzione l'immagine: «Sembra proprio lui».

«Qual è il suo provider?» chiede Gerard rivolto all'uomo abbronzato.

«Optima Telekom DD» risponde prontamente. Bodrušić prende nota e si allontana.

«C'è un modo per entrare nell'edificio senza passare dal portone principale?»

«Una porta sul retro, ho la chiave.»

Mentre l'uomo e la donna vengono accompagnati all'esterno da un agente, un cellulare squilla, il capo della polizia resta qualche attimo in silenzio prima che l'espressione assuma i segni della sconfitta. Chiude la comunicazione, il suo sguardo incontra quello del primo ministro.

«Hanno arrestato l'uomo che era nell'appartamento.»

Una pausa.

«Era a letto con una minorenne» lo dice tutto d'un fiato come per liberarsi di un peso.

Il primo ministro è una statua di pietra, sul volto c'è tutta la paura della disfatta.

«E ora?»

Un orologio a pendolo batte inesorabile il tempo, 22.47.

«Ora» dice Bodrušić andandogli incontro «lei fa quello che le dico, non possiamo ritardare l'inizio della celebrazione senza che il nostro uomo s'insospettisca. Ritorni dai suoi ospiti, li conduca sul palco e inizi il cerimoniale, come da copione. Con un bel sorriso, mi raccomando.»

«Una follia!» sbotta il capo della polizia lanciando uno sguardo astioso all'agente croato. «Lei manda al macello intere delegazioni straniere, non oso pensare alle ripercussioni sul piano internazionale. Signor primo ministro, la prego, non ascolti questi pazzi.»

Ma Bodrušić replica con un tono che non ammette obiezioni:

«È l'unica soluzione che abbiamo».

«In poco più di un'ora?» chiede il capo della polizia con una forte dose di sarcasmo.

«In poco più di un'ora» ribadisce Bodrušić.

Sempre che Garcia abbia deciso di far esplodere le cariche a mezzanotte in punto.

62

Domenica 30 giugno 2013, ore 23.15

Bodrušić verifica con Gerard e Moreau i dettagli dell'operazione, il posizionamento delle squadre speciali, le misure per catturare Garcia.

I *provider* del Dubrovnik Hotel e del centro di estetica sono stati allertati, devono interrompere la connessione entro dieci secondi esatti dall'ordine di Bodrušić oscurando tutta la rete di Zagabria.

Gli uomini penetrano nel cortile posteriore del palazzo da ulica Ljudevita Gaja, la porta di ferro sul retro è socchiusa, notano una scala appoggiata a una finestra.

Dalla porta sono necessari venti secondi per salire le due rampe di scale fino al secondo piano, altri dieci per far saltare la porta blindata del centro di estetica.

Trenta secondi durante i quali Garcia ha tutto il tempo di far esplodere le cariche.

Il blackout delle webcam è una scommessa: quanto ci metterà a capire che il sistema è stato manomesso?

Dieci secondi, forse quindici, non di più.

Venti secondi di troppo, Gerard si chiede cosa possa distogliere l'attenzione dell'uomo per quel tempo.

Ore 23.40, venti minuti alla mezzanotte.

L'uomo controlla le immagini sui monitor. Nel primo sono riprese le scale del palazzo, nel secondo le immagini del Dubrovnik Hotel, nel terzo piazza Jelačića stracolma di gente, dove i principali esponenti del governo croato e le più alte cariche delle delegazioni straniere si succedono in discorsi interrotti di tanto in tanto da applausi scroscianti. Tutto secondo copione, segno che nulla è stato scoperto.

È la volta del primo ministro accolto con quello straordinario brontolio cupo e profondo che sale dalle viscere della folla. Il pubblico si sporge in avanti, il mormorio che sale dalla piazza sottolinea ogni sua parola, ogni suo gesto, la sua voce si alza lasciando cadere sulla folla frasi forbite e retoriche, si abbandona all'audacia, all'ironia. A tratti il tono fa fremere la folla di un'emozione legata non tanto al significato delle parole, al loro contenuto, quanto alla vibrazione della voce.

Ore 23.55.

Abbassa il volume e con il brusio delle voci in sottofondo ripassa mentalmente per l'ultima volta i passi della procedura che conosce a memoria.

In meno di venti secondi le cariche esploderanno in un crescendo di detonazioni che si confonderanno con i fuochi d'artificio. Immagina le bombole che in sequenza una dopo l'altra liberano grammi di antrace nell'aria, lo stupore della folla, nessuno sul momento si renderà conto del pericolo. Poi qualcuno andrà a controllare cosa si sta nebulizzando nell'aria. E la tragedia comincerà a prendere forma.

Immagina le aperture dei telegiornali rincorrere notizie sempre più allarmanti, sempre più devastanti. Ma a quel punto sarà troppo tardi. Gli ospedali non riusciranno più ad accogliere la popolazione colpita, gli appelli delle autorità alla comunità internazionale si faranno sempre più pressanti, angoscianti.

Qualche capo di Stato europeo comincerà ad accusare i primi sintomi, il timore che alcuni, tra quelli principali, vengano decapitati dei loro leader affosserà i mercati finanziari.

Il caos.

Accende una sigaretta, l'ultima di quella notte ma anche la più importante.

Tira una boccata, osserva il fumo che svanisce nell'aria.

All'improvviso uno schianto.

Si alza di scatto e corre alla finestra.

All'incrocio tra ulica Mirka Bogovića e ulica Ljudevita Gaja, proprio sotto il suo sguardo, due auto si sono scontrate accartocciandosi una dentro l'altra. Da una portiera vede uscire un paio di gambe snelle.

«Ah, le donne...»

Il sorriso si blocca a metà, con la coda dell'occhio percepisce qualcosa di anomalo.

I monitor delle webcam si sono improvvisamente tinti di grigio, le immagini scomparse.

Ci mette qualche secondo di troppo per capire quello che sta accadendo.

Gli agenti hanno l'orecchio attaccato ai microfoni delle ricetrasmittenti, Bodrušić ha il pollice incollato sul pulsante del cronometro. Un gesto del braccio dall'alto verso il basso e un monosillabo, forse il più importante della sua vita, pronunciato con forza ai microfoni di due cellulari che tiene in mano.

Uno stridio di gomme seguito da un terribile schianto.

«Ora.»

I *provider* danno il via alla procedura di oscuramento.

«Ora» ordina Bodrušić a una ricetrasmittente dopo cinque secondi.

«Ora» ripete per la terza volta, le forze speciali si slanciano su per le scale seguite a qualche metro di distanza da Gerard e Moreau.

Dodici secondi e un'esplosione rompe il silenzio, cinque secondi e la serratura della porta va in mille pezzi, gli agenti si precipitano all'interno distribuendosi nelle stanze del centro estetico secondo un piano studiato nei dettagli.

Gerard e Moreau attraversano la porta divelta, in fondo a un breve corridoio una stanza, il loro sguardo registra in rapida sequenza un tavolo di ferro, vari monitor, un computer, una radiotrasmittente.

E una sigaretta ancora accesa per terra.

Gli ordini concitati di Bodrušić si mescolano a un calpestio frettoloso di passi, a rumori di porte spalancate con violenza.

Tutto è stato eseguito con millimetrica precisione, tutto è andato come previsto.

Tutto.

Eccetto una cosa.

Garcia è sparito.

«Dove diavolo è finito?» urla Gerard, un agente allarga le braccia in un gesto d'impotenza.

Voci concitate arrivano da un angolo remoto del centro di estetica.

In uno stanzino chiuso a chiave, seminascosta da una macchina fotocopiatrice, c'è una sedia a rotelle.

Di spalle la silhouette di un uomo incappucciato con il capo chino e i polsi stretti ai braccioli da un paio di manette.

Un agente strappa il cappuccio, appare un volto con i capelli grigi, la barba lunga, gli occhi chiusi, la bocca tappata da un nastro adesivo.

63

Lunedì 1° luglio 2013, ore 00.15

Gerard schiaccia la sigaretta nel posacenere con la stessa rabbia con cui avrebbe schiacciato la testa di Garcia.

La celebrazione è stata un successo: brindisi, sorrisi, complimenti, pacche sulle spalle, abbracci di congratulazioni.

Il primo ministro, nonostante le ore di tensione, sembra un'altra persona, spalle dritte, lineamenti distesi, sorriso stampato sulla bocca. Si è complimentato con Bodrušić per l'operazione condotta in modo perfetto, ha ringraziato Gerard e Moreau per il loro decisivo contributo.

Artificieri, genio civile, Servizi segreti, polizia, dopo il blitz si sono messi al lavoro, rimosso i cestini portarifiuti mentre squadre di militari setacciavano la città alla ricerca di altri eventualmente sfuggiti.

Tutto si è risolto nel migliore dei modi. Tutto eccetto una cosa.

Bodrušić non riesce a darsi pace, mai gli è capitato un caso del genere, che un uomo facesse perdere le tracce da un appartamento circondato da nugoli di poliziotti. Un vero e proprio rompicapo.

«A meno che Garcia non si sia dileguato prima della nostra irruzione.»

«La sigaretta accesa per terra dimostra il contrario» osserva Gerard.

E con questa frase esce dalla stanza.

«Potete parlare per qualche minuto, non di più.»

Il medico si fa da parte, Bodrušić e Gerard entrano nella stanza, Masson è disteso sul letto, gli occhi chiusi, l'espressione sofferente.

Muove leggermente le palpebre, con un impercettibile sorriso pronuncia a fatica poche sillabe.

«Per fortuna siete arrivati in tempo.»

«Cos'è successo?» chiede Gerard, che spera di avere qualche informazione utile per capire come abbia fatto Garcia a volatilizzarsi.

Masson risponde alla domanda con un'altra domanda.

«Sahar?»

Bodrušić usa parole di circostanza: la ragazza è grave, inutile nasconderlo, uno stato d'incoscienza che dura da giorni.

«Si salverà?»

«È difficile» risponde Bodrušić.

Masson corruga la fronte, quindi inizia a raccontare interrompendosi di tanto in tanto per bere un sorso d'acqua.

Parte da quando ha conosciuto Sahar a rue du Pré-aux-Clercs, narra di quando lei l'ha raggiunto nella sua villa a Méribel e gli ha raccontato la sua storia svelando la propria identità. Lì si è convinto dell'innocenza e della necessità di aiutarla, non poteva permettere che una ragazza giovane e inesperta si lanciasse da sola sulle piste di un assassino. Ed era partito con lei.

Avevano chiacchierato per un po', quindi ciascuno si era ritirato nella propria stanza.

Era stato svegliato da un tramestio di passi nel cuore della notte, un uomo con un passamontagna nero l'aveva caricato sulla sedia a rotelle, gli aveva tappato la bocca con del nastro adesivo, infilato un ago in vena e un cappuccio sulla testa.

Si era svegliato dopo molte ore in una stanza con le imposte sbarrate, un letto di ferro, una sedia. L'uomo con passamontagna veniva due volte al giorno a portargli cibo e acqua. Più di una volta aveva chiesto notizie di Sahar, ogni volta la risposta era stata il silenzio.

Dopo un paio di giorni era stato spinto di nuovo sulla sedia a rotelle, un tragitto breve, la testa infilata in un cappuccio e un berretto di lana calcato in testa. Era stato caricato su un'auto, poi di nuovo sulla sedia era stato spinto fino a un ascensore. Aveva calcolato di essere salito per circa due piani.

«Sono stato chiuso là dove mi avete trovato. Purtroppo non so altro.»

Gerard si concede qualche ora di sonno. È passato da un pezzo mezzogiorno quando si veste ed esce.

Arriva all'ospedale, chiede notizie di Sahar. Il bollettino medico è di quelli che scoraggiano anche il più ottimista, si dibatte tra la vita e la morte e quest'ultima è più vicina della prima. Da quello che intuisce dietro le parole di circostanza prevale lo scetticismo. Ma è viva; se non avesse avuto la brillante idea di allagare l'appartamento, sarebbe morta con una diagnosi difficile da confutare: overdose. L'eroina, le siringhe, il laccio emostatico stavano lì a dimostrarlo.

Torna nell'ufficio a Petrinjska ulica. Con una sigaretta spenta tra le labbra si mette al lavoro. Per qualche motivo Garcia ha risparmiato Masson lasciandolo chiuso nel ripostiglio del centro di estetica. Sicuramente c'è un motivo ma non riesce a immaginarne uno solo.

Apre sul tavolo la planimetria del centro di estetica.

Non sopporta di essere preso in giro, men che meno da uno psicopatico. Garcia, per quanto geniale, non è anche mago.

Si concentra sulla disposizione delle stanze. Su ognuna è scritto il tipo di trattamento. Dall'ingresso dove si trova il tavolo della segreteria e il centralino partono tre corridoi a croce. Quello a destra conduce a una fila di stanze tutte uguali, legge in sequenza "manicure e pedicure", "depilazione", "radiofrequenza"; in fondo un vano più grande, "microdermoabrasione". Il secondo corridoio sulla sinistra ha la stessa configurazione, salette destinate a "mask light face", "cromo-frequenza", "beauty express lumière". Il corridoio centrale è lungo pochi metri, a destra e a sinistra i servizi igienici, poi si apre una sala che è di attesa e disimpegno. La finestra a nastro dà sull'incrocio tra ulica Mirka Bogovića e ulica Ljudevita Gaja, quasi di fronte al Dubrovnik Hotel. Su un tavolo adiacente alla parete di destra sono posati una radio trasmittente, computer e monitor delle webcam. Sempre su quel lato del pavimento era stata gettata la sigaretta ancora accesa; c'è anche una porta che dà a spogliatoi e docce.

Sulla parete a sinistra si apre un corridoio su cui si affacciano tre stanze, una destinata a massaggi specifici e relax, una alla pressoterapia, l'ultima alla culla di olos. Controlla i verbali, l'uomo che corrisponde alle fattezze di Garcia aveva scelto due trattamenti, pressoterapia e culla di olos, proprio in quel corridoio. Un caso? Lo sgabuzzino con la macchina fotocopiatrice dove è stato trovato Masson legato e imbavagliato si trova in fondo al corridoio.

Rilegge più volte il verbale evidenziando i punti che appaiono più interessanti. Al momento dell'irruzione, due squadre di agenti si sono dirette nei corridoi a destra e sinistra, la terza ha ispezionato i servizi igienici prima di cercare nella sala di attesa.

La sigaretta accesa per terra aveva spinto gli agenti ad andare nelle docce e negli spogliatoi a destra prima di dirigersi nel corridoio di sinistra. L'ultimo vano perquisito era stato lo stanzino in cui era Masson. La porta del locale era chiusa, ma la chiave anziché essere nella toppa all'esterno era in terra a un paio di metri dall'uscio.

Ripensa a quello che ha dichiarato Masson: aveva sentito gli scatti della serratura e la chiave che veniva sfilata.

Logica vuole che Garcia l'abbia messa in tasca.

Perché era per terra?

Cerca d'immaginare la scena, Garcia colto di sorpresa nella frazione di un secondo deve decidere se far saltare le cariche o mettersi in salvo.

Sceglie la seconda soluzione.

L'ingresso è presidiato, sulla strada sono schierati decine di agenti con le fotoelettriche accese, impossibile calarsi da una finestra, impensabile passare dalla porta.

Sfoglia l'album delle foto del centro di estetica, quasi tutte le stanze hanno un arredamento elegante ma essenziale: lettino, sgabelli, poltrona. Eccetto quella della culla di olos. Scorre la scheda, massaggio combinato col vapore, l'aromaterapia, la musica e la cromoterapia. Il basamento di legno di due metri per uno su cui i pazienti si sdraiano richiama la sua attenzione. Gli armadi sono stati controllati, le tende scostate, ma nulla è stato riportato a proposito del basamento di legno.

Meglio dare un'occhiata. Chiama Bodrušić, rintraccia Moreau, che sta riposando, ed esce.

La Skoda si ferma davanti al centro di estetica di ulica Mirka Bogovića. I tre uomini scendono e si dirigono verso il palazzo presidiato giorno e notte da una pattuglia. L'agente croato e i due francesi entrano in ascensore, una cabina stretta e lunga che contiene a fatica tre persone in fila indiana. I due poliziotti che sorvegliano l'appartamento salutano Bodrušić con un cenno della mano sulla fronte e si mettono da parte.

Gerard ha con sé planimetrie, rotella metrica, cronometro e un paio di arnesi. Molte cose da verificare, prima fra tutte la culla di olos. Il basamento è avvitato con bulloni che sembrano non essere svitati da tempo, dopo un paio d'imprecazioni e molti sforzi Moreau riesce ad alzare il basamento e a guardare all'interno. Tubi per il vapore, spruzzatori per gli aromi, uno spesso strato di polvere sul pavimento.

Non è lì che si è nascosto Garcia.

Gerard torna nell'ingresso, ripassa mentalmente il percorso fatto dalle forze speciali. Quindi fa scattare il cronometro.

Rimane cinque secondi fermo sull'uscio, poi entra a passo spedito verso il corridoio che ha di fronte, controlla i servizi igienici a destra e a sinistra, varca la soglia della sala di attesa, si ferma in corrispondenza del cerchio bianco di gesso che corrisponde al punto in cui è stata trovata la sigaretta accesa. Si precipita da quella parte, apre la porta dello spogliatoio, controlla le docce, quindi torna sui suoi passi, si dirige verso il corridoio di sinistra, entra in ciascuna delle stanze, scosta tende, apre armadi, alla fine arriva alla porta dello sgabuzzino.

Fa trascorrere cinque secondi, il tempo necessario per forzare la serratura.

Totale, novantacinque secondi.

«Cosa vuole dimostrare?» chiede Bodrušić incuriosito.

Gerard non risponde, torna nella sala di attesa, guarda di nuovo il punto in cui è stata trovata la sigaretta e finalmente si decide a parlare.

«Non penso che Garcia abbia gettato a terra la sigaretta per caso. Era appena consumata, dubito che in una situazione del genere avesse voglia di fumare.»

«Garcia potrebbe averla accesa un istante prima di rendersi conto dell'irruzione degli agenti, non capisco cosa ci sia di strano.»

«Può essere, ma penso che il punto in cui è stata trovata non sia casuale. Se entri in un locale alla ricerca di qualcuno e trovi una sigaretta ancora accesa vicino a una porta, cosa fai?»

«Penso che la persona sia fuggita da lì» risponde Bodrušić, che inizia a intuire il ragionamento.

«Esatto, in tal modo indirizzi chi ti sta cercando verso la direzione opposta a quella in cui effettivamente sei fuggito. Garcia aveva bisogno di tempo per mettere in atto il suo piano di fuga, doveva fare in modo che gli agenti perlustrassero per ultimo l'ambiente in cui era rinchiuso Masson.»

«Ma perché?» chiede Bodrušić.

Gerard non risponde, gli manca solo un tassello per trovare la soluzione.

64

Lunedì 1° luglio 2013, ore 20.30

Gerard quella sera sarebbe rimasto volentieri in ufficio a meditare su Garcia con un panino e un bicchiere di birra. Ma Bodrušić e Moreau hanno insistito e alla fine ha ceduto, dopo tanta fatica si meritavano una cena in un buon ristorante.

Il Purger, a poche centinaia di metri da piazza Jelačića, non è il posto adatto per parlare, affollato com'è di clienti. Due giovani chiacchierano animatamente, una coppia di turisti segue col dito un percorso tracciato su una mappa, c'è una famiglia al completo con ragazzini che urlano. Osserva con un fondo di tenerezza un uomo avanti con gli anni che si rivolge a una donna seduta su una sedia a rotelle. Lo vede alzarsi, prendere con garbo la sedia, dirigersi verso la toilette, una porta angusta in fondo al locale. Lo osserva armeggiare con la carrozzina davanti alla porta, chiamare un cameriere, discutere concitatamente, alla fine sconsolato allargare le braccia, lo stipite è troppo stretto e le ruote troppo larghe. Legge l'umiliazione sul volto della donna, lo sconforto nello sguardo del marito, la pietà dei presenti.

Gli tornano in mente le parole di Masson in occasione del loro primo incontro: *La cosa peggiore è sopportare la pietà ipocrita di quelli che ti circondano.*

L'associazione mentale arriva per gradi.

Masson sulla sedia a rotelle, Masson che racconta della sua prigionia, Masson che conta due piani mentre sale con l'ascensore del centro di estetica. Ripensa alla cabina così stretta che per entrare ha dovuto mettersi di sbieco, poi in rapida successione la mappa del centro, i corridoi, la sigaretta, la chiave per terra vicino alla porta dello sgabuzzino. Passa da Masson a Garcia, a Goran Leko, torna a Garcia, a Masson, le figure si sovrappongono fino quasi a combaciare.

Poggia il bicchiere e si alza.

«Dobbiamo rimandare la cena, abbiamo una cosa più urgente da fare.»

Bodrušić e Moreau poggiano i bicchieri e lo guardano stupiti prima di chiedere dove siano diretti con tanta fretta.

«Al Klinički Bolnici Centar.»

Sono le nove di sera quando varcano il portone dell'ospedale dove è ricoverato Masson. Bodrušić si qualifica e si fa accompagnare nel locale in cui è custodita la sedia a rotelle.

Gerard da una tasca estrae la rotella metrica e misura la distanza esterna tra le ruote. Quindi senza commentare si dirige verso l'auto.

«Al centro di estetica di ulica Mirka Bogovića» dice sbattendo lo sportello della Skoda.

Durante il tragitto non spiccica una parola, Moreau ha imparato a rispettare i suoi silenzi. Bodrušić, dopo alcune domande senza risposta, si concentra sulla guida. L'auto entra nell'area pedonale e si ferma davanti al portone dell'edificio con uno stridio di gomme.

Gerard va all'ascensore, misura l'apertura delle porte. Con un lapis scrive su un pezzetto di carta la misura e la confronta con quella delle ruote della sedia a rotelle di Masson.

Salgono al centro di estetica, Gerard prende una sedia e la porta nello sgabuzzino, infila la chiave nella toppa dall'interno, quindi torna nella sala d'attesa e si ferma a fianco del tavolo dove ci sono computer e monitor.

Fa scattare il cronometro, accende una sigaretta, dà due tirate, quindi la butta in terra, di corsa raggiunge lo sgabuzzino, chiude la porta, la serratura gira, la chiave passa sotto la porta andando a sbattere in un angolo del corridoio, più o meno dove è stata trovata.

Dopo venti secondi Gerard chiede di aprire. È sulla sedia, nastro adesivo sulle labbra, berretto di lana calcato sulla testa, le manette che porta sempre attaccate alla cintura dei pantaloni gli serrano le mani.

«Settantacinque secondi, quindici secondi in meno di quanto ci hanno messo gli agenti.»

«Quindi…» mormora Bodrušić.

«Quindi Masson non può essere salito da lì come afferma, visto che la distanza tra le ruote della sedia a rotelle è superiore di dieci centimetri all'apertura della porta dell'ascensore.»

O meglio, c'è salito.

Ma con le sue gambe.

65

Lunedì 1° luglio 2013, ore 23.30

L'aria è piacevolmente calda, sul piazzale dell'ospedale la luna illumina tre figure immobili nella mezza luce.

Gerard apre lo sportello della Skoda mentre Moreau confabula con uomini in divisa dalle facce scavate; il suo cellulare squilla, il tono è concitato mentre incalza con domande l'interlocutore all'altro capo.

«Che succede?» chiede Gerard mentre Bodrušić dà disposizioni a una squadra di agenti per trasferire Masson nel carcere militare di Zagabria.

«Janssen è stato ripescato in un canale a sud di Amsterdam. Era tenuto a fondo da un'àncora, il passaggio di una draga ha tranciato la cima e fatto riaffiorare il corpo in superficie. La morte risale a poche ore dopo che era uscito di casa. Masson non ha esitato a far assassinare anche un amico.»

«Chi uccide vive sotto un cielo diverso» sibila Gerard. In quell'istante anche il suo cellulare squilla.

Moreau lo vede irrigidirsi, lo sguardo vitreo, la mascella contratta, conosce quell'espressione. E ha un brutto presentimento.

Poi vede il viso distendersi, da un frammento di frase: «Sono molto contento,» e da un «grazie dottore» intuisce il senso.

Si gira con il pollice alzato: «Sahar...».

Non conclude la frase, Moreau ha già capito, si abbracciano, per loro la vita di Sahar è quasi più importante della cattura di Masson.

«Partiamo domattina presto» dice Gerard a Bodrušić, tendendogli la mano. L'agente croato non nasconde la delusione: «Speravo di avervi ospiti domani per una cena di ringraziamento».

«Grazie ma...» l'urlo di una sirena si sovrappone alla voce. «Devo prendermi cura di Petra.»

«Sua moglie immagino.»

«No, un cane.»

La porta della stanza dell'ospedale si chiude delicatamente alle spalle di Gerard. Le ha detto ogni cosa e alla fine non c'è stato più nulla da aggiungere. La sorpresa ha capovolto tutto.

Sahar sente sulle labbra il sapore amarognolo delle medicine, dalla cannuccia beve un sorso di spremuta d'arancia, fa un profondo sospiro e chiude gli occhi: la mano da prestigiatore di Masson si muove per ucciderla con un'endovena di eroina.

E la sua mente si volta dall'altra parte.

Batte le palpebre e si sente di nuovo viva, pensa alle giornate che arriveranno, alla vita di nuovo bella, ai punti fissi da cui ripartire.

Le viene in mente una vecchia calcolatrice di ghisa nera sulla scrivania davanti alla finestra su place des Moulins, piena di manovelle e ingranaggi, comprata in un negozietto di cours Julien. Ha voglia delle tapas da Dos Hermanas, dell'odore denso che sa di fritto del falafel. Pensa a Fernández, seduto in poltrona a fumare la pipa, e alla libreria al quai de Rive Neuve. Alle sere tiepide con Jacques, Antoine, Nicolas e Nadine al bar de la Pleine a non far nulla. Anche se dovrà farsi spiegare da Nadine perché l'ha tradita spifferando il nascondiglio di Cahors.

Quanto a Farid... una storia d'amore che le si è rivoltata contro, un pugno di illusioni che potevano esserle fatali.

Da quel momento guarderà la vita con gli occhi spalancati per non provare mai più le stesse delusioni.

Anche se le delusioni non si ripetono mai.

Si somigliano.

FSC
www.fsc.org
MISTO
Carta da fonti gestite in maniera responsabile
FSC® C115118

Stampato presso Elcograf S.p.A.
Stabilimento di Cles